Um amigo de Kafka

Livros do autor na Coleção **L&PM** Pocket

Amor e exílio – Memórias
Inimigos uma história de amor
O penitente
Um amigo de Kafka

Isaac Bashevis Singer

Um amigo de Kafka

Tradução de Lia Wyler

www.lpm.com.br

Coleção **L&PM** Pocket, vol. 423

Título original: *A Friend of Kafka and Other Srories*

Primeira edição na Coleção **L&PM** POCKET: maio de 2005
Esta reimpressão: junho de 2008

Tradução: Lia Wyler
Revisão: Mariana Donner da Costa e Eva Mothci

ISBN 978-85-254-1400-7

S617a   Singer, Isaac Bashevis
          Uma amigo de Kafka e outras histórias / Isaac
        Bashevis Singer; tradução de Lia Wyler. — Porto Alegre:
        L&PM, 2008.
          320 p. ; 18 cm — (Coleção L&PM Pocket)

          1. Contos norte americanos. I. Título. II. Série.

                              CDD 813.1
                              CDU 820 (73)-34

    Catalogação elaborada por Izabel A. Merlo, CRB 10/329.

© 1970 Isaac Bashevis Singer
   Renovado em 1998 por Isaac Bashevis Singer

Todos os direitos desta edição reservados a L&PM Editores
Rua Comendador Coruja 314, loja 9 – Floresta – 90.220-180
Porto Alegre – RS – Brasil / Fone: 51.3225.5777 – Fax: 51.3221-5380

PEDIDOS & DEPTO. COMERCIAL: vendas@lpm.com.br
FALE CONOSCO: info@lpm.com.br
www.lpm.com.br

Impresso no Brasil
Inverno de 2008

Sumário

Nota do autor 7
Uma amigo de Kafka 9
Visitantes de uma noite de inverno 22
A chave 44
O dr. Beeber 57
Histórias ao pé do fogão 68
A cafeteria 85
O conselheiro 104
Os pombos 120
O limpador de chaminés 132
O enigma 138
Altele 150
A piada 164
A vaidosa 186
Schloimele 197
A colônia 210
O blasfemador 224
A aposta 237
O Filho 250
O destino 258
Poderes 269
Há alguma coisa lá 287

Sobre o Autor 315

Nota do autor

Os contos desta coletânea foram escritos nos últimos anos, alguns, recentemente. Quase um terço versa sobre imigrantes nos Estados Unidos, onde vivo há mais tempo do que vivi no meu país de origem, a Polônia. Traduzi esses contos com a ajuda de colaboradores, e acho que faço muitas revisões durante o processo de tradução. Não é exagero afirmar que, com o passar dos anos, o inglês se tornou minha segunda língua. Também é verdade que as edições de meus romances e contos em língua estrangeira foram traduzidas do inglês.

Meus tradutores, cujos nomes aparecem ao fim de cada conto deste livro, são não só os meus primeiros leitores, mas também (assim espero) os meus primeiros críticos construtivos*. Fui tradutor durante toda a minha vida adulta e considero a tradução o maior problema e o maior desafio da literatura. A "outra" língua para a qual a obra do autor deve ser vertida não tolera obscuridade, trocadilhos, falsos brilhos lingüísticos. Ensina o autor a tratar dos fatos ao invés de sua interpretação e a deixar que os acontecimentos falem por si. A "outra" língua é muitas vezes o espelho em que temos a oportunidade de nos ver refletidos com todas as nossas imperfeições e, se possível, de corrigir algumas de nossas falhas.

Mais da metade desses contos foi editada por Rachel MacKenzie, redatora do *The New Yorker*, e a coletânea completa, por Robert Giroux. Dedico este livro aos meus tradutores e editores.

I.S.

Nova York, 2 de junho de 1970

---

* O autor refere-se , é claro, à tradução dos originais em íidiche para o inglês. (N. do E.)

Um amigo de Kafka

Ouvi falar em Franz Kafka anos antes de ler qualquer de seus livros, através de seu amigo Jacques Kohn, um antigo ator do teatro iídiche. Digo "antigo" porque, na época em que o conheci, já não se apresentava no palco. Foi no início da década de 30 e o teatro iídiche em Varsóvia começava a perder seu público. O próprio Jacques Kohn era um homem doente e alquebrado. Embora continuasse a se vestir como um dândi, suas roupas eram velhas. Usava monóculo no olho esquerdo, um colarinho alto antiquado, sapatos de verniz e um chapéu-coco. Fora apelidado de "o lorde" pelos cínicos do clube de escritores iídiches de Varsóvia que ambos freqüentávamos. E, apesar de estar cada dia mais encurvado, se esforçava continuamente para manter os ombros retos. O que restava do cabelo, que fora louro, ele penteava a contrapelo, lançando uma ponte sobre o crânio calvo. Mantendo a tradição do velho teatro, de vez em quando escorregava para o iídiche-alemão – especialmente quando falava de sua amizade com Kafka. Nos últimos tempos, começara a escrever artigos para jornais, mas os editores eram unânimes em rejeitar seus manuscritos. Morava num sótão em algum ponto da rua Leszno e vivia constantemente enfermo. Corria entre os membros do clube uma piada sobre ele: "Ele passa o dia todo na tenda de oxigênio para sair à noite como um Don Juan".

Sempre nos encontrávamos no clube à noite. A porta se abria cerimoniosamente para admitir Jacques Kohn. Tinha o ar imponente de uma celebridade européia que condescendia em visitar o gueto. Passava os olhos por tudo e fazia uma careta, como a indicar que os cheiros de arenque, alho e fumo barato não eram de seu agrado. Contemplava com desdém as mesas apinhadas de jornais rasgados, peças quebradas de xadrez e cinzeiros cheios de pontas de cigarros, em torno das quais os sócios se reuniam perpetuamente, a discutir literatura aos gritos. Ele abanava a cabeça como se dissesse: "O que se pode esperar desses *schlemiels**?". No momento em que eu o via entrar, metia a mão no bolso e preparava o zloti que inevitavelmente me pediria emprestado.

Nesta noite, Jacques parecia estar de melhor humor do que habitualmente. Sorriu, mostrando os dentes de porcelana que não se ajustavam e jogavam ligeiramente quando ele falava, e se emproou em direção a mim como se estivesse no palco. Estendeu-me a mão ossuda e longa e disse:

– Como vai a estrela nascente esta noite?

– Já começou?

– Falo sério. Sério. Reconheço o talento quando o encontro, ainda que eu mesmo não tenha nenhum. Quando representávamos em Praga, em 1911, nunca ninguém ouvira falar em Kafka. Ele apareceu nos bastidores e no momento em que o vi percebi que estava na presença de um gênio. Era capaz de sentir o cheiro como um gato sente o de um camundongo. Foi assim que começou a nossa grande amizade.

Já ouvira essa história muitas vezes e em muitas versões, mas sabia que teria que ouvi-la de novo. Ele se sentou à minha mesa e Manya, a garçonete, nos trouxe copos de chá e biscoitos. Jacques Kohn ergueu as sobrancelhas, ressaltando os olhos amarelados, as escleróticas raiadas de veiazinhas rubras. Sua expressão parecia dizer: "É isso que os bárbaros chamam de chá?" Colocou cinco cubinhos de açúcar no copo e mexeu, girando a colher de estanho para fora. Com o polegar e o indicador, cuja unha era anormalmente longa, partiu um pedacinho de biscoito, levou-o à boca e disse "*Nu ja*", que significava "o passado não enche a barriga de ninguém".

Era tudo representação. Ele vinha de uma família *hasid*** de uma das cidadezinhas da Polônia. Seu nome não

---

* Vocábulo iídiche que designa pessoa ineficiente, tola, desastrada, habitual ou facilmente enganada. (N. do T.)

** Seita de místicos judeus que se originou na Polônia no século 18. Plural: *hasidim*. (N. do T.)

era Jacques, mas Jankel. Vivera, porém, muitos anos em Praga, Viena, Berlim e Paris. Não fora sempre ator do teatro iídiche, também representara nos palcos da França e da Alemanha. Fizera amizade com muitas celebridades. Ajudara Chagall a encontrar um estúdio em Belleville. Freqüentara com assiduidade a casa de Israel Zangwill. Aparecera numa produção de Reinhardt e comera frios com Piscator. Mostrara-me cartas que recebera não só de Kafka como também de Jakob Wassermann, Stefan Zweig, Romain Rolland, Ilya Ehrenburg e Martin Buber. Todos se dirigiam a ele pelo primeiro nome. À medida que fomos nos conhecendo melhor, chegara mesmo a me deixar ver fotografias e cartas de atrizes famosas com quem tivera casos.

Para mim, emprestar um zloti a Jacques Kohn representava entrar em contato com a Europa Ocidental. A maneira como segurava a bengala de castão de prata me parecia exótica. E até fumava cigarros de um jeito diferente do que fazíamos em Varsóvia. Seus modos eram aristocráticos. Nas raras ocasiões em que me censurava, sempre conseguia poupar meus sentimentos com algum elogio elegante. Acima de tudo, admirava a classe de Jacques Kohn com as mulheres. Eu era tímido – corava, ficava inibido na presença delas –, mas Jacques Kohn tinha a segurança de um conde. Encontrava alguma coisa agradável para dizer até à mulher menos atraente. Lisonjeava todas, mas sempre num tom de bem-humorada ironia, afetando a atitude *blasé* de um hedonista que já experimentara de tudo.

Falava comigo com franqueza.

– Meu jovem amigo, sou praticamente impotente. Isto sempre começa com a evolução de um gosto excessivamente requintado – quando se tem fome, não se precisa de marzipã e caviar. Cheguei ao ponto em que não considero mulher alguma realmente atraente. Elas não conseguem esconder nenhum defeito de mim. Isto é a impotência. Os vestidos e os espartilhos são transparentes para mim. Já não me deixo enganar pela pintura e pelo perfume. Perdi os dentes, mas uma mulher só precisa abrir a boca para eu localizar as obturações que tem. Isso, aliás, era o problema de Kafka quando escrevia: via todos os defeitos – os dele e os dos outros. A maior parte da literatura é produzida por plebeus e trapalhões como Zola e D'Annunzio. No teatro, eu percebia as mesmas falhas que Kafka encontrava na literatura e isso nos aproximou. Mas, por estranho que pareça, quando se tratava de julgar o teatro, Kafka era completamente cego. Punha nas alturas as nossas peças iídiches medíocres. Apaixonou-se perdidamente por uma atriz canastrona – Madame Tschissik. Quando penso que Kafka amava essa criatura, sonhava com ela, sinto vergonha do homem e de suas ilusões. Bem, a imortalidade não discrimina. Qualquer um que por acaso entre em contato com um grande homem acompanha-o na imortalidade, muitas vezes sem ter estatura para isso.

– Você uma vez não me perguntou o que me faz continuar, ou estarei imaginando que me perguntou? Que é que me dá forças para suportar a pobreza, a doença e, pior, a desesperança? É uma boa pergunta, meu amigo. E foi a que me fiz quando li o Livro de Jó pela primeira vez. Por que Jó continuava a viver e a sofrer? Para que no fim tivesse mais filhas, mais jumentos, mais camelos? Não. A resposta é que o fazia pelo prazer de jogar. Todos jogamos xadrez com o Destino. Ele move uma peça; nós movemos outra. Ele tenta nos dar o xeque-mate em três lances; tentamos impedi-lo. Sabemos que não podemos vencer, mas somos impelidos a oferecer uma boa luta. Meu oponente é um anjo resistente. Ele combate Jacques Kohn usando todos os truques que conhece. É inverno agora; está frio mesmo com o fogão aceso, mas o meu fogão não funciona há meses e o senhorio se recusa a consertá-lo. Além disso, eu não teria dinheiro para comprar carvão. Faz tanto frio no meu quarto quanto na rua. Se você nunca morou num sótão não conhece a força do vento. As vidraças vibram até no verão. Às vezes um gato sobe no telhado junto à minha janela e mia desesperado a noite inteira, parecendo uma mulher em trabalho de parto. Estou ali congelando sob os cobertores e ele uiva chamando uma gata, ou talvez apenas sinta fome. Poderia lhe dar alguma coisa para comer e sossegar, ou correr com ele, mas, para não morrer congelado, me enrolo em todos os trapos que encontro, até em jornais velhos – o menor movimento e tudo se desfaz.

– Ainda assim, quando se joga xadrez, meu caro amigo, é melhor jogar com um adversário de valor do que com um descuidado. Admiro o meu oponente. Fico fascinado com a sua inventividade. Ele senta num escritório lá em cima, no terceiro ou no sétimo céu, naquele departamento da Providência que governa o nosso planetinha, e só tem uma tarefa – preparar armadilhas para Jacques Kohn. Suas ordens são: "Quebre a pipa, mas não deixe o vinho escorrer". É exatamente o que faz. Como consegue me manter vivo é um milagre. Sinto vergonha de dizer quantos remédios tomo, quantas pílulas engulo. Tenho um amigo que é farmacêutico, ou nunca poderia comprá-los. Antes de me deitar, engulo uma atrás da outra – a seco. Se bebo água, preciso urinar. Sofro da próstata e, sendo assim, preciso me levantar várias vezes durante a noite. No escuro, as categorias de Kant já não se aplicam. O tempo cessa de ser tempo e o espaço não é espaço. Segura-se algo na mão e, de repente, não está mais lá. Acender o meu candeeiro não é uma coisa simples. Os fósforos estão sempre desaparecendo. Meu sótão pulula de demônios. Às vezes me dirijo a um deles: "Ei, você aí, Vinagre, filho do Vinho, que tal parar com os seus golpes sujos?!"

– Há algum tempo, no meio da noite, ouvi uma batida na porta e uma voz de mulher. Não sabia dizer se ela estava rindo ou chorando. "Quem pode ser?", me perguntei. "Lilith? Namah? Machlath, a filha de Ketev M'riri?" Alto, falei: "Madame, a senhora está enganada". Mas ela continuou a bater na porta. Então ouvi um gemido e o baque de um corpo. Não ousei abrir a porta. Comecei a procurar pelos fósforos e descobri que os segurava na mão. Finalmente, saí da cama, acendi o candeeiro, pus o robe-de-chambre e os chinelos. Vi-me de relance no espelho e a minha imagem me assustou.

Meu rosto estava verde e a barba crescida. Finalmente abri a porta e lá estava uma jovem descalça, usando um casaco de zibelina por cima da camisola. Estava pálida e tinha os cabelos longos e louros em desalinho.

"Madame, o que se passa?"

"Alguém tentou me matar. Suplico que me deixe entrar. Só quero ficar no seu quarto até amanhecer."

– Queria indagar quem tentara matá-la, mas percebi que estava enregelada. Provavelmente bêbada também. Deixei-a entrar e reparei que trazia no braço uma pulseira com enormes diamantes.

"Meu quarto não tem aquecimento", informei-lhe.

"É melhor do que morrer na rua."

– Assim, ali estávamos os dois. Mas o que iria fazer com ela? Só tenho uma cama. Não bebo – os médicos me proibiram –, mas um amigo me presenteara com uma garrafa de conhaque e havia uns biscoitos dormidos. Servi-lhe o conhaque e um biscoito. A bebida pareceu reanimá-la.

"Madame, a senhora mora no prédio?", perguntei.

"Não, moro no boulevar Ujazdowskie."

– Via que era uma aristocrata. Uma pergunta levou a outra e descobri que era condessa e viúva, e que o amante morava no prédio: um homem selvagem, que criava um filhote de leão. Ele também pertencia à nobreza, mas era um marginal. Cumprira pena de um ano, na Cidadela, por tentativa de homicídio. Não podia visitá-la, porque a condessa morava na casa da sogra, então ela vinha vê-lo. Naquela noite, num acesso de ciúmes, ele a espancara e lhe encostara um revólver na cabeça. Para encurtar a história, conseguira apanhar o casaco e fugir do apartamento. Batera na porta dos vizinhos, mas nenhum a deixara entrar, então correra para o sótão.

"Madame", disse-lhe, "provavelmente seu amante continua a procurá-la. E se ele a encontra? Já não sou o que se poderia chamar de cavalheiro armado."

"Ele não se atreverá a criar confusão. Está sob liberdade condicional. Terminei com ele para sempre. Tenha piedade: por favor, não me ponha na rua no meio da noite."

"Como irá para casa amanhã?"

"Não sei. Já estou cansada da vida, mas não quero ser morta por ele."

"Bom, de qualquer forma não conseguirei dormir. Fique com a minha cama e descansarei nessa cadeira."

"Não. Eu não aceitaria isso. O senhor não é mais jovem e não parece bem de saúde. Por favor, volte para a cama e me sentarei aqui."

– Discutimos tanto tempo que finalmente decidimos dormir juntos.

"A senhora não tem o que recear de mim", tranqüilizei-a. "Sou velho e inútil para as mulheres." Ela pareceu inteiramente convencida.

– O que estava dizendo? Sim, de repente me encontrava na cama com uma condessa cujo amante poderia derrubar a porta a qualquer momento. Cobri a mim e a ela com os dois cobertores que tenho e não me dei o trabalho de fazer o habitual casulo de retalhos. Estava tão perturbado que me esqueci do frio. Além disso, sentia a proximidade dela. Um calor estranho emanava de seu corpo, diferente dos que conhecera – ou talvez já tivesse me esquecido. Será que o meu oponente estava experimentando um novo gambito? Nos últimos anos ele parara de jogar a sério comigo. Sabe, existe xadrez cômico. Contaram-me que Nimzowitsch muitas vezes pregava peças nos adversários. Antigamente, Morphy era conhecido por suas brincadeiras no xadrez. Um excelente lance, disse ao meu adversário. Uma obra-prima. Com isso percebi que sabia quem era o amante dela. Encontrara-o nas escadas: um gigante com cara de assassino. Que fim engraçado para Jacques Kohn – ser morto por um Otelo polonês.

– Comecei a rir e ela me acompanhou. Abracei-a e apertei-a contra o corpo. Ela não resistiu. Inesperadamente aconteceu um milagre. Voltei a ser homem! Certa vez, numa noite de quinta-feira, estava parado perto de um matadouro numa pequena aldeia e vi um touro e uma vaca copulando antes de serem abatidos para o Sabá. Por que consentiu, nunca saberei.

Talvez fosse uma maneira de se vingar do amante. Ela me beijou e sussurrou palavras de carinho. Então ouvimos passos pesados. Alguém bateu com os punhos na minha porta. A moça rolou para fora da cama e se deitou no chão. Eu queria recitar a oração dos moribundos, mas senti vergonha de Deus – e não só de Deus, mas do meu oponente zombeteiro. Por que lhe conceder mais este prazer? Até o melodrama tem seus limites.

– O bruto do lado de fora continuava a esmurrar a porta, e fiquei surpreso que ela não cedesse. Forçou-a com os pés. A porta rangeu mas agüentou. Estava aterrorizado, contudo alguma coisa em mim não podia deixar de rir. Então o barulho parou. Otelo se fora.

– Na manhã seguinte, levei a pulseira da condessa a uma casa de penhores. Com o dinheiro que recebi, comprei para minha heroína um vestido, roupa interior e sapatos. O vestido não serviu, nem tampouco os sapatos, mas ela só precisava chegar até um táxi – desde que, é claro, o amante não a emboscasse nas escadas. Curioso, mas o homem sumiu naquela noite e nunca mais apareceu.

– Antes de sair, ela me beijou e insistiu que a procurasse, mas não sou tão tolo assim. Como diz o Talmude,* "milagres não acontecem todos os dias".

– E sabe, Kafka, jovem como era, sentia as mesmas inibições que me atormentam na velhice. Elas o embaraçavam em tudo que fazia – no sexo e na literatura. Ansiava pelo amor e fugia dele. Escrevia uma frase e em seguida a riscava. Otto Weininger era assim também – louco e genial. Conheci-o em Viena – recitava aforismos e paradoxos. Nunca esquecerei de um dos seus ditos: "Deus não criou os percevejos". É preciso conhecer Viena para realmente entender essa frase. Porém, quem criou os percevejos?

– Ah, lá está Bamberg! Repare como ginga as pernas curtas, um cadáver que se recusa a descansar na sepultura.

---

* Exegese dos textos jurídicos do Pentateuco. (N. do T.)

Talvez fosse uma boa idéia fundar um clube para defuntos insones. Por que passa a noite inteira a rondar? De que servem os cabarés para ele? Os médicos o deram por perdido há anos quando ainda morava em Berlim. Não que isso o impedisse de sentar no Café Romanisches até as quatro da manhã, conversando com as prostitutas. Uma vez, Granat, o ator, anunciou que ia dar uma festa – uma orgia de verdade – em sua casa e, entre outros, convidou Bamberg. Granat pediu a cada homem que levasse uma senhora – ou a mulher ou uma amiga. Mas Bamberg não tinha nem mulher nem amante, então pagou a uma prostituta para acompanhá-lo. Teve que lhe comprar um vestido de noite para a ocasião. Os convidados eram exclusivamente escritores, professores, filósofos e os costumeiros parasitas intelectuais. Todos tiveram a mesma idéia que Bamberg – contrataram prostitutas. Eu também estava presente. Levei uma atriz de Praga a quem conhecia há muito tempo. Conhece Granat? Um selvagem. Bebe conhaque como se fosse soda e é capaz de comer uma omelete de dez ovos. Assim que os convidados chegaram, pôs-se nu e começou a dançar como um doido com as meretrizes, só para impressionar os intelectuais. A princípio, eles permaneceram sentados de olhos arregalados. Passado algum tempo, começaram a discutir sobre sexo. Schopenhauer disse isso... Nietzsche disse aquilo. Quem não presenciou a cena terá dificuldade de imaginar como os gênios podem ser ridículos. No meio de tudo aquilo, Bamberg se sentiu mal. Ficou verde, cor de grama, e começou a suar. "Jacques", disse, "estou acabado. Um bom lugar para morrer." Estava tendo uma crise de rins ou de vesícula. Quase o carreguei para fora da festa e o levei para o hospital. A propósito, pode me emprestar um zloti?

– Dois.

– O que? Assaltou o Banco Polski?

– Vendi um conto.

– Meus parabéns. Vamos jantar juntos. Será meu convidado.

2

Enquanto comíamos, Bamberg veio à nossa mesa. Era um homem franzino, descamado como um tuberculoso, curvado e cambão. Usava sapatos de verniz e polainas. No alto da cabeça pontuda havia uns poucos fios de cabelo grisalhos. Um olho era maior do que o outro – injetado, saltado, assustado como as próprias visões. Apoiou-se com as mãozinhas ossudas na mesa e disse esganiçado:

– Jacques, ontem li o seu *Castelo* de Kafka. Interessante, muito interessante, mas onde ele quer chegar? É demasiado longo para um sonho. As alegorias devem ser curtas.

Jacques Kohn engoliu apressado a comida que mastigava.

– Sente-se – convidou. – Um mestre não precisa obedecer às regras.

– Há regras que até um mestre precisa obedecer. Nenhum romance deveria exceder o número de páginas de *Guerra e paz*. E até *Guerra e paz* é demasiado longo. Se a Bíblia tivesse dezoito volumes, já teria sido esquecida há muito tempo.

– O Talmude tem trinta e seis volumes e os judeus não o esqueceram.

– Os judeus lembram demais. Essa é a nossa infelicidade. Faz dois mil anos que fomos expulsos da Terra Santa, e agora estamos tentando voltar. Somos loucos, não? Se ao menos a nossa literatura refletisse essa loucura, seria magnífica. Mas a nossa literatura é extraordinariamente sensata. Bom, chega.

Bamberg se empertigou, franzindo o rosto com o esforço. Em passinhos miúdos, afastou-se da mesa arrastando os pés. Acercou-se do gramofone e pôs um disco de dança. Era sabido no clube dos escritores que ele não escrevia uma palavra há anos. Na velhice, estava aprendendo a dançar, influenciado pela filosofia do amigo dr. Mitzkin, autor de *Entropia da razão*. Em seu livro, o dr. Mitzkin tentava provar que o intelecto humano está falido e que a verdadeira sabedoria só pode ser alcançada através da paixão.

Jacques Kohn sacudiu a cabeça.

– Hamlet de meia-tigela. Kafka tinha medo de se tornar um Bamberg, é por isso que se destruiu.

– E a condessa foi algum dia procurá-lo? – perguntei.

Jacques Kohn tirou o monóculo do bolso e colocou-o.

– Que diferença faz? Na minha vida tudo se transforma em palavras. Tudo conversa fiada. Isso é, na realidade, a filosofia do dr. Mitzkin – o homem acabará se transformando numa máquina de palavras. Comerá palavras, beberá palavras, casará com palavras, se envenenará com palavras. Por falar nisso, o dr. Mitzkin também estava presente à orgia de Granat. Foi praticar o que pregava, mas poderia igualmente ter escrito a *Entropia da paixão*. Sim, a condessa me visita de vez em quando. Também é uma intelectual, mas sem intelecto. Na verdade, embora as mulheres se esforcem ao máximo para revelar o encanto dos seus corpos, conhecem tão pouco o significado do sexo quanto do intelecto.

– Veja Madame Tschissik. O que foi que teve na vida, exceto um corpo? Mas experimente lhe perguntar o que é realmente um corpo. Agora está feia. Quando era atriz em Praga, ainda possuía alguma coisa. Fui seu galã. E seu talento era ínfimo. Fomos a Praga para ganhar dinheiro e encontramos um gênio à nossa espera – um *Homo sapiens* no mais alto grau de angústia. Kafka queria ser judeu, mas não sabia sê-lo. Queria viver, mas tampouco sabia fazê-lo.

– Franz – disse-lhe certa vez –, você é um rapaz. Faça como todos nós.

– Havia em Praga um bordel que eu conhecia e persuadi-o a me acompanhar. Ele ainda era virgem. Prefiro não comentar a moça com quem noivara. Estava atolado até o pescoço no pântano da ideologia burguesa. Os judeus de seu círculo só tinham um ideal: tornarem-se iguais aos gentios, mas não aos gentios tchecos, aos alemães. Resumindo, convenci-o a aceitar a aventura. Levei-o a um beco escuro no antigo gueto e lá estava o bordel. Subimos a escada tortuosa. Abri a porta e deparamos com um cenário de teatro: as prostitutas, os cáftens, os fregueses, a madame. Nunca esquecerei aquele momento. Kafka começou a tremer e me puxou pela manga. Então virou as costas e desceu correndo as escadas com tanta precipitação que receei que quebrasse uma perna. Uma vez na rua, parou e vomitou como um menino. No caminho de volta, passamos por uma velha sinagoga e Kafka começou a falar do *golem*. Kafka acreditava no *golem*, e até mesmo em que o futuro poderia nos trazer um outro. Deve haver palavras mágicas que possam transformar um pedaço de argila em um ser humano. De acordo com a Cabala, Deus não criou o mundo pronunciando palavras sagradas? No princípio era o Verbo.

– É, é tudo um grande jogo de xadrez. A vida inteira sempre receei a morte, mas agora que me encontro à beira da sepultura, parei de temer. Não resta dúvida, meu parceiro quer jogar uma partida lenta. Continuará comendo minhas peças uma a uma. Primeiro eliminou minha atração como ator e me transformou num pseudo-escritor. Mal fez isso e já me brindava com a cãibra dos escrivãos. A jogada seguinte foi me privar da potência. Sei, porém, que ainda está longe do xeque-mate e isso me dá forças. Faz frio no meu quarto – que faça. Não tenho o que jantar – não vou morrer por isso. Ele me sabota e eu o saboto. Algum tempo atrás, voltava para casa tarde da noite. O frio estava intenso e, de repente, me dei conta que perdera a chave. Acordei o porteiro, mas ele não tinha chave sobressalente. Cheirava a vodca e seu cachorro me mordeu o pé. No passado teria me desesperado, mas naquela ocasião disse ao meu oponente: se quer que apanhe uma pneumonia, tudo bem. Deixei o prédio decidido, rumo à estação de Viena. O vento quase me carregava. Teria que esperar no mínimo 45 minutos pelo bonde àquela hora da noite. Passei pelo sindicato dos escritores e vi uma luz na janela. Resolvi entrar. Talvez pudesse passar a noite ali. Nas escadas bati com o pé em alguma coisa e a ouvi retinir. Abaixei-me e apanhei uma chave. Era a minha! A chance de encontrar uma chave nas escadas escuras desse prédio eram uma em um bilhão, mas parecia que o meu adversário receava que eu entregasse a alma antes que ele estivesse pronto. Fatalismo? Chame de fatalismo, se quiser.

Jacques Kohn pediu licença e se levantou para dar um telefonema. Fiquei sentado observando Bamberg dançar de pernas trêmulas com uma literata. Tinha os olhos fechados e encostava a cabeça no peito dela como se fosse um travesseiro. Parecia estar dançando e dormindo simultaneamente. Jacques Kohn demorou – muito mais do que o tempo de um telefonema normal. Quando voltou, seu monóculo faiscava.

– Adivinhe quem está na outra sala? – exclamou. – Madame Tschissik! O grande amor de Kafka.

– É mesmo?

– Falei-lhe de você. Venha, gostaria de apresentá-lo.

– Não.

– Por que não? Vale a pena conhecer uma mulher que foi amada por Kafka.

– Não estou interessado.

– Você é tímido, essa é que é a verdade. Kafka também era tímido – tímido como um seminarista judeu. Nunca fui tímido e talvez seja essa a razão por que nunca fui ninguém. Meu caro amigo, preciso de mais uns vinte *groschen* para dar aos porteiros – dez para o deste prédio e dez para o do meu. Sem esse dinheiro não posso voltar para casa.

Tirei uns trocados do bolso e entreguei a ele.

– Tudo isso? Sem dúvida assaltou um banco hoje. Quarenta e seis *groschen*! Pif-paf! Bom, se houver um Deus, Ele o recompensará. E se não houver, quem é que está jogando todas essas partidas com Jacques Kohn?

Traduzido pelo autor e Elizabeth Shub.

Visitantes de uma noite de inverno

O fogão estava aceso. O candeeiro do teto projetava uma luz clara pela sala. Do lado de fora, nevava há três dias. Nossa sacada estava envolta em neve. Meu pai sentava-se à cabeceira da mesa, trajando uma túnica de veludo preto sobre a camisa franjada e meio encardida. Na cabeça um solidéu. Sua testa alta luzia como um espelho. Olhei-o com amor e admiração. Por que era meu pai? Que teria acontecido se outra pessoa fosse meu pai? Eu seria o mesmo Isaac? Observei-o como se o visse pela primeira vez. A razão desses devaneios era algo que minha mãe contara no dia anterior – que o casamenteiro tentara uni-la a um rapaz de Lublin. Seria ainda minha mãe se tivesse casado com aquele rapaz? A coisa toda era um enigma.

Meu pai era claro, tinha trancinhas escuras, barba cor de fumo, nariz curto e olhos azuis. Ocorreu-me um pensamento estranho: ele lembrava o czar cuja imagem se encontrava pendurada no nosso *cheder*.* Eu sabia muito bem que uma comparação dessas era sacrilégio. O czar era um homem mau e meu pai, um rabino piedoso. Mas minha cabeça estava cheia de idéias loucas. Se as pessoas soubessem o que andava pensando me poriam na cadeia. Meus pais me renegariam. Seria excomungado como o filósofo Spinoza, de quem meu pai falara no jantar do *Purim*.** O herege negara Deus. Dissera que o mundo não foi criado, que sempre existiu.

Havia um livro aberto na mesa diante de meu pai e ele pousou a estola no livro para indicar que ia interromper o estudo apenas por um instante. À sua direita havia um copo de chá pela metade. À esquerda, um longo cachimbo. Minha

---

* Escola elementar. (N. do T.)
* Festa religiosa judaica comemorando a suspensão do massacre dos judeus por intercessão de Ester. (N. do T.)

mãe sentava-se de frente para ele. O rosto de meu pai era quase redondo, o rosto de minha mãe, o nariz e o queixo eram angulosos. Até a expressão de seus grandes olhos cinzentos era aguçada. Usava uma peruca loura, mas eu sabia que sob a peruca seu cabelo era cor de fogo, como o meu. Tinha o rosto encovado, os lábios, finos. Eu sempre receava que estivesse lendo meus pensamentos.

À direita de meu pai encontrava-se Abraham, o magarefe ritual, um homem corpulento, escuro como um cigano, com uma barba redonda que lembrava uma escova. Dizia-se que ele a aparava. Abraham tinha um ventre enorme, um pescoço reto, um nariz largo e lábios grossos. Seus erres eram ásperos e falava anormalmente rápido. Sentia-se injuriado por todos, mas principalmente pela terceira esposa, Zevtel. E embora se supusesse que falava com meu pai, olhava constantemente para minha mãe. Seus olhos escuros engastados nas órbitas azuladas e intumescidas faiscavam de cólera. Eu ouvira dizer que todos os magarefes nasciam sob a influência de Marte e que se não tivessem estudado para ser magarefes teriam sido assassinos. Imaginava Abraham à espreita numa floresta densa com um machado na mão, atacando mercadores a caminho de Leipzig, Danzig, ou Lentshno. Roubava as bolsas de ouro e cortava as cabeças. Quando imploravam que os deixasse viver, ele respondia: "Um ladrão não conhece misericórdia."

Mas ali estava Abraham sentado a se queixar da esposa como um *schlemiel*. Dizia:

— Trabalho o dia inteiro no abate; à noite quero descansar, mas a provação começa. Ela se lança numa guerra contra mim. A mãe também era assim. Só descobri quando visitei Zelochow. Enterrou três maridos — o senhor sabe que é proibido casar com uma mulher três vezes viúva, mas ela agora tem um quarto marido. Zevtel também teve dois maridos antes de mim. Sou o terceiro. Os dois se divorciaram dela. O primeiro era um rapaz educado, uma seda, sobrinho do rabino de Zychlin. O que poderia Zevtel ter contra ele? Simplesmente se apaixonou por outro, me contaram — um cocheiro grosseirão. Portou-se tão desavergonhadamente que a cidade inteira se escandalizou.

– Deus nos guarde – suspirou meu pai. Estendeu a mão direita para o copo de chá. Com a esquerda segurou a barba.

Embora ainda fosse criança, sabia que meu pai entendia muito pouco desses assuntos. Julgava tudo de acordo com a lei. Uma ação ou era permitida ou proibida. Para ele não havia diferença entre segurar uma vela no Sabá e se portar imoralmente. Meu pai foi criado na Torá, na oração, nas palavras de rabinos admiráveis. Sua verdadeira paixão era visitar os paços rabínicos,* conversar com os *hasidim* sobre milagres, mas todas as vezes que sugeria procurá-los minha mãe lembrava que tínhamos que pagar o aluguel, a escola das crianças, e que também precisávamos comer. Não se ganha a vida circulando entre rabinos.

Ouvi minha mãe perguntar a Abraham:

– Se é esse o caso, por que se casou com ela?

Abraham mordeu o grosso lábio inferior.

– A verdade não se torna aparente de imediato. Ela fez tudo parecer agradável. Quando quer, sabe ser doce como mel. Quando a minha Luba morreu me senti desnorteado. O que um homem pode fazer sozinho? Minha barriga ficou desarranjada de comer em restaurantes. Disseram-me que o pai dela era um homem de estudos. Com Luba – que a paz esteja com ela – não tive filhos. Sofria de uma doença de mulher e precisou retirar o útero. Eu queria deixar um filho para rezar o *Kaddish*** por mim. O casamenteiro promoveu o meu encontro com Zevtel e ela foi muito agradável. Segundo me contou, o sobrinho do rabino de Zychlin era meio maluco e um sonhador alienado. Quando lhe levava comida à sala de estudo, não a reconhecia e a confundia com a empregada. Não sabia o que era o quê. Permaneceu menino – existem

---

*Conjunto formado pela residência do rabino, a casa de estudos, o banho ritual, o tribunal religioso, etc. (N. do T.)
**Hino de louvor a Deus recitado em intenção dos mortos. (N. do T.)

homens assim. De qualquer forma, não era páreo para Zevtel. Compreendi depois. Perdoe-me falar assim, era uma mulher que precisava de um macho de verdade. Não quero difamar, ainda mais que há um pergaminho sagrado aqui na arca, mas poderia contar-lhes coisas de deixar o cabelo em pé. Sobre o segundo marido, me disse que comerciava com cereais e era um homem importante na comunidade, mas ela não conseguira conviver com as enteadas. Não tive tempo de verificar tudo isso. Divórcios acontecem. Até rabinos às vezes se divorciam. Mas logo depois de casarmos, começou a mostrar o que era. Queria que me tornasse magarefe oficial da comunidade. Não lhe agradava que fosse apenas um magarefe em Varsóvia. Eu dizia: que diferença faz desde que seja capaz de ganhar a vida? Os magarefes municipais têm uma sinecura que passa de pai para filho. Todos são naturais de Varsóvia e qualquer pessoa da província é um intruso. São cheios do dinheiro e vivem em grande estilo. O rabino de Gur, que os apóia, pode ser um homem santo, mas é poderoso. Quando se é um dos seguidores dele, todas as portas se abrem. Caso contrário, é a perseguição. Supostamente está em comunicação com o céu, mas sabe muitíssimo bem o que se passa aqui em baixo.

Meu pai descansou o copo.

– O que está dizendo, Reb Abraham? O rabino de Gur é um Santo. Ama todos os judeus.

– É. Mas até Moisés escolhia o caminho mais fácil. Seja como for, ela começou a procurar os representantes da comunidade um a um, atrás de um pistolão. Encomendou uma peruca que só cobria metade da cabeça. Não cortava o cabelo, entremeava-o com a peruca. Entrei no quarto e lá estava ela diante do espelho fazendo cachinhos com um ferro de frisar. Perguntei:

"O que significa isso?"

– E ela respondeu: "Não esquente a cabeça".

– Em resumo, estava se aprontando para visitar um representante da comunidade para pedir por mim e queria agradá-lo. Isso me fez arder em cólera. Disse: "Não quero ser magarefe da comunidade, e não se enfeite para eles".

– A maneira como me atacou fazia pensar que eu era seu pior inimigo.

Meu pai apanhou o cachimbo.

– O Talmude diz: "Um homem não vive com uma serpente num cesto".

– E eu não sei? Não contei nem a centésima parte do que aconteceu. Em Zelochow descobri a verdade – o comerciante de cereais por quem se apaixonara não era comerciante algum, apenas um carreteiro que transportava mercadoria. De vez em quando, levava passageiros. Ela viajara em sua carreta para Sochaczew. Era insolente e dizia coisas que fariam um cossaco corar. Afeiçoou-se a ele. Deixou o marido, recusou-se a ser sua mulher. O senhor sabe o que quero dizer.

Minha mãe sacudiu a cabeça. Meu pai disse:

– Pode-se divorciar de uma mulher dessas sem indenização.

– Ela recebera muito dinheiro do primeiro marido. Mas começou a sentir ciúmes. Ele saía pelas estradas e sempre levava a carroça cheia de mulheres – um sujeito grosseiro, um patife. Nunca andava sem uma garrafa de vodca no bolso do paletó e era capaz de comer uma tigela de farinha de trigo sarraceno com gordura de frango do tamanho de uma tina. Deixava a mulher na cidade, infeliz e solitária, e só voltava para casa no Sabá – às vezes nem nesse dia. Agora era ela que queria o divórcio e ele exigiu pagamento – ameaçou partir para a América, abandonando-a se não pagasse. O que ela extorquira do primeiro teve de dar ao segundo, e ainda precisou vender as jóias.

– Uma devassa – comentou minha mãe. – Por que continua com ela?

– Recusa-se a me dar o divórcio. Só me resta conseguir a permissão de cem rabinos.

Meu pai olhou para o livro.

– O rabino Zadock de Lublin, abençoada seja a sua lembrança, tinha uma mulher abominável dessas. Ela trocou um aperto de mão com um oficial. Quando o rabino Zadock descobriu, imediatamente quis se divorciar, mas ela se recusou. E o rabino Zadock teve de percorrer cem cidades para obter as cem assinaturas.

– Só porque trocou um aperto de mão com um oficial? – perguntou Abraham.

– É uma atitude leviana. Quando se dá um passo fora do judaísmo, já se começou a afundar nas 49 portas da profanação – respondeu o meu pai.

– Talvez o russo estendesse a mão e ela tivesse medo de não a apertar – sugeriu minha mãe.

– Só se deve temer o Todo-Poderoso – sentenciou meu pai.

2

Fez-se silêncio. Eu ouvia o pavio chupar o querosene. Do lado de fora, caía uma neve seca e ventava. Meu pai apanhou a bolsa de fumo para encher o cachimbo mas viu que estava vazia. Olhou para mim com uma expressão de interrogação e súplica.

– Itchele, estou sem fumo.

Minha mãe ficou tensa.

– Você não vai mandar a criança sair nesse frio! Além disso, todas as lojas já estão fechadas.

– Se não tenho fumo de manhã, não posso estudar. E nem posso me preparar para a oração matinal.

– A loja do Eli talvez esteja aberta – sugeriu Abraham.

Percebi que Abraham queria se livrar de mim, porque estava prestes a contar segredos que não eram para os ouvidos de um menino. Mas eu queria mesmo andar pela rua. Se ao menos não fosse tão escuro nas escadas. Disse:

– Eu vou.

– Dê-lhe vinte *groschen* – pediu meu pai.

Minha mãe franziu a testa, mas acedeu. Meu pai era um fumante fervoroso. Todas as manhãs, fumava o cachimbo, bebia muitos copos de chá ralo, e escrevia comentários em bloquinhos estreitos. Sábado, ao pôr-do-sol, mal conseguia esperar pelo aparecimento das três estrelas no céu. Minha mãe me vestiu um suéter grosso e enrolou um cachecol no pescoço. Deixou a porta da cozinha aberta enquanto eu descia a escada, porque sabia que tinha medo. Como poderia não ter, sabendo que o mundo estava povoado de demônios, diabos, diabretes? Lembrava da filhinha do vizinho, Jochebed, que morrera no ano anterior. E da alma penada que assombrava a casa em Bilgoray, quebrava as vidraças e atirava pratos. E do menino que fora levado para o castelo de Asmodeus por um espírito mau e forçado a casar com um deles. Era bom que morássemos no segundo andar e não mais alto. Mas o portão era escuro também. Muitas vezes havia um homem ali com uma cara que parecia ter sido esfolada. E trazia um pedaço de reboco preto no lugar do nariz. Nunca soube a quem esperava ali, sozinho, durante horas, no frio e na escuridão. O mais provável é que também estivesse ligado aos espíritos impuros.

Mas no minuto em que passei pelo portão tudo se tornou alegre. Embora não houvesse lua nem estrelas, o céu fulgia com uma luz amarelada, como se existissem por trás das nuvens lampiões celestiais criados especialmente para aquela noite. Os lampiões a gás, encimados por gorros de neve, tinham os vidros brancos de geada, e sua luz permeava as cores do arco-íris. Cada lampião arrastava atrás de si uma trilha de nevoeiro. A neve escondia a pobreza da rua Krochmalna, fazendo-a parecer rica. Eu imaginava que Varsóvia tinha, de alguma maneira sobrenatural, se mudado para o interior da Rússia – talvez para a Sibéria, onde, segundo meu irmão Joshua, o inverno é uma longa noite e os ursos brancos viajam em banquisas de gelo. A sarjeta se tornara um rinque de patinação para meninos. Algumas lojas estavam fechadas, suas vidraças emolduradas pelo gelo e cobertas por ramos de palmeira gelados, iguais aos usados na Festa dos Tabernáculos. Em outras, os fregueses entravam pelas portas traseiras. A loja de especialidades estava vivamente iluminada. Longas salsichas pendiam do teto. Atrás do balcão postava-se Chayele, cortando salsicha, fígado, peito de vitela, rosbife, ou uma mistura de tudo – frios sortidos. Podia-se comer rosquinhas salgadas e salsichas de Frankfurt quentes com mostarda. A uma mesinha, um casal fazia uma ceia tardia. Sabia que estavam noivos. Quem mais ceava numa loja de especialidades? Ele estava vestido metade de forma antiquada, metade de forma atual, um gabardo curto, um pequeno gorro, um colarinho engomado e um peitilho falso de papel. O cabelo sob o gorro reluzia de brilhantina. Eu o conhecia. Era Pesach, cuja especialidade era costurar a parte superior das botas. Na manhã do Sabá, costumava vir à casa de oração, mas depois da refeição do Sabá, levava a noiva ao cinema ou ao teatro iídiche, onde encenavam *Schulamita, Chasia, A órfã, Príncipe Chardas.* Sabia tudo isso pelo que os meninos no pátio me contavam. Conhecia bem a moça, Feigele. Há um ano atrás costumava brincar com as meninas no pátio, atirando nozes num alvo. Também era perita em jogar diabolô. Mas de repente noivara, tornara-se adulta. Prendera o cabelo negro num coque. Meu pai oficiara sua festa de noivado e trouxera um pedaço de bolo para mim. Essa noite, estava usando um vestido verde orlado de pele. Segurava a salsicha de Frankfurt com elegância, curvando o dedo mínimo, e comia mordiscando. Por alguns instantes, observei o par. Senti um grande desejo de chamar "Pesach! Feigele!", mas me contive. Outros meninos podiam se dar o luxo de agir espontaneamente, mas não o filho de um rabino. Se não me comportasse, haveria falatório e me denunciariam aos meus pais.

Era ainda mais interessante espiar o café do Chaim. Havia muitos casais sentados, todos emancipados, não-*hasidim*. O lugar era freqüentado por ladrões e "grevistas" – rapazes e moças que apenas alguns anos antes explodiam bombas e exigiam do czar uma constituição. O que era uma constituição eu ainda não aprendera, mas sabia que na Quarta-Feira Sangrenta dezenas desses moços tinham tombado atingidos pelas balas. Ainda assim, muitos continuaram vivos, e alguns que foram presos tinham sido mais tarde libertados.

Sentavam-se no café do Chaim, comiam pãezinhos com arenque, bebiam café de chicória, às vezes pediam torta de queijo e liam jornais em iídiche. Procuravam saber notícias de outras greves no interior da Rússia ou no exterior. Os grevistas se vestiam diferente dos ladrões. Usavam camisas sem colarinho fechadas com botões de estanho. Não puxavam as palas dos bonés para encobrir tanto os olhos. As moças se vestiam mal, traziam o cabelo preso com travessas. Os ladrões se agrupavam em torno de uma grande mesa redonda e as namoradas usavam vestidos de verão em pleno inverno – vermelhos, amarelos, alguns floridos. Os rostos delas me pareciam ter sido besuntados com *borsch*; os olhos, delineados em negro, brilhavam extraordinariamente. Minha mãe dizia que essas pecadoras tinham perdido tanto este mundo quanto o outro.

Ocasionalmente, meu pai me mandava a esse café para trazer um menino ou uma menina ao seu paço. Meu pai não tinha bedel, e eu fazia às vezes desse funcionário. Quando entrei, todos os freqüentadores começaram a me reprovar. Os trabalhadores apontavam para mim e caçoavam das minhas trancinhas vermelhas. Uma vez um deles me perguntou:

– Você está estudando a Torá,* não está? O que vai ser? Professor de Talmude, revendedor, mascate? – e acrescentou: – Diga a seu pai que os dias dele terminaram.

Os ladrões me chamavam de *schlemiel*, "garoto de *yeschiva*",** "carola". As moças me defendiam: "Não aborreça a criança". Uma vez, uma delas me beijou. Cuspi e saí correndo. Todos no café se riram.

A loja do Eli ainda estava aberta. Comprei um pacote de fumo. Ele vendia cadernos de desenho, creions, borrachas, canetas de aço, lápis, mas se destinavam aos meninos ricos, não a mim, que ganhava uma moeda por dia e às vezes nem isso.

Não voltei imediatamente para casa. Apanhei uma

---

* Sabedoria mosaica, formalizada nos Rolos da Torá. A Torá (ou Pentateuco) é formada por cinco livros. (N. do T.)
** Escola ou seminário de estudos talmúdicos. (N. do T.)

mancheia de neve e a lambi com a ponta da língua. Embora fosse inverno, pensei ouvir além da neve o cricrilar dos grilos. Ou talvez fossem as sinetas nos pescoços dos cavalos que puxavam trenós na rua Iron, onde os lampiões pareciam pequenos e o bonde minúsculo como um brinquedo. Nunca tive coragem de ir até lá sozinho. Na volta, junto ao portão, vi minha irmã Hindele e meu irmão Joshua. Senti-me radiante por não ter que subir as escadas escuras sozinho. Ver meu irmão e irmã juntos na rua era algo incomum. Primeiro, porque não era correto um rapaz *hasid* andar na rua com uma moça – mesmo que fosse sua irmã – e, segundo, porque não se davam bem. Pareciam ter se encontrado por acaso – ele voltando da casa de estudos de Krel na rua Gnoyna, e ela, da casa da amiga Leah. Hindele também tinha medo de subir as escadas escuras. Corri para eles, gritando:

– Hindele! Joshua!

– Por que está gritando como um maluco? – Joshua ralhou comigo. – Não somos surdos.

– O que está fazendo na rua tão tarde? – perguntou Hindele.

Estava vestida como uma senhora, o chapéu preso com alfinetes de pedrinhas brilhantes, uma gola de peles enfeitada com a cabecinha de um animal e um abafo. Já estava noiva e preparava o enxoval.

Joshua usava um longo gabardo e um gorrinho. Tinha trancinhas também, mas as mantinha aparadas. Joshua se tornara esclarecido – "estragado", dizia meu pai. Recusava-se a estudar o Talmude, lia livros mundanos, opunha-se ao uso de um casamenteiro. Quase todos os dias meu pai e ele discutiam. Joshua insistia que os judeus da Polônia viviam como asiáticos. Zombava das trancinhas, dos gabardos que chegavam aos tornozelos. Quanto tempo ainda iam estudar a lei sobre o ovo chocado num dia santo? A Europa, dizia meu irmão, acordara, mas os judeus da Polônia continuavam na Idade Média. Ele empregava palavras modernas que eu não compreendia. Escutava-o argumentar com meu pai, e estava sempre do seu lado. Queria cortar as *minhas* trancinhas, vestir um casaco curto, estudar polonês, russo, alemão, e aprender o que faz um trem andar, como construir um telefone, um telégrafo, um balão, um navio. Nunca me atrevia a participar dessas discussões, mas sabia muito bem que não deixavam homens de longos gabardos e mulheres de peruca e touca entrarem nos Jardins Saxônia. Meu pai vivia me prometendo que, quando o Messias viesse, aqueles que estudavam a Torá seriam salvos e os hereges destruídos. Mas quando viria o Messias? Talvez não viesse nunca.

Minha irmã, Hindele, também já deixara de ser piedosa. Ela e Joshua eram adultos, mas eu ainda era criança. Entre Joshua e eu houve mais dois irmãos, duas meninas que morreram de escarlatina.

Hindele e Joshua me tomaram cada um por uma mão e me levaram pelo portão e escadas escuros. Agora não tinha medo nem do próprio Satanás. Meu irmão comentou com minha irmã

– Veja como é escuro aqui. Nas casas em outras ruas há lampiões a gás ao longo das escadas. Aqui é escuro física e espiritualmente.

– O senhorio procura economizar os trocadinhos do querosene – disse minha irmã.

Entramos na cozinha. Abraham, o magarefe, estava de saída. Sua barriga bloqueou momentaneamente a porta.

3

Nessa noite não houve discussão. Meu pai estava escrevendo comentários. Minha mãe, Hindele, Joshua e eu permanecemos na cozinha. O fogão estava quente e o chá fervia. Minha mãe derretia e clarificava gordura de ganso para a *Hanukkah*.* Joshua contava histórias sobre os Estados

---

* Festa religiosa judaica comemorando a reconsagração do Templo por Judas Macabeu em 165 a.C. (N. do T.)

Unidos. Havia salteadores que se denominavam "A mão negra". Não roubavam roupas de sótãos, como os ladrões da rua Krochmalna, atacavam milionários. Chantageavam para extorquir dinheiro. A polícia tinha receio deles. Joshua falava com minha mãe, mas de vez em quando olhava para mim. Sabia que eu devorava suas palavras. Minha irmã também escutava, ao mesmo tempo em que folheava o jornal iídiche. Estava lendo uma novela em capítulos. Meu irmão e minha mãe costumavam passar os olhos nela também. Minha irmã exclamou:

– Ora! A condessa Louisa escapou.
– Como foi que escapou? – perguntou minha mãe.
– Pela janela.
– Mas ela estava no quinto andar.
– O impetuoso Max ajudou-a com uma escada.
– As coisas que um escritor é capaz de inventar!
– Essa história no jornal é uma porcaria – explicou meu irmão.
– Mas Tolstoi foi um grande escritor. Os editores estão oferecendo 250 mil rublos pelos manuscritos dele.
– Bem, um quadro em Paris foi avaliado por 20 mil francos – disse minha mãe. E quando foi roubado a França inteira se cobriu de luto como se fosse *Tisha Ba'av*.* Quando o recuperaram, as pessoas se beijavam nas ruas. Malucos não faltam – acrescentou.
– A *Mona Lisa*, assentiu meu irmão. – Por que os chama de malucos? Isto é arte. Leonardo da Vinci levou muitos anos para pintá-lo. Nenhum artista antes ou depois dele pintou um sorriso igual.
– Quem é que se importa com um sorriso de mulher? É só idolatria. Antigamente os maus serviam aos ídolos. Agora chamam a isso arte. Uma mulher pode sorrir maravilhosamente e ainda assim ser uma sirigaita.

---

* Festa religiosa judaica realizada no nono dia do 11º mês do calendário judaico para lembrar a destruição do templo de Jerusalém. (N. do T.)

– Que é que a senhora quer, mãe? Que os franceses façam uma peregrinação ao rabino de Gur para recolher as migalhas da mesa dele? Na Europa, querem beleza e não a Torá de um velho que recita salmos e tem uma hérnia.

– Nossa, que maneira de falar! É possível ter uma hérnia e ser mais aceitável aos olhos de Deus do que mil belas *shiksas*.* O Todo-Poderoso ama um coração partido e não um nariz esculpido.

– Como é que a senhora sabe o que o Todo-Poderoso ama?

– Mãe, em Paris agora as mulheres estão usando calças compridas! – exclamou minha irmã.

– Chegará o dia em que vão andar com as cabeças para baixo e os pés para cima – sentenciou minha mãe tampando uma panela. – A gula, a embriaguez e a devassidão entediam e têm que inventar alguma coisa nova.

Ouvia cada palavra: condessa Louisa, Mona Lisa, Paris, arte, Tolstoi, Leonardo da Vinci. Não sabia o que significavam, mas percebia que eram essenciais ao debate. Qualquer que fosse o assunto em nossa casa a conversa sempre acabava na Torá e o mundo, nos judeus e outros povos.

Passado algum tempo, meu irmão puxou uma gramática russa e começou a estudar – *imia sushchestvitelnoye, imia prilegatelnoye, glagol* (substantivo, adjetivo, verbo). Parecia-se com minha mãe, mas era alto e másculo. Eu sabia que os casamenteiros tinham lhe oferecido uma noiva com um dote de mil rublos e seis anos de moradia na casa do sogro. Mas ele recusara. Dizia que só se devia casar por amor.

Hindele tirou algumas amostras da bolsa: seda, veludo, cetim. Estava noiva de um rapaz da Antuérpia. Fora escolhida pelo pai do noivo, o pregador Reb Gedalya, que, embora os filhos vivessem no exterior, era quem procurava noivas para eles. Hindele tinha grandes olhos vivos, rosto rosado e cabelos castanhos. As mulheres no nosso pátio costumavam

---

* Moças não-judias. (N. do T.)

dizer que estava em plena floração – Deus a proteja do mau-olhado. Mas na família sabíamos a verdade – sofria dos nervos. Num minuto ria, no minuto seguinte, chorava. Um dia cobria minha mãe de beijos, no outro a acusava de ser sua inimiga e de tentar mandá-la para o exílio. Um dia era excessivamente piedosa, no outro, blasfemava. Desmaiava com freqüência. Chegara até a tentar se atirar pela janela.

Para mim e para o meu irmão mais novo, Moshe (que estava dormindo no quarto), ela era sempre boa. Trazia balas. Contava histórias do homem selvagem com um olho na testa, de uma ilha de tolos e de um rapaz que achou um fio de cabelo dourado e foi a Madagascar procurar a dona.

Enquanto Hindele examinava as amostras, aproveitei a pausa para pedir:

– Hindele, me conta uma história.

Assim que disse isso, ouvi passos anormalmente pesados nas escadas, uma respiração ruidosa e suspiros. Então alguém bateu à porta. Minha mãe exclamou:

– Quem poderá ser?

– Mãe, não abra – alertou minha irmã. Estava sempre temerosa. Acreditava que Varsóvia era cheia de assassinos e homens em carruagens que seduzem mocinhas e as levam para Buenos Aires para vendê-las como escravas. Chegava a suspeitar que o sogro, Reb Gedalya, era um deles e que deixava a barba branca e as trancinhas crescerem só para enganar as pessoas.

Minha mãe abriu a porta e deparamos com uma velha vestida com roupas do tempo do rei Sobieski – uma touca de copa alta e fitas coloridas, uma capa de veludo bordada de contas, uma saia rodada incomumente longa, com pregas, folhos e uma cauda. Usava brincos muito compridos. O rosto enrugado parecia uma colcha de retalhos. Numa mão trazia uma sacola de fechos de cobre e bolsos externos, na outra, uma trouxa amarrada num lenço florido. É a minha avó Tamerl, pensei.

A velha correu à sua volta um olhar sorridente.

– Essa é a residência de Pinchos Mendel? – perguntou. Nunca ouvira ninguém chamar meu pai pelos dois primeiros nomes. Minha mãe olhou-a espantada.

– É sim. Entre.

– Pobre de mim! Por que moram tão alto? – perguntou a velha numa voz ao mesmo tempo meiga e forte.

Caía neve dos seus sapatos, dos quais só se viam as pontas.

– Ai, essa Varsóvia não é uma cidade, é um país – queixou-se. – As pessoas correm como se – Deus nos livre – houvesse um incêndio. O trem chegou antes das orações preparatórias da noite e, apesar de pedir orientação muitas vezes, não consegui achar sua rua. Você provavelmente é Bathsheba – disse à minha mãe. – E esses são seus filhos – ela fingiu cuspir para afastar o mau-olhado. – Todos se parecem com a avó, Tamerl. Onde está Pinchos Mendel?

– Por favor, sente-se. Descanse a sacola. Aqueça-se – minha mãe indicou uma cadeira.

– Não estou com frio, mas quero lavar as mãos para as orações da noite.

Não parecia uma mulher falando, parecia mais um homem, e um homem de estudos. Meu irmão ergueu os olhos da gramática russa e examinou-a, num misto de admiração e zombaria. Minha irmã estava boquiaberta. A velha pousou a sacola e exclamou:

– Crianças, trouxe biscoitos! Eu mesma os fiz.

Abriu a trouxinha e estava cheia de biscoitos. Cheiravam a canela, amêndoas, cravo e especiarias cujos nomes ignorava, mas meu nariz reconhecia. O *Purim* chegou à nossa cozinha em pleno inverno. A cadeira que minha mãe oferecera era estreita demais para acomodar a saia-balão da visitante. Minha mãe ajudou-a tirar a touca, mas sob aquela havia outra. Estava toda envolta em seda, veludo, fitas e contas. Embora não fosse dia de festa, trazia ao pescoço uma grossa corrente de ouro e um fio de pérolas.

– Grande Matriarca Sarah! – murmurou meu irmão.

Meu pai entrou na cozinha.

A velha exclamou:

– Pinchos Mendel, é você!

Meu pai não olhou para ela, porque não era correto olhar para mulheres, mas parou.

– Quem é a senhora? – perguntou.

– Quem sou eu? Sua tia, Itte Fruma.

O rosto de meu pai se iluminou.

– Itte Fruma!

Se fosse um homem, saberia o que dizer: "A paz esteja convosco", ou "Bendita a sua chegada". Mas como é que se cumprimenta uma mulher? Depois de um momento de silêncio, disse com simplicidade:

– Por que veio a Varsóvia?

– É uma longa história. Fiquei sem casa.

– A sua – Deus nos livre – incendiou?

– Não. Alguém a ofereceu como dote pela filha.

– Como assim?

– Há na nossa cidade um tal Shachno Beiles. É meu vizinho há muitos anos. O coitado tem filhas feias: a mais nova já passou dos trinta anos e continua solteira. Onde é que um pobretão desses vai arranjar um dote? Em suma, ele prometeu ao rapaz a minha casa. Só soube disso depois do casamento. O noivo me procurou e me mostrou que, segundo o contrato de casamento, a minha casa era dele. Não quis envergonhar Shachno Beiles. Ele é uma espécie de estudioso, e fez isso porque estava transtornado. Se eu contasse ao genro que fora enganado, ele poderia fugir da mulher. Já estou velha, pensei, e eles mal começaram a viver. Quanto tempo ainda vou morar nessa casa? Não tenho ninguém para quem deixá-la, exceto você, Pinchos Mendel. Mas já que vive em Varsóvia, para que precisa de uma casa em Tomashov? Além disso, não é um homem conhecedor do mundo. Para tirar renda de uma casa é preciso ser esperto. O telhado carece de obras e há outros consertos a fazer. A despesa de viagem para ir e voltar seria maior do que a renda que poderia obter. Bom, então deixei a casa para eles. De qualquer maneira temos que nos desfazer de tudo. Não se leva nada para o céu a não ser as boas ações. Assim sendo, fiz minha trouxa e vim para cá.

Minha mãe a fitou com simpatia e troça. Vi que Hindele sufocava reprimindo o riso. O rosto de meu irmão exprimia escárnio. Seus lábios se moveram e eu sabia o que diziam: Ásia – asiáticos. O único que não pareceu surpreso foi meu pai. Disse:

– Bem, compreendo. Onde vai morar?

Tia Itte Fruma respondeu:

– Com você.

4

Minha mãe falou francamente com meu pai: se tia Itte Fruma fosse morar em nossa casa, minha mãe levaria a mim e meu irmão Moshe para a casa do pai em Bilgoray. Meu irmão Joshua informou que se mudaria no dia seguinte. Minha irmã Hindele chorou, riu e preveniu que ia devolver o contrato de casamento e partir para os Estados Unidos. Toda essa conversa transcorreu durante a ausência de tia Itte Fruma. Tinha outro parente em Varsóvia e fora visitá-lo. À noite, meu pai cedeu sua cama à tia. Improvisou uma cama num banco do escritório.

Tia Itte Fruma dormia pouco; comportava-se como um antigo homem de estudos *hasid*. Rezava três vezes por dia. Acordava no meio da noite e lamentava a destruição do Templo. Não comia carne durante a semana, somente no Sabá; às segundas e quintas jejuava. Nunca ouvíramos falar de velhas irem ao banho ritual – as mulheres jovens iam ao banho para se purificarem para os maridos –, mas tia Itte Fruma ia ao banho ritual. Joshua, que gostava de caçoar das pessoas, nos garantia que tia Itte Fruma usava camisa franjada por baixo do vestido como um homem. Eu tinha uma bisavó, Hinde Esther, de quem minha irmã recebera o nome, e ela usava camisa franjada e fazia peregrinações ao rabino de Belz. O marido, Isaac, de quem eu recebera o nome, procurava o rabino de Tshernoble. Na nossa família tudo era possível. A saia e a cauda de tia Itte Fruma ocupavam metade do quarto. Mal conseguia passar pela porta. Assoava o nariz com um tipo de lenço que só os rabinos usavam. Cheirava rapé guardado numa caixinha de osso lavrado. A cada passo que dava causava prejuízos. Quebrava pratos, derrubava o tinteiro, virava o candeeiro. Nosso apartamento ficou de pernas para o ar. Reparamos que só possuía as roupas que estava usando. Na sacola, que deixava aberta, havia apenas um grande livro de orações e algumas jóias.

– Onde será que guarda a roupa interior? – minha mãe se perguntava e nos perguntava. – Será que ficou demente?

Meu irmão Joshua dizia:

– Está senil.

Ele dormia agora na casa de um amigo. Fazia muito tempo que queria se mudar. Pretendia usar roupas modernas e estudar pintura.

No terceiro dia após sua chegada, tia Itte Fruma teve uma conversa com minha irmã. Quando Hindele contou que estava noiva, tia Itte Fruma tirou o pesado cordão de ouro do pescoço e deu-o a ela. Minha irmã recusou o presente, mas tia Itte Fruma insistiu.

– Para que preciso de um cordão? Não posso levá-lo para a sepultura.

Minha irmã mostrou o cordão a todos nós. Tinha uma espécie de fecho que os ourives já não faziam. O cordão em si devia pesar quase meio quilo. Hindele levou-o a um joalheiro e ele disse que era ouro de quatorze quilates.

Todos os vizinhos e todos na rua ouviram falar da extraordinária visitante. Mulheres piedosas, gente que trabalhava em obras de caridade vieram ver e conversar com ela. Tia Itte Fruma falou-lhes dos numerosos milagres feitos por rabinos prodigiosos. Temperava o seu iídiche com expressões hebraicas. Recomendava curas mágicas para dores de cabeça, pressões no peito, zumbido nos ouvidos, catarro.

Sentava-se na nossa cozinha e reunia a corte como se fosse a senhora de um feudo. Não tinha um único dente na boca. E quando comia, era apenas mingau de aveia e *borsch*, nos quais umedecia pedacinhos de pão. Minha mãe falava baixinho, mas tia Itte Fruma tinha um vozeirão. Podia-se ouvi-la em todos os cômodos da casa.

Fiquei contente com a visita dessa tia. Comi todos os biscoitos que trouxe. Ouvi minha mãe dizer que ela ia levar eu e meu irmão a Bilgoray, o que significava que andaríamos de trem, veríamos campos, florestas, e faltaríamos ao *cheder*. As histórias de tia Itte Fruma me fascinavam. Ela falava dos 36 santos ocultos, dos demônios disfarçados de seminaristas judeus, dos diabretes, dos espíritos zombeteiros, dos lobisomens e dos duendes. Vira a famosa virgem de Krashnik que estava possuída por um *dibbuk*.* Tia Itte Fruma conversara com o *dibbuk* e nos contou como foi. Quando perguntou ao *dibbuk* por que possuíra a moça, ele respondeu: "Mais uma intrometida entrou em cena! Apanhe o que é seu e volte para o lugar de onde veio." Chamou-a de hipócrita, de santarrona, de carola. Disse que minha tia tinha um sinal de nascença no seio esquerdo, e era verdade.

As mulheres da rua Krochmalna ouviam as histórias e suspiravam, assoavam o nariz, sacudiam a cabeça. Traziam presentinhos para a velha – uma fatia de pão de mel, uma maçã assada, um prato de purê de ameixas. Tia Itte Fruma dava tudo para nós, crianças. Eu lhe beijava a mão e ela me apertava a bochecha. Dizia:

– Seu bisavô, de quem você recebeu o nome, poderia ter sido rabino, mas recusou. Estudava o dia inteiro e sua bisavó, Hinde Esther, sustentava a família. Conheci bem os dois. Tinham uma loja de tecidos e nos intervalos entre um freguês e outro ela lia *A herança dos cervos*. Uma vez, um comerciante de Lublin entrou na loja, viu um xale turco que lhe agradou e comprou-o para a esposa. Deu a Hinde uma nota de cinco

---

* Demônio ou espírito que se apossa de um ser humano. (N. do T.)

rublos e ela devolveu o troco. Horas depois, sua avó descobriu que o comerciante tinha pago seis moedas a mais. Imediatamente fechou a loja e foi à estalagem procurar o comerciante. Mas ele já partira. Não sabia o endereço e nem mesmo o nome dele – apenas que era de Lublin. E Hinde Esther conhecia a lei que diz que se uma pessoa tirar uma moeda sequer que não lhe pertença, não adianta se arrepender. Era preciso encontrar o dono e devolver o que era dele, mesmo que tivesse viajado para o exterior. Sua piedosa bisavó – que ela interceda por todos nós no céu – abandonou o negócio e partiu para Lublin para procurar o comerciante. Durante uma semana e meia, procurou-o em todas as sinagogas, todas as casas de estudo, pousadas e lojas até que finalmente o encontrou e devolveu as seis moedas. Custou-lhe muito dinheiro, além do prejuízo de manter a loja fechada. Sua bisavó era assim.

Um dia, tia Itte Fruma foi passar a noite com seu outro parente. Meu pai voltou a ocupar a cama e eu dormi com ele. No meio da noite acordei. Ouvi meu pai falar, mas ele não estava na cama comigo. Sua voz parecia vir da cama de minha mãe, cuja cabeceira encostava nos pés da nossa cama. Como era possível?, me perguntei. Será que meu pai tinha ido para a cama de minha mãe? Será que meu pai, o rabino, era capaz de se profanar dessa maneira? Prendi a respiração. Ouvi meu pai dizer:

– Ela é uma santa. É um privilégio tê-la em nossa casa.

– Ela é santa demais – respondeu minha mãe. – Se esse homem deu a casa dela como dote, é um vigarista. Não está escrito em livro algum que se deve deixar a filha de um vigarista tomar a nossa casa e nos tornar um fardo para os outros. Desculpe, mas isso é pura loucura.

– Está escrito que é melhor se deixar incinerar num forno do que envergonhar os outros. Todos na cidade iriam descobrir o que esse homem fez e ele seria degradado. O genro talvez fugisse.

Eu queria chamar "Papai!", mas algum instinto me disse para guardar silêncio. Fechei os olhos e adormeci.

No dia seguinte, tia Itte Fruma regressou e nos informou que estava de mudança. Ia morar com esse outro parente, que não tinha afinidade conosco. Era parente de seu falecido marido, relojoeiro, e seus filhos já estavam casados. Possuía um espaçoso apartamento na rua Prosta.

Durante um ano e meio tia Itte Fruma morou lá. Costumava nos visitar e sempre trazia um lenço com biscoitos de Sabá, nozes e passas. Conversava com meu pai sobre a Torá. Contava-nos muitas histórias sobre avôs, bisavôs, tios-avós, tias-avós. Do lado paterno, eu tinha família na Hungria e na Galícia.* Meu irmão Joshua se afeiçoou a ela e, sem que soubesse, desenhou seu retrato. Quando minha irmã, Hindele, se casou, a cerimônia foi em Berlim. Tia Itte Fruma deu-lhe um presente de casamento. Minha mãe se arrependeu de ter falado mal dela. Agora admitia que Itte Fruma era uma mulher santa, como as de antigamente.

Um dia me disseram que tia Itte Fruma morrera. Estava na casa dos oitenta. Embora residisse em Varsóvia há apenas dezoito meses, teve um enterro bem grande. Os representantes da comunidade a sepultaram entre os cidadãos de destaque. Deixou para minha mãe os brincos e o grosso livro de orações, encadernado em madeira, com um fecho de latão. Eu folheava muitas vezes esse livro. Tinha orações e lamentações que não se encontrava em outros livros de orações – recitativos para os dias de jejum em memória dos mártires do tempo de Chmielnitzki, do de Gonta, provações em Praga, em Frankfurt, até na França. As páginas estavam amareladas de velhice, manchadas de sebo de velas e vestígios de lágrimas. Deus sabe quantas avós e tias-avós o usaram. Tinha o perfume dos Dias de Temor, de sais aromáticos usados no *Yom Kippur*;** trazia recordações dos éditos seculares e dos mila-

---

*Antiga província do sul da Polônia, hoje dividida entre a Polônia e a Ucrânia. (N. do T.)
** Festa religiosa judaica em que os crentes permanecem em jejum e pedem perdão a Deus por seus pecados. (N. do T.)

gres de Deus para o Seu povo posto à prova. Algumas das súplicas e liturgias estavam vertidas para o iídiche-alemão numa letra que parecia meio desenhada meio impressa.

Uma manhã, ouvi meu pai dizer:

– Ela abandonou uma casa em Tomashov e construiu para si uma mansão no paraíso.

– Vamos visitá-la lá? – perguntei.

– Quem sabe? Se merecermos.

– Olhe só esse menino! – Minha mãe ficou de repente zangada.

– Lave o rosto. Vá ao *cheder*. Não faça perguntas bobas!

Traduzido pelo autor e por Dorothea Straus.

A chave

Por volta das três horas da tarde, Bessie Popkin começou a se preparar para ir à rua. A idéia de sair estava ligada a muitas dificuldades, especialmente num dia quente de verão: primeiro, forçar o corpo volumoso a entrar no modelador, apertar os pés inchados nos sapatos e pentear o cabelo, que Bessie tingia em casa e que crescia rebelde e raiado de todas as cores – amarelo, preto, cinza, vermelho; segundo, certificar-se de que, enquanto estivesse ausente, os vizinhos não arrombassem o apartamento para roubar roupas de cama e mesa, vestidos, documentos, ou só para desarrumar as coisas e fazê-las desaparecer.

Além dos algozes humanos, Bessie ainda era atormentada por demônios, duendes e os poderes do mal. Escondia os óculos na mesa de cabeceira e os encontrava no chinelo. Guardava o vidro de tintura de cabelo no armário de remédios; dias mais tarde descobria-o debaixo do travesseiro. Uma vez, deixou uma panela de *borsch* na geladeira, mas o Invisível tirou-a de lá e, depois de muito procurar, Bessie deparou-se com a sopa no armário de roupa. Na superfície havia uma espessa camada de gordura que desprendia um cheiro de sebo rançoso.

As coisas por que passava, as peças que lhe pregavam e o quanto tinha de lutar para não perecer ou sucumbir à loucura, só Deus sabia. Desistira de ter telefone porque malfeitores e degenerados lhe telefonavam dia e noite tentando extrair segredos. O leiteiro porto-riquenho uma vez tentara estuprá-la. O entregador da mercearia tentara queimar seus pertences com um cigarro. Para despejá-la do apartamento de aluguel tabelado onde morava há 35 anos, a companhia e o porteiro infestaram seu apartamento de ratos, camundongos e baratas.

Bessie há muito tempo percebera que não havia um meio eficaz de se proteger daqueles que estavam decididos a ser malvados – nem a porta de metal, nem a fechadura especial, nem as cartas à polícia, ao prefeito, ao FBI ou até ao presidente em Washington. Mas enquanto a pessoa respirasse era preciso comer. Levava tempo verificar as janelas, as saídas de gás, trancar as gavetas. O dinheiro em notas ela guardava nos volumes da enciclopédia, nos exemplares antigos da *National Geographic,* e nos velhos registros contábeis de Sam Popkin. As ações e títulos Bessie guardava entre as toras de lenha da lareira, que nunca era usada, e também sob os assentos das poltronas. As jóias, ela cosera no colchão. Houve tempo em que Bessie tivera cofres no banco, mas há muito se convencera que os guardas tinham chaves mestras.

Por volta das cinco horas, Bessie estava pronta para sair. Olhou-se uma última vez no espelho – baixa, gorda, a testa estreita, o nariz chato, olhos amendoados e apertados como os de um chinês. Do queixo saía uma barbicha branca. Usava um vestido desbotado com estamparia de flores, um chapéu de palha deformado e enfeitado com cerejas e uvas de madeira, e sapatos enxovalhados. Antes de sair, fez uma inspeção final nos três cômodos e na cozinha. Por toda parte havia roupas, sapatos e pilhas de cartas que Bessie não abrira. O marido, Sam Popkin, que morrera há quase vinte anos, tinha liquidado os negócios imobiliários antes de morrer, porque estava prestes a se mudar para a Flórida. Deixara-lhe ações, títulos e contas de poupança, bem como algumas hipotecas. Ainda hoje, as firmas escreviam para Bessie, enviavam relatórios, cheques. O serviço de rendas internas cobrava os impostos devidos. De tantas em tantas semanas recebia anúncios de uma companhia funerária que vendia lotes em "cemitérios arejados". No passado, Bessie costumava responder cartas, depositar cheques, registrar as entradas e saídas de dinheiro. Ultimamente negligenciara tudo. Chegara mesmo a parar de comprar o jornal e de ler a seção financeira.

No corredor, Bessie meteu entre a porta e o portal cartões com símbolos que somente ela seria capaz de reconhecer. O buraco da fechadura ela encheu com massa de vidraceiro. Que mais poderia fazer – uma viúva sem filhos, parentes nem amigos? Houve tempo em que os vizinhos costumavam abrir a porta dos apartamentos, espiar e rir dos seus cuidados exagerados; outros a provocavam. Mas isso acabara há muito tempo. Bessie não falava com ninguém. Não enxergava bem, tampouco.

Os óculos que usava há anos não adiantavam nada. Ir a um oculista para fazer novos, dava muito trabalho. Tudo era difícil – até entrar e sair do elevador, cuja porta fechava com estrondo.

Bessie raramente se afastava mais de dois quarteirões do seu prédio. A rua entre Broadway e Riverside Drive dia a dia se tornava mais barulhenta e suja. Bandos de moleques corriam seminus. Homens morenos de cabelos crespos e olhos desvairados brigavam com mulherzinhas cujos ventres estavam sempre inchados de gravidez. Discutiam em vozes matraqueantes. Os cães latiam, os gatos miavam. Irrompiam incêndios e chegavam carros de bombeiros, polícia e ambulâncias. Na Broadway, as velhas mercearias tinham sido substituídas por supermercados, onde se precisa apanhar os alimentos, colocá-los num carrinho e se postar numa fila diante do caixa.

Deus do céu, desde que Sam morrera, Nova York, os Estados Unidos – talvez o mundo inteiro – estavam se desmoronando. Todas as pessoas decentes mudaram da vizinhança que fora tomada por ladrões, assaltantes, prostitutas. Tinham batido a carteira de Bessie três vezes. Quando se queixou à polícia, riram. Todas as vezes que se atravessava a rua, arriscava-se a vida. Bessie deu um passo e parou. Alguém a aconselhara a usar uma bengala, mas estava longe de se considerar velha ou aleijada. Regularmente pintava as unhas de vermelho. Às vezes, quando o reumatismo a deixava em paz, tirava dos armários as roupas que costumava usar, experimentava-as e se estudava no espelho.

Abrir a porta do supermercado era impossível. Tinha que esperar alguém abri-la. O supermercado em si era um lugar que só o diabo poderia ter inventado. As lâmpadas projetavam uma luz ofuscante. As pessoas que empurravam carrinhos eram capazes de derrubar qualquer um que estivesse no caminho. As prateleiras eram altas demais ou baixas demais. O barulho era ensurdecedor; e o contraste entre o calor externo e a temperatura enregelante do supermercado! Era um milagre que não apanhasse uma pneumonia. E, principalmente, Bessie era atormentada pela indecisão. Apanhava cada mercadoria com a mão trêmula e lia a etiqueta. Isto não era a sofreguidão da juventude, mas a incerteza da idade. Segundo os cálculos de Bessie, as compras de hoje não deviam levar mais de 45 minutos, mas duas horas se passaram e ainda não terminara. Quando finalmente empurrou o carrinho até o caixa, ocorreu-lhe que esquecera da aveia. Voltou e uma mulher tomou o seu lugar na fila. Mais tarde, quando pagou, surgiu um novo problema. Bessie guardara a nota do lado direito da bolsa, mas não estava lá. Depois de muito procurar, encontrou-a numa bolsinha de níqueis do lado oposto. É, quem acreditaria que isso era possível? Se contasse a alguém, pensariam que estava a ponto de ir para o hospício.

Quando Bessie entrou no supermercado, o dia ainda estava claro; agora se aproximava do fim. O sol, amarelo e dourado, desaparecia para os lados do rio Hudson, das montanhas enevoadas de Nova Jersey. Os prédios da Broadway reverberavam o calor absorvido. Das grades, sob as quais os trens subterrâneos estrondeavam, subiam vapores malcheirosos. Bessie segurava numa mão a pesada saca de compras e, na outra, apertava com força a bolsa. A Broadway nunca lhe parecera tão violenta, tão suja. Fedia a asfalto amolecido, gasolina, fruta podre, excremento de cães. Na calçada, entre jornais rasgados e tocos de cigarros, saltitavam os pombos. Era difícil entender como esses bichos evitavam serem pisados pelos passantes que se acotovelavam. Do céu poente em chamas caía uma poeira dourada. Diante de uma loja decorada com grama artificial, homens de camisas suadas engoliam, apressados, suco de mamão e abacaxi, como se tentassem extinguir o fogo que lhes consumia as entranhas. Do teto pendiam cocos esculpidos em forma de índios. Numa rua transversal, crianças brancas e negras tinham aberto um hidrante e chapinhavam nuas na sarjeta. No meio daquela onda de calor, um caminhão com alto-falantes passava tocando músicas estridentes, propaganda ensurdecedora de um candidato a um cargo político. Da traseira do caminhão, uma moça com o cabelo espetado como se fosse de arame atirava panfletos.

Estava tudo além das forças de Bessie – atravessar a rua, esperar o elevador e saltar no quinto andar antes que a porta batesse. Bessie pousou as compras no chão junto à porta e procurou as chaves. Usou a lima de unhas para retirar a massa de vidraceiro do buraco da fechadura. Meteu a chave e girou-a. Mas, que infelicidade, a chave quebrou. Só restou o punho em sua mão. Bessie percebeu a extensão da catástrofe. As outras pessoas no prédio tinham duplicatas das chaves penduradas no apartamento do porteiro, mas ela não confiava em ninguém – há algum tempo, mandara mudar o segredo, que, estava segura, nenhuma chave mestra conseguiria abrir. Em algum lugar numa gaveta tinha uma duplicata da chave, mas só trazia aquela consigo.

– Bom, isso é o fim – exclamou Bessie alto.

Não havia ninguém a quem pedir ajuda. Os vizinhos eram seus inimigos mortais. O porteiro só esperava a sua derrocada. A garganta de Bessie estava tão apertada que nem conseguia gritar. Olhou à sua volta, esperando ver o demônio responsável por esse último golpe. Bessie há muito tempo fizera as pazes com a morte, mas morrer à porta de casa ou nas ruas era muito duro. E quem sabe quanto tempo uma agonia dessas poderia durar? Começou a refletir. Haveria em algum lugar uma loja aberta que fizesse chaves? Mesmo que houvesse, de onde o ferreiro iria copiar? Teria que vir até ali com as ferramentas. Para isso, seria preciso um mecânico ligado à firma que produzia essas fechaduras especiais. Se ao menos tivesse dinheiro com ela. Mas nunca levava mais do que necessitava gastar. A caixa no supermercado lhe devolvera apenas uns vinte centavos.

– Oh, mamãe querida, não quero mais viver! – Bessie falou em iídiche, surpresa de que, inesperadamente, revertesse àquela língua meio esquecida.

Depois de muito hesitar, Bessie decidiu voltar à rua. Talvez uma loja de ferragens ou uma daquelas lojinhas que se especializavam em chaves ainda estivessem abertas. Lembrava-se que costumava haver uma cabine de chaveiro no bairro. Afinal, as chaves de outras pessoas deviam quebrar. Mas o que faria com as compras? Eram demasiado pesadas para levar. Não havia escolha. Teria que deixar a saca na porta. "Eles roubam tudo", Bessie disse a si mesma. Quem sabe, talvez os vizinhos tivessem intencionalmente mexido na fechadura para que não pudesse entrar no apartamento enquanto a roubavam ou vandalizavam seus pertences.

Antes de descer, Bessie encostou o ouvido na porta. Não ouvia nada exceto um murmúrio constante, cuja causa ou origem Bessie não conseguia imaginar. Às vezes tiquetaqueava como um relógio; outras, zumbia ou gemia – uma entidade aprisionada nas paredes ou nos canos de água. Mentalmente Bessie disse adeus à comida, que deveria estar guardada na geladeira, ao invés de abandonada ali ao calor. A manteiga ia derreter, o leite ia azedar.

– É um castigo! Estou amaldiçoada, amaldiçoada – murmurou.

Um vizinho ia descer no elevador e Bessie fez sinal pedindo que segurasse a porta. Talvez fosse um dos ladrões. Poderia tentar assaltá-la, atacá-la. O elevador desceu e o homem abriu a porta para ela. Quis agradecer, mas permaneceu calada. Por que agradecer a um inimigo? Era apenas um truque sujo.

Quando Bessie saiu para a rua, a noite caíra. A sarjeta estava inundada. As luzes da rua se refletiam na poça escura como se fosse um lago. Mais uma vez havia um incêndio no bairro. Ouviu o lamento da sirene, o som metálico dos carros de bombeiros. Seus sapatos estavam molhados. Ela desembocou na Broadway e o calor a atingiu como se fosse uma folha de estanho. Tinha dificuldade de ver durante o dia; à noite, era quase cega. Havia luz nas lojas, mas o que exibiam Bessie não conseguia distinguir. Transeuntes esbarravam nela, e Bessie lamentou que não tivesse uma bengala. Não obstante, começou a caminhar junto às vitrines. Passou por uma drogaria, uma padaria, uma loja de tapetes, uma casa funerária, mas não via sinal de loja de ferragens. Bessie continuou andando. Sua energia diminuía, mas estava decidida a não desistir. O que deveria uma pessoa fazer quando a chave quebrava – morrer? Talvez recorrer à polícia. Talvez houvesse alguma instituição que cuidasse desses casos. Mas onde?

Parecia ter havido um desastre. A calçada estava apinhada de espectadores. Carros da polícia e uma ambulância bloqueavam a rua. Alguém molhava o asfalto com uma mangueira, provavelmente limpando o sangue. Ocorreu a Bessie que os olhos dos circunstantes brilhavam com lúgubre satisfação. Eles têm prazer com a desgraça dos outros, pensou. É o seu único consolo nessa cidade infeliz. Não, não encontraria ninguém que a ajudasse.

Chegara a uma igreja. Uns poucos degraus levavam à porta fechada, que era protegida por uma aba do telhado imersa em sombras. Bessie mal conseguia sentar. Os joelhos bamboleavam. Os sapatos tinham começado a machucar nos dedos e acima dos calcanhares. Uma barbatana do modelador partiu e espetou-lhe a carne. "Bom, todos os poderes do mal estão contra mim esta noite". Um misto de fome e náusea mordeu suas entranhas. Uma acidez subiu-lhe à boca. "Deus que está no céu, é o meu fim". Lembrou-se de um provérbio iídiche: "Se alguém vive sem pagar suas dívidas, morre sem confissão". Ela nem mesmo fizera um testamento.

2

Bessie devia ter cochilado, porque quando abriu os olhos havia uma quietude de noite alta na rua quase vazia e escura. As vitrines das lojas já tinham se apagado. O calor evaporara e ela sentiu o corpo frio sob o vestido. Por um momento pensou que a bolsa fora roubada, mas estava caída um degrau abaixo, para onde provavelmente escorregara. Bessie tentou esticar a mão para apanhá-la; o braço estava dormente. A cabeça, encostada na parede, pesava como uma pedra. As pernas estavam insensíveis. Os ouvidos pareciam cheios de água. Ergueu uma pálpebra e viu a lua. Flutuava baixa no horizonte sobre um telhado plano, e junto a ela piscava uma estrela esverdeada. Bessie admirou-se. Quase esquecera que havia um céu, uma lua, estrelas. Anos se passaram e nunca olhara para cima – sempre para baixo. Trazia as janelas fechadas por cortinas para que os espiões do outro lado da rua não pudessem vê-la. Bom, se havia um céu, talvez também houvesse um Deus, anjos, Paraíso. Em que outro lugar descansariam as almas de seus pais? E onde estaria Sam agora?

Ela, Bessie, abandonara todos os deveres. Nunca visitava o túmulo de Sam no cemitério. Nem mesmo acendia uma vela no aniversário de sua morte. Estava tão imersa em sua luta contra os poderes inferiores que não se lembrava dos superiores. Pela primeira vez em anos, Bessie sentiu necessidade de recitar uma oração. O Todo-Poderoso teria piedade dela mesmo que não a merecesse. O pai e a mãe talvez intercedessem por ela lá em cima. Algumas palavras em hebraico estavam na ponta de sua língua, mas não conseguia recordá-las. Então se lembrou. "Ouve, ó Israel". Mas, e depois? "Deus me perdoe", disse Bessie. "Mereço tudo que me acontece".

A rua se tornou mais silenciosa e mais fresca. Os sinais de tráfego mudavam de vermelho para verde, mas raramente passava um carro. De algum lugar surgiu um negro. Cambaleava. Parou não muito longe de Bessie e pousou os olhos nela. A seguir, continuou seu caminho. Bessie sabia que sua bolsa estava cheia de documentos importantes, mas pela primeira vez não se importou com isso. Sam lhe deixara uma fortuna; não adiantara nada. Continuara a guardar dinheiro para a velhice como se ainda fosse jovem. "Quantos anos tenho?", Bessie se perguntou. "Que fiz todos esses anos? Por que não fui para algum lugar gozar o dinheiro, ajudar alguém?" Alguma coisa nela riu. "Estava possuída, completamente fora de mim. De que outra maneira se pode explicar?" Bessie estava estarrecida. Sentia-se como se acordasse de um longo sono. A chave partida abrira uma porta em seu cérebro que se fechara quando Sam morreu.

A lua passara para o outro lado do telhado – anormalmente grande, vermelha, a face obliterada. Agora estava quase frio. Bessie estremecia. Percebeu que não seria difícil apanhar uma pneumonia, mas o medo da morte desaparecera junto com o medo de ficar ao desabrigo. Brisas frescas sopravam do rio Hudson. Novas estrelas apareceram no céu. Um gato preto se aproximou do lado oposto da rua. Por instantes, parou na beirada da calçada e seus olhos verdes se fixaram em Bessie. Então lenta e cautelosamente se acercou dela. Durante anos Bessie odiara os animais – cães, gatos, pombos, até andorinhas. Transmitiam doenças. Sujavam tudo. Bessie acreditava que havia um demônio em cada gato. Receava principalmente um encontro com um gato preto, que era sempre um sinal de mau agouro. Mas agora Bessie sentiu amor por esse bicho que não tinha casa, nem posses, nem portas, nem chaves, e vivia da generosidade de Deus. Antes do gato se achegar a Bessie, cheirou a bolsa. Então começou a esfregar as costas na perna dela, erguendo a cauda e miando. O pobrezinho está com fome. Gostaria de poder lhe dar alguma coisa. Como é que alguém pode odiar um bicho desses, Bessie se perguntou. Oh, minha mãe, eu estava enfeitiçada, enfeitiçada. Começarei vida nova. Um pensamento traiçoeiro perpassou-lhe a mente: talvez torne a casar?

A noite não transcorreu sem aventuras. Uma vez, Bessie

viu uma borboleta branca no ar. Pairou por instantes sobre um carro estacionado e levantou vôo. Bessie sabia que era a alma de um bebê recém-nascido, pois borboletas verdadeiras não voam depois do anoitecer. Outra vez, acordou e viu uma bola de fogo, uma espécie de bolha de sabão acesa, voar de um telhado para outro e desaparecer. Tinha consciência de que estava vendo a alma de alguém que acabara de morrer.

Bessie adormecera. Acordou assustada. O dia clareava. O sol nascia para os lados do Central Park. Bessie não conseguia vê-lo dali, mas na Broadway o céu se tornava rosado e sanguíneo. No prédio à esquerda, chamas luziam nas janelas; as vidraças deslizavam e piscavam como as vigias de um navio. Um pombo pousou ali perto. Saltitava nos pezinhos vermelhos e bicava alguma coisa que talvez fosse um pedacinho de pão dormido ou de lama seca. Bessie se sentia aturdida. Como é que esses pássaros vivem? Onde dormem à noite? E como podem sobreviver às chuvas, ao frio, à neve? Vou para casa, decidiu Bessie. As pessoas não vão me deixar na rua.

Levantar foi um tormento. O corpo parecia colado ao degrau em que se sentara. As costas doíam e as pernas formigavam. Apesar disso, começou a caminhar lentamente para casa. Respirou o ar úmido da manhã. Cheirava a grama e a café. Já não estava só. Das ruas transversais surgiam homens e mulheres. Iam trabalhar. Compravam jornais na banca e desciam as escadas do metrô. Estavam silenciosos e estranhamente tranqüilos, como se eles, também, tivessem passado a noite examinando a alma e saído purificados. A que horas se levantam para estar a caminho do trabalho agora?, admirava-se Bessie. Não, nem todos no bairro eram malfeitores e criminosos. Um rapaz chegou mesmo a acenar bom-dia com a cabeça para Bessie. Tentou sorrir para ele, percebendo que esquecera aquele gesto feminino que conhecera tão bem na juventude; fora quase a primeira lição que a mãe lhe ensinara.

Chegou ao prédio e do lado de fora estava o porteiro irlandês, seu inimigo mortal. Conversava com os lixeiros. Era um gigante, de um nariz curto, lábio superior protuberante, faces encovadas e queixo pontudo. O cabelo louro escondia uma parte calva da cabeça. Lançou à Bessie um olhar assustado.

– O que aconteceu, vovó?

Gaguejando Bessie lhe contou o que se passara. Mostrou-lhe o punho da chave que mantivera apertado na mão a noite inteira.

– Nossa Senhora! – exclamou.
– Que farei? – perguntou Bessie.
– Vou abrir sua porta.
– Mas o senhor não tem chave mestra.
– Temos que poder abrir todas as portas em caso de incêndio.

O porteiro entrou no apartamento dele e desapareceu por alguns minutos, então voltou com algumas ferramentas e um molho de chaves. Subiu no elevador com Bessie. A saca de compras continuava à porta, mas parecia desfalcada. O porteiro se ocupou da fechadura. Perguntou:

– Que são esses cartões?

Bessie não respondeu.

– Por que a senhora não me procurou para contar o que aconteceu? Ficar vagando pelas ruas a noite inteira na sua idade – meu Deus!

Enquanto usava as ferramentas, uma porta se abriu e uma mulherzinha de roupão e chinelas, o cabelo pintado e preso em rolinhos, apareceu. Disse:

– Que aconteceu com a senhora? Todas as vezes que abri a porta, vi essa saca. Tirei a manteiga e o leite e guardei na minha geladeira.

Bessie mal conseguia conter as lágrimas.

– Ah, que gente boa – disse. – Eu não sabia que...

O porteiro removeu a outra metade da chave de Bessie. Trabalhou mais um pouco. Girou uma chave e a porta se abriu. Os cartões caíram. Entrou no vestíbulo com Bessie e ela sentiu o bafio de um apartamento que não é habitado há muito tempo. O porteiro disse:

– Da próxima vez que acontecer uma coisa assim, me chame. É para isso que estou aqui.

Bessie queria lhe dar uma gorjeta, mas suas mãos estavam fracas demais para abrir a bolsa. A vizinha trouxe o leite e a manteiga. Bessie foi para o quarto e se deitou na cama. Sentia uma pressão no peito e vontade de vomitar. Alguma coisa pesada vibrava dos pés para o peito. Bessie prestou atenção sem se alarmar, apenas curiosa com os caprichos do corpo; o porteiro e a vizinha conversavam, mas Bessie não conseguia compreender o que diziam. A mesma coisa acontecera com ela, há mais de trinta anos, quando lhe deram anestesia no hospital antes de uma operação – o médico e a enfermeira falavam, mas as vozes pareciam vir de muito longe murmurando numa língua estrangeira.

Logo se fez silêncio e Sam apareceu. Não era dia nem noite – um crepúsculo estranho. No sonho, Bessie sabia que Sam estava morto, mas que conseguira sair clandestinamente da sepultura para visitá-la. Estava fraco e sem jeito. Não falava. Eles vagaram por um espaço sem céu, sem terra, um túnel cheio de entulho – os destroços de uma estrutura indefinida –, um corredor escuro e tortuoso, porém, de alguma forma, familiar. Chegaram a uma região onde duas montanhas se encontravam e a passagem entre as duas resplandecia como um nascer ou um pôr-de-sol. Pararam ali, hesitantes, e até mesmo um pouco envergonhados. Como naquela noite da lua-de-mel quando chegaram a Ellenville nas montanhas Catskills e foram conduzidos pelo proprietário do hotel à suíte nupcial. Ouviu as mesmas palavras que o homem dissera então, com a mesma voz e entonação:

– Não precisam de chave aqui. É só entrar e *mazel tov.**

Traduzido pelo autor e por Evelyn Torton Beck.

---

* Saudação festiva em hebraico que significa "boa sorte". (N. do T.)

O dr. Beeber

No Clube dos Escritores em Varsóvia, todos conheciam o dr. Mark Beeber, um homem alto, de ombros largos e vasta cabeleira escura começando a embranquecer nas têmporas. Os olhos castanhos, brilhando sob sobrancelhas espessas, sempre me lembravam as cerejas secas nos cálices de coquetel. Em estilo professoral, usava um chapéu felpudo de abas largas. Pensava-se que era natural da Boêmia, embora proviesse de uma rica família *hasid*. Antes da Primeira Guerra Mundial, estudara filosofia na Suíça. Há anos não tinha emprego. Vivia em algum lugar num dos bairros gentios, num quarto alugado.

Os sócios do Clube dos Escritores se surpreendiam que o dr. Beeber conseguisse viver sem ganhar nada. Uns acreditavam que recebia uma pequena renda do que restara dos bens do pai. (Mendel Beeber, o pai, se casara na velhice com uma moça de dezenove anos que lhe dera onze filhos.) Outros diziam que era um gigolô, sustentado por uma velha. Certos sócios do Clube dos Escritores sabiam que cada noite ele jantava numa casa diferente, como um seminarista; velhos amigos e parentes o convidavam para jantar, cear e visitar suas casas de campo entre Varsóvia e Otwock. De quando em quando, o sindicato dos escritores lhe dava a oportunidade de substituir algum jornalista ou revisor que saía de férias.

Como quer que vivesse, Mark Beeber continuava bem-humorado e tinha prazer na vida. Mesmo pobre, fumava charutos finos. Embora velhos, seus ternos eram de *tweed* inglês. Passava horas contando histórias sobre a Suíça. Conhecera todo o mundo pessoalmente: Lênin, Kropotkin, Bergson, Kuno Fischer, Wundt, Georg Kaiser – e até alguns príncipes e pretendentes a tronos. Jogara roleta em Monte Carlo. Nos anos que passara estudando, bebera numerosas canecas de cerveja com *junkers* prussianos e uma vez servira de padrinho para um deles num duelo. Era um hedonista na teoria e na prática. Os sócios do Clube dos Escritores duvidavam da validade do seu título de doutor. Nunca defendera uma tese. Mas estava familiarizado com todos os movimentos filosóficos alemães. Embora se considerasse um epicurista, tinha David Hume, Kant e Schopenhauer em alta conta. Presenteou-me com dois livros escritos por amigos pessoais, o professor Messer e o professor Bauch, ambos kantianos. Reparei que os livros tinham o carimbo da biblioteca universitária de Berna.

Apesar de ser vinte e tantos anos mais velho que eu, éramos amigos. Eu o tratava por "senhor"; ele empregava o "vós". Chamava-me de Tsutsik (filhote). Dizia:

– Continue escrevendo, Tsutsik. Eu tentei, mas não tenho paciência para ficar sentado. No minuto que ergo a caneta, o telefone toca. Não gosto de perder tempo escrevinhando. Quem precisa de tantos livros? Se tenho o que comer, como; quando tenho *schnapps,* bebo. Há sempre mulheres disponíveis. Essa mercadoria nunca escasseia.

Eu sabia que estava dizendo a verdade. Tinha o dom de encontrar divorciadas, viúvas, solteironas e mulheres que andavam apenas atrás de um caso. No Clube dos Escritores era constantemente chamado ao telefone. Mulheres românticas, tagarelas o impacientavam. Procurava aquelas que não exigiam, segundo ele, "um prólogo" e "um epílogo".

Por volta dessa época os meus rendimentos começaram a aumentar. Traduzi *A montanha mágica* de Thomas Mann para o iídiche, e diversos outros romances para a imprensa iídiche. Vez por outra, convidava o dr. Beeber para almoçar. Ele pedia uma bebida, uns sete pratos e comia todos os pães que havia na cesta. Entre um prato e outro, tirando baforadas do charuto, contava inúmeros casos. Viajara extensamente, vivera em quase todas as capitais da Europa. Além de iídiche, sabia alemão, russo, francês e italiano. Hebraico, também. Em criança, estudara no seminário. Praticara alpinismo por algum tempo, e me falava de suas excursões nos Alpes. Suas histórias sempre levavam à mesma conclusão: tudo era vaidade, todos os filósofos estavam enganados, todos os ideais eram tolos e hipócritas. O homem não passava de um macaco ardiloso. Porém, quando não se consegue pagar o aluguel, fica-se em apuros.

Com o passar do tempo, encontrava-o com freqüência de mau humor. Nessas ocasiões, despejava seus problemas. Estava envelhecendo e falhara em tudo. Sentia-se doente e cansado. Um médico lhe dissera que tinha gordura em torno do coração, proibira-o de fumar, beber e comer alimentos graxos. Também o alertara quanto aos exageros sexuais. O dr. Beeber dizia que precisava era de descanso espiritual. Mas de que maneira a pessoa pode descansar se a cada alvorecer repete a pergunta de como viver o dia? E, sobretudo, temia a velhice. Que faria quando o cabelo se tornasse todo branco? Quem cuidaria dele então? E se adoecesse, o que aconteceria? Seria esquecido numa cama de hospital. Rejeitara a família e ela o repudiara; não reconheceria os irmãos e irmãs se os visse na rua.

Seu cabelo se tornou mais grisalho, suas roupas mais velhas. Muitas vezes reparei que os cordões das ceroulas pendiam sobre os sapatos. Começou a fumar charutos baratos e malcheirosos. Manchava a roupa de comida quando comia. Suas histórias e piadas se tomaram repetitivas. Se não se casasse logo, sucumbiria. Um dia, falei-lhe que havia casamenteiros em Varsóvia.

Ele me lançou um olhar malicioso, soprando anéis de fumaça.

– Sossegue, Tsutsik. Ainda não decaí tanto.

Durante algumas semanas tirei férias numa aldeia próxima ao mar Báltico. Na volta, me informaram que o dr. Beeber casara. No dia seguinte o dr. Beeber me telefonou. Como nunca falara com ele ao telefone, mal reconheci sua voz.

– Tsutsik – disse –, andei lhe procurando. Segui o seu conselho. Você está falando com um cidadão respeitável de Varsóvia.

– *Mazel tov*! Soube da boa notícia. Não poderia ter feito nada mais sensato.

– Aconteceu da noite para o dia. Alguém nos apresentou e as coisas foram se encaminhando. Sabe, eu detesto produções arrastadas. O Talmude proíbe que se fale demais com uma mulher; isto significa que ela está limitada a sim ou não. Minha esposa é burguesa mas encantadora, recebeu uma educação formal mais completa que a minha – terminou o ginásio. E não é nada feia. Profundamente apaixonada por mim, também. Que mais se pode pedir na minha idade, na minha situação? Agora tenho uma casa – tudo. Não consigo acreditar que fui livre tanto tempo. Devo ter mesmo uma constituição de ferro. Espere, Saltsche quer falar com você. Ela sabe tudo a seu respeito. Dei-lhe um dos seus contos para ler. Um instantinho.

Ouvi um sotaque iídiche-polonês típico.

– Tsutsik, posso chamá-lo de Tsutsik? É um nome maravilhoso. Pode me chamar de Saltsche. Mark me contou tudo. Os amigos dele são meus amigos. Queríamos que fosse ao nosso casamento, mas estava fora da cidade. Sentimos muito. Li sua pecinha. Linda! Está ocupado hoje à noite?

– Nada de importância.

– Nesse caso precisa vir cear. Por favor, não recuse. Ele está sempre falando em você. Já ouvi todas as suas piadas. Acredita no seu talento. A que horas virá? Chegue cedo. Temos um apartamento amplo com todas as comodidades. Se ficar até tarde, há um quarto de hóspedes; pode dormir aqui. Mark brinca que quer adotar você...

Às seis da tarde, depois de cortar o cabelo e fazer a barba, pus o meu melhor terno e gravata. Comprei um buquê de rosas numa florista e aluguei uma carruagem. Os Beebers moravam num bairro de cristãos e judeus abastados. Subi ao apartamento de elevador. Numa larga porta de mogno encontrei uma placa de latão com o nome "Dr. Mark Beeber". Uma empregada gentia abriu a porta. Beeber e a mulher vieram me receber. Saltsche era uma mulher quarentona, pequena, roliça, morena, de seios altos e grandes olhos negros – olhos judeus, ao mesmo tempo tristes e alegres, tão velhos quanto o exílio. Abriu os braços como se quisesse me abraçar e disse à empregada que colocasse as flores num vaso. Um colar de pérolas envolvia seu pescoço cheio, e um diamante faiscava na mão esquerda.

O dr. Beeber usava um *fumoir* e chinelos. Parecia remoçado; as rugas tinham desaparecido e também as bolsas sob os olhos e o cabelo grisalho. O charuto estava preso numa piteira de âmbar. Os olhos sob as sobrancelhas espessas expressavam uma zombaria jovial.

– Saltsche, esse é Tsutsik – apresentou.
– Posso beijá-lo?
– Claro.

Entrei numa sala de estar decorada convencionalmente com tapetes, uma *chaise-longue,* lustres e quadros. Passado algum tempo, nos dirigimos à sala de jantar. Ali uma grande vitrine exibia porcelanas e pratas. O dr. Beeber arranjara uma esposa rica. Erguendo uma sobrancelha, sorriu.

– Viu o que aconteceu comigo? Traí a pobreza.
– Qual é o atrativo de ser pobre e sofrer? – perguntou Saltsche.

– Um homem como Mark devia estar trabalhando nos livros, ao invés de deteriorar num sótão. Quando vi onde morava, quase desmaiei. Não o deixei trazer nada daquele lugar exceto os manuscritos. Como é que um homem tão brilhante pode se descuidar dessa maneira? Ah, os homens não têm pena deles mesmos! Sem dúvida teria sucumbido a essa altura. Você, Tsutsik, ainda é jovem. Mas que isso lhe sirva de lição: case e sossegue. Não siga o exemplo dele. Não se pode criar de barriga vazia. A vida dele finalmente se disciplinou. Fica no quarto até meio-dia. Ninguém tem permissão para incomodá-lo. Nem mesmo o deixo atender ao telefone. Até agora, os parentes nem queriam ouvir falar dele; de repente, todas as irmãs, os irmãos e os primos apareceram. Mas podem esperar. O verdadeiro amigo é o amigo das horas de necessidade, e não os que esperam até que a sorte mude. Por isso, Tsutsik...

— Muito bem Saltsche, chega. Peça à cozinheira para trazer os pratos gostosos que preparou.

— Quê? Não se preocupe. Ele não vai passar fome.

Saltsche tocou um sininho de cristal e apareceu uma cozinheira de avental branco e touca. Para se ter uma cozinheira além de uma copeira é preciso ser rico. Que foi que não serviram naquela noite! Salmão defumado, peixe ao molho agridoce, sardinhas, frios, caviar. O dr. Beeber devorava a comida com gosto. Indicando um prato de queijos, me informava o nome e a procedência e em seguida bebia vinho para ajudar a comida a descer.

— Ela me mantém encarcerado todos os dias entre as nove e as duas horas — disse. — Andei revendo alguns manuscritos antigos. Estou realmente admirado. O que escrevi há tanto tempo me parece hoje incrível. A pessoa se esquece. O problema é que não consigo me lembrar perfeitamente do alemão. E o hebraico não tem utilidade para mim — não possui uma terminologia filosófica moderna.

— Por que não escreve em iídiche?

— Para quem? Para os rapazes do seminário? Mas darei um jeito. Na verdade, não consigo acreditar em mais nada. Nem mesmo possuo a centelha de fé que se precisa para ser cético.

— Não comece a procurar desculpas — interveio Saltsche. — Continue a escrever e tudo dará certo. Pés-rapados e analfabetos se tornaram grandes e famosos, mas um homem com o intelecto dele não se empenha em trabalhar. Eu leio alemão; entendo. Cada frase que ele escreve é profunda. É um gênio, simplesmente um gênio.

— Acho que você preparou *kreplach*?* — perguntou o dr. Beeber.

---

* Pequenos raviólis cuja forma imita o órgão sexual feminino infantil. (N. do T.)

– Espere. Os *kreplach* estão a caminho. Coma, Tsutsik. Desculpe-me por chamá-lo de Tsutsik. Que sabor tem esse nome! Meu pai, que ele descanse em paz, costumava chamar meu irmão assim. Os dois estão no outro mundo agora. Saltsche enxugou uma lágrima com um lenço de renda.

2

Pela maneira como conversamos naquela noite, pensei que visitaria os Beebers com freqüência. Comeria, dormiria e trabalharia em casa deles. Mas passaram-se semanas, meses antes que voltássemos a nos encontrar. Diversas vezes o dr. Beeber ou Saltsche telefonaram para me convidar para cear, mas me acontecia estar ocupado ou não querer comer uma refeição pesada e ficar acordado até tarde. O dr. Beeber parou de aparecer no Clube dos Escritores. Começaram a dizer na casa que se tornara esnobe.

Um dia o dr. Beeber me telefonou dizendo:

– Tsutsik, você me esqueceu?

– Não, dr. Beeber, nunca o esquecerei. Como vai?

Ele gaguejou e suspirou.

– As pessoas me invejam. Pensam que me tornei dono de uma grande fortuna. Ouço dizer que há muita bisbilhotice sobre mim no Clube dos Escritores. Mas não sou feliz. Na verdade, começo a me arrepender da coisa toda.

– O que aconteceu? O senhor e sua mulher não estão se dando bem?

– Nos damos bem demais. Mas de que adianta? Ela está tentando me transformar num imortal. Tsutsik, essas ilusões estão muito distantes de mim. E se eu publicar outro livro? Quem está esperando por ele? Hoje mesmo encontrei um ensaio que escrevi sobre Schleiermacher. Quem se importa com Schleiermacher? Até a hora do almoço ela me mantém prisioneiro. Depois do almoço tenho que me deitar durante uma hora para digerir a comida. A cozinheira é a oitava maravilha. Prepara iguarias a que não consigo resistir. Empanturro-me até ficar incapaz de me mexer. Há um segundo festim à noite. Depois do jantar, Saltsche quer ir a algum lugar: ao cinema, ao teatro, à ópera. Tem incontáveis parentes que não param de vir aqui e de nos convidar a retribuir a visita. Minha família também ressurgiu dos mortos. Senta e fala de banalidades a noite inteira. Eu lhe contei, não contei?, que Saltsche era solteirona – uma virgem *kosher.* * Agora quer que eu compense o tempo perdido. Nada disso me agrada. Sinto falta de aventura. Ela não me deixa atender ao telefone; tem medo que me roubem tempo de contemplação – o dr. Beeber ria e resmungava ao mesmo tempo.

– As coisas vão se endireitar.

– Como? Todos os dias tenho que informar sobre o meu progresso. Ela lê tudo que escrevo. Já procurou um editor e Deus sabe mais quem. Quando uma mulher começa a dirigir a vida de um homem, ele está perdido. Sinto-me tão escravizado que comecei um casinho com a copeira.

– Tenha cuidado.

– Tsutsik, vamos nos encontrar.

O inverno passou e chegou o verão. Saí novamente de férias; desta vez fui a Zakopane, nas montanhas. Voltei em agosto. Quando entrei no Clube dos Escritores, alguém perguntou:

– Já soube da última do dr. Beeber?

– Que foi que houve?

– Perdeu quarenta mil zlotis no cassino de Zoppot.

– Quarenta mil?

– Todo o dinheiro da mulher. Tinham conta conjunta no banco. Ele foi a Zoppot e perdeu tudo.

– E onde é que ela estava?

– Não sei de detalhes.

Telefonei ao dr. Beeber, mas ninguém respondeu. Quando caminhava pela rua Przejazd uns dois dias depois, o dr.

---

* Preparada de acordo com as leis judaicas. (N. do T.)

Beeber me abordou: curvado, pálido, desalinhado, com bolsas sob os olhos. Anteriormente não andava de bengala; agora trazia uma, e me pareceu que coxeava. Erguendo as sobrancelhas peludas, me olhou sombriamente, numa censura muda, como se tivéssemos marcado um encontro e eu me atrasasse.

Disse:

— Será que é o senhor?

— Tsutsik, andei lhe procurando. Onde se meteu? Estou numa enrascada. Soube do que me aconteceu?

— Soube.

— Devo ter perdido a cabeça, ou o diabo sabe o quê. Começo a pensar que estou completamente *meshugga*.* Foi tudo obra do tédio. Ela me arrastou para Zoppot com todos os meus manuscritos, alugou uma casa de campo *et cetera*. Inesperadamente teve que partir para Varsóvia — o cunhado estava à morte. De fato, morreu. Enquanto estava fora, fui ao cassino só para observar, mas é um atoleiro. É só pôr o pé e se começa a afundar. Ela me dera um talão de cheques e o banco tem uma agência em Zoppot. Para que continuar? Perdi tudo, até o último zloti.

— Onde está Saltsche?

— Ela simplesmente me pôs no olho da rua. A família queria me internar no hospício.

— E tinha toda razão.

— Tsutsik, estou sem um tostão. Nem tenho cama para dormir. De acordo com a lei, ela não podia me atirar na rua. Mas quem quer meter a polícia numa coisa dessas? Ela tem um primo advogado que me ameaçou com a prisão. Posso dormir em sua casa?

— Só tenho uma cama.

— Será que podia me ceder uns zlotis?

— Qual é o sentido que há em perder quarenta mil zlotis?

— Quarenta e três. Não sei. Costumava pensar que me conhecia, mas agora estou convencido que não. Toda a psi-

---

* Maluco. (N. do T.)

cologia moderna não vale um caracol. Um *dibbuk* ou um demônio deve ter se apossado de mim. Agora compreendo porque escreve sobre demônios. Não é só folclore; é verdade. Ao menos me dê dez zlotis.

– Não tenho dez zlotis. Mas você pode passar a noite no meu quarto.

– Como? Provavelmente vai a outro lugar. Ótimo. Não durmo há duas noites e tampouco tenho comido. Dê-me ao menos três zlotis para comprar cigarros. Não posso ir sozinho para o seu quarto: terá que me apresentar à senhoria; ela pode me tomar por um ladrão. Quando as coisas começam a ir mal, tudo pode acontecer.

– Vamos entrar e tomar um café.

– Quê? Minhas pernas não agüentam mais. Está bem. Vamos. Sempre soube que seria esse o fim. Estava bom demais. A coisa toda parecia uma peça de Asmodeus – quem mais governa esse mundo? Que posso fazer agora? Costumava ser doutor em viver sem dinheiro, mas esqueci o jeito. Não sei como recomeçar. Se tivesse coragem, me mataria.

– Talvez haja uma possibilidade de fazer as pazes entre vocês.

– Tente. Ela o tem em alta conta. Mas, na verdade, a vida que vinha levando quase me destruiu. Quem consegue viver com uma mulher 24 horas por dia? Eu estava acostumado a estar só. Um solteirão pode ter uma dúzia de amantes e continuar dono de si. Tsutsik, nunca se case. Fuja disso como de um incêndio. A não ser que queira procriar.

– Não quero.

– Schopenhauer tinha razão. É só uma vontade cega de prolongar a tragédia humana. Felizmente, ela era velha demais para conceber. Não quero que dos meus lombos saiam gerações de lojistas, porteiros, cocheiros e prostitutas. Gostaria de aproveitar mais alguns anos e então encerrar. Mas, que posso fazer agora? Talvez me aceitem num asilo para velhos? Ou poderia cometer um crime que me condenasse à prisão. Mas que tipo de crime? Pôr fogo no castelo Belvedere?

Bebemos o café. O dr. Beeber resmungava e gemia ao bebê-lo. Enxugou a testa com um lenço sujo. Seu terno estava imundo. Sem banho, barbado, tinha um olho semicerrado, o outro arregalado. As unhas estavam encardidas. Puxou do bolso um toco de charuto, acendeu-o e soprou uma baforada de fumaça malcheirosa.

– Qual é a graça de jogar? – perguntei.

– Quê? Fica-se inteiramente à mercê dos poderes que governam o universo. Quer acredite ou não, tenta-se hipnotizar a bolinha para a impelir na direção que se quer. Trava-se uma guerra contra as leis da física, mas elas zombam de suas ordens. Ganhei 1.500 zlotis. De repente tudo começou a sair errado. Você acredita na sorte, não acredita?

– Acredito em todas as superstições.

– Está certo. O racionalismo é a pior doença da espécie humana. A razão reverterá a evolução. O *Homo sapiens* se tornará tão inteligente que não saberá como procriar, comer, ou ir ao banheiro. Terá que aprender até a morrer.

O dr. Beeber ria e fungava, exibindo uma boca cheia de dentes escuros.

– Na verdade, o meu receio é que Saltsche resolva me perdoar – disse.

Traduzido pelo autor e por Elaine Gottlieb.

Histórias ao pé do fogão

Do lado de fora, caía uma neve pesada. Ao anoitecer, ela começou a congelar. Um vento gélido soprou das bandas do Vístula, mas na casa de estudos o forno de barro escaldava. Mendigos assavam batatas nas brasas. Os meninos que estudavam à noite marcavam seus lugares deixando as estolas nos livros abertos, e escutavam histórias. Falava-se de pessoas e coisas que desapareciam, e Zalman, o vidraceiro, ergueu o dedo manchado de fumo para indicar que tinha algo a dizer. Possuía uma barba espessa que lembrava algodão sujo e sobrancelhas cerradas sobre os olhos pequenos e escuros como os de um porco-espinho. Antes de principiar a falar, murmurou e resmungou parecendo um relógio prestes a bater horas.

– As pessoas desaparecem – disse. – Nem todas são como o profeta Elias, que foi arrebatado para os céus numa carruagem de fogo. Na aldeia de Palkes, não muito longe de Radoshitz, um camponês arava o campo com um boi. Atrás dele caminhava o filho, semeando cevada que tirava de um saco. O menino ergueu os olhos e o boi estava lá, mas o pai sumira. Ele se pôs a chamar, a gritar, mas não houve resposta. O pai desaparecera em pleno campo. Nunca mais se ouviu falar nele.

– Talvez houvesse um buraco na terra e ele caísse? – lembrou Levi Yitzchock.

– Não havia nenhum buraco à vista – e se houvesse um buraco, por que o boi não caíra primeiro? Estava na frente.

– Quer dizer que os demônios o levaram?

– Não sei.

– Talvez tenha fugido com uma mulher – sugeriu Meir, o eunuco.

– Bobagem, um velho de setenta anos, talvez mais. Um

camponês não foge de sua terra, de seu casebre. Se quer uma mulher, leva-a para o celeiro.

— Nesse caso, os espíritos malignos o carregam — sentenciou Levi Yitzchock.

— Por que logo ele? — Perguntou Zalman, o vidraceiro.
— Um homem sossegado, Wojciech Kucek. Antes da Festa dos Tabernáculos, costumava trazer ramos para adornar o *Sukkoth*.* Meu pai comprava com ele. Essas coisas acontecem. Perto de Blonia, morava um homem, Reb Zelig, o agente de polícia. Possuía uma loja e um barracão onde estocava gravetos, linho, batatas, cordas velhas. Guardava um trenó também. Levantou-se uma manhã e o barracão desaparecera. Não conseguia acreditar nos seus olhos. Se durante a noite tivesse havido uma ventania, uma tempestade, uma inundação! Mas aconteceu depois de Pentecostes: dias calmos, noites tranqüilas. A princípio pensou que enlouquecera. Chamou a mulher, os filhos. Eles acorreram.

"Onde está o barracão?"

— Não havia barracão algum. No lugar onde existira, tudo estava limpo: a relva alta, nada de vigas, telhas, nenhum sinal de fundações. Nada. Bem, se os seres noturnos arrebatam um homem, talvez tenham alguma razão para fazer isso, mas para que iriam querer um barracão? E como é que a relva cresce da noite para o dia? Quando souberam disso em Blonia, todos correram como se fossem ver um incêndio. Até as crianças do *cheder* saíram desabaladas. Todos conheciam Zelig, o agente de polícia. Aos sábados, depois do jantar, quando os alfaiates e os aprendizes de sapateiro saíam a passear, sempre passavam pelo barracão. Se chovia, costumavam esperar ali dentro, para se manterem secos. Zelig não tinha fechadura na porta. Corria apenas um ferrolho externo. Não havia ladrões em Blonia. Naquela época eu morava na casa de meu sogro. E como a cidade inteira estava correndo, corri também. O cavalheiro Jablowski apareceu e até os oficiais russos. Ficaram

---
* Festa dos Tabernáculos ou da colheita. (N. do T.)

parados e se entreolhavam perplexos, como se fossem estátuas. As pessoas beliscavam as bochechas para se certificar de que não estavam sonhando. Jablowski berrou:

"Ou estou maluco ou os judeus estão me pregando uma peça!"

– Num lugar pequeno, todos conhecem cada casa, cada rua, cada loja.

"Feitiçaria em pleno dia!", urrava.

– Agitava o chicote. Tinha um enorme cão que latia feroz.

"Se o barracão não voltar para onde sempre esteve, e imediatamente, açoitarei vocês todos até matar."

– Esquecera-se que os servos tinham sido libertados. Zelig se defendeu:

"Excelência, isto é culpa minha?"

– O chefe de polícia mantinha-se do lado do cavalheiro, boquiaberto. Possuía longos bigodes que quase lhe chegavam aos ombros. Um certo dr. Chalczynski clinicava em Blonia. Estava ali com os outros. Um homem estranho. Embora fosse cristão, sabia falar iídiche. Nunca ia à igreja. Era amigo dos judeus mais esclarecidos: Falik, o farmacêutico, Baruch, o escriba de requerimentos, Bentze Kaminer. Toda noite costumavam se sentar até uma hora da manhã em torno do samovar, gozando as pessoas e jogando cartas. As mulheres deles não cobriam a cabeça. Naquela manhã, Falik estava atrás do balcão, pesando umas ervas. Um rapaz entrou e lhe contou o que acontecera e Falik o ridicularizou:

"Se você perdeu o juízo, vá para o hospício".

– Mas logo chegaram outros: todos testemunhas. Juraram por tudo que era sagrado que era verdade. Falik respondeu:

"Que outras histórias da carochinha vão inventar? Talvez o rabino tenha engravidado e dado à luz a um bezerro?"

Contudo, fechou a farmácia e foi verificar pessoalmente.

– Os outros céticos já estavam lá. Falik se dirigiu aos cristãos:

"Minha boa gente, um barracão não tem pernas e não pode andar. Deve haver uma razão. Vamos descobrí-la".

– Então todos saíram para procurar o barracão. Andaram um dia e meio, mas não encontraram nem sinal. Um barracão pesado construído de troncos se volatilizara como uma bolha de sabão.

– Quanto tempo pode-se ficar parado imaginando coisas? Os comerciantes precisam cuidar dos negócios. As mães têm que alimentar os filhos. O cavalheiro foi para a taverna e se embriagou; só precisava de uma desculpa para começar. Arengou contra os judeus:

"É tudo um truque dos judeus", dizia.

– Mas o dr. Chalczynski não queria sair da propriedade de Zelig. Continuou investigando, medindo, farejando. Permaneceu ali até anoitecer. A princípio caçoou, depois se entristeceu. Disse a Falik:

"Se uma coisa dessas é possível, que espécie de médico sou eu? E que espécie de farmacêutico é você?"

"Há alguma trapaça nisso", respondeu o farmacêutico.

– Estendeu-se na relva e examinou a terra. Pediu uma pá. Queria cavar. Mas Zelig disse que guardava a pá no barracão. Sumira. No dia seguinte, o grupo dos esclarecidos chegou trazendo pás. Cavaram uma vala de um metro e oitenta centímetros. A terra estava cheia de raízes e pedras. O barracão não poderia ter afundado.

– Duas semanas se passaram. As pessoas simples tinham outras coisas com que se preocupar. Os rapazes da casa de estudos discutiram a questão, mas, apesar de todas as ponderações, chegamos à mesma conclusão: fora obra de demônios zombeteiros. A Bíblia não diz que até uma casa pode se tornar leprosa? Os espíritos malignos são capazes de tudo. Mas o dr. Chalczynski, Falik, o farmacêutico e os outros céticos continuaram a procurar e a indagar. O dr. Chalczynski possuía um faetonte com dois cavalos. Falik, uma brisca. Rodaram quilômetros, tentando localizar o barracão desaparecido. Perguntaram aos camponeses, mas ninguém vira ou ouvira nada. À noite os esclarecidos já não jogavam cartas; remoíam. Se um barracão pode se dissolver como a neve, talvez exista um Deus. O dr. Chalczynski procurou o rabino. Não queria procurar o padre, porque falara mal da igreja e as más-línguas tinham informado ao padre. Tornaram-se inimigos. O médico passou horas no escritório do rabino.

"Há alguma menção disso na Torá?", perguntou. "É um castigo por algum pecado?"

– O rabino não soube o que responder.

"Com Deus tudo é possível", disse.

– Bom, duas semanas se passaram. Então numa manhã, cedinho, Zelig saiu de casa e viu o barracão. Ficou desvairado: gritava e batia com a cabeça. A casa inteira saiu, descalça, seminua. Lá estava o barracão como se nada tivesse acontecido. Alguém levou a notícia a Blonia. Mais uma vez houve um alvoroço. Gente correu de todos os lados – uns riam, outros choravam. O cavalheiro Jablowski apareceu galopando um cavalo. O barracão estava onde sempre estivera. Eles entraram; tudo estava como antes. A única mudança é que as batatas tinham começado a brotar como sempre fazem no fim do verão.

"Que nova brincadeira é essa?", gritava Jablowski. "Vou arrebentar as cabeças de vocês. Vou correr com vocês daqui até o fim do mundo!"

– Ele já bebera além da conta. Batia com os punhos e chutava o barracão. O dr. Chalszynski estava branco como gesso. Falik, o farmacêutico, coçava a cabeça. A mulher dele se lastimava como se estivesse num enterro.

"Por que está se lastimando? Não estamos no *Yom Kippur*", censurou-a.

"Para mim, hoje é *Yom Kippur*", ela respondeu.

– Para que continuar? A mulher do farmacêutico se tornou piedosa: começou a abençoar as velas na noite do Sabá; cortou o cabelo, pôs uma peruca; fazia perguntas ao rabino. Falik continuou inflexível. Dizia:

"Só porque um barracão brinca de esconde-esconde,

não vou virar *hasid*." "Erguia os olhos para o céu e blasfemava. "Se existe um Deus, que ele me castigue nesse instante. Que mande um raio me partir."

– Ele e a mulher começaram a brigar. Ela preparava um pudim para o Sabá e ele queria que fritasse costeletas de porco. O dr. Chalczynski perdeu completamente a cabeça. Chamavam-no para ver um doente e ele mal o examinava. Receitava um remédio, mas o paciente piorava. O chefe de polícia ordenou que o piso do barracão fosse arrancado. Sob o chão, não havia sinal de relva ou da vala que fora cavada. A terra estava pura, solta, cheia de minhocas. A coisa toda devia ter sido uma ilusão. Mas como uma aldeia inteira podia se iludir? A notícia dos acontecimentos se espalhou pela metade da Polônia. Vinha gente de Gombin e Lowicz olhar o singular barracão. Os camponeses diziam que Zelig era feiticeiro e a mulher, uma bruxa. Por acaso eu estava de volta a Radoshitz nessa época. Mais tarde ouvi dizer que Falik e a mulher se divorciaram. Ela se casou com um representante da comunidade em Sochaczew. Falik mudou-se para Varsóvia e se converteu ao cristianismo. Uma noite o dr. Chalczynski abandonou a cidade. Não disse adeus a ninguém: deixou todos os livros e instrumentos.

– Esqueci o principal. O barracão pegou fogo. Na noite da festa da comemoração da Lei,* quando Zelig e a família dormiam, a empregada viu que, do lado de fora, estava claro como o dia. O barracão ardia como uma tocha. Zelig e os filhos tentaram apagar as chamas, mas não se pode extinguir as chamas de *Gueena*. Meia hora depois só restavam brasas e cinzas. Não houve trovoada àquela noite e não existia nada no barracão que pudesse se inflamar espontaneamente.

– Quer dizer que foi tudo obra dos poderes das trevas? – perguntou Levi Yitzchock.

– Que é que eles tinham contra o barracão? – retorquiu Zalman.

---

* Festa religiosa judaica comemorando a entrega das Leis a Moisés. (N. do T.)

2

Levi Yitzchock tirou os óculos azuis que usava até de noite. Embora fosse velho, sua barba era mechada de louro. Tinha uma cicatriz profunda no alto do nariz. Sob os olhos inflamados, de pálpebras inchadas e sem pestanas, pendiam bolsas duplas de carne enrugada. Ele limpou os óculos com um lenço sujo e gemeu:

– Hoje em dia Deus oculta Sua face – disse. – Se acontece um milagre, explica-se como algo natural. No meu tempo encontrávamos milagres por toda parte. Meu pai, a paz esteja com ele, era um *hasid* seguidor do rabino de Kapelnitza. Antigamente o rabino Dan tinha muitos seguidores. Mesmo assim, cada *hasid* era um homem escolhido, uma pessoa conhecida pelo seu merecimento. Mas os filhos do rabino Dan morreram enquanto ele vivia e não houve ninguém que o substituísse. A mulher morreu sufocada à mesa do Sabá; uma filha se afogou no poço; o filho, Levi Yitzchock, de quem recebi o nome, caiu morto quando fazia a benção dos ramos e dos limões. A vida inteira, o rabino Dan travou uma guerra contra os demônios. Eles não tinham o poder de destruí-lo, então se vingavam na família. Os velhos *hasidim* foram morrendo gradualmente. Os jovens desertavam para Kotzk ou Gur. A casa de estudos transformou-se numa ruína. O forno do banho ritual partiu-se e não havia ninguém para consertá-lo. O quintal do rabino estava infestado de furões, ratazanas, porcos-espinhos. Toupeiras faziam tocas, mato e espinhos cresciam por toda parte. Antigamente, o rabino tivera quatro bedéis. Na minha época, só restava um – Izie, um velho de oitenta anos, cego de um olho e ainda por cima bêbado. O rabino Dan costumava jejuar até na juventude, mas na velhice quase parou de comer. Comia apenas o pão suficiente para que pudesse benzê-lo. Seus seguidores eram todos velhos trôpegos. Nos Dias de Temor algumas vintenas de *hasidim* faziam peregrinação ao rabino, mas nas outras épocas do ano era difícil até conseguir *quorum** para orar. O rabino parou de recitar a Torá. Meu pai fazia parte de seu círculo íntimo e me levou a Kapelnitza quando eu era criança. Quando vi o rabino pela primeira vez, me senti aterrorizado. Era baixo, curvado, engelhado, com uma barba que batia na virilha. Não se conseguia ver seus olhos. Quando o rabino queria olhar para alguém, tinha que tirar a sobrancelha do caminho com o dedo indicador e o polegar. Meu pai me apresentou. O rabino estendeu uma mão que era seca como um pergaminho e quente como fogo. Só disse *Nu*, e esse *nu* eu nunca vou esquecer. Era uma voz que vinha das profundezas – não era desse mundo.

– Esperavam o desaparecimento do rabino de um dia para o outro. Mas os anos se passaram e ele continuava a viver. As paredes da casa de estudos se tornaram negras como uma chaminé. Os livros foram roídos pelos camundongos. Uma coruja se aninhara no telhado e piava à noite. Por uns tempos houve muitas mortes em Kapelnitza, então o Anjo da Morte pareceu esquecer o lugar. Os seguidores do rabino moviam-se como sombras. Uma velha cozinhava sopa para todos num caldeirão e remendava suas roupas. Quando acompanhei meu pai a Kapelnitza para o último *Rosh Hashana*,** não havia nem um pequeno grupo presente. Os velhos estavam sentados com os xales de prece rasgados, as roupas cheias de buracos. Um rezava, o outro dormitava. O rabino estava a um canto e não dizia palavra. O homem que soprava a trompa de carneiro*** estava sem fôlego. Ao invés de um toque, ouviu-se um gemido que podia ter saído de um animal abatido. Disse ao meu pai: "Não me traga mais a esse lugar".

---

*As preces na religião judaica são coletivas. Há necessidade de um *quorum* mínimo de dez homens; as mulheres não são contadas e os meninos o são a partir do *barmitzvá*, cerimônia de iniciação, por ocasião do décimo-terceiro aniversário do menino judeu. (N. do T.)
** O Ano Novo judaico. (N. do T.)
*** *Shophar:* corneta usada pelos hebreus em batalha e ainda usada nas sinagogas para assinalar o dia de Ano Novo e o dia do Perdão. (N. do T.)

— Via de regra, meu pai ficava para os Dez Dias de Arrependimento e para o *Yom Kippur*. Mas desta vez partimos no dia seguinte ao *Rosh Hashana*. Na carroça meu pai me disse:

"Duvido que o santo viva até a Festa dos Tabernáculos. Ele já está mais lá do que cá".

— Ainda assim, viveu até o *Hanukkah*. Na época do *Hanukkah* recebemos um telegrama anunciando sua morte. Eu não queria viajar para ir ao enterro, mas meu pai argumentou que o desaparecimento dos santos não deve ser desprezado — não haveria outro rabino Dan até o dia da ressurreição dos mortos. Esperávamos que houvesse muita gente, porque é da natureza das pessoas esquecer um santo enquanto vivo e prestar-lhe todas as homenagens quando morre. Mas caíra muita neve e não se podia alcançar Kapelnitza nem de carroça nem de trenó. Chegamos com a maior dificuldade. Eu estava presente quando o rabino foi enterrado. A terra congelara. Um moribundo recitou o *Kaddish*. Uma neve pesada continuava a cair e os circunstantes ficaram brancos. O enterro realizou-se na sexta-feira e, por isso, não foi possível voltar para casa. Tivemos que passar o Sabá em Kapelnitza.

— Pensei que não haveria jantar de Sabá na casa de estudos, mas alguém preparou a refeição. Pela primeira vez em sessenta anos a cadeira do rabino estava vazia. Os velhos tentaram cantar; mas só saía um arquejo. Um deles recitou alguns dizeres do rabino, mas mal o ouviram; a maioria estava surda. Assim foi na ceia de sexta e no almoço de sábado. Em Kapelnitza a refeição mais cultuada era a terceira, que começava ao anoitecer. O povo da cidade já acendera as velas há muito tempo, dissera a prece de despedida e lera o capítulo referente à noite de sábado, mas na casa de estudos continuava escuro e se cantava *Filhos da mansão*. O rabino costumava revelar os mistérios dos mistérios nessa hora.

— O que pode um menino fazer no Sabá quando escurece, principalmente no inverno? Permaneci na casa de estudos. A noite caiu depressa. Os seguidores mastigavam o pão seco com arenque e cantavam com vozes pesarosas, os olhos fixos na cadeira do rabino à cabeceira da mesa. Sentado no escuro, um estranho anseio se apossou de mim. Continuei a pensar no rabino. Seu corpo santo já está na sepultura, mas onde está a alma? Mais provavelmente no paraíso, sentada no trono de glória, na mansão do Messias. Pela primeira vez me ocorreu que eu tampouco seria jovem para sempre. Lá fora, o céu clareava e via a lua nova do mês de Tavé.* As estrelas luziam. Estava escuro na casa de estudos; só entrava uma fraca luminosidade. O canto dos seguidores não pode ser descrito em palavras. Com vozes roufenhas, entoavam variações de um tema. Cada suspiro, cada ênfase nos transportava para as esferas sublimes. Corpos não são capazes de cantar dessa maneira. Era um murmúrio de almas que suplicavam ao Senhor do universo: quanto tempo, Deus, irá durar a escuridão do Egito? Quanto tempo as chamas sagradas continuarão aprisionadas no pântano da escuridão? Que haja um fim para o sofrimento, a mesquinhez, a vaidade material. Eu ainda era criança, mas estava paralisado. Olhei na direção da porta e o rabino entrou. Fiquei tão espantado que esqueci de sentir medo. Reconheci-o – a mesma figura, barba, forma. Ele pareceu pairar sobre a cadeira e sentar. Por um longo momento houve um silêncio de assombro: um silêncio que nunca ouvi antes ou depois. Então o canto recomeçou, baixinho a princípio e em seguida mais alto. "Todos os meus ossos falarão." Na música havia uma felicidade de fazer a alma expirar. Os que nunca ouviram esse canto nunca saberão o que são os judeus e o que é o espírito. Temi desmaiar de exaltação e chamei: "Pai!". Se não tivesse feito isso não estaria sentado aqui hoje.

– Você se assustou, hein? – comentou Zalman, o vidraceiro.

– O rabino desapareceu instantaneamente. Os velhos pareceram despertar. Izie acendeu uma vela. Meu pai me levou para fora e esfregou minha testa com neve. Estava pálido como um cadáver. Quando consegui falar, perguntei:

---

* Ou Tebet, quarto mês do calendário judaico. (N. do T.)

"Papai, você viu?"

E ele respondeu:

"Fique quieto".

– Tive medo de voltar à casa de estudos e meu pai me levou para a hospedaria. Quase me carregou. Ele recitou o *Havdalá*,* banhou meus olhos com vinho e me fez cheirar especiarias. Acho que perdi a oração da noite. Não tardei a dormir.

– Naquela noite três dos seguidores morreram. Na altura da Páscoa, todo o grupo tinha desaparecido. Meu pai nunca quis conversar comigo sobre aquela noite de Sabá. Só no dia do meu casamento, antes da cerimônia, admitiu que também vira o rabino.

Meir, o eunuco, apertou o queixo liso em que deveria haver uma barba.

– Que há de extraordinário nisso? – perguntou. – O mesmo aconteceu com o rabino Jehudah. Depois de morto voltava a casa toda sexta-feira à noite para abençoar o vinho. Você encontra isso no Talmude.

– Mesmo assim, no nosso tempo...

– Que nosso tempo? O Senhor é o mesmo. Não houve mudança Nele. Se os milagres são menos numerosos, a culpa é nossa e não Dele.

– Que aconteceu à casa do rabino? – perguntou Zalman.

– Desfez-se em pó – respondeu Levi Yitzchock. – Parece que o rabino a mantinha de pé com o seu espírito. Do momento em que foi chamado ao *yeshiva* do alto, as paredes começaram a desmoronar, o telhado desintegrou. A casa toda se transformou numa ruína só.

– O que mantém o mundo coeso? – perguntou Meir, o eunuco. – Só a palavra do Todo-Poderoso. Se Ele retira Sua palavra, toda a criação retorna ao caos primitivo.

---

* Oração que encerra o Sabá. (N. do T.)

3

Meir, o eunuco, ergueu-se e começou a andar de um lado para outro. Embora tivesse uma corcunda, era alto, e ainda que o rosto fosse imberbe, sua aparência era máscula, a testa alta, o nariz aquilino, e os olhos argutos de um homem de estudos. Tocou no fogão e deve ter se queimado, porque soprou a palma da mão. Meir, o eunuco, era uma daquelas pessoas que o Talmude descreve como "às vezes sensato, às vezes insensato". Quando a lua estava cheia, agia como um louco. Falava sozinho, esfregava as mãos, ria e fazia caretas. Quando a lua minguava, seus pensamentos se tornavam mais organizados. Agora se sentou e começou a falar:

– Não há nada estranho em ver um fantasma. Minha mãe morreu quando eu tinha cinco anos de idade, mas sempre que estou em perigo ouço a voz dela. Ela me alerta. Chama "Meir!", e sei que preciso estar em guarda. A morte não existe. Como pode haver morte se tudo é parte da Divindade? A alma nunca morre e o corpo nunca está realmente vivo. Bem, mas há alguma coisa entre ambos – que não é inteiramente matéria, não é inteiramente forma. Talvez não devesse falar disso, mas enquanto estamos no assunto quero que saibam a verdade. Como já disse, perdi minha mãe quando tinha cinco anos. Meu pai não tornou a se casar. Era monteiro e passava mais tempo nas matas do que em casa. Tínhamos uma empregada, Shifrah, e sua irmã e sobrinhos moravam na cidade. Quando meu pai viajava, ela passava quase o tempo todo com a irmã. Ninguém cuidava de mim. Quando queria estudar, estudava e quando queria ficar à toa, não havia ninguém para me repreender. Possuíamos uma biblioteca. As quatro paredes tinham prateleiras até o teto atulhadas de livros. Sempre dispunha de muito dinheiro e costumava encomendar livros de Lublin e até de Varsóvia. Comprava dos vendedores ambulantes, também. Na altura dos meus dezesseis anos já lera os 36 tratados do Talmude. Senti-me atraído pela Cabala. Conheço muito bem a lei que diz que a pessoa não deve se aprofundar nos mistérios antes dos trinta anos. Mas havia circunstâncias atenuantes. Comecei a estudar o *Zohar*,* o *Vinhedo*, a *Árvore da vida*, o *Tratado dos hasidim*. Da cabala intelectual para a cabala mágica é apenas um passo. E dali é fácil cair na feitiçaria. Li, porém, que o *sinedrim* era obrigado a estudar feitiçaria. Aspirava a me tornar invisível, a dar passos de onze metros, a tirar vinha da parede. Apareceu um velho em nossa cidade. Nascera na Babilônia e viajara pelo mundo inteiro realizando milagres. Se alguém colocasse um dedo entre as páginas de um livro, ele era capaz de dizer o que estava escrito nelas. Dizia que as letras apareciam diante de seus olhos. E também curava os enfermos. Em nossa cidade curou um epilético. Pediu que lhe trouxessem um galo vivo. Proferiu um encantamento e o galo foi tomado de epilepsia. Os que não viram o galo se debatendo num ataque epilético nunca conhecerão o poder dos feitiços. Porém, há feitiços sagrados e feitiços profanos. O poder das trevas é como um macaco; imita o poder da luz. Os rabinos da Polônia baixaram um interdito contra qualquer pessoa que entrasse em contato com o mágico negro. Mas se a pessoa tem um filho único que a breves períodos é acometido de um ataque no meio da rua, espumando pela boca e batendo a cabeça contra o calçamento, ela esquece todos os interditos. Aquele judeu da Babilônia só curava os ricos. Pedia para ser pago em moedas de ouro. Para que precisava de tanto dinheiro? Comia menos do que uma mosca. A esposa se divorciara dele. Gente assim não tem filhos. Possuía uma casa em algum ponto de Lublin e os demônios dançavam nela, mesmo em pleno dia. Vejo-o diante de mim: alto, emaciado, usando um fez como um turco, uma túnica longa listrada de branco e vermelho e sandálias nos pés nus. Seu rosto escamava como o de um leproso, as faces eram encovadas. Tinha uma barba branca e rala sempre torta como se um vento a soprasse. Seus olhos eram assimétricos e

---

*Livro judaico de comentários cabalísticos sobre as Escrituras. Os dois que se seguem são livros antigos de pensamentos e conselhos. (N. do T.)

Samael espiava através deles. Falava meio aramaico, meio iídiche.

– Quando o judeu da Babilônia chegou à cidade, imediatamente me dirigi à hospedaria onde estava. Disse-lhe com simplicidade:

"Quero ser seu discípulo".

– Ele me respondeu:

"Rapaz, por que entrar num quarto de doente se goza de boa saúde? Olhe para mim. Sou um desses que contemplou o abismo e levou a pior. Os espíritos malignos nunca me dão descanso, seja acordado, seja dormindo".

– Enquanto o judeu da Babilônia falava, ouvi uma estranha batida. Não vinha de fora nem de dentro. Era como se um pica-pau tivesse entrado na cadeira em que ele estava sentado – ou talvez fosse o bicho com bico de cobre que devorou o cérebro de Tito, o perverso.

"Que barulho é esse?", perguntei.

– E o judeu da Babilônia respondeu:

"O espaço está cheio de almas desvalidas e todas têm as suas ilusões e exigências. Enquanto falo com você, estou vendo Alexandre da Macedônia e suas legiões. Os mortos não sabem que estão mortos, assim como os vivos não sabem que estão vivos. Napoleão continua a brandir a espada".

– Estive com ele três horas. Nunca encontrei alguém mais sábio. Ele admitiu que era a reencarnação do rei Salomão. Quando se convenceu que não ia conseguir se livrar de mim, disse:

"Meir, eu lhe preveni, mas você insiste, tome esse panfleto escrito em pergaminho e com ele será capaz de criar seu próprio mestre". Citou o *Mishná*:* "Faça o seu mestre".

– No dia seguinte, partiu. Perdera-se em algum ponto dos Quarenta e nove Portais da Profanação. Provavelmente se casara com uma Lilith.

– Comecei a estudar o panfleto que estava coberto de

---

* Versão condensada do Talmude. (N. do T.)

nomes sagrados – ou assim me pareceu. Levaria um ano para contar tudo que o panfleto continha. Primeiro tive que jejuar sete dias e sete noites. Depois havia uma longa lista de feitiços, encantamentos, meditações, e toda espécie de afazeres mágicos. A combinação de letras não é uma brincadeira. Um engano com uma letra ou com um acento de vogal poderia destruir o mundo. Acende-se uma vela, queima-se incenso, pronuncia-se uma palavra sagrada, e uma criatura começa a se formar diante dos olhos como um embrião no ventre da mãe. Dizer o nome não basta. Na Cabala, os pensamentos são objetos. A mínima imperfeição pode virar tudo pelo avesso. Os poderes do mal procuram o tempo todo se apoderar das coisas sagradas. Que aconteceu no Egito? Tudo que Moisés fazia, os mágicos imitavam. Mas Moisés era Moisés, e Meir era um menino que não completara dezoito anos. Todo dia acontecia um contratempo. Era meia-noite, o mundo dormia. Eu me postava à janela do meu quarto no sótão pronto para ler o *Shemá**e ir dormir. De repente havia uma agitação, um assovio, um vento, uma confusão. A mesa começava a dançar, ouvia gritos que pareciam partir de mil vozes femininas, as paredes tremiam, o prédio inteiro sacudia como um navio ao mar. Dizia uma palavra para amainar a tempestade. Na mesma hora surgiam aleijões, monstros fazendo caretas, rindo, gritando, brigando – para encurtar, eu omitira o radical da letra *jud,* e ao invés de um anjo igual aos criados pelo santo Joseph Karu, conjurara um bastardo, um trasgo. Ora via uma cabeça sem corpo, ora um corpo sem cabeça. Pernas andavam sozinhas e entravam na parede. Um focinho com barba de bode fazia um sermão. Falava como um cabalista, mas de repente começava a balbuciar versos como um bufão em casamentos, apimentando o que dizia com obscenidades e blasfêmias. Eu próprio falava uma linguagem estranha. Mais tarde, quando escrevia, minha escrita só podia ser lida no espelho. Meu pai

---

* Primeira palavra e nome com que se designa a oração "Ouve, ó Israel, o Senhor é nosso Deus, o Senhor é um só". (N. do T.)

estava numa feira em Leipzig e a empregada, doente, na casa da irmã. Eu estava só. Mas por quanto tempo conseguiria esconder o que se passava? É verdade que o panfleto dava instruções para destruir criaturas indesejáveis, mas na cabala mágica é mais difícil eliminar do que criar. Meu trasgo começou a ter longas discussões comigo: muito absurdas, só de pirraça. Eu queria dormir e ele me acordava. Torcia as minhas trancinhas. Fazia cócegas nas solas dos meus pés; me lambia e suplicava que lhe arranjasse uma esposa.

– Uma noite, quando estava semi-adormecido, se aproximou de minha cama e tentou me persuadir a ter relações sexuais. Estava a ponto de cair na armadilha, mas os meus antepassados tementes a Deus devem ter intercedido por mim. Saltei da cama e corri com ele. Vesti-me, embrulhei meus filactérios, o *Livro do Gênesis* e fugi da cidade. Meu pai era seguidor do rabino de Partzev e descobri uma carreta para me levar até lá. Não era o rabino que hoje reside lá, mas seu avô, o rabino Kathriel. Por todo o caminho o demônio que criara tentou me prender em sua rede com boas e más palavras. Mas, além do *Livro do Gênesis,* trazia comigo uma coleção de talismãs pendurada ao pescoço. Consegui chegar ao *yeshiva* do rabino e ali fiquei vinte anos, até que o espírito maligno perecesse.

Meir, o eunuco, se calou.

Zalman, o vidraceiro, balançou a cabeça.

– Ele não o incomodou em Partzev?

– Em Partzev a legião maligna não tinha autoridade.

– Que querem eles?

– Os menores só fazem papel ridículo. Os maiores procuram assumir o controle do céu.

– E Deus vai deixá-los?

– É uma guerra.

– Por que Ele os criou?

– Para que houvesse livre-arbítrio.

Fez-se silêncio e o relógio bateu doze badaladas. Pela janela parcialmente coberta de gelo surgiu a lua minguante.

Meir, o eunuco, começou a beliscar o queixo imberbe com dois dedos em pinça, como se quisesse arrancar um pêlo. Disse:

– O judeu da Babilônia me contou uma coisa naquele dia que não esquecerei até a hora da morte.

Levi Yitzchock retirou os óculos.

– Que foi que ele contou?

– No momento em que a Luz Infinita minguou e enfraqueceu, e a Criação teve início, a insanidade nasceu. Os demônios são todos loucos. Mesmo os anjos não são inteiramente sãos. O mundo da matéria e dos feitos é um hospício.

– E as pedras? – perguntou Zalman, o vidraceiro.

Meir, o eunuco, deu uma risada e começou numa voz masculina que terminou num falsete feminino:

– É uma boa pergunta. À exceção de Deus e das pedras, todo o resto é louco.

Traduzido pelo autor e por Dorothea Straus.

A cafeteria

Embora tenha atingido o ponto em que grande parte dos meus rendimentos são gastos em impostos, conservo o hábito de comer em cafeterias quando estou sozinho. Gosto de apanhar uma bandeja com talheres de estanho e guardanapo de papel e escolher no balcão a comida que me agrada. Além disso, encontro lá os conterrâneos da Polônia, bem como todo tipo de iniciantes literários e leitores que sabem iídiche. No instante em que me sento a uma mesa, eles se aproximam. "Alô, Aaron!", dizem, e conversamos sobre literatura iídiche, o Holocausto, o Estado de Israel e, muitas vezes, sobre conhecidos que comiam pudim de arroz ou doce de ameixas na última vez que estive ali e que já foram para a sepultura. Uma vez que raramente leio jornais, só sei dessas notícias com atraso. Todas as vezes me surpreendo, mas na minha idade a pessoa tem que estar preparada para essas ocorrências. A comida prende na garganta; nos entreolhamos confusos, e nossos olhos perguntam silenciosamente quem será o próximo. Logo recomeçamos a mastigar. Freqüentemente me lembro de uma cena num filme sobre a África. Um leão ataca uma manada de zebras e mata uma. As zebras amedrontadas correm por algum tempo, param e recomeçam a pastar. Será que têm escolha?

Não posso gastar muito tempo com esses iidichistas, porque estou sempre ocupado escrevendo um romance, um conto, um artigo. Tenho que fazer uma palestra hoje ou amanhã; minha agenda está cheia de todo tipo de compromisso para as semanas e os meses seguintes. É possível que uma hora depois de sair da cafeteria esteja num trem para Chicago ou num avião para a Califórnia. Mas nesse ínterim conversamos na língua materna e fico sabendo de intrigas e mesquinharias que, de um ponto de vista moral, seria melhor não ser informado. Todos tentam à sua maneira, e por todos os meios, obter tantas honrarias, tanto dinheiro e tanto prestígio quanto podem. Nenhum de nós aprende com essas mortes. A velhice não nos purifica. Não nos arrependemos às portas do inferno.

Circulo nesse bairro há mais de trinta anos – o mesmo tempo que vivi na Polônia. Conheço cada quarteirão, cada casa. Construiu-se pouco nessa parte da Broadway nas últimas décadas e tenho a ilusão de que lancei raízes aqui. Já falei na maioria das sinagogas. Conhecem-me em algumas lojas e nos restaurantes vegetarianos. Mulheres com quem tive casos vivem nas ruas transversais. Até os pombos me identificam; no momento que saio com um saco de ração, começam a voar em minha direção desde muitos quarteirões de distância. É uma área que se estende da rua 96 à rua 72, do Central Park ao Riverside Drive. Quase todos os dias, na minha caminhada depois do almoço, passo pela casa funerária que aguarda a nós todos e às nossas ambições e ilusões. Às vezes imagino que a casa funerária é também uma espécie de cafeteria onde se consegue um rápido elogio fúnebre ou um *Kaddish* a caminho da eternidade.

As pessoas que encontro na cafeteria são na maioria homens; velhos solteirões como eu, aspirantes a escritor, professores aposentados, alguns com títulos de doutoramento duvidosos, um rabino sem congregação, um pintor de temas judaicos, alguns tradutores – todos imigrados da Polônia e da Rússia. Raramente sei seus nomes. Um deles desaparece e penso que já está no outro mundo; de repente reaparece e me conta que tentou viver em Tel Aviv ou em Los Angeles. Volta então a comer seu pudim de arroz e a adoçar o café com sacarina. Tem agora mais algumas rugas, mas me conta as mesmas histórias e faz os mesmos gestos. Pode ocorrer que tire um jornal do bolso e me leia um poema que escreveu.

Foi na década de 50 que apareceu uma mulher no grupo que parecia mais nova do que os demais. Devia andar na casa dos trinta; era baixa, magra, com um rosto juvenil, cabelos castanhos que prendia num coque, um nariz pequeno e covinhas nas faces. Seus olhos eram esverdeados – na realidade, tinham uma cor indefinida. Vestia-se modestamente à européia. Falava polonês, russo e um iídiche idiomático. Sempre carregava jornais e revistas iídiches. Estivera num campo de prisioneiros na Rússia e passara algum tempo em campos alemães antes de obter um visto para os Estados Unidos. Todos os homens a rondavam. Não a deixavam pagar a conta. Galantemente traziam-lhe o café e a torta. Prestavam atenção à sua conversa e às suas piadas. Voltara da devastação ainda alegre. Foi-me apresentada. Seu nome era Esther. Não sabia se era solteira, viúva ou divorciada. Contou-me que estava trabalhando numa fábrica, onde separava botões. Essa jovem mulher no frescor da idade não se enquadrava no grupo de velhos decadentes. Também era difícil compreender por que não conseguira arranjar um emprego melhor do que o de separar botões em Nova Jersey. Mas não fiz muitas perguntas. Disse-me que lera meus escritos ainda na Polônia, e mais tarde nos campos da Alemanha depois da guerra. Afirmou:

– Você é o meu escritor.

No instante em que murmurou essas palavras me imaginei apaixonado por ela.

Estávamos sentados sozinhos (o outro homem à mesa saíra para dar um telefonema) e eu respondi:

– Devia beijá-la por dizer.

– Bem, que é que está esperando?

Ela me beijou e me mordeu.

– Você é fogo.

– Fogo de *Gueena*.

Passados uns dias, me convidou para ir à casa dela. Morava numa rua entre a Broadway e Riverside Drive com o pai, que não tinha pernas e vivia numa cadeira de rodas. As pernas tinham congelado na Sibéria. Tentara fugir de um dos campos de escravos de Stalin no inverno de 1944. Parecia um homem forte, tinha uma cabeleira basta e branca, o rosto corado e os olhos cheios de energia. Falava de maneira arrogante, com uma fanfarronice juvenil e uma risada alegre. Em uma hora, me contou sua história. Nascera na Rússia Branca, mas vivera muitos anos em Varsóvia, Lodz e Vilna. No início da década de 30 tornara-se comunista e logo depois funcionário do partido. Em 1939, fugira da Rússia com a filha. A mulher e os outros filhos permaneceram na Varsóvia ocupada pelos nazistas. Na Rússia, alguém o denunciou como trotskista e ele foi enviado para uma mina de ouro no norte. A GPU despachava as pessoas para morrerem lá. Mesmo os mais fortes não conseguiam sobreviver ao frio e à fome por mais de um ano. Eram exilados sem condenação. Morriam juntos: sionistas, sectaristas, membros do partido socialista polonês, nacionalistas ucranianos e refugiados apenas, todos apanhados devido à escassez de mão-de-obra. Com freqüência morriam de escorbuto ou beribéri. Boris Merkin, pai de Esther, falava disso como se fosse uma grande piada. Chamava os stalinistas de marginais, bandidos, hipócritas. Garantiu que se não fosse pelos Estados Unidos, Hitler teria invadido toda a Rússia. Contava como os prisioneiros enganavam os guardas para conseguir mais um pedaço de pão ou uma porção dobrada de sopa rala e que métodos usavam para catar piolhos.

Esther gritou:

– Pai, chega!

– Que foi? Estou mentindo?

– Até *kreplach* demais enjoa.

– Filha, você também fez isso.

Quando Esther foi à cozinha fazer chá, descobri pelo pai que tivera um marido na Rússia: um judeu polonês, voluntário do Exército Vermelho que perecera na guerra. Aqui em Nova York era cortejada por um refugiado, um antigo contrabandista na Alemanha que abrira uma indústria de encadernação e ficara rico.

– Convença-a a casar com ele – disse Bóris Merkin. – Seria bom para mim também.

– Talvez ela não o ame.

– O amor não existe. Dê-me um cigarro. No campo, as pessoas trepavam umas com as outras como vermes.

2

Convidara Esther para jantar, mas ela ligou para dizer que estava gripada e precisava ficar na cama. Poucos dias depois surgiu um problema que me fez viajar para Israel. Na volta, parei em Londres e Paris. Quis escrever para Esther, mas perdera o endereço. Quando voltei a Nova York, tentei me comunicar com ela, mas o nome de Boris Merkin ou de Esther Merkin não constavam na lista telefônica: o pai e a filha podiam ser inquilinos do apartamento de outra pessoa. As semanas se passaram e ela não apareceu na cafeteria. Perguntei ao grupo por ela; ninguém sabia onde estava. Muito provavelmente se casou com aquele encadernador, disse a mim mesmo. Uma noite, fui à cafeteria com a premonição de que encontraria Esther lá. Deparei com uma parede negra e janelas fechadas com tábuas – a cafeteria se incendiara. Os velhos solteirões com certeza estavam se reunindo em outra cafeteria ou num automático. Mas onde? Procurar não fazia parte de minha natureza. Já tinha muitas complicações sem Esther.

O verão passou; era inverno. Tarde da noite, uma vez, passei pela cafeteria e novamente vi luzes, um balcão, fregueses. Os donos tinham reconstruído a casa. Entrei, apanhei um talão e vi Esther sentada sozinha numa mesa lendo um jornal iídiche. Não me viu, e fiquei a observá-la por um instante. Usava um fez masculino de pele e um casaco enfeitado com uma gola de peles desbotadas. Parecia pálida, como se estivesse se recuperando de uma doença. Aquela gripe teria sido o início de uma doença grave? Aproximei-me da mesa e perguntei.

– Quais são as novidades em matérias de botões?

Ela se assustou e sorriu. Então exclamou:

– Milagres acontecem!

– Onde andou?

– Onde desapareceu? Pensei que ainda estivesse no exterior.

– Onde estão os nossos *cafeterianiks?*

– Agora vão à cafeteria na esquina da rua 57 com a Oitava Avenida. Só reabriram esta ontem.

– Posso lhe trazer uma xícara de café?
– Bebo café demais. Está bem.
Fui apanhar o café e um biscoito. Enquanto estava no balcão, virei a cabeça para olhá-la. Esther tirara o chapéu masculino e alisava o cabelo. Dobrou o jornal, o que significava que estava disposta a conversar. Levantou-se e inclinou a outra cadeira na mesa indicando que o lugar estava ocupado. Quando me sentei, disse:
– Você partiu sem se despedir e lá estava eu quase a bater às portas nacaradas do céu.
– Que aconteceu?
– Ah, a gripe se transformou numa pneumonia. Deram-me penicilina e sou dessas pessoas alérgicas à droga. Tive urticária no corpo inteiro. Meu pai também não está muito bem.
– Que é que seu pai tem?
– Pressão alta. Sofreu uma espécie de derrame e ficou com a boca torta.
– Sinto muito. Você ainda trabalha com botões?
– Trabalho. Pelo menos não preciso usar a cabeça, só as mãos. Posso pensar no que quero.
– E em que pensa?
– Em que não penso? Os outros operários são todos porto-riquenhos. Matraqueiam em espanhol da manhã à noite.
– Quem cuida de seu pai?
– Quem? Ninguém. Volto para casa à noite para preparar o jantar. Ele só tem um desejo: me casar para meu próprio bem e, talvez, para o dele, mas não posso casar com um homem que não amo.
– Que é o amor?
– Você é que pergunta? Escreve romances sobre amor. Mas é homem, presumo que realmente não saiba. A mulher é uma mercadoria para você. Para mim um homem que diz tolices e sorri como um idiota é nojento. Preferia morrer a viver com ele. E um homem que zanza de uma mulher para outra não faz meu gênero. Não quero dividi-lo com ninguém.
– Receio que se aproxima um tempo em que todos farão isso.

— Eu não.
— Que tipo de homem era seu marido?
— Como soube que tive marido? Foi meu pai, suponho. No minuto que saio da sala, ele tagarela. Meu marido acreditava nas coisas e estava disposto a morrer por elas. Não era bem o meu tipo, mas eu o respeitava e amava. Queria morrer e morreu como herói. Que mais posso dizer?
— E os outros?
— Não houve outros. Os homens andavam atrás de mim. Pela maneira como as pessoas se comportavam durante a guerra — nunca se sabe. Perderam a vergonha. Nos beliches próximos ao meu uma vez vi uma mãe se deitar com um homem e a filha com outro. As pessoas eram como animais, pior do que animais. No meio disso tudo, eu sonhava com o amor. Agora parei de sonhar. Os homens que vêm aqui são tremendamente chatos. A maioria é meio demente, também. Um deles tentou ler para mim um poema de quarenta páginas. Quase desmaiei.
— Eu não leria para você nada que escrevesse.
— Já me contaram como se comporta; não!
— Não é não. Beba seu café.
— Você nem ao menos tenta me persuadir. A maioria dos homens por aqui nos aborrece e não conseguimos nos ver livre deles. Na Rússia as pessoas sofriam, mas nunca encontrei tantos maníacos quanto em Nova York. O prédio onde moro é um hospício. Meus vizinhos são loucos. Trocam acusações de todo tipo. Cantam, choram, quebram pratos. Uma pulou pela janela e se matou. Estava tendo um caso com um rapaz vinte anos mais novo. Na Rússia o problema era escapar dos piolhos; aqui estamos cercados pela insanidade.

Bebemos café e dividimos o biscoito. Esther descansou a xícara.

— Não posso acreditar que estou sentada com você à mesa. Leio todos os seus artigos sob todos os seus pseudônimos. Revela tanto de si que tenho a sensação de conhecê-lo há anos. Contudo, continua sendo um enigma para mim.

– Os homens e as mulheres nunca conseguem se compreender.

– Não. Não consigo compreender o meu próprio pai. Às vezes é um completo estranho. Não vai viver muito mais.

– Está tão doente assim?

– São muitas coisas juntas. Perdeu a vontade de viver. Para que viver sem pernas, sem amigos, sem família? Todos morreram. Ele passa o dia inteiro sentado lendo jornais. Age como se estivesse interessado no que acontece no mundo. Seus ideais se foram, mas continua a ter esperanças numa revolução justa. Como uma revolução irá ajudá-lo? Pessoalmente nunca deposito minhas esperanças em nenhum movimento ou partido. Como se pode ter esperança se tudo termina em morte?

– A esperança em si é uma prova de que não existe morte.

– É, sei que sempre escreve isso. Para mim a morte é o único consolo. Que fazem os mortos? Continuam a beber café e a comer biscoitos? Continuam a ler jornais? A vida após a morte não passaria de uma piada.

3

Alguns dos *cafeterianiks* voltaram à cafeteria reconstruída. Apareceram fregueses novos – todos europeus. Embarcavam em longas discussões em iídiche, polonês, russo, até em hebraico. Alguns dos emigrantes húngaros misturavam alemão, húngaro e iídiche-alemão – então, de repente, puseram-se a falar iídiche-galiciano. Pediam o café em copos e prendiam torrões de açúcar entre os dentes quando o bebiam. Muitos deles eram meus leitores. Apresentavam-se e me reprovavam por todo tipo de erro literário: me contradizia, ia longe demais nas descrições sexuais, pintava os judeus de tal maneira que os anti-semitas podiam usar meu texto em sua propaganda. Contavam-me suas experiências nos guetos, nos campos de concentração nazistas, na Rússia. Acusavam um ao outro.

– Está vendo aquele sujeito? Na Rússia ele se tornou imediatamente stalinista. Denunciava os amigos. Aqui na América virou anti-bolchevista.

O sujeito de quem se falava parecia perceber que estava sendo difamado, porque no momento que o meu informante saía ele apanhava a xícara de café e o pudim de arroz, sentava-se à minha mesa e dizia:

– Não acredite em uma palavra do que lhe dizem. Eles inventam todo o tipo de mentiras. Que se podia fazer em um país onde se vivia com a corda no pescoço? Precisávamos nos adaptar se quiséssemos viver ao invés de morrer em algum lugar do Casaquistão. Para se conseguir uma tigela de sopa ou um lugar para ficar era preciso vender a alma.

Havia uma mesa com um grupo de refugiados que fingia não me ver. Não estavam interessados em literatura ou jornalismo, apenas em negócios. Na Alemanha tinham sido contrabandistas. Pareciam estar envolvidos em negócios escusos aqui também; cochichavam entre si, piscavam, contavam dinheiro, faziam longas listas de números. Alguém apontou um deles.

– Ele tinha uma loja em Auschwitz.

– Como assim? Uma loja?

– Deus nos proteja. Guardava a mercadoria nas palhas em que dormia: uma batata podre, às vezes um pedaço de sabão, uma colher de estanho, um pouco de gordura. Ainda assim, fazia negócios. Mais tarde, na Alemanha, tornou-se um contrabandista tão importante que uma vez extorquiram quarenta mil dólares dele.

Às vezes transcorriam meses entre as minhas visitas à cafeteria. Um ano ou dois se passaram (talvez três ou quatro; perdi a conta), e Esther não aparecia. Perguntei por ela muitas vezes. Alguém comentou que estava freqüentando a cafeteria da rua 42; outro, que ouvira dizer que casara. Soube que alguns *cafeterianiks* tinham morrido. Começaram a se firmar nos Estados Unidos, tornaram a casar, abriram negócios, oficinas, tiveram filhos. Então sobrevinha um câncer ou um ataque cardíaco. Conseqüências do tempo de Hitler e Stalin, diziam.

Um dia, entrei na cafeteria e vi Esther. Estava sozinha a uma mesa. Era a mesma Esther. Usava até o mesmo chapéu de peles, mas uma mecha de cabelo grisalho caía-lhe na testa – o chapéu de peles também parecia mais acinzentado. Os outros *cafeterianiks* já não pareciam estar interessados nela, ou talvez não a conhecessem. Seu rosto revelava o tempo que passara. Havia olheiras sob seus olhos. Seu olhar já não era tão límpido. Em torno da boca aparecia uma expressão que se poderia chamar de amargura, desencanto. Cumprimentei-a. Ela sorriu, mas o sorriso imediatamente se dissipou. Perguntei:

– Que lhe aconteceu?

– Ah, continuo viva.

– Posso me sentar?

– Claro, sente.

– Posso lhe trazer uma xícara de café?

– Não. Bem, se você insiste.

Reparei que fumava e, também, que não lia o jornal em que eu colaborava, mas um concorrente. Passara-se para o inimigo. Trouxe-lhe café e, para mim, ameixas cozidas – um remédio para constipação. Sentei.

– Onde esteve todo esse tempo? Perguntei por você.

– Verdade? Obrigada.

– Que aconteceu?

– Nada de bom – olhou para mim. Sabia que via em mim o mesmo que eu via nela: o envelhecimento gradual da carne. – Você não tem cabelo, mas está encanecido.

Permanecemos calados por algum tempo. Então perguntei:

– Seu pai... – e ao dizê-lo sabia que não estava vivo.

– Morreu há quase um ano.

– Você ainda separa botões?

– Trabalho numa loja de confecções.

– O que aconteceu com você pessoalmente, posso perguntar?

– Ah, nada: absolutamente nada. Não vai acreditar, mas estava aqui pensando em você. Caí numa espécie de armadilha. Não sei que outro nome dar. Pensei que talvez pudesse me aconselhar. Ainda tem paciência para escutar os problemas de gente insignificante como eu? Não, não quis ofendê-lo. Até duvidei que ainda se lembrasse de mim. Para encurtar, eu trabalho, mas isso está se tornando cada dia mais difícil para mim. Sofro de artrite. Tenho a sensação de que meus ossos vão partir. Acordo de manhã e não consigo me levantar. Um médico me diz que é um disco na coluna, outro tenta curar meus nervos. Um tirou um raio-x e diz que tenho um tumor. Queria me internar por algumas semanas, mas não tenho pressa alguma de me operar. Inesperadamente surgiu um advogadozinho. Também é refugiado e tem ligações com o governo alemão. Você sabe que agora estão pagando indenizações. É verdade que fugi para a Rússia, mas continuo sendo vítima dos nazistas. Além disso, não conhecem muito bem a minha biografia. Poderia obter uma pensão e alguns milhares de dólares, mas o meu disco deslocado não serve para isso porque aconteceu posteriormente – depois dos campos. Esse advogado diz que a minha única chance é convencê-los de que estou psiquicamente incapacitada. É verdade, mas como provar? Os médicos alemães, os neurologistas, os psiquiatras exigem provas. Tudo tem que ser feito dentro da lei – sem discrepâncias. O advogado quer que simule insanidade. Naturalmente ele recebe vinte por cento da indenização – talvez mais. Por que precisa de tanto dinheiro não sei. Anda na casa dos setenta e é um velho solteirão. Tentou fazer amor comigo e assim por diante. Ele é meio *meshugga*. Mas como posso simular insanidade quando na realidade *sou* demente? A coisa toda me revolta e receio que acabe ficando mesmo maluca. Detesto desonestidade. Mas esse vigarista me atormenta. Não durmo. Quando o despertador toca de manhã, acordo tão alquebrada quanto costumava ficar na Rússia quando tinha que andar até a floresta e serrar troncos às quatro da manhã. Naturalmente, tomo soporíferos – se não tomasse, não dormiria nada. É essa mais ou menos a situação.

– Por que não se casa? Você ainda é uma mulher bonita.

– Bem, o velho problema: não tenho com quem. É tarde demais. Se você soubesse como me sinto, não faria essa pergunta.

4

Passaram-se algumas semanas. Andara nevando. Depois da neve veio a chuva, e o gelo. Estava de pé à janela e espiava a Broadway. Os transeuntes meio que andavam meio que escorregavam. Os carros se deslocavam lentamente. O céu acima dos telhados tinha uma luminosidade arroxeada, sem lua, sem estrelas, e, embora fossem oito horas da noite, a luz e o vazio me lembravam o amanhecer. As lojas estavam desertas. Por um instante tive a impressão de que estava em Varsóvia. O telefone tocou e corri para atendê-lo como fazia há dez, vinte, trinta anos – esperando as boas notícias que um telefonema me traria. Disse alô, mas não houve resposta e apoderou-se de mim o medo de que algum poder do mal tentasse sustar as boas notícias no último minuto. Então ouvi alguém gaguejar. Uma voz de mulher murmurou o meu nome.

– Sim, sou eu.

– Desculpe incomodá-lo. Meu nome é Esther. Nos encontramos há algumas semanas na cafeteria...

– Esther! – exclamei.

– Não sei como consegui coragem para lhe telefonar. Preciso conversar com você uma coisa. Isto é, se tiver tempo e... por favor, me perdoe a presunção.

– Não é presunção. Gostaria de vir ao meu apartamento?

– Se não estiver interrompendo nada. É difícil conversar na cafeteria. É barulhenta e há gente à escuta. O que quero lhe dizer é segredo e não o confiaria a mais ninguém.

– Por favor, venha.

Disse a Esther como chegar. Em seguida tentei arrumar o apartamento, mas logo percebi que era impossível. Havia cartas, manuscritos pelas mesas e cadeiras. Nos cantos, enormes pilhas de livros e revistas. Abri os armários e joguei neles tudo que consegui juntar: paletós, calças, camisas, sapatos, chinelos. Apanhei um envelope e, para meu espanto, vi que não tinha sido aberto. Abri-o e encontrei um cheque. "Que é que há comigo: será que fiquei maluco?", disse em voz alta.

Tentei ler a carta que acompanhava o cheque, mas não sabia onde deixara os óculos; minha caneta desaparecera também. Bom... e onde estavam minhas chaves? Ouvi a campainha tocar e não sabia se era a da porta ou a do telefone. Abri a porta e vi Esther. Devia estar nevando outra vez, porque o chapéu e os ombros do casaco estavam salpicados de branco. Convidei-a a entrar e minha vizinha, a divorciada, que me espreita abertamente, sem qualquer constrangimento – e, Deus sabe, sem razão –, abriu a porta e encarou a minha visitante.

Esther descalçou as botas e apanhei seu casaco para pendurar na estante da Enciclopédia Britânica. Empurrei para longe uns manuscritos que estavam no sofá para que ela pudesse sentar. Desculpei-me:

– Minha casa está um caos.

– Não se preocupe.

Acomodei-me numa poltrona apinhada de meias e lenços. Durante algum tempo falamos do tempo, do perigo de sair à noite em Nova York, mesmo cedo. Então Esther disse:

– Lembra da vez que lhe falei sobre o meu advogado... que precisava ir a um psiquiatra por causa das indenizações?

– Lembro.

– Não lhe contei tudo. Era absurdo demais. Parece inacreditável até para mim. Não me interrompa, eu lhe peço. Não estou completamente sã – posso até dizer que estou doente –, mas sei a diferença entre realidade e ilusão. Faz noites que não durmo, imaginando se devia ou não lhe telefonar. Decidi não telefonar, mas hoje à noite me ocorreu que se não podia lhe confiar uma coisa dessas, então não havia ninguém com quem pudesse falar. Sou sua leitora e sei que possui o sentido dos grandes mistérios – Esther disse tudo isso gaguejando e parando. Por um instante seus olhos sorriram e depois se tornaram tristes e incertos.

Eu disse:

– Pode me contar tudo.

– Receio que vá pensar que sou maluca.

– Juro que não.

Esther mordeu o lábio inferior.

– Quero que você saiba que eu vi Hitler.

Embora estivesse preparado para algo anormal, senti um aperto na garganta.

– Quando... onde?

– Está vendo?, já ficou assustado. Aconteceu há três anos: quase quatro. Vi-o aqui na Broadway.

– Na rua?

– Na cafeteria.

Tentei engolir o bolo que se formara na garganta.

– É mais provável que fosse alguém parecido com ele – disse finalmente.

– Eu sabia que ia dizer isso. Mas lembre-se, prometeu me escutar. Lembra do incêndio na cafeteria?

– Claro que lembro.

– O incêndio está ligado a isso. Já que de qualquer maneira não me acredita, para que alongar a história? Aconteceu assim. Naquela noite eu não dormi. Em geral, quando não consigo dormir, me levanto e faço um chá, ou tento ler um livro, mas dessa vez alguma força me impeliu a me vestir e sair. Não sei lhe explicar onde arranjei coragem para andar pela Broadway tão tarde da noite. Deviam ser duas ou três horas da manhã. Tentei espiar para dentro, mas a janela grande estava protegida por uma cortina. Havia uma luz fraca no interior. Experimentei a porta giratória e ela cedeu. Entrei e vi uma cena que não vou esquecer até o meu último dia de vida. Tinham juntado as mesas e em volta havia homens de vestes brancas, como médicos ou enfermeiros, todos com suásticas nos braços. À cabeceira estava Hitler. Suplico que me ouça até o fim: mesmo uma pessoa desequilibrada merece que a escutem. Todos falavam alemão. Não me viram. Estavam ocupados com o Führer. Fizeram silêncio e ele começou a falar. Aquela voz abominável: ouvi-a muitas vezes no rádio. Não entendi exatamente o que dizia. Estava aterrorizada demais para perceber. De repente um dos seus sequazes olhou para trás, me viu e pulou da cadeira. Como saí disso viva nunca saberei. Corri com todas as minhas forças, tremendo dos pés à cabeça. Quando cheguei em casa, disse a mim mesma: "Esther, você não está boa da cabeça". Até hoje não sei como sobrevivi àquela noite. Na manhã seguinte, não fui direto para o trabalho, ao invés, me dirigi à cafeteria para ver se estava mesmo lá. Uma experiência dessas faz a pessoa duvidar dos próprios sentidos. Quando cheguei, descobri que o lugar fora destruído pelo fogo. Quando vi isso, percebi que tinha ligação com o que vira. Os que estavam lá queriam que todos os vestígios fossem eliminados. Esses são os fatos. Não tenho motivos para inventar coisas tão estranhas.

Os dois ficamos calados. Então eu disse:

– Você teve uma visão.

– Que quer dizer com visão?

– O passado não desaparece. Uma imagem do passado permaneceu presente em algum lugar na quarta dimensão e alcançou-a naquele exato momento.

– Que eu saiba, Hitler nunca usou uma veste longa e branca.

– Talvez tivesse usado.

– Por que a cafeteria se incendiou logo naquela noite? – perguntou Esther.

– Talvez o incêndio tivesse evocado a visão.

– Não havia incêndio àquela hora. Por alguma razão previ que fosse me dar uma explicação desse gênero. Se aquilo foi uma visão, estar sentada aqui com você também é uma visão.

– Não poderia ter sido outra coisa. Mesmo que Hitler estivesse vivendo escondido nos Estados Unidos, não seria provável que se reunisse com os camaradas numa cafeteria da Broadway. Além disso, a cafeteria pertence a um judeu.

– Eu vi Hitler como o vejo agora.

– Você teve um vislumbre do passado.

– Bem, que seja. Mas desde então não tenho tido descanso. Não paro de pensar nisso. Se é meu destino ficar louca, isso me fará chegar lá.

O telefone tocou e pulei da cadeira assustado. Era engano. Tornei a sentar.

– E o psiquiatra a que o seu advogado a mandou? Conte a ele e receberá indenização total.

Esther me olhou rancorosa e de esguelha.

– Sei o que quer dizer. Mas ainda não decaí tanto.

5

Receei que Esther continuasse a me procurar. Cheguei a pensar em trocar o número do meu telefone. Mas passaram-se semanas e meses e nunca mais soube dela ou a vi. Não fui mais à cafeteria. Mas pensava nela com freqüência. Como o cérebro podia produzir tais pesadelos? Que se passava naquela massinha dentro do crânio? E que garantia eu tinha de que o mesmo não ocorreria comigo? E como sabemos que a espécie humana não terminará assim? Já brinquei com a idéia de que toda a humanidade sofre de esquizofrenia. Juntamente com o átomo, a personalidade do *Homo sapiens* anda se desintegrando. Em termos de tecnologia, o cérebro continua a funcionar, mas todo o resto já começou a degenerar. São todos loucos: os comunistas, os fascistas, os arautos da democracia, os escritores, os pintores, o clero, os ateus. Em breve, a tecnologia também se desintegrará. Os edifícios irão desmoronar, as usinas de força irão parar de gerar eletricidade. Os generais jogarão bombas atômicas nas populações do próprio país. Revolucionários doidos correrão pelas ruas gritando palavras de ordem fantásticas. Sempre pensei que isso começaria em Nova York. Essa metrópole apresenta todos os sintomas de uma mente enlouquecida.

Mas, uma vez que a insanidade ainda não se instalou de todo, a pessoa precisa agir como se ainda houvesse ordem – de acordo com o princípio "como se" de Vaihinger. Continuei a escrevinhar. Entregava manuscritos ao editor. Fazia conferências. Quatro vezes por ano, mandava cheques para o governo federal e para o estadual. O que sobrava do pagamento das despesas punha na conta de poupança. O caixa registrava alguns algarismos na minha caderneta e com isso meu futuro ficava garantido. Alguém imprimia algumas linhas numa revista ou num jornal, e isto significava que o meu valor como escritor subira. Via que todos os meus esforços se transformavam em papel. Meu apartamento era uma grande cesta de papéis. Diariamente, todo esse papel se tornava mais ressecado e crestado. Acordava no meio da noite temeroso de que se inflamasse. Não havia uma única hora em que não ouvisse a sirene dos bombeiros.

Um ano depois da última vez que vira Esther, estava a caminho de Toronto para ler uma comunicação sobre o iídiche na segunda metade do século 19. Pus algumas camisas na mala junto com documentos de todo o tipo, entre eles o que me fazia cidadão dos Estados Unidos. Levava suficiente dinheiro no bolso para pagar o táxi até a estação de Grand Central. Mas os táxis pareciam estar ocupados. Os que não estavam se recusavam a parar. Será que os motoristas não me viam? Será que de repente me tornara um daqueles que vêem e não são vistos? Decidi apanhar o metrô. A caminho, vi Esther. Não estava só, mas acompanhada por alguém que eu conhecera há anos, logo que cheguei aos Estados Unidos. Era um freqüentador da cafeteria da East Broadway. Costumava sentar a uma mesa, dar opiniões, criticar, resmungar. Era um homem baixo, de faces encovadas cor de tijolo e olhos saltados. Vociferava contra os escritores novos. Subestimava os antigos. Enrolava os próprios cigarros e deixava cair cinzas nos pratos em que comia. Passaram-se quase duas décadas desde que o vira pela última vez. De repente aparecia com Esther. Estava até segurando o braço dela. Nunca vira Esther com uma aparência tão boa. Usava um casaco novo, um chapéu novo. Sorriu e acenou com a cabeça para mim. Quis detê-la, mas meu relógio indicava que era tarde. Mal consegui apanhar o trem. Na minha cabine a cama já estava feita. Despi-me e dormi.

No meio da noite, acordei. O carro do trem em que viajava estava sendo desengatado e quase caí da cama. Não consegui mais dormir e tentei me lembrar do nome do homenzinho que vira com Esther. Mas não fui capaz. A única coisa de que me lembrava é que, mesmo há trinta anos, ele estava longe de ser jovem. Viera para os Estados Unidos em 1905, depois da revolução na Rússia. Na Europa, tinha reputação como orador e homem público. Que idade teria agora? Segundo os meus cálculos, devia andar pelos oitenta – talvez noventa. Seria possível que Esther tivesse intimidade com um homem tão velho? Mas nessa noite ele não parecera velho. Quanto mais remoía o caso no escuro, tanto mais estranho o encontro me parecia. Imaginava mesmo que lera em algum jornal que ele morrera. Será que os defuntos caminham pela Broadway? Isto significaria que tampouco Esther estava viva. Abri a persiana, sentei e olhei para a noite lá fora – negra, impenetrável, sem lua. Algumas estrelas acompanharam o movimento do trem por alguns instantes e em seguida desapareceram. Surgiu uma fábrica iluminada; vi máquinas, mas não vi operadores. Então ela foi engolida pela escuridão e um novo grupo de estrelas começou a seguir o trem. Eu revolvia com a Terra no seu eixo. Girava com ela em torno do sol em direção à constelação cujo nome esquecera. Não existia morte? Ou não existia vida?

Pensei no que Esther me contara sobre a visão de Hitler na cafeteria. Parecera uma rematada tolice, mas agora começava a reavaliar a idéia. Se o tempo e o espaço eram apenas formas de percepção, segundo Kant, e qualidade, quantidade e causalidade são apenas categorias do pensamento, por que Hitler não poderia conferenciar com os seus nazistas numa cafeteria da Broadway? Esther não parecia demente. Vira uma realidade que a censura celeste via de regra proíbe. Tivera um vislumbre do que se passava por trás da cortina dos fenômenos. Lamentava que não tivesse pedido mais detalhes.

Em Toronto, tive pouco tempo para ponderar essas questões, mas, quando voltei a Nova York, fui à cafeteria fazer uma investigação particular. Só encontrei um homem que conhecia: um rabino que se tornara agnóstico e desistira do ofício. Perguntei-lhe por Esther. Ele respondeu:

– Aquela mulher pequena e bonita que costumava vir aqui?

– É.

– Ouvi dizer que se suicidou.

– Quando... como?

– Não sei. Talvez não estejamos falando da mesma pessoa.

Por mais que perguntasse e por mais que descrevesse Esther, tudo continuou indefinido. Uma mulher jovem que costumava vir ali abrira o gás e pusera fim à vida – foi só o que o rabino soube me dizer.

Resolvi não descansar até saber com certeza o que acontecera a Esther e também àquele meio-escritor, meio-político de que me lembrava da East Broadway. Mas fui ficando cada dia mais ocupado. A cafeteria fechou. A vizinhança mudou. Anos se passaram e nunca mais vi Esther. É, os defuntos caminham pela Broadway. Mas por que Esther foi escolher logo aquele defunto? Poderia ter conseguido alguém melhor mesmo neste mundo.

Traduzido pelo autor e por Dorothea Straus.

O conselheiro

Quando desembarquei em Israel em 1955, encontrei dois tipos de conhecidos: os que não via desde 1935, quando parti de Varsóvia para os Estados Unidos, e os que não via desde 1922, quando parti de Jadow para Varsóvia. Os de Varsóvia tinham me conhecido como um jovem autor, membro da Associação dos Escritores e da seção iídiche do PEN Club; os de Jadow se lembravam do adolescente que ensinava hebraico, que enviava poemas para as revistas que eram prontamente rejeitados, que se acreditava perdidamente apaixonado por uma mocinha de dezesseis anos e se comprazia em todo tipo de atividade boêmia. As pessoas de Varsóvia me chamavam pelo meu nome literário; as de Jadow me chamavam de Itche, ou o Itche do rabino, porque eu era neto do rabino.

Em Tel Aviv, os escritores iídiches me ofereceram uma recepção e fizeram discursos. Juravam que eu mudara muito pouco. Os moradores de Jadow faziam todos a mesma pergunta: o que aconteceu com o seu cabelo ruivo? Reuniam-se na casa de um conterrâneo que enriquecera comerciando couro. Ali tive uma experiência estranha: antigas criadas e cocheiros se dirigiam a mim em hebraico fluente. Alguns dos que se expressavam em iídiche, faziam-no com um sotaque russo ou lituano, porque tinham fugido da Polônia durante a Segunda Guerra Mundial e passaram anos em Vilna, Bialystok, Jambul ou Tashkent. Moças que eu beijara às escondidas e que costumavam me chamar de *Moreh* – professor – me falavam dos filhos casados e até dos netos. Os rostos e silhuetas tinham se tornado irreconhecíveis.

Gradualmente, comecei a me orientar. Muitas mulheres de Jadow confidenciaram que nunca tinham me esquecido. Meus companheiros de infância me lembravam das artes que fazia, das histórias fantásticas que contava, e até das piadas sobre antigos conterrâneos. Muitas pessoas de Jadow estavam desaparecidas. Pereceram nos guetos e nos campos de concentração ou morreram na Rússia, de fome, tifo e escorbuto. Algumas perderam os filhos na guerra contra os árabes em 1948. Meus conterrâneos riam e suspiravam. Prepararam um banquete para mim e uma noite em homenagem aos que não sobreviveram.

Uma vez que me chamavam de Itche e falavam com familiaridade, me senti jovem no meio deles. Voltei a tagarelar, contando todo tipo de piadas sobre Berl, o bobo da aldeia, e Reb Mordecai Meyer, o arauto da moralidade em Jadow. Falava com esses homens e mulheres de meia-idade como se ainda fossem meninos e meninas. Cheguei até a reativar meus antigos romances. Bem-humoradas, as moças de Jadow caçoavam de mim dizendo: "Francamente, Itche, você continua o mesmo!"

Entre os moradores de Jadow que vieram me ver estava Freidl, uma antiga aluna minha que agora era médica. Era uns dez anos mais nova que eu. Quando eu tinha dezessete anos, contava oito. O pai, Avigdor Rosenbach, era um dos esclarecidos, um rico comerciante de madeiras. Em Israel, Freidl traduzira o nome para o hebraico e passara a se chamar Ditza. Antes de eu partir de Jadow, Freidl já era conhecida pelo brilho de sua inteligência. Falava iídiche e polonês, estudava francês com um professor e piano com outro. Dominara rapidamente o hebraico que lhe ensinei. Era uma menininha bonita, de cabelos negros, pele branca e olhos verdes. Aborrecia-me com todo o tipo de perguntas que eu não sabia responder. À sua maneira infantil, namoricava comigo, e ao fim de cada aula tinha que beijá-la. Prometera se casar comigo quando crescesse. Mais tarde, em Varsóvia, soube que Freidl terminara o ginásio com louvor e estudava medicina na Sorbonne. Alguém me disse que falava oito línguas. Um dia ouvi a notícia estranha de que se casara com um rapaz de Jadow, Tobias Stein. Tobias era um jovem da minha idade; seu sonho era ser *chalutz** na Palestina. Embora o pai fosse um comerciante rico, aprendera marcenaria para poder se tornar construtor de núcleos de povoamento. Era moreno, com olhos escuros e sorridentes e uma cabeleira crespa e preta. Usava túnica com faixa na cintura e um solidéu azul e branco bordado com a estrela de Davi para demonstrar o seu fervor sionista. Além de marcenaria, aprendeu a atirar com um rifle para poder guardar a Palestina e proteger as colônias dos ataques árabes. Conhecia a geografia da Palestina melhor que qualquer um de nós, cantava todos os hinos sionistas e declamava os poemas de Bialik. Pouco tempo depois que deixei Varsóvia, Tobias recebeu permissão para entrar na Palestina, mas parece que voltou à Europa o tempo suficiente para se casar com Freidl. Não sabia dos detalhes; tampouco fazia questão de sabê-los.

Anos depois da Segunda Guerra Mundial, soube que Freidl tivera uma filha de Tobias e que os dois estavam separados. Freidl fizera carreira em Israel; era neurologista e escrevera um livro que fora traduzido para outras línguas. Dizia-se que tivera muitos casos – um deles com um oficial do exército inglês. Tobias vivia num *kibbutz* distante. Continuava apaixonado por Freidl. A filha permanecera com ele.

Aquela noite, a entrada de Freidl na casa do rico comerciante de couros criou sensação entre os naturais de Jadow. Evitava todas as reuniões e eles a consideravam uma esnobe. A mulher que entrou na sala teria mais de quarenta anos, mas parecia muito mais jovem; mais alta do que a média, esbelta, os cabelos negros cortados curtos, a pele ainda branca, os olhos verdes. Reconheci a Freidl do passado – apenas o nariz se tornara o de um adulto sério. Embora não estivesse usando óculos, havia marcas no rosto, como se tivesse acabado de retirar o pincenê. Usava um conjunto de *tweed* inglês e uma gravata de mulher; a bolsa lembrava uma pasta de homem. No dedo trazia uma grande esmeralda. Experiência, energia e decisão emanavam dela. Encarou-me perplexa. Então chamou

---

* Pioneiro das colônias agrícolas de Israel. (N. do T.)

"Moreh!" e nos beijamos. Imaginei que o cheiro de todos os homens com quem tivera casos ainda estivesse nela. Depois das primeiras frases, ela se dirigiu a mim em iídiche ao invés do hebraico. Senti-me constrangido – eu, que lhe ensinara o alfabeto, não conseguia acompanhá-la no hebraico, que falava com fluência, numa voz sonora e com o moderno sotaque sefardita. Disse-me que estava ligada à Universidade de Jerusalém. Também mantinha contatos com universidades estrangeiras – até nos Estados Unidos. Os naturais de Jadow silenciaram. Escutavam com assombro a nossa conversa.

Perguntei:

– Posso continuar a chamá-la de Freidl?

E ela respondeu:

– Para você, sempre serei Freidl.

2

Ao fim da recepção, alguns dos presentes quiseram me acompanhar até o hotel, mas Freidl anunciou que estava de carro e me levaria, e ninguém se atreveu a contradizê-la. No carro, Freidl me perguntou:

– Está com pressa? Está uma noite linda. Vamos dar um passeio.

– Será um prazer.

Atravessamos a cidade. Como era estranho estar num país judeu, ler letreiros de lojas no hebraico recém-criado, passar por ruas com nomes de rabinos, líderes sionistas, escritores. O dia fora quente – um verdadeiro *chamsin*,* embora não dos piores. Vi mulheres cobrindo o rosto com lenços para evitar respirar a fina areia do deserto carregada pelo vento. O sol se pusera – grande, vermelho, não tão redondo quanto de costume, mas afinando na parte inferior como uma fruta com um talo. Em geral, em Tel Aviv, refresca ao anoitecer, mas nesta noite continuava a soprar uma brisa quente. Vapores

---

* Verão provocado pelos ventos quentes do deserto. (N. do T.)

de gasolina misturavam-se ao cheiro do asfalto amolecido e ao frescor que vinha dos campos, das montanhas, dos vales. Do mar, o fedor de peixe morto e do lixo da cidade. A lua estava baixa, vermelho-escura, meio apagada, e tive a impressão de que talvez estivesse caindo na terra, numa catástrofe cósmica. As estrelas balançavam como lampadazinhas suspensas em fios invisíveis. Tomamos a estrada para Jafa. Do meu lado direito o mar fosforescia prateado. Sombras verdes passavam pela superfície. Freidl disse:

– Em noites assim não consigo mesmo dormir. Ando e fumo cigarros.

Queria lhe perguntar por que se separara de Tobias, mas sabia que a pergunta deveria ser feita em outros termos: por que se casara com ele? Porém, esperei até que começasse a falar. Passamos por casas árabes com muitas cúpulas, lembrando seios de animais míticos. Algumas casas tinham cortinas de contas ao invés de portas. Freidl apontou uma mesquita e um minarete do qual os almuadens anunciavam as preces aos fiéis cinco vezes ao dia. Passado algum tempo, ela começou.

– A coisa toda foi uma loucura. Lembrava dele do tempo de criança e alimentava ilusões românticas. Sou do tipo de mulher que se sente atraída por homens mais velhos – sabe como se chama isso em jargão freudiano. A verdade é que também tinha uma paixonite por você, mas ouvi dizer que se casara. Muito cedo percebi que nós judeus não tínhamos futuro na Diáspora. Não só Hitler, mas o mundo todo estava disposto a nos fazer em pedaços. Você tinha razão quando escreveu que os judeus modernos são suicidas. O judeu moderno não consegue viver sem anti-semitismo. Se não existe, ele se sente compelido a criá-lo. Precisa derramar sangue pela humanidade: combater os reacionários, se preocupar com os chineses, os mandchus, os russos, os intocáveis da Índia, os negros dos Estados Unidos. Prega a revolução, mas, ao mesmo tempo, quer todos os privilégios do capitalismo para si. Procura destruir o nacionalismo nos outros, mas se orgulha de pertencer ao Povo Eleito. Como pode uma tribo assim viver entre estranhos? Eu queria me radicar aqui com os meus chamados irmãos e irmãs, e havia Tobias – um idealista, um pioneiro. Estivera aqui de visita e imaginava que o amava. Mas na hora em que estava sob o dossel, percebi que cometera um engano. Convencera-me que era um herói, mas não tardei a ver que era um *schlemiel,* um cabeça oca, sentimental como uma solteirona. No início, seu hebraico me fascinava, mas quando o escutei com atenção percebi que jorravam banalidades de sua boca. Papagueava todos os panfletos, todos os editoriais dos jornais. Cantava canções vulgares com gosto. Apaixonou-se por mim de uma maneira doentia, e aquele amor me esmagava completamente. Não existe dor maior do que a de ser amada por um tolo. Ela nos faz frias e envergonhadas do nosso sexo. Junto dele eu me tornava cruel e perversa. Imediatamente quis pôr um fim ao casamento, mas veio a nossa Rina. Um filho é um filho. Ela puxou à nossa família e não à dele. Mas o pai a mantém como um joguete. Ele a indispôs contra mim até que se tornou minha adversária em tudo. Desapontei-me com o *kibbutz* também. Tem os defeitos do comunismo somados aos do capitalismo. Que tipo de pessoa ela vai ser permanecendo lá? Uma camponesa semi-instruída.

– Fuma?
– Não.
– Ouvi dizer que não come carne, tampouco.
– Não.
– Que sentido tem isso? A natureza não conhece a misericórdia. No que lhe diz respeito, somos iguais aos vermes. Você me ensinou a Bíblia, e meu pai me entupiu com os milagres que Deus realizou para os judeus. Mas depois do que lhes aconteceu, é preciso ser absolutamente idiota e insensível para acreditar em Deus e em todas essas baboseiras. E o que é mais, acreditar em um Deus misericordioso é a pior traição às vítimas. Um rabino dos Estados Unidos esteve aqui em visita e disse em sua prédica que os seis milhões de judeus estão sentados no paraíso e se saciam com a carne do Leviatã,

e estudam a Torá com anjos. Não é preciso ser psicólogo para saber o que esse tipo de crença procura compensar. Em Jerusalém há um grupo que mexe com pesquisa psíquica. Deixei-me envolver um pouco – cheguei a assistir a umas sessões. É tudo uma impostura. Se eles não enganam os outros, enganam a si mesmos. Sem um cérebro que comande, não há pensamento. Se a vida além-túmulo realmente existisse, seria a maior crueldade. Por que deveria a alma se lembrar de toda a mesquinhez de sua existência? Que graça teria a alma do meu pai continuar a viver e lembrar que o sócio o roubou, a casa queimou, minha irmã Mirele morreu de parto, e ainda os guetos, os campos de prisioneiros e os fornos nazistas. Se existir um mínimo de justiça na natureza, ela é a obliteração do espírito quando o corpo deteriora. Não compreendo como alguém pode pensar diferente.

– Se uma pessoa pensa assim, não há razão para não ser nazista.

– Não é uma questão de dever ou não dever ser. Os nazistas são inimigos da raça humana, e é preciso que se deixe exterminá-los como percevejos.

– E o que dizer dos fracos? Quais são os seus direitos?

– O direito de se unir e se tornar fortes.

– E por que não gozar de todos os privilégios e injustiças nesse meio tempo? – perguntei.

– Gozamos. O fato de nos encontrarmos neste momento passeando de carro ao invés de puxar um jinriquixá ou nos enfiar num arrozal com água pelos joelhos, trabalhando por seis piastras por dia, já é um privilégio e até uma injustiça. Vamos parar com essa conversa. Não leva a lugar algum. Você próprio não acredita em nada.

– Alguém cuida deste mundo.

– Quem? Tolice. Pura tolice.

– E as estrelas?

Freidl ergueu a cabeça por um instante.

– As estrelas são estrelas.

Calamos. A estrada atravessava campos e pomares –

ou talvez fossem laranjais; estava escuro demais para ver. De quando em quando uma luz piscava ao longe. Não perguntei para onde estávamos indo. Já percorrera o país no sentido da largura e do comprimento e minha curiosidade estava saciada. Rodáramos meia hora sem encontrar um único carro. Pairava um silêncio de meia-noite sobre a terra. O vento cessara. O ruído do motor era abafado pelo cricrilar dos grilos, o coaxar dos sapos, e o farfalhar de miríades de insetos que viviam nessa Terra Santa e buscavam comida, proteção e um par.

Freidl disse:

– Se você está com sono, eu volto. Para mim, não há prazer maior do que um passeio desses à noite.

Queria perguntar a Freidl pelos casos dela, mas me contive. Sei que a maioria das pessoas gosta de fazer confidências, mas não suporta que se extraia a verdade com indisfarçada curiosidade. Não me lembro como ocorreu, mas Freidl recomeçou a falar.

– Que poderia me impedir? – disse. – Eu não o amava, e mesmo que amasse teria querido experimentar outros. Tive homens antes dele, com ele e depois dele. Tive alguém durante a chamada lua-de-mel. Existem mulheres monógamas, e até homens, mas não faço parte do grupo. Penso como Maupassant: dois amantes são melhores do que um, e três são melhores do que dois. Naturalmente, tive que dispensar alguns, mas nunca por razões morais. Partilho a opinião de madame Kollontai de que meu corpo é minha propriedade particular. Não sei exatamente o que é o amor e é provável que nunca venha a saber. Cada qual o compreende a seu modo. Já ouvi histórias incontáveis de meus pacientes. Mas não existe explicação para o comportamento humano – apenas padrões. Ultimamente me tornei adepta da psicologia gestáltica porque não procura encontrar motivações. Um gato apanha um camundongo. Uma abelha faz mel. Stalin tinha ânsia de poder. Os judeus modernos também têm ânsia de poder – não diretamente, agem nos bastidores. Nesse sentido parecem mulheres. O judeu é um crítico nato. Tem que destruir as coisas. Aqui ele não pode falar mal de tudo e isso o enfurece. Sou, como vê, inteiramente hedonista. Mas há inibições que nos impedem de apreciar as coisas. Você não vai acreditar, mas a minha filha é a principal inquietação de minha vida. Cem vezes por dia digo a mim mesma que um filho é apenas um óvulo acidentalmente fertilizado e que todo o amor e lealdade que sentimos com relação a ele é apenas instinto – ou chame como quiser. Mas me incomoda do mesmo jeito. O ódio dela, as queixas, me fazem infeliz. Piora de dia para dia. Literalmente, ouço como me responde, me censura e procura vingar os males que supõe que eu tenha feito a seu pai. Quis mandá-la estudar no exterior, mas ela se recusa a receber qualquer coisa de mim. Não responde às minhas cartas. Quando telefono – e não é fácil se conseguir uma ligação para um *kibbutz* – desliga o telefone na minha cara. Só haveria uma solução – voltar a viver com Tobias –, mas só de pensar nisso tenho vontade de vomitar. Como conseguiu inculcar nela um ódio desses é um enigma. Na realidade, isso se tornou para ele a essência da vida. Ele parece ser um doce, mas por dentro é amargo e rancoroso. As coisas que diz me espantam de tão idiotas, porém me assustam. Há uma força misteriosa nos tolos. Eles têm raízes profundas no caos primitivo. Você é o único homem no mundo a quem contei isso. Perdi meus irmãos e para mim você é como um irmão mais velho. Trinta e três anos é muito tempo, mas de alguma forma me lembrava de você. Muitas vezes quis lhe escrever. Mas, para mim, escrever uma carta é uma tarefa impossível. Não está com sono?

– Não.
– Por que não? Está tarde.
– A história desta terra não me deixa dormir.
– Quem? Papai Abraão?
– Os profetas.
– Da primeira vez, tive medo de não ser capaz de ir ao banheiro em Jerusalém, de tão sagrada que era, mas depois a pessoa se acostuma. Está disposto a passear comigo a noite toda?

— Estou, mas onde?

— Não ria de mim. Quero levá-lo ao *kibbutz* de minha filha. Parei de visitá-la. Fiz um juramento – um juramento profano; pelo que podemos jurar? – de que não voltaria a visitá-la. Todas as vezes que vou lá me demonstra hostilidade. Está simplesmente possuída de ódio por mim. Recusa-se a sentar comigo no refeitório. Já cuspiu no meu rosto. A razão de querer levá-lo lá é a seguinte: Tobias ficará feliz em vê-lo. Supostamente você e ele são amigos do peito. Ele o lê religiosamente. Rina também o conhece. Gaba-se de você ser amigo do pai. Aqui um escritor ainda impõe um certo respeito. Nesse sentido, Israel é como Jadow. De qualquer modo, não consigo descansar na cama e não tomo tranqüilizantes. Gostaria de ir dar uma olhada nela. Então voltaremos e estará de novo no hotel por volta das dez horas. Tenho que ir à clínica, mas já que você não trabalha aqui, pode fechar as venezianas e dormir o quanto quiser.

— Muito bem, concordo.

— Estou lhe explorando, não é? Sei que estou sendo fraca, mas existem fraquezas até nos fortes. Chegaremos ao *kibbutz* ao amanhecer. Há uma escola de segundo grau lá, e Rina está no último ano. Trabalha também. Escolheu o estábulo só para se vingar de mim. Ordenha vacas e limpa o chão. Há uma esfera em que todos somos gênios, é em sermos vingativos.

— Que espécie de *kibbutz* é?

Freidl mencionou um nome.

— Não é um kibbutz esquerdista?

— É, são esquerdistas. Ele e a filha. O deus deles é Borokhov. Foram para lá para espalhar a Torá da revolução diretamente de Sião. Os outros já esfriaram um pouco, mas para os dois Lênin continua a ser Moisés. É tudo pessoal. Só porque caçôo disso. Ela é atraente, uma verdadeira beleza – e inteligente também. Nos Estados Unidos, Hollywood já a teria abocanhado, mas aqui se tornou uma moça de estábulo.

— Ela sai com rapazes?

— Sai, mas nada sério. Vai se casar com um camponês e não haverá nada a fazer.

— Ela vai lhe dar netos.

— Isso não me sensibiliza.

— Quem é o seu amante atual?

Freidl permaneceu um instante calada.

— Ah, tenho um. Um advogado, um *orech-din*.* Tem mulher e filhos. Quando quero está presente e quando não quero fica ausente. De qualquer modo, Tobias não me daria o divórcio. Já passei dos quarenta e o maior desejo já passou. Antigamente, era apaixonada pelo meu trabalho; agora até isso não é mais o que costumava ser. Gostaria de escrever um romance, mas ninguém está à espera da minha ficção. Além disso, não tenho realmente uma língua. O hebraico não é a minha língua materna. Escrever em iídiche aqui não faz sentido. Conheço perfeitamente o francês, mas não o uso há anos. Meu inglês é bastante bom, mas não o suficiente para escrever. Com isso, não vou me tornar sua concorrente. Recoste-se e procure dormir.

— Não se preocupe, não estou com sono.

— Se tivesse aparecido mais cedo, talvez tivesse começado alguma coisa com você, mas já faz algum tempo que tenho a sensação de que é tarde para tudo. Talvez isso seja o início da minha menopausa, ou um presságio da morte. Essa filha roubou toda a minha felicidade.

— Francamente, você precisa de um psicanalista.

— Quê? Não acredito nisso. Não adiantaria. Na vida toda só tive uma neurose importante e uma porção de neurosezinhas a que chamava de "candidatas". Quando uma desaparecia, surgia outra em seu lugar. Estavam sempre trocando de lugar, como num grupo político. Uma se tornava líder por alguns anos e então passava o poder para a próxima. Em alguns casos ocorria algo parecido com uma revolução na corte. Essa da minha filha é relativamente nova, mas não tão nova assim. Cresceu como um câncer, mas senti-a desenvolver.

---

* Magistrado. (N. do T.)

– O que quer dela?
– Que me ame.
– E o que isso vai lhe trazer?
– Sou eu que lhe pergunto.
Recostei-me e comecei a cochilar.

3

Eu não estava acordado nem dormia. Sonhei e, em meio ao sonho, abri um olho e vi que a lua desaparecera. A noite escura pesava sobre a terra e me lembrou as trevas do início da criação antes de Deus dizer "Que haja luz!". Os insetos tinham silenciado. Freidl dirigia em alta velocidade e tive a estranha sensação de que estávamos deslizando montanha abaixo para um abismo. A ponta acesa de seu cigarro movia-se para cima, para baixo, para o lado. Parecia estar sinalizando para alguém num código de fogo. Nunca se sabe quem vai ser o nosso anjo da morte, pensei. É Freidl de Jadow. Voltei a adormecer e vi montanhas escarpadas e sombras gigantescas. Tentavam lançar uma ponte de um cume para outro. Falavam uma língua estranha com vozes tonitruantes e estendiam os braços longos até a fímbria do horizonte. Embaixo, as águas rugiam, espumando, vomitando pedregulhos. "Será que este é o rio Sambácio?",* perguntei a mim mesmo. "Então, não é apenas uma lenda..." Abri os olhos, e por trás de uma montanha surgiu o sol, banhado e bíblico, irradiando uma luz que não era dia nem noite. No meu semi-sono, essa cena estava de algum modo ligada à bênção dada pelos sacerdotes aos judeus, a qual não se pode contemplar sob pena de perder a visão. Tornei a dormitar.

Freidl me acordou. Chegáramos ao *kibbutz*. No crepúsculo matutino vi cactos cintilantes de orvalho, canteiros de

---

* Rio mítico para além do qual as dez tribos perdidas de Israel foram exiladas pelo rei Shalmaneser da Assíria. Reza a lenda que a turbulência do rio só cessa no Sabá quando os judeus não podem atravessá-lo. (N. do T.)

flores e barracos com as portas abertas, de onde saíam homens e mulheres semivestidos. Estavam todos queimados de sol, quase negros. Alguns levavam toalhas, sabonetes, escovas de dentes. Freidl me disse:

– Você dormiu como um deus.

Tomou o meu braço e me conduziu por um caminho estreito coberto de relva úmida. Bateu numa porta e, como não houve resposta, bateu mais alto. Ouvi uma voz rouca e Freidl respondeu. A porta se abriu e saiu um homem despenteado, os cabelos negros mechados de branco, descalço, vestindo uma camisa desabotoada que deixava entrever o peito cabeludo. Um lado do rosto estava mais enrugado que o outro – esfolado e vermelho como se tivesse urticária. Segurava as calças com uma mão. "Será que esse é o Tobias?", perguntei a mim mesmo. Tinha ombros largos, um nariz grosso e o pescoço cheio de veias.

Freidl se dirigiu a ele:

– Desculpe acordá-lo. Trouxe uma visita.

Eu estava começando a encontrar alguma semelhança entre esse homem envelhecido e o Tobias de Jadow. Mas ele piscou sonolento e não me reconheceu.

Freidl sorriu:

– O Itche do rabino de Jadow.

– Itche. – Tobias repetiu e ficou ali desnorteado, com a mão segurando as calças desabotoadas. Passados alguns instantes, me abraçou com a mão livre. Beijamo-nos e sua barba me espetou como se fosse de pregos.

Freidl disse:

– Quero ver Rina. Só quero dar uma olhada nela. Temos que voltar logo.

– Rina não está em casa – Tobias respondeu hesitante numa voz impessoal.

Freidl se tomou tensa:

– Onde está?

– Não está em casa.

– Onde?

– Com uma amiga.
– Quem? Você está mentindo.
Marido e mulher começaram a discutir em hebraico. Ouvi Tobias dizer:
– Está com o conselheiro dela.
– Com o conselheiro dela? No meio da noite?
– Com o conselheiro dela – repetiu Tobias.
– Você está maluco ou acha que eu estou?
– Ela dorme lá. – Tobias parecia falar consigo mesmo.

Embora o sol projetasse manchas avermelhadas no rosto de Freidl, observei que empalidecera. Os lábios tremiam. A expressão se tornou raivosa, aflita. Disse:
– Uma menina de dezesseis anos vai dormir na casa de um rapaz? Você me envergonha diante de Itche.
– Ela aprendeu com a mãe – os olhos de Tobias sob as sobrancelhas cerradas estavam cortantes e frios. Cheguei a perceber neles uma expressão de zombaria. Recuei. Tobias fez sinal com a mão para que eu esperasse. Sorriu e pela primeira vez realmente reconheci o Tobias de Jadow. Entrou.

Freidl gritou um xingamento para ele. Virou-se para mim.
– Ele é louco. Um louco degenerado.

Ficamos imóveis, distantes um do outro. Tobias não estava com pressa de sair. O rosto de Freidl parecia duro e envelhecido.
– É tudo maldade. Para se vingar de mim, está transformando a filha numa prostituta. Bem, não tenho mais filha.
– Talvez não seja verdade.
– Venha, vamos ver.

Freidl caminhava à frente e eu a seguia. Minhas calças e meias ficaram molhadas de orvalho. Passamos por um caminhão em que homens de peito nu carregavam caixotes de galinhas vivas. Elas cacarejavam durante o sono. Acercamo-nos de uma construção que parecia algo entre um palheiro e uma torre. Havia um catavento no alto do teto cônico. Era onde morava o conselheiro. Uma escada levava à entrada. Freidl chamou:
– Rina!

Sua voz tinha um som agudo e um tremor de choro. Chamou muitas vezes, mas ninguém apareceu na janela. Freidl me deu um olhar de esguelha como se perguntasse: "Será que devo subir?"

Senti frio; meus joelhos tremiam. Tudo parecia ter perdido a substância – um desses pesadelos que desaparecem assim que se acorda. Queria dizer a Freidl que não havia sentido em ficarmos parados ali; seria melhor voltarmos, mas naquele momento o rosto de uma moça apareceu. Passou como uma sombra. Freidl também devia ter visto. Estava boquiaberta. Não era mais a médica que falara aquelas palavras inteligentes durante a noite, mas uma mãe judia chocada. Parecia que queria gritar, mas estava muda. O dia clareara e agora surgia uma névoa vinda de algum lugar. Eu disse:

– Vamos, Freidl, isso não tem sentido.

– É, você tem razão.

Estava apreensivo que Freidl me levasse de volta à casa de Tobias e começasse uma briga com ele, mas tomou outra direção. Caminhava tão rápido que mal conseguia acompanhá-la. Passamos pelo refeitório vazio. Lâmpadas sem globos iluminavam a sala. Um menino limpava o piso de pedra com um esfregão. O ar cheirava a desinfetante. Logo alcançamos o carro de Freidl.

Ela guiava depressa. Recostei-me e olhei fixamente em frente. Fazia frio e eu tremia. Levantei a gola do paletó. Graças a Deus não tenho filhas, pensei. Para leste, uma nuvem se espalhou como um grande leito de carvões em brasa. Uma longa fileira de pássaros cortou os ares gritando. Passamos por um rebanho de carneiros que parecia estar pastando no solo arenoso de um campo estéril. Embora alimentasse dúvidas sobre Deus, Sua misericórdia e providência, passagens da Bíblia me acorriam à mente – as advertências de Isaías sobre o fim: "Uma nação pecaminosa, um povo cheio de iniqüidade, uma semente de malfeitores... Eles abandonaram o Senhor. Provocaram o Santo de Israel...". Sentia necessidade de provar a Freidl que ela estava usando duas medidas – uma para si e outra para os outros –, mas sabia que suas contradições eram também as minhas contradições. Os poderes que governam a história tinham nos trazido de volta à terra dos nossos antepassados, mas já a contamináramos com as nossas abominações. O sol se tornou quente e amarelo sulfuroso. Faíscas e chamas caíam dele como se fosse uma tocha. Lançava uma luz sombria e triste que lembrava a de um eclipse. Um vento seco soprava do deserto levantando uma poeira fina. O rosto de Freidl se tornara cinzento e deprimido. Nesse momento vi nela uma semelhança com a mãe, Deborah Ita.

Paramos num posto de gasolina com um letreiro em hebraico e Freidl disse:

– Daqui, para onde iremos? Se isso é um conselheiro, tudo está perdido. Estou curada, curada para sempre!

Traduzido pelo autor e por Evelyn Torton Beck.

Os pombos

Quando a esposa morreu, ao professor Vladislav Eibeschutz só restaram os livros e os pássaros. Demitira-se do cargo de professor de história da Universidade de Varsóvia, porque já não conseguia suportar o vandalismo dos estudantes que pertenciam à fraternidade Orzel Polski. Compareciam às aulas usando os bonés bordados a ouro da fraternidade, exibindo bengalas pesadas, sempre prontos a provocar uma briga. Por alguma razão que o professor Eibeschutz nunca conseguira entender, a maioria deles tinha rostos vermelhos, pescoços espinhentos, narizes curtos e queixos quadrados, como se o ódio que devotavam aos judeus os tivesse transformado em membros da mesma família. Até as vozes deles exigindo que os estudantes judeus se sentassem em bancos de gueto soavam iguais.

Vladislav Eibeschutz aposentara-se com uma pequena pensão. Mal dava para o aluguel e para a comida, mas de que mais se precisa na velhice? A empregada quase cega, Tekla, era uma camponesa polonesa. O professor há muito deixara de lhe pagar o salário. Ela cozinhava para ambos as sopas e ensopados que podiam comer sem usar os dentes. Nenhum dos dois precisava comprar roupas novas, nem mesmo um par de sapatos. Havia conjuntos, casacos, peles surradas e vestidos da sra. Eibeschutz do tempo antigo. Tudo fora cuidadosamente guardado em naftalina.

Com o passar do tempo a biblioteca do professor crescera tanto que todas as paredes, do assoalho ao teto, estavam cobertas de prateleiras. Havia livros e manuscritos no armário de roupas, em malas, no porão e no sótão. Enquanto a sra. Eibeschutz fora viva, de vez em quando procurava pôr uma certa ordem. Os livros eram limpos e arejados. Os que tinham as capas ou lombadas rotas eram consertados. Os manuscritos que já não tinham serventia eram queimados no fogão. Mas depois de sua morte a casa fora descuidada. O professor tinha também, a essa altura, colecionado uma dúzia de gaiolas de pássaros: papagaios, periquitos, canários. Sempre gostara de pássaros e as portas das gaiolas permaneciam abertas para que os bichos pudessem voar livremente. Tekla se queixava que não podia sair atrás deles limpando, mas o professor respondia: "Tolinha, tudo que pertence às criaturas de Deus é limpo".

E como se isso não bastasse, diariamente o professor alimentava os pombos da rua. Toda a manhã e toda a tarde, os vizinhos o viam sair com um saco de ração. Era um homem baixo e encurvado, barba rala, que de tão branca voltara a amarelar, um nariz recurvado, e uma boca chupada. Os óculos de lentes grossas faziam os olhos castanhos, protegidos por sobrancelhas espessas, parecerem maiores e um tanto vesgos. Usava sempre o mesmo sobretudo esverdeado e sapatos com elásticos e pontas arredondadas, de um estilo que não se fabricava mais. Mechas rebeldes de cabelos brancos escapavam do seu bonezinho. No instante em que o professor atravessava o portão, antes mesmo de começar a chamar "duche-duche-duche", bandos de pombos convergiam de todos os lados. Estavam à espera nos velhos telhados e nas árvores em torno do hospital para doenças da pele. A rua onde o professor morava começava no bulevar Nowy Swiat e enviesava em direção ao Vístula. No verão o mato brotava entre as pedras do calçamento. Havia pouco tráfego ali. De vez em quando um carro fúnebre vinha buscar o cadáver de algum paciente que morrera de sífilis ou de lúpus, ou um tintureiro vinha trazer um grupo de prostitutas apanhadas com doenças venéreas. Em alguns quintais ainda se usavam bombas manuais para tirar água. Os inquilinos eram em sua maioria gente velha que raramente saía. Ali os pombos podiam fugir do barulho da cidade.

O professor dizia a Tekla que alimentar os pombos significava para ele o mesmo que ir à igreja ou à sinagoga. Deus não tem fome de louvores, mas os pombos aguardam desde o amanhecer para serem alimentados. Não existe melhor maneira de servir ao Criador do que ser bondoso com as Suas criaturas.

O professor não sentia apenas prazer em alimentar os pombos famintos. Aprendia com eles. Certa vez lera um trecho do Talmude em que os judeus eram comparados aos pombos, e só recentemente apreendera o significado da comparação. Os pombos não possuem armas na luta pela sobrevivência. Sustentam-se quase inteiramente das migalhas que as pessoas lhes atiram. Temem o barulho, fogem do menor dos cães. Nem mesmo afugentam as andorinhas que roubam sua comida. O pombo, como o judeu, prospera com a paz, a quietude, a boa vontade. Mas toda regra tem exceções. Entre os pombos, como entre os judeus, encontramos espécimes beligerantes, que renegam sua herança. Havia pombos que espantavam os outros, bicavam e arrebatavam as sementes antes que os outros pudessem comê-las. O professor Eibeschutz deixara a universidade não só por causa dos estudantes anti-semitas, mas, também, por causa dos judeus comunistas que usavam a perseguição aos judeus para fins propagandísticos. Nos muitos anos que o professor estudara, ensinara, pesquisara em arquivos e escrevera para periódicos científicos, não cessara de procurar um significado, uma filosofia da história, uma lei que explicasse para onde caminhava a humanidade e o que impelia o homem às guerras constantes. Houvera época em que o professor se inclinara para uma interpretação materialista dos acontecimentos. Admirara Lucrécio, Diderot, Vogt, Feuerbach. Por um breve período chegara a acreditar em Karl Marx. Mas essa época juvenil passara depressa. Agora o professor pendera para o extremo oposto. Não era preciso ser crente para ver o propósito da natureza, a verdade da chamada teologia, que era tabu para a ciência. Sim, havia um plano na natureza, ainda que muitas vezes nos parecesse um caos total. Todos éramos necessários: judeus, cristãos, muçulmanos, um Alexandre o Grande, um Carlos Magno, um Napoleão, até um Hitler. Mas por que e para quê? Que pode a Divindade realizar deixando o gato comer o camundongo, o falcão matar coelhos e os estudantes da fraternidade polonesa atacarem judeus?

Ultimamente o professor quase abandonara o estudo da história. Na velhice chegara à conclusão de que seu verdadeiro interesse residia na biologia e na zoologia. Adquirira numerosos livros sobre pássaros e mamíferos. Apesar de sofrer de glaucoma e quase não ter visão no olho direito, comprara um velho microscópio. Seus estudos não tinham objetivos profissionais. Lia para se instruir, da mesma maneira que os meninos piedosos liam o Talmude, mesmo balançando a cabeça e cantando como faziam. Ou puxava um fio da barba, colocava-o na lâmina e o examinava ao microscópio. Cada fio de cabelo tinha o seu mecanismo complexo. Uma folha, uma casca de cebola, um torrão de terra úmida de um dos vasos de flores de Tekla revelavam belezas e harmonias que revivificavam seu espírito. O professor Eibeschutz sentava-se ao microscópio, os canários cantavam, os periquitos pipilavam, falavam, beijavam, os papagaios tagarelavam, chamando um ao outro de macaco, filhinho, glutão, no dialeto da aldeia de Tekla. Não era fácil ter fé na bondade de Deus, mas a Sua sabedoria irradiava de cada folha, cada mosca, cada flor e cada bichinho.

Tekla entrou. Era miúda, bexiguenta, o cabelo ralo, uma mistura de palha e cinza. Trazia um vestido desbotado e chinelas gastas. Acima dos malares altos espreitava um par de olhos amendoados, verdes como os de um gato. Arrastava um pé. Sofria de dores nas juntas e tratava seu problema com bálsamos e ungüentos comprados de charlatões. Ia à igreja acender velas para seus santos.

— Fervi o leite — disse.

— Não quero leite algum.

— Quer que ponha uma pitada de café?

— Não, Tekla, obrigado. Não quero nada.

— Sua garganta vai ressecar.

— Onde está escrito que a garganta deve ser úmida?

Tekla não respondeu, mas não foi embora. Quando a

sra. Eibeschutz estava no leito de morte, Tekla jurara que cuidaria do professor. Passado algum tempo o professor se levantou da cadeira. Sentava-se numa almofada especial para não irritar as hemorróidas.

– Ainda está aí, Tekla? Você é tão teimosa quanto a minha falecida esposa, que ela descanse em paz.

– Está na hora do remédio do professor.

– Que remédio? Mulher tola. Nenhum coração pode bater para sempre.

O professor colocou uma lente de aumento numa página aberta de *Os pássaros da Polônia* e foi dar uma olhada nos seus pássaros.

Alimentar os pombos da rua era puro prazer, mas cuidar de dezenas de pássaros que viviam em gaiolas abertas e tinham liberdade de voar pelo apartamento quando queriam representava esforço e responsabilidade. Não era só uma questão de limpar para Tekla. Não passava um dia sem uma calamidade. Um periquito ficava preso atrás de uma estante e tinha que ser retirado. Os machos brigavam. Os ovos recém-postos de uma fêmea eram danificados. O professor segregara as várias espécies em quartos separados, mas Tekla se esquecia e deixava uma porta entreaberta. Era primavera e não se podia abrir as janelas. O ar tinha um cheiro abafado e doce devido aos excrementos dos pássaros. Via de regra os pássaros dormem à noite, mas acontecia que um papagaio, despertado por algum pesadelo ornitológico; saía voando às cegas pelo escuro. As luzes tinham que ser acesas para que ele não se matasse. Assim mesmo, que felicidade esses animais davam ao professor Eibeschutz em retribuição pelos poucos grãos que ingeriam! Um dos periquitos aprendera dezenas de palavras e até frases inteiras. Encarapitava-se na calva do professor, bicava o lóbulo da orelha dele, subia na perna dos óculos e pousava como um acrobata no dedo indicador do professor enquanto este escrevia. Nos anos de experiência com esses animais, o professor Eibeschutz se convencera de sua complexidade, riqueza de caráter e individualidade. Depois de observar um pássaro durante anos, ainda se surpreendia com suas proezas.

O professor se comprazia especialmente com o fato de que esses bichos não tinham sentido histórico. O passado era passado. Todas as aventuras eram prontamente esquecidas. Todos os dias eram um novo começo. Ainda assim havia exceções. Um professor vira um periquito macho se consumir depois que a companheira morreu. Registrara nos seus pássaros casos de fascinação, ciúmes, inibição e até assassinato e suicídio. Era capaz de observá-los horas a fio. Havia um desígnio nos sentidos que Deus lhes dera, nos instintos, na estrutura das asas, na maneira de chocar os ovos, mudar as penas, trocar de cor. Como funcionava tudo isso? Herança? Que eram os cromossomos, os genes?

Desde a morte da esposa o professor adquirira o hábito de falar sozinho ou com gente que há muito tinha partido. Dizia a Darwin:

"Não, Charles, as suas teorias não resolvem o enigma. Tampouco as suas, *monsieur* Lamarck!"

Naquela tarde, tendo tomado o remédio, o professor encheu um saco com linhaça, painço e ervilhas secas e saiu para alimentar os pombos. Embora fosse maio, chovia e soprava um vento frio do Vístula. Agora a chuva cessara e a luz do sol cortava as nuvens como um machado celeste. No momento em que o professor apareceu, os pombos mergulharam de todos os lados. Alguns, na pressa, adejavam contra o chapéu do professor, quase arrancando-o da cabeça. Ele percebeu que não levara comida suficiente para aquela multidão. Tomou o cuidado de espalhar os grãos para que os pombos não brigassem entre si, mas não tardou para que formassem uma massa em atropelo. Uns pousavam no dorso dos outros para forçar caminho até um espaço vazio. A rua era demasiado estreita para um bando tão grande de pássaros. "Os pobrezinhos estão famintos", murmurou o professor Eibeschutz para si mesmo. Sabia muito bem que as suas rações não resolviam o problema deles. Quanto mais os alimentava, mais se multiplicavam. Lera que em algum lugar da Austrália os pombos tinham se tornado tão numerosos que os telhados afundaram sob o seu peso. A longo prazo, ninguém pode ganhar das leis da natureza. Mas o professor tampouco podia deixar esses bichos morrerem.

O professor Eibeschutz voltou ao vestíbulo de sua casa, onde guardava a saca de ração, e tornou a encher o saco. "Espero que não dispersem", murmurou. Quando saiu, os pássaros continuavam lá. "Obrigado, Deus", disse um tanto constrangido pelas implicações religiosas de suas palavras. Começou a atirar a comida, mas a mão tremeu e os grãos caíram perto demais dele. Os pombos pousavam nos seus ombros, nos braços, agitando as asas e beijando-o com os bicos. Um pombo mais ousado tentou pousar na própria boca do saco de ração.

Inesperadamente uma pedra atingiu o professor Eibeschutz na testa. Por um momento ele não entendeu o que acontecera. Então recebeu mais duas; uma bateu-lhe no cotovelo, a outra no pescoço. Os pombos ergueram-se todos ao mesmo tempo. Seja como for, o professor conseguiu voltar para casa. Lera muitas vezes nos jornais sobre os ataques a judeus nos Jardins Saxônia e nos subúrbios. Mas nunca lhe acontecera antes. Naquele instante não sabia dizer qual era a mágoa maior, a dor na testa ou a vergonha. "Será que decaímos tanto?", murmurou, Tekla devia ter visto o que acontecera pela janela. Correu para ele com os braços abertos e verde de raiva. Praguejou, sibilou e apressou-se a ir até a cozinha molhar uma toalha em água fria. O professor tirara o chapéu e apalpava o calombo na testa. Tekla levou-o para o quarto, despiu seu casaco e o fez deitar. Enquanto cuidava dele, praguejava continuamente.

– Castigue-os, Deus. Castigue-os, Pai do céu. Que eles queimem no inferno. Que as entranhas deles apodreçam, que a peste negra os mate!

– Basta, Tekla, basta.
– Se essa é a nossa Polônia é melhor que pegue fogo.
– Há muita gente boa na Polônia.
– Escória, prostitutas, cães leprosos!

Tekla saiu, provavelmente para chamar a polícia. O professor a ouviu se queixar aos gritos aos vizinhos. Passado algum tempo tudo se aquietou. Parecia não ter ido à polícia, porque ele a ouviu regressar sozinha. Ela se ocupou pela cozinha, resmungando e xingando. O professor fechou os olhos. "Mais cedo ou mais tarde você tem que sentir na própria pele", pensou. "Em que acha que é melhor do que as outras vítimas? Assim é a história, e foi dela que me ocupei a vida toda."

Uma palavra hebraica que há muito esquecera veio de súbito à cabeça do professor: *reshayim,* os perversos. São os perversos que fazem a história.

O professor continuou deitado cheio de assombro. Num segundo encontrara a resposta que buscava há anos. A exemplo da maçã que Newton vira caindo da árvore, a pedra atirada por um arruaceiro revelara a ele, Eibeschutz, uma verdade válida para todas as épocas. Era exatamente como estava escrito no Velho Testamento. Cada geração tinha os seus homens responsáveis pela falsidade e o derramamento de sangue. Quer seja na guerra ou na revolução, quer lutem sob uma bandeira ou outra, a despeito da palavra de ordem que usem, seu objetivo continua o mesmo – praticar o mal, causar dor, derramar sangue. Um objetivo comum unia Alexandre da Macedônia e Amílcar, Gêngis Khan e Carlos Magno, Chmielnitzki e Napoleão, Robespierre e Lenin. Demasiado simples? O princípio da gravidade também era simples, por isso levou tanto tempo para ser descoberto.

Anoiteceu. Vladislav Eibeschutz começou a dormitar. Pouco antes de adormecer, disse a si mesmo: "Porém, não pode ser tão simples assim".

À noite, Tekla arranjou um pouco de gelo e preparou uma nova compressa. Queria chamar um médico, mas ele não permitiu. Sentiria vergonha perante o médico e os vizinhos. Tekla cozinhou um pouco de aveia para ele. Normalmente, antes de se recolher para dormir, o professor examinava todas as gaiolas, punha água fresca, acrescentava grãos e verduras, e trocava a areia. Nesta noite confiou que Tekla assumisse essas tarefas. Ela desligara as luzes. Alguns periquitos no quarto dele permaneceram nas gaiolas. Outros dormiram encarapitados na vara da cortina. Embora o professor se sentisse cansado, não conseguiu dormir imediatamente. A área acima do olho bom estava inchada e ele mal conseguia mexer a pálpebra. Espero que não fique completamente cego, implorou aos poderes que governam o mundo. Se tenho que ficar cego, prefiro morrer.

Adormeceu e sonhou com terras desconhecidas, lugares que nunca vira, montanhas, vales, jardins com árvores enormes e canteiros de flores exóticas. "Onde estou?", perguntou-se em sonho. "Itália? Pérsia? Afeganistão?" A terra a seus pés movia-se como se ele estivesse viajando num avião. Não estava, porém, num avião. Parecia estar suspenso no espaço. "Estarei longe do alcance da gravidade terrestre? Como foi que aconteceu isso? Não há atmosfera aqui. Espero não me sufocar."

Ele acordou e por um instante não lembrou onde estava. Apalpou a compressa. "Por que a minha cabeça está envolta numa bandagem?", admirou-se. De repente tudo lhe voltou à lembrança. "Sim, a história é feita pelos perversos. Descobri a fórmula newtoniana para a história. Terei que reescrever o meu trabalho". Subitamente sentiu uma dor no lado esquerdo. Parou para escutar a pulsação da dor no peito. Tinha pílulas especiais para seus acessos de angina do peito, mas guardava-as numa gaveta no escritório. Stephanie, sua falecida esposa, lhe dera um sininho para chamar Tekla se se sentisse mal durante a noite. Mas o professor Eibeschutz relutava em usá-lo. Relutava até em acender a luz de cabeceira. Os pássaros se assustavam com a luz e o ruído. Tekla devia estar cansada depois do dia de trabalho e da desagradável experiência.

O ataque dos arruaceiros perturbara-a mais do que a ele. Que mais tinha na vida além daquelas poucas horas de sono? Não tinha marido, nem filhos, nem parentes, nem amigos. Ele lhe legara os bens que possuía. Mas quanto valiam? Que valor teriam seus manuscritos inéditos? A nova fórmula...

Por alguns instantes pareceu ao professor Eibeschutz que a pontada no peito se tornava menos dolorosa. Então sentiu um espasmo violento no coração, no ombro, no braço, nas costelas. Estendeu a mão para a sineta, mas seus dedos perderam as forças antes que a alcançasse. Nunca imaginara que uma dor dessas fosse possível. Era como se o coração estivesse sendo apertado num punho. Sufocava e arquejava. Um último pensamento perpassou-lhe a mente. O que acontecerá aos pombos?

Cedo, na manhã seguinte, quando Tekla foi ao quarto do professor, mal conseguiu reconhecê-lo. A figura que viu não era o professor, mas um boneco grotesco de argila amarela, duro como um osso, a boca aberta, o nariz desfigurado, a barba apontando para o teto, as pálpebras de um olho grudadas, o outro olho meio aberto num sorriso de além-túmulo. Uma mão de dedos cerosos jazia aberta no travesseiro.

Tekla começou a berrar. Os vizinhos acorreram. Alguém chamou uma ambulância. O som da sirene logo se fez ouvir, mas o interno que entrou no quarto olhou na direção da cama e sacudiu a cabeça.

– Já não podemos fazer nada.

– Eles o mataram, mataram – chorava Tekla. – Atiraram pedras nele. Deviam cair mortos, assassinos, que sejam amaldiçoados, que a cólera os leve, demônios perversos!

– Quem são eles? – perguntou o médico.

– Os nossos bandidos poloneses, arruaceiros, animais, assassinos – respondeu Tekla.

– Judeu?

– É judeu, sim.

– Bom...

Quase esquecido enquanto vivo, o professor encontrou

a fama na morte. Chegaram delegações da Universidade de Varsóvia, da Universidade Livre, da Sociedade Histórica e de várias outras organizações, grupos, fraternidades e sociedades. Os departamentos de história das universidades de Cracóvia, Lemberg e Vilna telegrafaram avisando que iam mandar representantes ao funeral. O apartamento do professor encheu-se de flores. Professores, escritores, estudantes velaram o corpo. Uma vez que o professor era judeu, a sociedade funerária judaica mandou dois homens para recitarem salmos para o morto. Os pássaros assustados voavam de uma parede para a outra, de uma estante para outra, tentavam pousar em lâmpadas, sanefas, cortinas. Tekla queria fazê-los voltar para as gaiolas, mas eles fugiam dela. Alguns desapareceram pelas portas e janelas deixadas descuidadamente abertas. Um dos papagaios repetia a mesma palavra sem parar num tom de alarme e censura. O telefone tocava continuamente. Os encarregados da comunidade judaica exigiam pagamento adiantado pela sepultura e um major polonês, antigo aluno do professor, os ameaçou de conseqüências funestas.

Na manhã seguinte, um carro fúnebre judaico subiu a rua, os cavalos arreados e encapuçados de negro, com aberturas para os olhos. Quando o caixão foi retirado da casa e o cortejo fúnebre principiou a subir em direção à avenida Tamki e à cidade velha, bandos de pombos começaram a revoar sobre os telhados. O número deles cresceu com tanta rapidez que cobriram o céu entre os prédios de cada lado da rua estreita e escureceram o dia como se houvesse um eclipse. Pararam, suspensos no ar por um momento, e a seguir, em grupo, acompanharam a procissão voando em círculos em torno dela.

As delegações, que caminhavam lentamente atrás do carro fúnebre carregado de coroas, olharam para o alto assombradas. Os moradores da rua, os velhos e os doentes que vieram prestar ao professor as últimas homenagens, se persignaram. Um milagre se desenrolava diante de seus olhos como nos tempos bíblicos. Tekla, erguendo os braços por baixo do xale negro, exclamava:

– Jesus!

A multidão de pombos escoltou o carro fúnebre até chegar à rua Browarna. Ao circularem, suas asas, se alternando entre o sol e a sombra, pareciam ora vermelho-sangue ora cinza-chumbo. Era óbvio que os pássaros manobravam para não se adiantarem nem se atrasarem em relação ao cortejo. Só quando chegaram ao cruzamento de Furmanska e Marienstadt é que os pombos fizeram um último círculo e em massa regressaram – uma legião alada que acompanhara seu benfeitor ao descanso eterno.

O dia seguinte amanheceu outonal e descolorido. As nuvens estavam baixas e ferruginosas. A fumaça das chaminés refluía, acumulando-se nos telhados. Caía uma chuva miúda, pungente como se fosse feita de agulhas. Durante a noite alguém pintara uma suástica na porta do professor. Tekla saiu com um saco de ração, mas só uns poucos pombos se aproximaram. Bicaram a comida hesitantes, olhando à volta como se temessem ser apanhados desafiando um interdito às aves. Um cheiro de queimado e de podridão exalava da sarjeta, o fedor acre de destruição iminente.

Traduzido pelo autor e por Elizabeth Shub.

O limpador de chaminés

Há pancadas e pancadas. Uma pancada na cabeça não é brincadeira. O cérebro é um órgão delicado, se não fosse assim, por que a alma estaria localizada no cérebro? Por que não no fígado ou, se me perdoam, nas tripas? Pode-se ver a alma nos olhos. Os olhos são janelinhas pelas quais a alma espia.

Tínhamos um limpador de chaminés na cidade, cujo apelido era Yash Preto. Todos os limpadores de chaminé são pretos – que mais podem ser? –, mas Yash parecia ter nascido preto. Seu cabelo era eriçado e negro como o piche. Os olhos eram negros e a pele nunca estava limpa da fuligem. Só os dentes eram brancos. O pai tinha sido limpador de chaminés da cidade e Yash herdara o ofício. Já era um homem adulto, mas continuava solteiro e morava com a velha mãe, Maciechowa.

Vinha à nossa casa uma vez por mês, descalço, e a cada passo deixava uma marca negra no chão. Minha mãe, que ela descanse em paz, corria para recebê-lo e não deixá-lo ir além. Era pago pela cidade, mas as mulheres lhe davam um *groschen* ou uma fatia de pão quando acabava o serviço. Era o costume. As crianças tinham terror dele, embora nunca fizesse mal a ninguém. E enquanto foi limpador de chaminés, as chaminés nunca pegaram fogo. Aos domingos, como todos os cristãos, ele se lavava e ia à igreja com a mãe. Mas, lavado, parecia ainda mais negro do que antes; talvez por isso nunca encontrasse esposa.

Uma segunda-feira – lembro-me como se fosse ontem –, Feitel, o aguadeiro, entrou e nos contou que Yash caíra do telhado de Tevye Boruch. Tevye Boruch era dono de um sobrado na praça do mercado. Todos sentiram pena do limpador de chaminés. Yash sempre trepara pelos telhados com a agilidade de um gato, mas se um homem está predestinado a sofrer um acidente, não há como evitá-lo. E tinha que ser no prédio mais alto da cidade. Feitel disse que Yash batera com a cabeça, mas não quebrara nenhum membro. Alguém o levara para casa. Ele morava nos arredores da cidade, próximo às matas, num casebre decrépito.

Durante algum tempo ninguém soube notícias de Yash. Mas que importava um limpador de chaminés? Se não podia mais trabalhar, a cidade contratava outro. Então um dia Feitel voltou, com dois baldes de água no balancim e disse à minha mãe:

– Feige Braine, soube das notícias? Yash, o limpador de chaminés agora lê pensamentos.

Minha mãe riu e cuspiu.

– Que brincadeira é essa? – perguntou.

– Não é brincadeira, Feige Braine. Não é brincadeira mesmo. Ele está deitado no catre com a cabeça enfaixada adivinhando os segredos de todo mundo.

– Você ficou maluco? – ralhou minha mãe.

Não tardou e a cidade inteira estava comentando. A pancada na cabeça de Yash afrouxara algum parafuso em seu cérebro e ele se tornara vidente.

Tínhamos um professor na cidade, Nochem Mecheles, e ele chamava Yash de adivinho. Quem já ouvira falar numa coisa dessas? Se uma pancada na cabeça podia tornar um homem vidente, deveria haver centenas deles em cada cidade. Mas as pessoas tinham ido lá e presenciado com os próprios olhos. Um homem podia pegar um punhado de moedas no bolso e perguntar: "Yash, o que tenho na mão?". E Yash respondia: "Tantas moedas de três *groschen,* tantas de quatro e de seis copeques". Contavam as moedas e estava tudo certinho até o último *groschen.* Outro homem perguntava: "Que foi que fiz na semana passada a essa hora em Lublin?". E Yash dizia que fora a uma taverna com dois homens. E os descrevia como se estivessem diante dele.

Quando o médico e as autoridades da cidade ouviram a história, foram correndo ver. O casebre de Maciechowa era tão minúsculo e tão baixo que os chapéus dos visitantes tocavam no teto. Começaram a interrogá-lo e ele respondia tudo certo. O padre se alarmou; os camponeses estavam dizendo que Yash era santo. Um pouquinho mais, e principiariam a sair com ele em peregrinação como se fosse um ícone. Mas o médico dizia que não deviam removê-lo. Além do mais, ninguém nunca vira Yash na igreja exceto aos domingos.

Bem, lá estava ele deitado na enxerga, falando como uma pessoa normal – comendo, bebendo, brincando com o cachorro que a mãe criava. Mas sabia tudo: o que as pessoas traziam nos bolsos do casaco e nos bolsos das calças; onde esse tinha escondido o dinheiro; quanto aquele gastara em bebidas anteontem.

Quando a mãe viu o afluxo de visitantes, começou a cobrar um copeque de entrada por pessoa. E elas pagavam. O médico escreveu uma carta para Lublin. O prefeito da cidade mandou – como chamam agora? – um relatório, e vieram personagens em altos postos de Zamosc e Lublin. Diziam que o próprio governador enviara um representante. O prefeito se assustou e mandou limpar todas as ruas. A praça do mercado ficou tão limpa que não se via nenhum graveto ou palha no chão. A prefeitura foi rapidamente caiada. E tudo por causa de quem? De Yash, o limpador de chaminés. A casa de Gitel, o estalajadeiro, estava num alvoroço – quem alguma vez sonhara com hóspedes tão importantes?

A comitiva inteira partiu para ver Yash em seu casebre. Interrogaram-no, e as coisas que disse encheram de medo os corações dos funcionários. Quem sabe as culpas que pessoas assim carregam? Todas recebiam suborno, e ele lhes disse. Do que entende um limpador de chaminés? O visitante mais ilustre – esqueço seu nome – insistiu que Yash estava doido e devia ser mandado para um hospício. Mas o nosso médico argumentou que o paciente não podia viajar, isso o mataria.

Corria o boato de que o médico e o representante do governador tinham trocado palavras ásperas e quase chegaram às vias de fato. Mas o nosso médico também era funcionário público; era o médico da municipalidade e fazia parte da junta de alistamento. Era um homem inflexível – ninguém conseguia comprá-lo, por isso não temia a clarividência de Yash. Seja como for, o médico venceu. Mas depois o representante informou que Yash estava louco, e deve ter se queixado do médico, porque não tardou e ele foi transferido para outro distrito.

Nesse meio tempo, a cabeça de Yash sarou e ele voltou a limpar chaminés. Mas conservou os seus estranhos poderes. Entrava numa casa para receber o seu *groschen* e a mulher lhe perguntava: "Yash, o que está guardado na gaveta do lado esquerdo?", ou: "O que tenho na mão?", ou: "O que ceei ontem à noite?". E ele dizia tudo. Perguntavam:

"Yash, como é que você sabe disso?" Ele dava de ombros: "Sei. Foi a pancada na cabeça". E apontava para a têmpora. Poderia ter sido levado para as grandes cidades e as pessoas comprariam entradas para vê-lo, mas quem se preocupava com essas coisas?

Havia diversos ladrões na cidade. Roubavam roupa dos sótãos e tudo o mais em que pudessem pôr as mãos. Agora já não podiam roubar. A vítima procurava Yash e ele dizia o nome do ladrão e o lugar onde o produto do roubo estava escondido. Os camponeses das aldeias próximas ouviram falar de Yash e sempre que um cavalo era roubado, o dono vinha vê-lo para descobrir onde se encontrava. Muitos ladrões já estavam na cadeia. Os ladrões ficaram de olho nele e diziam abertamente que era um homem marcado. Mas Yash sabia de seus planos com antecedência. Foram espancá-lo certa noite, mas ele se escondera no celeiro do vizinho. Atiravam pedras, mas ele pulava de lado ou se abaixava bem antes da pedra passar voando.

As pessoas esqueciam onde punham as coisas – dinheiro, jóias – e Yash sempre lhes dizia onde achá-las. Nem parava para pensar. Se uma criança se perdia, a mãe corria para Yash, e ele a levava até a criança. Os ladrões começaram a dizer que ele próprio seqüestrara a criança, mas ninguém lhes dava crédito. Ele nem mesmo recebia pela consulta. A mãe exigia dinheiro, mas ele era um bobalhão. Nunca aprendera muito bem o valor de uma moeda.

Tínhamos um rabino na cidade, Reb Arele. Viera de uma cidade grande. No Grande Sabá antes da Páscoa ele pregou na sinagoga. E qual foi o tema? Yash, o limpador de chaminés. Os céticos, disse, negam que Moisés seja profeta. Dizem que tudo deve ser explicado pela razão. No entanto, como é que Yash, o limpador de chaminés, sabe que Itte Chaye, a padeira, deixou cair a aliança no poço? E se Yash, o limpador de chaminés, sabe das coisas ocultas, como alguém pode duvidar dos poderes dos santos? Havia alguns hereges na cidade, mas nem eles tinham resposta.

Nesse ínterim, as notícias sobre Yash tinham chegado a Varsóvia, e outras cidades. Os jornais escreveram sobre ele, e de Varsóvia enviaram uma comissão. Mais uma vez o prefeito despachou o pregoeiro da cidade para avisar que as casas e quintais deviam ser limpos. A praça do mercado foi novamente varrida até ficar tinindo. Depois do *Sukkoth** vieram as chuvas. Só tínhamos uma rua calçada – a da igreja. Tábuas e toras foram estendidas por toda a parte para que as pessoas importantes de Varsóvia não precisassem andar na lama. Gitel, o estalajadeiro, preparou camas e acomodações. A cidade inteira se alvoroçou. Yash era o único que não ligava. Continuava a correr as casas e a limpar chaminés, como de costume. Nem tinha o bom senso de recear os funcionários de Varsóvia.

Mas escutem só: um dia antes da comissão chegar, houve uma nevada e uma súbita geada. Na noite anterior, viram faíscas e até línguas de fogo voando da chaminé de Chaim, o padeiro. Chaim, preocupado que irrompesse um incêndio, mandou buscar Yash, o limpador de chaminés. Yash veio com a vassoura e limpou a chaminé. O forno de um padeiro permanece aceso muitas horas e uma grande quantidade de fuligem

---

* Festa religiosa judaica que comemora a colheita de outono, também chamada Festa dos Tabernáculos. (N. do T.)

se prende à chaminé. Quando Yash estava descendo, escorregou e tornou a cair. Bateu mais uma vez com a cabeça, mas não com tanta força quanto da primeira vez. Nem saiu sangue. Ele se levantou e foi para casa.

Meus queridos amigos, no dia seguinte, quando a comissão chegou e começou a interrogar Yash, ele não sabia nada. A primeira pancada abrira alguma coisa, e a segunda a fechara. Os figurões perguntaram quanto dinheiro traziam, o que fizeram no dia anterior, o que comeram uma semana atrás àquela hora, mas Yash apenas sorria como um tolo e respondia: "Não sei".

Os funcionários se enfureceram. Repreenderam o chefe de polícia e o novo médico. Exigiram saber por que tinham vindo de tão longe para ver aquele parvo, aquele campônio que não passava de um limpador de chaminés comum.

O chefe de polícia e os outros juraram que Yash sabia de tudo há um ou dois dias atrás, mas os visitantes não quiseram escutar. Alguém lhes disse que Yash caíra de um telhado e tornara a bater com a cabeça, vocês sabem como as pessoas são: só acreditam no que vêem. O chefe de polícia se aproximou de Yash e começou a bater com os punhos na cabeça dele. Talvez o parafuso se soltasse outra vez. Mas, uma vez que a portinhola no cérebro se fecha, permanece fechada.

A comissão regressou a Varsóvia e negou a história do princípio ao fim. Yash continuou a limpar chaminés mais um ou dois anos. Então irrompeu uma epidemia na cidade e ele morreu.

O cérebro é cheio de todo tipo de portinholas e câmaras. Às vezes uma pancada na cabeça desarruma tudo. Ainda assim, tudo isso tem relação com a alma. Sem a alma, a cabeça seria tão sábia quanto o pé.

Traduzido por Mirra Ginsburg.

O enigma

Na véspera do *Yom Kippur*, Oyzer-Dovidl abriu os olhos antes mesmo de a estrela matutina aparecer. No poleiro, o galo branco que logo seria sacrificado para expiar os pecados do dono, começou a cocoricar a plenos pulmões. A galinha branca de Nechele cacarejava baixinho. Nechele levantou-se da cama e acendeu uma vela. Descalça e de camisola, abriu gavetas de escrivaninha que rangiam, abriu portas de armários, remexeu em malas. Oyzer-Dovidl a observava, atônito, retirar anáguas, roupas íntimas e diversas outras peças. Ninguém areja roupas na véspera de *Yom Kippur*. Mas quando Nechele queria alguma coisa, não pedia licença. Fazia meses que parara de raspar a cabeça. Mechas de cabelo negro saiam por baixo do lenço. Uma alça da camisola escorregara, revelando um seio branco como leite e um mamilo rosa. É verdade que era sua mulher, mas uma atitude dessas terminava em maus pensamentos.

Ultimamente, Oyzer-Dovidl não sabia em que pé estava com a esposa. Ela não fora ao banho ritual como deveria. Deixara-o perplexo com constantes evasivas, com diferentes cálculos do seu período menstrual. "Bem, hoje é véspera de *Yom Kippur!*", avisou a si mesmo. Houve tempo em que a teria censurado, procurado convencê-la com palavras carinhosas e parábolas, conforme os livros sagrados aconselhavam. Mas desistira. Ela continuava obstinada. Às vezes parecia que simplesmente queria aborrecê-lo. Mas por quê? Ele a amava, era-lhe fiel. Quando se casaram, ao invés de morar com os pais dela, como era costume, viveram às custas dos pais dele. E agora que estavam mortos, ele a sustentava com a herança. O que a fazia desafiá-lo? Por que arengava constantemente por ninharias? Que o Senhor no céu a perdoe, pensou. Que o seu coração neste *Yom Kippur* possa mudar para melhor.

– Nechele!

Ela se virou para encará-lo. Tinha um nariz fino, lábios que se entreabriam sobre dentes nacarados, sobrancelhas juntas. Nos olhos negros ardia constantemente um brilho raivoso.

– Que é que você quer?
– Hoje é véspera de *Yom Kippur!*
– Sim? Que é que você quer? Deixe-me em paz!
– Ande depressa e termine o que está fazendo. O dia passa logo. Você vai profanar o dia santo. Deus nos livre.
– Não se preocupe. Você não vai pagar pelos meus pecados.
– Nechele, é preciso se arrepender.
– Se alguém tem que fazer isso, faça você.
– Ai, ai, Nechele. Não vivemos para sempre.

Ela riu com insolência. "A pouca vida que temos... ainda é muita!"

Oyzer-Dovidl ergueu as mãos. Era impossível conversar com ela. Respondia a tudo com zombaria. Estava decidido, de sua parte, a manter a boca fechada. Pensou em justificativas para a mulher. Devia estar furiosa porque não engravidava, porque depois que o primeiro filho morrera – que ele intercedesse pelos pais no céu – seu útero se fechara. "Bem, o arrependimento, a oração e a caridade podem ajudar em tudo!", disse a si mesmo.

Oyzer-Dovidl era um homem franzino. Embora fosse completar 24 anos no próximo *Roshana Rabbah,** ainda não tinha uma barba decente; somente aqui e ali brotavam alguns fios. Suas trancinhas eram ralas, finas, louras como meadas de linho. Continuava miúdo como um menino, com um pescoço descamado, o queixo pontudo, as faces encovadas. As roupas que os pais encomendaram para o casamento, na esperança que crescesse para caber nelas, continuavam demasiado compridas e folgadas. O cafetã chegava aos tornozelos; a

---

* Último dia da festa de Sukkoth. (N. do T.)

camisa franjada estava larga; até o xale de oração com a gola orlada de galão prateado era grande demais.

E seus pensamentos também continuavam infantis. Imaginava todo tipo de coisa. Por exemplo, o que aconteceria se lhe nascessem asas e começasse a voar como um pássaro. O que diria Nechele? Continuaria a ser sua esposa ou se casaria com outro? Ou suponha que encontrasse um chapéu que o tomasse invisível! Lembrava-se constantemente das aventuras que as tias lhe contavam ou liam, embora Nechele agora fizesse parte de todas. À noite sonhava com ciganos, ladrões em grutas, sacos cheios de moedas de ouro. Uma vez lhe pareceu que Nechele era homem, que via sob as calças de renda a camisa franjada de um rapaz; mas quando tentara beijá-la, ela subiu pelo telhado, com a agilidade de um limpador de chaminés, e gritou:

Cutelo de cozinha,
Comedor de pudim,
Vai sofrer um tombo,
E na cabeça um rombo.

Depois que despertou, Oyzer-Dovidl não teve um minuto livre. Primeiro precisou lavar as mãos e recitar as preces matutinas. Depois, seguir os ritos sacrificiais. Agarrou o galo branco pelos pés trêmulos e girou-o em volta da cabeça. Em seguida despachou-o para o magarefe para ser sacrificado em expiação de seus pecados. Achava essa cerimônia uma provação: que culpa tinha o galo?

Feito isso, dirigiu-se à casa de orações de Trisker. Ao começar a rezar, se dispôs a varrer todas as idéias tolas da cabeça, mas elas acorriam como moscas. Rezava e suspirava. Queria ser um homem constante, mas tinha a cabeça cheia de distrações. Um homem devia amar a esposa, mas pensar nela noite e dia não era direito. Não conseguia tirá-la da cabeça. Lembrava das brincadeiras que dizia quando a procurava na cama, nos dias em que estava ritualmente pura, e dos nomes esquisitos que o chamava enquanto enrolava suas trancinhas, fazia-lhe cócegas, mordiscava-o, beijava-o. A verdade é que nunca devia ter tolerado um comportamento tão imoral. Se o tivesse cortado de início, não teria sucumbido aos maus pensamentos.

Será que uma esposa judia devia tagarelar com o marido sobre ligas, rendas e saias-balão? Precisava lhe falar das longas meias que comprara e que lhe chegavam até os quadris? Que proveito havia nas suas descrições das mulheres nuas que via no banho ritual? Ela as imitava, descrevendo as pernas cabeludas, os seios flácidos, as barrigas inchadas, fazendo pouco das mais velhas, difamando as mais jovens. Queria provar que era a mais bonita. Mas isso fora há meses. Ultimamente, não deixava que ele se aproximasse. Alegava estar sentindo cãibras, ou azia, ou dores nas costas, ou que descobrira manchas de sangue na roupa íntima. Usava todo tipo de pretexto e filigrana da lei para mantê-lo afastado. Mas ele não conseguia apagar as imagens do passado.

Oyzer-Dovidl rezava com fervor, balançando para diante e para trás, abanando as mãos, batendo os pés. De vez em quando mordia os lábios ou a língua na agitação. Quando as orações terminaram, os *hasidim* se retemperaram com pão de mel e conhaque. Em geral Oyzer-Dovidl não tocava em bebidas alcoólicas, mas hoje bebeu um pouco, pois é considerado bom comer e beber na véspera de *Yom Kippur*. O conhaque queimou a garganta e fez as narinas formigarem. Seu humor melhorou. Pensou no que o rabino de Tchernobler dissera: Torça o nariz para o maligno. Não seja como os *misnagdim*,* aqueles estudiosos casmurros que tremem diante do inferno. Samael faz o que se exige dele. Você faz o que se exige de você. Oyzer-Dovidl se decidiu. "Nunca mais vou me privar de um gole de conhaque", resolveu. "No céu, a menor das alegrias é preferível à mais sublime tristeza."

Oyzer-Dovidl rumou para casa para o almoço festivo. Ao meio dia, na véspera de *Yom Kippur,* Nechele sempre preparava um banquete: pão branco com mel, purê de ameixas,

---

* Estudioso da Torá. (N. do T.)

sopa com bolinhas de massa, carne com raiz-forte. Mas hoje, quando chegou, não havia nada para comer. Nechele nem ao menos lhe ofereceu um prato de mingau. Oyzer-Dovidl não era homem de se queixar de falta de conforto, mas uma refeição dessas na véspera de *Yom Kippur* era uma bofetada no rosto. "Que está querendo? Destruir tudo?", pensou. A casa cheirava a poeira e naftalina, odores desagradáveis que lhe davam vontade de espirrar. Nechele, numa anágua vermelha, empilhava roupas no sofá, como fizera antes da Páscoa quando as paredes foram caiadas. "Será que enlouqueceu?", Oyzer-Dovidl perguntou a si mesmo. Não conseguia mais segurar a língua.

– Que está acontecendo, hein?
– Não há nada acontecendo. Não se meta nos assuntos da casa.
– Quem é que faz essas coisas na véspera de *Yom Kippur?*
– Quem faz, faz.
– Você quer estragar tudo?
– Talvez...

Oyzer-Dovidl procurou não olhar para a esposa, mas seus olhos eram constantemente atraídos. As pernas dela transpareciam sob a anágua curta e irritava-o constatar que estava usando uma anágua vermelha. O vermelho significa julgamento, diz a Cabala; mas *Yom Kippur* é o dia do perdão. Sem dúvida estava agindo assim de pirraça. Mas de que maneira pecara contra ela?

Embora continuasse com fome, Oyzer-Dovidl lavou as mãos e deu graças ao fim da refeição. Quando estava recitando a bênção, olhou pela janela. Passavam carroças de camponeses. Um menino cristão empinava uma pipa. Sempre sentira pena desses povos do mundo que não aceitaram a Torá quando Deus os procurou no monte Seir e no monte Paran. Nos Dias de Temor, aumentava sua consciência de que os gentios estavam condenados.

Do lado oposto da rua havia um açougueiro que vendia

carne de porco. Os porcos eram abatidos no pátio junto à cerca e escaldados com água fervendo. Os cachorros estavam sempre por ali latindo. Bolek, um dos filhos do açougueiro, que se tornara funcionário subalterno da prefeitura, costumava puxar as trancinhas dos escolares, gritando obscenidades. Hoje, véspera de *Yom Kippur,* os homens estavam lá passando peças de porco por um portão na cerca e empilhando-as numa carroça. Oyzer-Dovidl fechou os olhos. "Até quando, Senhor, até quando?", murmurou. "Que esse exílio de trevas chegue ao fim. Que venha o Messias. Que se faça luz enfim!"

Oyzer-Dovidl curvou a cabeça. Desde a infância se deixara absorver pelas questões judaicas e ansiava por se tornar um homem santo. Estudara livros *hasidim*, livros de moral, e chegara a tentar se aprofundar na Cabala. Mas Satanás barrara seu caminho. Nechele e sua cólera eram um sinal inconfundível de que o céu não estava satisfeito. Apoderou-se dele um desejo de esclarecer as coisas, de perguntar à mulher o que tinha contra ele, de lhe lembrar que o mundo só pode durar com a paz. Mas sabia o que aconteceria: ela gritaria e o xingaria. Nechele continuava a tirar pilhas de roupas, resmungando furiosa. Quando o gato tentou se esfregar nos seus tornozelos, deu-lhe um pontapé que o fez fugir miando. Não, era melhor ficar calado.

De repente Oyzer-Dovidl levou as mãos à testa: o dia quase terminara.

2

Oyzer-Dovidl foi à sinagoga. Ser açoitado na véspera do *Yom Kippur*, embora típico dos *misnagdim,* não era costume entre os *hasidim.* Mas Oyzer-Dovidl, depois das preces vespertinas, pediu a Getzl, o sacristão, para açoitá-lo. Deitou-se no vestíbulo como um menino. Getzl aproximou-se com uma tira de couro e começou a lhe aplicar as 39 chibatadas que a lei prescrevia. Não doía. A quem é que ele estava enganando, pensou Oyzer-Dovidl. Ao Senhor do universo? Queria pedir a Getzl para bater com mais força, mas teve vergonha. "Ah, eu mereço ser flagelado com varas de ferro", gemeu de si para si.

Enquanto era chicoteado, Oyzer-Dovidl contava os pecados. Desejara Nechele nos dias impuros, tocara-a inadvertidamente e sentira prazer. Escutara seus mexericos sobre casos ocorridos no açougue em frente; suas histórias sobre as mulheres nuas no banho ritual e no rio, onde as mais jovens se refrescavam no verão. Nechele constantemente se vangloriava da firmeza dos seios, da brancura da pele, da inveja das outras mulheres. Chegara até a comentar que os outros homens lhe lançavam olhares. "Bem, as mulheres são frívolas", pensava Oyzer-Dovidl, e lembrou-se de um dito na *Gemará*:* "Uma mulher só tem inveja da coxa da outra".

Depois de açoitado, pagou ao sacristão dezoito *groschen* pela redenção de sua alma e voltou à casa para a última refeição antes do jejum. O sol chamava para as bandas do leste. Mendigos enfileiravam-se na rua estendendo os pratos de esmola. Sentados em caixotes, toras e tamboretes havia aleijões de todo tipo: cegos, mudos, manetas, pernetas, um com o nariz corroído e um buraco no lugar da boca. Embora Oyzer-Dovidl tivesse enchido os bolsos de moedas, logo estava sem nenhuma. Ainda assim os mendigos pediam, exigiam, gritavam à sua passagem, mostrando as chagas e erguendo os pratos. Lamentava que não tivesse trocado uma nota. "Por que teria dinheiro quando havia pessoas que viviam em tal miséria?", censurou-se. Desculpou-se com os pedintes, prometendo voltar em breve.

Apressou-se para chegar em casa. Diante dos olhos via a balança em que suas boas ações e suas más ações estavam sendo pesadas. De um lado estava Satanás empilhando seus pecados; do outro, o Anjo Bom. Mas todas as orações, as páginas da *Gemará,* o dinheiro dado por caridade, tudo

---

* Conjunto completo dos livros do Talmude. (N. da T)

isso não era suficiente para contrabalançar o outro lado. O ponteiro não se mexia. Bem, ainda não era tarde demais para se arrepender. Para isso mesmo existia o *Yom Kippur*. Um lamento estridente perpassou a cidade: no pátio da sinagoga as mulheres rezavam pelos seus bebês indefesos. Os olhos de Oyzer-Dovidl se encheram de lágrimas. Ele não tinha filhos. Sem dúvida era um castigo. Era por isso que Nechele era tão nervosa. Quem sabia? Talvez fosse culpa dele; talvez fosse ele o estéril.

Ao entrar em casa chamou:

– Nechele, você tem algum dinheiro?

– Não tenho nada.

Olhou-a estarrecido. Passava um vestido a ferro, umedecendo-o com água que soprava por entre os dentes.

"Deus nos guarde, será que enlouqueceu?", pensou. "Está quase na hora de acender as velas!" As roupas cobriam as cadeiras e o banco. Todo o guarda-roupa estava estendido. Saias, blusas e meias encontravam-se amontoadas de qualquer jeito. Numa mesinha, as jóias faiscavam. "É só pirraça, pirraça", disse a si mesmo. "Antes do *Kol Nidre** no *Yom Kippur* ela quer começar uma briga. Isso era obra do diabo. Mas não vou brigar."

– O que há para comer? – perguntou. – Essa é a última refeição antes do jejum.

– Há *challá*** em cima da mesa.

Um pote de mel, uma maçã e meio *challá* estavam postos na mesa. Olhou para Nechele: tinha o rosto úmido e contraído. Ela, que raramente derramava uma lágrima, estava chorando. "Nunca vou entendê-la", murmurou Oyzer-Dovidl. Era um enigma; sempre fora um enigma para ele. Desde o dia em que se casaram quis que ela lhe abrisse o coração, mas o coração estava fechado com sete selos.

---

* Oração que encerra o *Yom Kippur*. (N. do T.)
** Pão trançado que se come no sábado. (N. do T.)

Hoje não era dia de pensar nisso, porém. Sentou-se à mesa, oscilando para diante e para trás. Oyzer-Dovidl sentia-se deprimido com freqüência, mas este ano, na véspera de *Yom Kippur*, estava muito mais deprimido do que o normal. Havia alguma encrenca em ebulição, algum castigo decretado no céu. Uma profunda melancolia o invadiu. Não conseguiu se controlar e perguntou impulsivamente:

– O que há com você?

Nechele não respondeu.

– Que mal lhe fiz na vida?

– Faz de conta que estou morta.

– Quê? Que está dizendo? Amo você mais do que tudo no mundo!

– Você estaria melhor com uma mulher que pudesse lhe dar filhos.

Faltavam apenas 45 minutos para o sol se pôr, mas as velas não estavam nos castiçais e tampouco se achava à vista a caixa de areia em que se colocava a grande vela comemorativa. Nos outros anos, a essa hora ela já teria vestido a capa de seda e o lenço de festa. E a casa estaria impregnada com os cheiros de peixe, carne, bolos saborosos, maçãs cozidas com gengibre. "Que eu tenha forças para suportar esse jejum!", implorou Oyzer-Dovidl. Mordeu a maçã, mas estava demasiado azeda e verde. Acabou de mastigar o *challá* dormido. Sentia o estômago inchado; mesmo assim, bebeu onze goles de água para se precaver da sede.

Terminou as bênçãos e espiou para fora. Um céu de *Yom Kippur* se abria sobre o mundo. Uma massa de nuvens, amarelo-enxofre ao centro, vermelho-cardeal nas bordas, mudava constantemente de feição. Num instante parecia um rio flamejante, no instante seguinte, uma serpente dourada. O céu estava radiante, com um esplendor sobrenatural. De repente Oyzer-Dovidl foi tomado de impaciência: que ela faça o que quiser. Precisava se apressar para ir à casa de orações. Descalçando os sapatos, pôs os chinelos, a roupa branca de festas, um chapéu de peles e enrolou uma faixa na cintura.

De xale e livro de orações na mão, procurou Nechele:
— Apresse-se agora! E reze para ter um bom ano!

Nechele resmungou alguma coisa que ele não ouviu. Ergueu abruptamente o ferro com a mão fina. Oyzer-Dovidl saiu, fechando a porta atrás de si. "Um enigma, um enigma", murmurou.

Diante da casa do açougueiro estava parada uma carroça, o cavalo mastigava a aveia de um saco, uma andorinha beliscava o esterco. "Os gentios nem sabem que é *Yom Kippur*", pensou Oyzer-Dovidl. Sentiu uma onda de pena por essa gente que se rendera inteiramente à carne. Eram cegos como seus cavalos.

As ruas formigavam de homens com chapéus de peles, mulheres de xales, lenços, toucas. Luzes brilhavam nas janelas. Embora Oyzer-Dovidl, para fugir às tentações, evitasse olhar para as mulheres, ainda assim reparava nas capas bordadas, nos vestidos de cauda, nas fitas, nos cordões, broches, brincos. De todos os lados se erguiam lamentos. Rostos riam e choravam, trocavam cumprimentos, se beijavam. Mulheres jovens que tenham perdido o filho ou o marido no ano anterior corriam com os braços estendidos, gritando. Inimigos que andaram se evitando caíam nos braços um do outro e se reconciliavam.

A pequena casa de orações já estava repleta quando Oyzer-Dovidl entrou. Luzes e velas tremeluziam ao fulgor do sol poente. A congregação, soluçando, recitava a Oração da Pureza. A sala cheirava a sebo e a cera de velas; a feno espalhado pelo chão para que os fiéis pudessem se prostrar sem sujar as roupas; e a alguma coisa indizível, pungente, adocicada e peculiar ao *Yom Kippur*. Cada homem lamentava à sua moda, um com um soluço rouco, outro com um lamúrio de mulher. Um rapaz suspirava continuamente, brandindo os punhos no ar. Um velho de barbas brancas, dobrado ao meio, como se sustentasse uma pesada carga, recitava lendo no livro de orações: "Ai de mim, copulei com animais selvagens, com gado e aves"...

Oyzer-Dovidl dirigiu-se ao lugar de costume no canto sudeste. Colocando o xale de oração na cabeça, puxou-o para encobrir o rosto, recolhendo-se em suas dobras como se fosse uma tenda. Implorou a Deus mais uma vez que Nechele, o céu o livrasse, não acendesse as velas atrasada. "Devia ter conversado com ela, convencido, persuadido com palavras de carinho", censurou-se. Que poderia ter contra ele? Oyzer-Dovidl levava a mão à testa, e se balançava para diante e para trás. Fez um exame de sua vida, procurou pensar de que maneira teria aborrecido Nechele. Teria, Deus o livrasse, permitido que uma má palavra saísse de seus lábios? Teria esquecido de elogiar alguma coisa que tivesse cozinhado? Teria deixado escapar alguma censura à família dela? Não tinha consciência de ter feito a menor injustiça. Mas um comportamento tão birrento não surgia do nada. Havia sem dúvida uma solução para o enigma.

Oyzer-Dovidl começou a recitar a Oração da Pureza. Mas um dos velhos já começara a dizer em voz alta as palavras iniciais: "Com a permissão do Todo-Poderoso..." e o cantor entoava o *Kol Nidre*. "Meu Deus", pensou Oyzer-Dovidl, "tenho certeza que ela acendeu as velas tarde demais!" Apoiou a cabeça na parede. "Por alguma razão ela se descontrolara. Eu devia tê-la alertado, dobrado." Lembrou-se das palavras da *Gemará:* "Aquele que tem o poder de evitar um pecado e não o faz é castigado antes do pecador".

A congregação estava no meio da oração e recitava: "Tu conheces os segredos do coração", quando se ergueu um clamor na parte de trás da sala. Às suas costas, Oyzer-Dovidl ouviu suspiros, conversas, mãos batendo em livros de orações, e até risos reprimidos. "Que poderia ser?", perguntou-se. "Por que estão falando alto no meio da oração?" Controlou-se para não virar a cabeça; não poderia ser nada que lhe dissesse respeito. Alguém o cutucou no ombro. Oyzer-Dovidl se voltou. Mendel, o vadio, estava atrás dele. O menino usava um boné de camponês, botas justas, e fazia parte de um bando de rústicos que nunca entravam na casa de orações, mas ficavam no vestíbulo batendo os pés e falando alto enquanto se faziam orações no interior. Oyzer levantou o xale de oração.

– Então?

– Sua mulher fugiu ... com Bolek, filho do açougueiro de carne de porco.

– Quê?

– Passou pelo mercado na carroça dele... logo depois da hora de acender as velas ... tomou a estrada de Lublin.

A casa de orações ficou subitamente silenciosa. Só as velas cuspiam e sibilavam. O cantor parou de rezar e espreitou por cima do ombro. Os homens pararam embasbacados, os queixos dos meninos caíram. Da ala das mulheres ergueu-se um estranho zumbido, uma mistura de lamentos e risos sufocados.

Oyzer-Dovidl encarou a congregação, o rosto branco como a roupa de linho. A compreensão lhe assomou: "Então era isso! Agora está tudo claro!". Um dos seus olhos pareceu chorar, o outro rir. Depois dessas más notícias o caminho para a santidade descortinava-se diante dele. Todas as tentações desapareceram. Nada lhe restava exceto amar a Deus e servi-Lo até o último suspiro. Oyzer-Dovidl tornou a se cobrir com o xale, voltou-se lentamente para a parede, e ficou assim, envolto em suas dobras, até o fim das orações na noite seguinte.

Traduzido por Chana Faerstein e Elizabeth Pollet.

Altele

Aos dez anos de idade Altele já era órfã. Primeiro morreu o pai, depois, a mãe. Altele foi criada pela avó, a viúva Hodele. A viúva Hodele ganhava a vida no cemitério. Sempre que uma mulher morria no primeiro dia de um feriado religioso, o enterro era marcado para o segundo dia. E uma vez que é proibido costurar nos dias santos, Hodele emprestava à defunta a própria mortalha, que guardava num baú. Pelo empréstimo recebia uma pequena remuneração da sociedade funerária. Além disso, ganhava algum dinheiro para ir ao cemitério rezar pelos enfermos. Para os que assim desejavam, Hodele media a sepultura de um homem santo com uma torcida; mais tarde mergulhava a torcida em cera, cortava as velas e as mandava acender na sinagoga. Hodele também completava o óleo da lamparina perene existente na capela sobre o túmulo do mártir Reb Zalmon, que fora açoitado até morrer por um proprietário de terras por sua recusa em se converter.

De quanto Hodele precisava? Nas segundas e quintas-feiras ela jejuava. Guardava jejum em dias que os judeus há muito esqueceram e que só eram mencionados em crônicas e velhos infólios. Hodele possuía um livro de orações impresso na antiga Praga. Tinha capa de madeira e continha penitências e lamentações para todas as desgraças possíveis, levantes estudantis, massacres, e que datavam dos tempos da peste negra ou ainda mais antigos.

Hodele era miúda como uma criança de seis anos, e quanto mais velha, mais encolhia. Estava sempre estremecendo como se sentisse uma corrente de ar, mesmo no auge do verão, e usava diversos vestidos, uns sobre os outros, e se cobria com um xale. Aos quarenta anos, seu rosto era chupado e enrugado como um figo. Nos dias de semana, quando não havia jejum, Hodele só comia uma vez por dia; a refeição consistia de pedaços de pão molhados em sopa de beterraba.

Hodele há muito perdera todos os dentes. Suas costas estavam curvadas; as sobrancelhas tinham caído; no queixo despontava uma barbicha de velha. Os lábios pálidos murmuravam continuamente orações e bons augúrios, tanto para indivíduos quanto para Israel: que tivessem saúde, dinheiro, alegria com filhos e netos; que criassem os filhos na devoção à Torá e conduzissem as filhas ao dossel nupcial; que o Messias viesse e os mortos ressuscitassem.

Hodele carpia e chorava em todos os enterros. Embora sem um vintém, levava mingaus e sopas para os doentes do abrigo de indigentes. Às sextas-feiras, Hodele percorria as casas judias com uma cesta, e as mulheres doavam as sobras para os pobres: uma fatia de pão ou de *challá*, cabeças e pés de galinha, o rabo de um peixe, a cabeça de um arenque.

Altele puxou à avó em piedade, mas herdou a beleza da mãe. Altele tinha a brancura do creme, olhos azuis e cabelos dourados, que a avó prendia numa trança. Carregava ao cemitério o Livro de Súplicas e o Livro de Orações à sepultura para a avó. Além disso, o xale de Hodele muitas vezes escorregava dos ombros e Altele o repunha no lugar. A avó inculcara um temor devoto a Deus em Altele que rezava três vezes por dia, evitava olhar para os homens, e até desviava o olhar dos cães e dos porcos. Na véspera do primeiro e do último dia do mês, Altele se prostrava nas sepulturas do pai e da mãe.

Quando Altele completou quatorze anos, a avó a prometeu a um ajudante de professor de Shebreshin. Com sua beleza, Altele poderia facilmente ter conseguido um rico partido, mas o ajudante de professor, Grunam Motl, era conhecido como um homem devoto. Ademais, era também órfão e pouco forte. Tinha uma cabeça grande, um ventre estufado e pernas curtas. Ensinava aos meninos do *cheder* o alfabeto, a soletrar e a salmodiar; entoava orações e desbastava ponteiros para eles.

Os poucos copeques que o professor lhe pagava toda sexta-feira não eram suficientes para Grunam Motl viver, e ele fazia as refeições com vários chefes de família nos diferentes dias da semana. Uma vez, quando irrompeu um incêndio em Shebreshin, no meio da noite, Grunam Motl saiu para salvar as criancinhas que eram suas alunas. Entrou nas casas em chamas e salvou muitas almas da morte. Suas trancinhas pegaram fogo e uma de suas orelhas ficou chamuscada. Hodele ouvira falar de suas boas ações e o escolheu para marido de Altele.

As cláusulas do contrato de noivado foram lavradas na véspera de *Purim.* O dia do casamento foi marcado para o Sabá da Confissão depois do jejum do nono dia de *Ab.* * Altele não possuía dote. A avó mandou fazer dois vestidos para ela, um par de sapatos e uma touca de senhora. Na véspera do casamento, a atendente do banho raspou o cabelo de Altele. Foi um casamento pobre, mas inteiramente de acordo com a lei. Na noite de sexta-feira, armaram o dossel nupcial diante da sinagoga. Na noite de sábado, os músicos tocaram na casa de Hodele, que tinha o piso de terra batida e as paredes tão escuras quanto o interior de um estábulo. Hodele assara biscoitos e preparara cenouras glaçadas. Os convidados trouxeram vinho, conhaque, ervilhas e favas. O casal recebeu presentes de casamento: alguns tachos, um balde, uma panela, uma tábua de massa e um saleiro. Uma vez que Hodele só tinha um cômodo na casa, o leito nupcial dos recém-casados foi preparado no sótão.

O noivo, Grunam Motl, tinha cabelos louros e muitas sardas. Embora o casamento se realizasse no verão, Grunam Motl apresentou-se no dossel nupcial de colete acolchoado, chapéu peludo com os protetores de orelhas baixados e um par de pesadas botas de couro. Estava acanhado como um escolar. As moças caçoavam dele e riam.

Pouco depois do casamento, Grunam Motl se tornou ajudante do professor Itchele Krasnostover. O jovem casal morava com Hodele na casa de um só cômodo. À noite, punham um biombo diante da cama de Hodele.

---

* Décimo-primeiro mês do calendário judaico. (N. do T.)

Hodele imediatamente começou a esperar que Altele engravidasse, mas o inverno passou e Altele continuava a menstruar. Hodele foi rezar nas sepulturas sagradas. Encomendou uma oração e a depositou na capela do mártir Reb Zalmon.

Hodele experimentou todos os remédios para fazer Altele conceber. Às sextas-feiras torrava alho para Grunam Motl, para que sua semente pudesse aumentar. Preparava úberes para Altele, fazia-a morder a ponta de um limão doce abençoado pelos judeus no *Sukkoth,* e recitava todo tipo de encantamento sobre Altele para abrir seu útero. A própria Altele fazia súplicas às sextas-feiras, depois de abençoar as velas, para ter filhos. No banho ritual, a atendente ensinou a Altele várias artes para despertar o desejo do marido por seu corpo e exorcizar os poderes que impedem a concepção e o nascimento. Mas um ano se passou e o útero de Altele continuou fechado.

Hodele percebeu que suas orações e as súplicas de Altele não eram suficientes. Em Zokelkov vivia um fazedor de milagres, Reb Hershele, e Hodele amarrou um pão, algumas cebolas e uns dentes de alho num lenço e rumou com Altele para Zokelkov.

Uma vez que não tinham dinheiro para pagar passagens, as duas mulheres partiram a pé. Hodele caminhava com tanta lentidão que a viagem a Zokelkov levou algumas semanas. À noite a avó e a neta dormiam nos campos ou, às vezes, numa estalagem ou no estábulo de um camponês. Pessoas caridosas, judias e cristãs, davam às mulheres uma fatia de pão, um nabo, um rabanete ou uma maçã. Nas matas havia muitos frutinhos e cogumelos. Altele sabia fazer fogo esfregando dois pedaços de madeira. Durante o mês de *Ab,* os dias eram quentes e até mesmo as noites eram mornas. E assim Hodele e Altele viajaram até Zokelkov.

Reb Hershele, o fazedor de milagres, só recebia seis mulheres por dia, mas a cidade transbordava de mulheres estéreis e doentes, noivas enfeitiçadas, moças possuídas por *dibbuks,* com acessos freqüentes de soluços, esposas abandonadas à procura dos maridos.

As mulheres se sentavam em toras de madeira diante da casa de Reb Hershele o dia todo, cada qual com sua trouxa, esperando ser recebida. Um bedel de barba negra e olhos chamejantes admitia as mulheres, uma de cada vez. As que o tinham subornado com uns *groschen* eram as primeiras. Ele gracejava com as mais novas e censurava as mais velhas.

Nem Hodele nem Altele entendiam de lisonjas e subornos. Passaram-se duas semanas e ainda não tinham conseguido ser admitidas à presença do homem santo. Finalmente, alguém se apiedou delas e combinou com o bedel que as fizesse entrar. Reb Hershele, um homem franzino que não era maior do que Hodele, tinha uma barba branca que lhe chegava à virilha, sobrancelhas brancas e peludas, e trancinhas brancas até os ombros. O cafetã branco, amarrado com uma corda, arrastava pelo chão. Seu solidéu também era branco. Reb Hershele pediu os honorários e Hodele lhe entregou os dezoito *groschen* que amarrara na ponta do xale.

Reb Hershele pôs as mãos na cabeça de Altele e a abençoou. Deu-lhe um minúsculo sachê de linho contendo um amuleto. Recomendou-lhe que, na noite do banho ritual, quando o marido a procurasse, devia molhar a ponta do dedo no sêmen que deixasse nela e o passar na borda do cálice de vinho que ele usava na cerimônia para iniciar o Sabá.

Reb Hershele disse:

– Vá para casa agora. No ano que vem, por essa época, você terá um filho.

Era, porém, tarde demais para voltar para casa, pois iam se iniciar os Dias de Temor. Hodele e Altele permaneceram no abrigo de indigentes de Zokelkov até depois do *Sukkoth*.

2

Transcorreu um ano, cinco, dez e Altele continuou sem filhos. Hodele morrera e seu corpo fora enterrado junto à capela do santo Reb Zalmon. As mulheres que a prepararam para o enterro juravam que estava leve como um passarinho e que seus lábios sorriam na morte. Grunam Motl rezou o *Kaddish* por ela.

Depois da morte de Hodele, a cidade transferiu seus deveres para Altele. Mandavam-na rezar pelos enfermos e medir as sepulturas. Mas Altele raramente permanecia na cidade. Estava sempre fazendo viagens para consultar homens santos, fazedores de milagres e até bruxas, quiromantes e feiticeiros. Constantemente experimentava novos expedientes para engravidar. Do seu pescoço pendiam amuletos, dentes de lobo, pedras da lua, moedas encantadas e pedaços de âmbar. Na bolsa carregava uma variedade de ervas, frascos de poções mágicas e bálsamos. Altele não desprezava nenhum conselho, fosse ele dado por homens santos ou por outra mulher estéril. Quem sabe poderia funcionar.

Grunam Motl fora promovido de ajudante de professor a professor de principiantes, mas continuava a fazer as refeições em diferentes casas, primeiro, porque não ganhava o suficiente e, segundo, porque Altele raramente estava em casa. Voltava nos feriados religiosos, ia ao banho ritual e se deitava com o marido. Assim que terminava o feriado, tornava a partir em viagens que cobriam toda a região, levando um cajado na mão e um saco às costas.

Passava a maioria dos dias caminhando, não só porque isto lhe dava esperanças, mas também porque se acostumara à estrada. As pessoas bondosas não a deixavam passar fome. Quase em toda parte havia um abrigo de indigentes ou um monte de palha para descansar a cabeça. Em todo lugar ouvia novas maravilhas sobre homens santos, mulheres que exorcizavam o mau-olhado ou tiravam sorte com cera derretida; sobre gente que era capaz de ler o futuro nas cartas, que praticava a quiromancia ou a frenologia, que adivinhavam com espelhos negros ou com ossos dos mortos.

Os rabinos de todas as cidades alertavam que as judias não deviam dar ouvidos aos praticantes de magia e aos que invocavam a legião maligna ou conjuravam os nomes de diabos e de Lilith, mas as mulheres estéreis persistiam em sua busca. Estavam dispostas a fazer qualquer coisa para trazer uma criança ao mundo, mesmo que tivessem de rolar numa cama de pregos em *Gueena* no além. Muitas vezes os rabinos e os ciganos davam o mesmo conselho. Altele recorria a todo tipo de remédio nojento: o prepúcio de um menino recém-circuncisado, o sangue virgem de uma recém-casada, o excremento do diabo e sapos secos, a placenta de um recém-nascido, os testículos de um veado. Quando se procura ajuda, não se pode ter o estômago delicado.

Uma feiticeira disse a Altele para entrar numa cova rasa e a cobriu com musgo, folhas secas e palha podre. Altele permaneceu enterrada viva durante uma hora, para levar os diabos a pensarem que estava morta e desviar assim sua atenção. Um velho que adivinhava o futuro usando gotas de óleo mandou Altele recitar os nomes de trasgos e demônios e pronunciar palavras que a encheram de terror e desgosto.

Os anos se passaram e Altele não sabia muito bem dizer como e aonde tinham ido. No inverno a vida de caminhante não era fácil, mas no verão era um prazer passar pelos caminhos e estradas, atravessar matas e campos, dormir em milharais e em palheiros, em barracões e estábulos, pomares e jardins.

Altele raramente caminhava só. Por toda parte encontrava almas afins, atormentadas pelos mesmos problemas. Seu período menstrual cessara, mas as mulheres lhe garantiam que ainda havia esperança. Sara não dera à luz a Abraão aos noventa anos? Se Deus quer, o útero e os ovários podem se renovar. Em Izhbitza uma velha de cinqüenta anos tivera gêmeos. Em Crasnitow uma avó e uma neta entraram em trabalho de parto juntas. Em Piask um homem de noventa anos se casou com uma moça de dezessete e lhe deu oito filhos, todos homens.

Uma vez, depois do *Sukkoth,* quando Altele regressou a casa com um saco de ervas e o coração esperançoso de que desta feita um milagre finalmente ocorreria, encontrou a casa vazia. Grunam Motl partira para algum lugar meses antes. Não informara a ninguém aonde ia. Abandonara os alunos no meio do semestre e nem ao menos recebera o pagamento pelas aulas. Alguns vizinhos diziam que o viram na estrada para Lublin. Outros insistiam que saíra na direção do rio San. Os ladrões tinham roubado as poucas panelas e pratos da cozinha e o vestido de festa de Altele, a única coisa que restava do enxoval. A princípio Altele pensou que Grunam Motl partira em busca de um lugar de professor, ou em visita a parentes, e provavelmente voltaria em breve ou escreveria uma carta. Mas as semanas e os meses se passaram e não houve notícias de Grunam Motl. Altele se tornara uma esposa abandonada. Agora não podia mais alimentar esperanças de ter um filho.

Naquele inverno Altele ficou em casa. Retomou suas visitas diárias ao cemitério. A cidade, como acontecia, foi assolada por epidemias. As crianças morreram de sarampo, varíola, crupe e escarlatina. Os adultos sofreram de desinteria. Na altura do Purim as epidemias amainaram e Altele foi trabalhar com um padeiro preparando massa para *matzo*.*

Até aquele inverno Altele se mantivera jovem. As faces permaneceram lisas e rosadas como as de uma mocinha. Mas agora o rosto empalidecia, o nariz afinava e aparecia uma teia de rugas em torno dos olhos. Uma vez que não tinha ninguém que celebrasse o *Seder*** para ela, assistiu ao *Seder* que a comunidade preparava para os mendigos e aleijados no abrigo de indigentes. A cidade pensara que Altele agora pararia em casa. Mas, poucos dias depois da Páscoa, Altele avisou aos corretores que queria vender sua casa.

O inverno terminara. O céu estava claro, o sol, brilhante, e as poças começavam a secar. Brisas frescas sopravam das matas e Altele decidiu partir à procura de Grunam Motl. Juntou-se aos grupos de esposas abandonadas que procuravam os maridos. Vagavam de cidade em cidade, entravam em sinagogas e casas de oração espiando os homens, faziam buscas

---

* Pão ázimo. (N. do T.)
** Comemoração da saída dos israelitas do Egito. (N. do T.)

nas estalagens, abrigos de indigentes e feiras, e até esquadrinhavam as sepulturas nos cemitérios. Algumas levavam declarações de rabinos, atestando que eram realmente esposas abandonadas e pedindo aos representantes das comunidades que as ajudassem.

As esposas abandonadas falavam de coisas diversas, contavam histórias dos antigos companheiros. Altele ouviu falar de todo tipo de homens estranhos; ascetas que se recusavam a deitar com as esposas como penitência por pecados absurdos; *hasidim* que peregrinavam de rabino em rabino e esqueciam de voltar a casa; homens que partiam a pé para Jerusalém à procura das tribos perdidas de Israel para além do rio *Sambácio*. Altele também soube de aventureiros inúteis, bêbados e pervertidos que arranjavam outras mulheres ou até se convertiam e se casavam com gentias. Havia também homens que tinham simplesmente desaparecido e ninguém sabia onde.

Uma esposa abandonada contou a Altele que o marido fora fechar as janelas na véspera da Páscoa; levantara-se do divã nas roupas brancas do *Seder,* calçando chinelos, e nunca mais foi visto. Não havia dúvida que os demônios o arrebataram para algum lugar além das Montanhas das trevas, ou para o castelo de Asmodeus.

O verão passou e Altele voltou para casa no mês de *Elul**. Mas ninguém soubera notícias de Grunam Motl. Altele passou os feriados religiosos na cidade; no dia seguinte ao *Sukkoth* tornou a partir. Desta vez passou fora um ano. Quando Altele regressou depois desse tempo, descobriu que seu casebre queimara. Altele comemorou os feriados religiosos no abrigo de indigentes.

3

Transcorreram quase cinco anos. Num dia de verão, Altele entrou num abrigo de indigentes na cidade de Grande

---

* Décimo-segundo mês do calendário judaico. (N. do T.)

Polônia e inesperadamente deparou-se com Grunam Motl. Estava sentado num monte de palha, comendo um rabanete. Era o mesmo Grunam Motl, embora tivesse fios brancos na barba. Altele reconheceu a cabeça grande, a barriga volumosa, o nariz chato. Olhou para ele e disse:

– Será que meus olhos me enganam?

– Não, sou Grunam Motl.

– Você me reconhece?

– Reconheço, Altele.

– Ai de mim, por que me abandonou a essa infelicidade? – perguntou Altele.

Grunam Motl pôs o rabanete na palha.

– Eu mesmo não sei.

– Como pôde fazer uma coisa dessas?

Por um instante Grunam Motl ficou boquiaberto, encabulado, erguendo os ombros. Então ficou sério.

– Estava cansado de ensinar.

– Então se um homem está cansado de ensinar, precisa deixar a esposa? – Altele pressionou-o.

– Ah.

– Responda. Agora que o encontrei, não vai escapar com essa facilidade.

– Saí pelo mundo.

– Mas por quê? Por quê?

– Você nunca estava em casa mesmo.

– Você tem outra mulher?

– Deus me livre.

– Então o que é?

– Nada.

– Você não sabe que é um grande pecado abandonar a esposa?

– Tem razão.

As outras pessoas no abrigo de indigentes os ouviram e fizeram um alarido. Os homens censuravam Grunam Motl. As mulheres o xingavam. Ele baixou a cabeça em silêncio.

Algum tempo depois, disse:

— Esse rabanete é a única coisa que possuo.
— Vamos ao rabino agora mesmo.
— No que me diz respeito...

O rabino ouviu a história e franziu a testa. É verdade que, segundo a lei, quando o homem e a mulher se reconhecem e ninguém nega que sejam casados, deve-se acreditar neles. Porém, acontecera todo tipo de coisa na cidade. Uma vez uma esposa abandonada supostamente reconhecera o marido e ele concordara em conceder o divórcio, mas mais tarde se descobriu que ele nem era o marido: nesse intervalo, tendo tornado a casar, ela dera à luz a um bastardo. O rabino agora juntava a barba na mão e perguntava a Altele:

— Tem alguma marca?
— Que marca?
— Alguma coisa no corpo dele. Alguma coisa que só uma esposa pudesse saber.
— Não me lembro de nenhuma marca.
— Será que tem uma verruga em algum lugar, um sinal, uma marca de nascença?
— Nunca olhei.
— E será que há alguma marca nela?

Grunam Motl ergueu as sobrancelhas amareladas.
— Não conheço nenhuma.

O rabino levou Grunam Motl para outro cômodo a fim de lhe falar em particular. Logo estava de volta.

— De que tribo ele é, dos kohenitas, dos levitas?
— Não sei, rabino.
— Qual era o nome da mãe dele?
— Minha sogra? Ele era órfão quando casamos.
— Nunca mencionou a mãe?
— Não me lembro.
— E o pai?
— Não sei, tampouco.
— Tem certeza de que ele é seu marido?
— Tenho, rabino, ele é Grunam Motl.
— Grunam Motl, você reconhece sua esposa?

Grunam Motl piscou os olhos.

Acho que sim.

– Você a reconhece ou está em dúvida?

– Acho que reconheço.

– O que querem agora? Viver juntos ou se divorciar? – perguntou o rabino.

Por muito tempo os dois permaneceram calados. Então Grunam Motl respondeu:

– O que ela quiser.

– Que quer, mulher? Quer viver com ele? Ou quer se divorciar?

– Por que iríamos nos divorciar? Ele não me fez mal algum – respondeu Altele.

O rabino continuou a interrogá-los por muito tempo. Pouco a pouco obteve algumas provas de identidade. Grunam Motl lembrou-se da avó de Altele, Hodele. Altele lembrou-se que a unha do dedão do pé esquerdo de Grunam Motl era preta. O rabino mandou Grunam Motl descalçar o sapato e desenrolar o trapo que envolvia o pé e descobriu que a unha de fato era preta.

O rabino disse:

– Podem ir viver juntos.

Mas onde iriam viver? Grunam Motl já não ganhava dinheiro algum. Sobrevivia de esmolas.

Os dois voltaram para o abrigo de indigentes. O atendente acrescentou um monte de palha para Altele. Os mendigos, animados, vaiaram marido e mulher. Altele trazia uma panela no saco, um punhado de aveia pilada e uma cebola; as pôs ao fogo para preparar uma ceia para ela e o marido. Grunam Motl saiu para catar alguns gravetos para o fogo. Na quinta-feira, os dois saíram para esmolar. A gente da cidade soube que Grunam Motl abandonara a esposa e não queria lhe dar um único *groschen*. Quanto a Altele, disseram que tinha marido – que ele a sustentasse. À noite, os dois voltaram com os sacos vazios.

O abrigo de indigentes estava superlotado e impregnado de fumaça e fedor. As crianças choravam. As mães praguejavam e catavam piolhos. Os galhofeiros pregavam todo tipo de peça de mau-gosto no casal recém-unido.

Umas duas semanas transcorreram e Grunam Motl não tomou iniciativa de se aproximar de Altele. Evidentemente já não precisava de mulher. Ficava acordado até tarde da noite, resmungando. A cada meia hora deslizava sorrateiro até o balde de despejos para urinar. Antes da estrela matutina aparecer, ia para casa de oração e permanecia lá até depois das preces noturnas. Altele sugeriu que fossem dormir nos banhos comunitários, mas Grunam Motl respondeu:

– Tenho medo dos demônios.

– Vamos para o campo.

– Não é direito.

– Então de que adianta?

– Posso lhe dar o divórcio.

Altele refletiu. Que adviria de um divórcio? Se deixasse de ser uma esposa abandonada, teria que se radicar em alguma cidade e se empregar como criada, padeira ou lavadeira. Tornar a casar? Mas quem iria querê-la? E mesmo que alguém quisesse, já não tinha desejo de recomeçar tudo outra vez. Altele sentia falta da estrada, das estalagens de beira de estrada, das esposas abandonadas e suas curiosas histórias, suas conversas melancólicas e suas palavras de consolo.

Uma noite, quando Grunam Motl estava roncando, Altele se levantou, apanhou o saco e a bengala e partiu para onde Deus a conduzisse. Em pouco tempo chegou a um caminho que levava aos campos. Uma lua tardia lançava teias de luz sobre o trigo maduro. Grilos cricrilavam; sapos coaxavam. O orvalho caía. Sombras de espíritos invisíveis que vagavam entre o céu e a terra corriam pelos milharais.

Altele conhecia muito bem os perigos de sair sozinha antes do dia clarear, mas se lembrou de um feitiço para afastar os espíritos profanos que andavam soltos à noite. Altele nunca mais voltou nem à cidade natal nem ao lugar onde encontrara

Grunam Motl. Tornou-se de novo uma esposa abandonada. Mais uma vez passou a ir a sinagogas, casas de estudo e feiras para procurar o marido perdido. Com outras esposas abandonadas, lia inscrições em túmulos e folheava os registros das sociedades funerárias. Com o tempo, chegou até a esquecer o nome da cidade onde encontrara Grunam Motl.

Altele sabia que era pecado enganar a comunidade. Mas talvez não estivesse enganando – talvez o Grunam Motl que encontrara fosse um demônio. Muitas vezes os espíritos assumiam a forma dos homens. E também os mortos saíam das sepulturas e se misturavam aos vivos. Altele se consolava com a certeza de que não era culpada de outros pecados. Até a um santo se permitia uma pequena transgressão.

Não, o Grunam Motl que se deitara no monte de palha ao lado de Altele e resmungava sozinho não era o marido por quem ansiara. A esposa de um rabino revelara a Altele que o verdadeiro casamento só se encontrava no outro mundo, quando nos despojamos dos ossos e só nos resta a alma. O verdadeiro amor entre o homem e a mulher só começa no paraíso, onde o homem se senta numa cadeira de ouro e a mulher lhe serve de descanso para os pés e ambos são iniciados nos mistérios da Torá. Aqui na terra, nesse vale de lágrimas, a mulher é uma esposa abandonada mesmo quando descansa a cabeça ao lado da cabeça do marido no mesmo travesseiro...

Traduzido por Mirra Ginsburg.

A piada

Por que um judeu polonês em Nova York iria publicar uma revista literária em alemão? A revista, *Das Wort*, devia sair a cada três meses, mas mal conseguia fazê-lo três vezes por ano e, às vezes, saía apenas duas – um pequeno volume de 96 páginas. Nenhum dos escritores alemães que apareciam nela eram meus conhecidos. Hitler já tomara o poder e esses escritores eram todos refugiados. Vinham manuscritos de Paris, da Suíça, de Londres e até da Austrália. As histórias eram pesadas, as frases tinham páginas de extensão. Por mais que me esforçasse, não conseguia terminar uma sequer. Os poemas não possuíam rima nem ritmo e, na medida em que sou capaz de julgar, nem conteúdo.

O editor, Liebkind Bendel, era natural da Galícia, vivera anos em Viena e fizera fortuna aqui em Nova York na bolsa de valores e no mercado imobiliário. Liquidara todas as ações uns seis meses antes do colapso da bolsa em 1929, e numa época em que o dinheiro era uma raridade, possuía-o em quantidade e pôde comprar imóveis.

Travamos conhecimento porque Liebkind Bendel planejava publicar uma revista semelhante à *Das Wort* em iídiche; queria que eu a editasse. Encontramo-nos muitas vezes em restaurantes, cafés e também no apartamento de Liebkind Bendel, em Riverside Drive. Era um homem franzino, com uma cabeça estreita sem um único fio de cabelo, um rosto comprido, um nariz pronunciado, um queixo fino e mãos e pés pequenos, quase femininos. Seus olhos eram amarelos como âmbar. Ele me parecia um menino de dez anos em quem alguém pusera uma cabeça de adulto. Usava roupas espalhafatosas – gravatas de brocado dourado. Liebkind Bendel tinha muitos interesses. Colecionava autógrafos e manuscritos, comprava antigüidades, pertencia a clubes de xadrez e se considerava um *gourmet* e um Don Juan. Gostava de engenhocas – relógios de pulso calendários, canetas com lanternas. Apostava em cavalos de corrida, bebia conhaque e possuía uma enorme coleção de literatura erótica. Estava sempre empenhado em algum plano – para salvar a humanidade, devolver a Palestina aos judeus, reformar a vida familiar, transformar o ofício de casamenteiro numa ciência e numa arte. Uma de suas idéias favoritas era uma loteria em que o prêmio fosse uma moça bonita – uma Miss América ou uma Miss Universo.

Liebkind Bendel tinha uma esposa alemã, Friedel, que não era mais alta que ele, mas era corpulenta e tinha cabelos crespos e negros. Era filha de uma lavadeira e de um ferroviário em Hamburgo; pai e mãe eram arianos, mas Friedel parecia judia. Há anos andava escrevendo uma dissertação sobre a tradução de Shakespeare feita por Schlegel. Trabalhava em casa e ainda secretariava o marido. Ele tinha também uma amante, Sarah, uma viúva com uma filha demente. Sarah morava em Bronnsville. Liebkind uma vez me apresentara a ela.

A única língua de Liebkind era o iídiche. Com aqueles que não sabiam iídiche ele falava um dialeto que misturava o iídiche, o alemão e o inglês. Tinha um talento para mutilar palavras. Não precisei de muito tempo para perceber que não possuía qualquer ligação com a literatura. O verdadeiro editor de *Das Wort* era Friedel. A versão iídiche nunca chegou a se materializar, mas alguma coisa me atraia naquele homenzinho jovial. Talvez fosse porque não conseguia entendê-lo. Toda vez que pensava que o conhecia, surgia um dado novo.

Liebkind Bendel falava com freqüência de sua correspondência com um velho e famoso escritor hebraico, o dr. Alexander Walden, um filósofo que viveu anos em Berlim. Ali editava uma enciclopédia hebraica, cujos primeiros volumes foram lançados antes da Primeira Guerra Mundial. A publicação dessa enciclopédia arrastou-se por tantos anos que se tornou uma piada. Dizia-se que o último volume seria lançado depois da vinda do Messias e da ressurreição dos mortos, e que os nomes nela incluídos teriam três datas: a do nascimento, a da morte e a da ressurreição.

Desde o início, a enciclopédia fora apoiada por um mecenas de Berlim, Dan Kniaster, agora um velho de uns oitenta anos. Embora Alexander Walden fosse sustentado por Dan Kniaster, agia como um homem rico. Tinha um amplo apartamento nos arredores de Kurfürstendamm, muitos quadros e um mordomo. Quando era novo, um milagre acontecera a Alexander Walden: a filha de um multimilionário judeu, parenta dos Tietzs e dos Warburgs, Mathilda Oppenheimer, se apaixonara por ele. Viveram juntos uns poucos meses e a seguir se divorciaram. Mas o conhecimento de que durante algum tempo o dr. Alexander Walden fora marido de uma herdeira alemã e escrevia em alemão fazia os hebraístas o olharem com admiração. Mas como não lhes dava atenção, acusavam-no de ser esnobe. Ele chegava a evitar falar iídiche, embora fosse filho de um rabino de uma pequena aldeia na Polônia. Diziam que era íntimo de Einstein, Freud e Bergson.

Por que Liebkind Bendel tinha tanto empenho em se corresponder com o dr. Alexander Walden até hoje não ficou claro para mim. O dr. Walden tinha fama de não responder cartas e Liebkind Bendel gostava de mostrar que ninguém conseguia desafiá-lo. Escreveu, pedindo ao dr. Alexander Walden que colaborasse no *Das Wort*. Suas cartas não receberam resposta. Enviou longos telegramas, mas o dr. Walden continuou mudo. Diante disso, Liebkind Bendel resolveu arrancar uma carta do dr. Walden a qualquer custo.

Em Nova York, Liebkind Bendel conheceu um bibliógrafo hebraico, Dov Ben Zev, que se tornara quase cego de tanto ler. Dov Ben Zev conhecia de cor quase todas as palavras que o dr. Walden escrevera. Liebkind convidou Dov Ben Zev ao seu apartamento, pediu a Friedel que preparasse uma ceia de *blintzes** e creme azedo, e com os dois preparou um plano minucioso. Enviou uma carta ao dr. Walden, supostamente escrita por uma moça rica de Nova York, uma conhecida dos Lehmans e dos Schiffs, herdeira de muitos milhões –

---

* Panquecas finas de batata com recheio de ricota, frutas, etc. (N. do T.)

a srta. Eleanor Seligman-Braude. Era uma carta cheia de amor e admiração pelas obras e a personalidade do dr. Walden. O conhecimento dos escritos de Walden era de Dov Ben Zev, o alemão clássico, de Friedel, e a lisonja, de Liebkind Bendel.

Liebkind Bendel supôs corretamente que, apesar da idade, o dr. Walden ainda sonhava com uma nova esposa rica. Que melhor isca do que uma milionária americana, solteira e profundamente absorta no trabalho do dr. Walden? Quase imediatamente chegou por via aérea uma carta manuscrita de oito páginas. O dr. Walden retribuía o amor com amor. Queria vir a Nova York.

Friedel só escreveu aquela carta; protestou que a história toda era um truque sujo e não queria mais se envolver. Mas Liebkind arranjou uma velha refugiada alemã, uma *Frau* Inge Schuldiener, que estava disposta a colaborar com ele. Iniciou-se uma correspondência que durou de 1933 a 1938. Durante esses anos, só uma coisa impediu o dr. Walden de desembarcar em Nova York – sofria de enjôo causado pelo balanço dos navios. Em 1937, Dan Kniaster, na iminência de confiscarem suas propriedades em Berlim e seus filhos assumirem os negócios, mudara-se para Londres. Levou com ele o dr. Walden. Na curta travessia do canal da Mancha, o dr. Walden passou tão mal que teve que ser retirado do navio de maca ao aportar em Dover.

Uma manhã de verão em 1938, me chamaram ao telefone no vestíbulo da minha pensão, às sete horas. Fora me deitar tarde e levei algum tempo para vestir o roupão, calçar os chinelos e descer os três lances de escadas. Era Liebkind:

– Acordei-o, hein? – gritou. – Estou em apuros. Não preguei olho a noite inteira. Se não me ajudar, estou perdido. Liebkind já era. Pode rezar *o Kaddish* por ele.

– Que aconteceu?

– O dr. Walden está chegando de avião. *Frau* Shuldiener recebeu um telegrama para Eleanor vindo de Londres. Mandou-lhe mil beijos!

Levei alguns segundos para perceber o que estava acontecendo.

— Que quer que eu faça? — perguntei. — Quer que me disfarce de herdeira?

— Ai! Fiz uma embrulhada dos diabos! Se não fosse o medo de a guerra estourar qualquer dia desses, fugiria para a Europa. Que vou fazer? Sou um doido. Devia estar trancado num hospício. Alguém tem que receber o homem.

— Eleanor podia estar na Califórnia.

— Mas acabou de confirmar que ia passar este verão na cidade. De qualquer forma, o endereço dela é um quarto mobiliado para os lados da rua Oitenta Oeste. Ele vai descobrir logo que não é o apartamento de uma milionária. Tem o número do telefone dela; *Frau* Shuldiener vai atender e vai ser o diabo. Ela é uma *jaecki** e não tem senso de humor.

— Duvido que até mesmo Deus possa ajudá-lo.

— Que vou fazer, me suicidar? Até agora ele teve medo de voar. De repente o velho idiota arranjou coragem. Estou disposto a doar um milhão de dólares ao rabino Meir, o fazedor de milagres, para que o avião dele caia no oceano Atlântico. Mas Deus e eu não somos amiguinhos. Nós dois só temos até as oito desta noite.

— Por favor, não me meta nas suas aventuras.

— Você é o único amigo que sabe dessa história. Ontem à noite, Friedel ficou tão furiosa que me ameaçou com o divórcio. Aquele *schlemiel* do Dov Ben Zev está hospitalizado. Telefonei aos hebraístas, mas o dr. Walden os menosprezou tanto tempo que se tornaram seus inimigos mortais. Ele nem ao menos reservou hotel. Provavelmente espera que Eleanor o leve ao dossel nupcial direto do aeroporto.

— Francamente, não posso ajudá-lo.

— Vamos ao menos tomar um café juntos. Se não puder desabafar com alguém vou perder o juízo. A que horas quer comer?

— Estou querendo dormir, e não comer.

---

* Judeu-alemão. Termo depreciativo: judeu que é mais germânico que os próprios alemães. (N. do T.)

– Eu também. Tomei três pílulas ontem à noite. Ouvi falar que Dan Kniaster saiu da Alemanha sem um *pfennig*. Ele é um velho decadente de oitenta anos. Os filhos são verdadeiros prussianos, assimilacionistas, semiconvertidos. Se a guerra começar, esse dr. Walden vai se transformar numa carga pesada para mim. E como posso lhe explicar as coisas? Pode ter um enfarte.

Combinamos que nos encontraríamos às onze horas num restaurante da Broadway. Voltei para a cama, mas não dormi. Cochilei, ri sozinho, brincando de encontrar uma solução – não por lealdade a Liebkind Bendel, mas pelo mesmo impulso que me levasse a tentar resolver um enigma de jornal.

2

No restaurante, mal reconheci Liebkind Bendel. Embora usasse um paletó amarelo, camisa vermelha e uma gravata de bolinhas douradas, tinha o rosto pálido como se convalescesse de uma doença. Girava um longo charuto entre os lábios e já pedira um conhaque. Estava sentado na beirada da cadeira. Antes que conseguisse arranjar um lugar para sentar, ele gritou para mim:

– Descobri uma saída, mas você precisa me ajudar. Eleanor acabou de morrer num desastre de avião. Falei com *Frau* Schuldiener e ela vai confirmar. Você só precisa esperar por aquele velho caçador de dotes no aeroporto e levá-lo para um hotel. Diga que é amigo ou sobrinho de Eleanor. Vou reservar um quarto para ele e pagar um mês adiantado. Depois disso não sou mais responsável. Que volte para Londres e arranje a filha de um lorde para casar.

– Você poderia se fazer passar por amigo de Eleanor tanto quanto eu.

– Não posso fazer isso. Ele se agarraria a mim como uma sanguessuga. O que pode obter de você? Seus manuscritos? Vai gastar apenas algumas horas e o homem não irá mais incomodá-lo. Se acontecer o pior, pagarei a passagem dele de volta à Inglaterra. Você estará salvando minha vida e nunca me esquecerei. Não lhe dê seu endereço. Diga que mora em Chicago ou Miami. Houve tempo em que teria dado uma fortuna para passar meia hora em companhia dele, mas perdi o apetite. Tenho medo dele. Tenho certeza que no instante em que nos encontrarmos e ele mencionar o nome de Eleanor vou cair na gargalhada. De fato, estive sentado aqui rindo sozinho. O garçom pensou que estivesse maluco.

– Bendel, não posso fazer isso.

– É sua última palavra?

– Não posso representar uma farsa dessas.

– Bom, não é não. Terei que representá-la, então: direi a ele que sou um primo distante, um parente pobre. Ela até me sustentava. Que nome vou adotar? Lipman Geiger. Tive um sócio em Viena com esse nome. Espere, preciso dar um telefonema.

Liebkind Bendel levantou-se de um salto e correu para a cabine telefônica. Demorou-se uns dez minutos. Podia observá-lo pela porta de vidro. Estava folheando um caderninho. Fazia estranhas caretas.

– Já arranjei um hotel e todo o resto. Para que precisava desses *meshuggas* todos? Vou fechar a revista. Vou partir para a Palestina e me tornar judeu. Todos esses escritores, uns cabeças ocas, não têm nada para dizer. Aos cinqüenta anos meu avô acordava toda noite para fazer as preces da meia-noite; o dr. Walden quer seduzir uma herdeira aos 65. A última carta dele era simplesmente um cântico – o Cântico dos Cânticos. E quem precisa das enciclopédias dele? Aquela *Frau* Schuldiener é uma idiota, e, além disso, faz papel de idiota.

– Talvez ele se casasse com *Frau* Schuldiener.

– Ela tem mais de setenta anos. Já é bisavó. Foi professora em Frankfurt... em Hamburgo – me esqueci onde. Copiou as frases de um livro de cartas de amor. Talvez o melhor fosse arranjar uma mulher que pudesse representar o papel de Eleanor. Que tal as atrizes iídiches?

– Elas só sabem chorar.

— Em algum lugar de Nova York deve haver uma mulher que o admire de verdade — uma velha solteirona que anseie por um casamento desses. Mas onde encontrá-la? Quanto a mim, estou cansado de tudo. Aquela Friedel é bastante instruída, mas não tem imaginação. Só pensa em Schlegel. Sarah é completamente absorvida pela filha doida. Agora, têm uma novidade — os pacientes das instituições vão para casa e depois voltam. Um mês ela fica lá e o outro passa com a mãe. Sento-me com elas e começo a sentir que não estou realmente presente. Por que estou contando tudo isso? Faça-me um favor e me acompanhe ao aeroporto. Sempre lhe agradecerei. Concorda? Aperte minha mão. Juntos daremos um jeito. Vamos brindar.

3

Estava parado do lado de fora da divisória de vidro e observava os passageiros chegarem. Liebkind Bendel estava nervoso e a fumaça de seu charuto quase me asfixiava. Por alguma razão eu alimentava a certeza de que o dr. Walden era um homem alto. Mas era baixo, corpulento e gordo, com uma barriga grande e uma cabeçorra. Naquele dia quente de verão usava um casaco comprido, uma gravata bonita e um chapéu felpudo de abas largas. Tinha um espesso bigode grisalho e fumava cachimbo. Trazia duas valises de couro com fechos antiquados e bolsas laterais. Os olhos sob as sobrancelhas grossas procuravam alguém.

O nervosismo de Liebkind Bendel era contagioso. Ele cheirava a bebida, ronronava como um gato. Gesticulava e exclamava:

— Sem duvida é ele. Veja como engordou — tem mais largura do que altura. Um bode velho.

Quando o dr. Walden surgiu na escada rolante, Liebkind Bendel me empurrou em sua direção. Quis correr mas não consegui. Ao invés, me adiantei:

— Dr. Walden?

O dr. Walden pousou as malas, tirou o cachimbo de entre os dentes escuros e meteu-o, ainda aceso, no bolso.

– *Ja*.

– Dr. Walden – disse em inglês –, sou amigo da srta. Eleanor Seligman-Braude. Houve um acidente. O avião dela caiu – falei depressa. Sentia uma secura na garganta e na boca.

Eu esperava uma cena, mas ele apenas me olhou. Levou a mão em concha ao ouvido e me respondeu em alemão:

– Se importa de repetir? Não entendo o seu inglês americano.

– Aconteceu uma desgraça, uma grande desgraça – Liebkind Bendel começou a falar em iídiche. – Sua amiga estava vindo da Califórnia e o avião caiu. Caiu no mar. Todos os passageiros morreram: sessenta pessoas.

– Quando? Como?

– Ontem... setenta pessoas inocentes – a maioria mães de família – Liebkind falava com um sotaque e uma entonação galicianos. – Eu era um amigo íntimo e esse rapaz também. Soubemos que estava chegando. Queríamos lhe telegrafar, mas era tarde demais, então viemos recebê-lo. É uma grande honra para nós, mas é muito penoso ter que lhe trazer notícias tão horríveis – Liebkind Bendel agitava os braços; sacudia e gritava ao ouvido do dr. Walden como se ele fosse surdo.

O dr. Walden tirou o chapéu e descansou-se em cima da bagagem. Era calvo no alto da cabeça, mas atrás tinha uma gaforinha de cabelo louro e grisalho. Puxou um lenço sujo e limpou o suor da testa. Tive a impressão de que continuava a não entender. Parecia refletir. Seu rosto murchou; empoeirado, amassado, barbado. Tufos de pêlos saíam de suas orelhas e narinas. Cheirava a remédio. Passado algum tempo disse em alemão:

– Esperava que ela estivesse aqui em Nova York. Por que foi à Califórnia?

– Negócios. *Fraulein* Seligman-Braude era uma mulher de negócios. Tratava-se de uma grande soma – milhões – e aqui nos Estados Unidos se diz: "Primeiro os negócios, depois o prazer". Ia voltar logo para encontrá-lo. Mas não tinha que ser – Liebkind Bendel disse tudo isso de um fôlego só e sua voz se tornou aguda. – Ela me contou tudo. Ela o adorava, dr. Walden, mas o homem propõe e Deus dispõe, como dizem. Oitenta pessoas saudáveis... mulheres jovens e bebezinhos... na flor da idade ...

– Posso perguntar quem é o senhor? – perguntou o dr. Walden.

– Um amigo, um amigo. Esse rapaz é um escritor iídiche – Liebkind Bendel apontou para mim. – Escreve para jornais iídiches e similares; folhetins, etc. Tudo na língua materna, para que as pessoas simples possam apreciar. Temos muitos conterrâneos aqui em Nova York e o inglês é uma língua sem graça para eles. Querem o sabor do velho mundo.

– *Ja.*

– Dr. Walden, reservamos um quarto de hotel para o senhor – disse Liebkind Bendel. – Aceite minhas condolências! Na realidade é uma tragédia. Como era mesmo o nome dela?... *Fraulein* Braude-Seligson era uma mulher maravilhosa. Gentil, educada. Bonita também. Sabia hebraico e outras dez línguas. De repente alguma coisa se parte no motor, um parafuso se solta, e toda essa cultura desaparece. É isso que o homem é: uma palhinha, um grão de poeira, uma bolha de sabão.

Senti-me grato ao dr. Walden por seu comportamento digno. Não chorou, não se desesperou. Ergueu as sobrancelhas e seus olhos aquosos, riscado de veiazinhas vermelhas, arregalaram-se para nós demonstrando espanto e suspeita.

– Onde é o banheiro dos homens? A viagem me deixou enjoado.

– Logo ali, logo ali! – exclamou Liebkind Bendel. – Não faltam banheiros nos Estados Unidos. Venha conosco, dr. Walden: acabamos de passar por um.

Liebkind Bendel apanhou uma valise e eu a outra e levamos o dr. Walden ao banheiro masculino. Com um ar de dúvida ele lançou um olhar a nós e à bagagem. Então entrou no banheiro e permaneceu ali por muito tempo.

Eu disse:

– Ele agiu como um homem decente.

– O pior já passou. Tive medo que desmaiasse. Não vou abandoná-lo. Que fique em Nova York o tempo que quiser. Talvez acabe escrevendo para *Das Wort*. Faria dele o principal editor e todo o resto. Friedel está cansada da revista. Os escritores escrevem reclamando o pagamento de direitos e mandam cartas enfurecidas. Se encontram um erro de impressão ou uma linha faltando, nossa vida corre perigo. Pagarei trinta dólares por semana e deixarei que escreva no tempo livre. Poderíamos publicar a revista metade em alemão, metade em iídiche. Vocês dois poderiam editá-la juntos. Friedel se contentaria com a superintendência – como é mesmo o nome? – editorial.

– Você mesmo me disse que o dr. Walden odeia iídiche.

– Hoje ele odeia, amanha irá adorá-lo. Com alguns trocados e um elogio pode-se comprar todos esses intelectuais.

– Não devia ter dito que sou um escritor iídiche.

– Há uma porção de coisas que eu não devia ter feito. Em primeiro lugar, não devia ter nascido, em segundo lugar, não devia ter me casado com Friedel, em terceiro lugar, nunca devia ter começado essa comédia, em quarto lugar... já que não mencionei o seu nome ele nunca o encontrará. Foi a minha admiração por grandes homens. Sempre adorei escritores. Se um homem publicava alguma coisa num jornal ou numa revista, ele era Deus. Lia *a Neue Freie Presse* como se fosse a Bíblia. Recebia todo mês a *Haolam* na qual o dr. Walden publicava os artigos dele. Corria para assistir conferências como um louco. Foi assim que conheci Friedel. Aí está o nosso dr. Walden.

O dr. Walden parecia trôpego. Tinha o rosto amarelo. Esquecera de abotoar a braguilha. Arregalou os olhos para nós e murmurou alguma coisa. Em seguida disse:

– Com licença – e tornou a entrar no banheiro.

4

O dr. Walden pedira meu endereço e número de telefone, e lhe dei os dois. Não podia enganar esse homem culto. No dia seguinte à sua chegada, Liebkind Bendel viajou para a cidade do México. Suspeitei que tivesse uma amante lá, e provavelmente negócios também. De uma forma curiosa Liebkind Bendel combinava os papéis de comerciante e entendido em arte. Ele foi a Washington tentar obter um visto para um escritor judeu na Alemanha e se tornara sócio de uma fábrica que produzia peças de avião. O dono era um judeu polonês que trabalhava no comércio de couros e não tinha o mínimo conhecimento de aviação. Eu começava a perceber que o mundo da economia, da indústria e das chamadas questões práticas não possuía mais substância do que o mundo da literatura e da filosofia.

Um dia, quando voltei para casa depois do almoço, encontrei um recado de que o dr. Walden telefonara. Liguei para ele e ouvi alguém que gaguejava e chiava. Falava comigo num iídiche germanizado. Pronunciou o meu nome errado. E disse:

– Por favor, venha me ver. Estou *kaput*.

Liebkind Bendel hospedara o dr. Walden num hotel judeu ortodoxo do centro da cidade, embora nós dois vivêssemos na zona residencial. Suspeitei que quisesse mantê-lo o mais afastado possível. Tomei o metrô para a rua Lafayette e caminhei até o hotel. O saguão estava cheio de rabinos. Pareciam conferenciar. Andavam de um lado para o outro em longos gabardos e chapéus de veludo. Gesticulavam, puxavam as barbas e falavam ao mesmo tempo. O elevador parou em todos os andares e pelas portas abertas vi uma noiva sendo fotografada em trajes de casamento, seminaristas judeus guardando xales e livros de orações e garçons de solidéu limpando os salões onde houvera um banquete. Bati na porta do dr. Walden. Ele apareceu num roupão de banho cor de vinho que lhe chegava aos tornozelos. Estava coberto de manchas. Usava chinelos gastos. O quarto fedia a fumo, essência de valeriana e ranço de doença. Ele parecia inchado, velho, confuso. Perguntou:

– O senhor é o sr. – como é o nome – o editor do *Jugend?*
Disse-lhe meu nome.

– Escreve para aquele jornal especializado, *Tageblatt?*
Dei-lhe o nome do meu jornal.

– Bom. *Ja.*

Depois de tentar repetidamente falar comigo em alemão, o dr. Walden finalmente mudou para o iídiche, com todas as inflexões e pronúncias da cidade de onde viera. Disse:

– Que espécie de calamidade é essa? Por que de repente ela viajou para a Califórnia? Durante anos não consegui me decidir se faria ou não essa viagem. Como Kant, tenho fobia a viagens. Um amigo meu, o professor Mondek, parente do famoso Mondek, me receitou pílulas, mas elas me impediam de urinar. Tive certeza de que chegara o meu fim. Ótimo, pensei, se o avião chegar a Nova York comigo morto. Ao invés, ela é que se foi. Simplesmente não consigo entender. Perguntei a um homem e ele não ouvira falar de nenhum acidente de avião. Telefonei para o número dela e atendeu uma velha. Deve ser surda ou caduca – parecia incoerente. Quem era o outro homenzinho que foi me receber no aeroporto?

– Lipman Geiger.

– Geiger, neto de Abraham Geiger? Os Geigers não falam iídiche. A maioria é convertida.

– Esse Geiger vem da Polônia.

– Qual era a ligação dele com a srta. Eleanor Seligman-Braude?

– Eram amigos.

– Estou completamente desnorteado – o dr. Walden falava meio para si meio para mim. – Sei inglês de ler Shakespeare. Li *A tempestade* no original inúmeras vezes. É a maior obra de Shakespeare. Cada linha é profundamente simbólica. Uma obra-prima de todos os ângulos. Caliban é na realidade Hitler. Mas aqui falam um inglês que parece chinês. Não entendo uma única palavra do que dizem. A srta. Eleanor Seligman-Braude tinha família?

– Parentes afastados. Mas, que eu saiba, guardava distância deles.

– O que acontecerá à fortuna dela? Em geral os ricos deixam testamento. Não que eu tenha interesse na questão, não tenho absolutamente nenhum. E o corpo? Não vai haver um enterro em Nova York?

– O corpo dela desapareceu no mar.

– Sobrevoava-se o oceano vindo da Califórnia para Nova York?

– Parece que ao invés de rumar para oeste o avião se dirigiu para leste.

– Como pode ser isso? Onde noticiaram o acidente? Em que jornal? Quando?

– Só sei o que o Lipman Geiger me disse. Ele é que era amigo dela e não eu.

– Quê? Um enigma, um enigma. A pessoa não deve contrariar a própria natureza. Uma vez, Immanuel Kant estava na iminência de viajar de Königsberg para uma outra cidade da Prússia. Seguiu apenas uma curta distância quando se deparou com chuva, relâmpagos, trovões e imediatamente deu ordem de voltar. Em algum ponto da mente eu sabia o tempo todo que essa viagem seria um fiasco. Não tenho nada que fazer aqui, absolutamente nada. Mas não posso voltar a Londres na presente situação. Ir de navio seria até pior. Vou-lhe confessar a verdade, quase não trouxe dinheiro comigo. Meu grande amigo e benfeitor, Dan Kniaster, é agora ele próprio um refugiado. Eu trabalhava numa enciclopédia, mas deixamos as chapas em Berlim – e até os manuscritos. Os nazistas colocaram uma bomba-relógio no nosso escritório e escapamos por um triz de sermos estraçalhados. Alguém sabe que estou em Nova York? Viajei, por assim dizer, incógnito. Do jeito que as coisas estão, talvez fosse bom deixar os jornais saberem. Tenho muitos inimigos aqui, mas talvez pudesse encontrar um amigo.

– Acho que Lipman Geiger avisou aos jornais.

– Não encontrei nenhuma nota sobre mim. Pedi para me trazerem os jornais – o dr. Walden apontou para uma pilha de jornais iídiches que estava numa cadeira.

— Farei o melhor que puder.

— Na minha idade a pessoa não devia se meter em aventuras. Onde está esse dr. Geiger?

— Precisou viajar para o México, mas estará de volta logo.

— México? O que está fazendo no México? Então esse é o meu fim. Não tenho medo da morte, mas não tenho desejo de ser enterrado nessa cidade louca. É verdade que Londres não é mais tranqüila, mas pelo menos tenho alguns conhecidos lá.

— O senhor vai viver, dr. Walden. Vai viver para ver a queda de Hitler.

— Para quê? Hitler ainda tem o que estragar aqui na Terra. Mas eu já cometi todos os meus erros. Erros demais. Essa viagem infeliz nem chega a ser uma tragédia. É só uma piada. Bem — *ja*, minha vida foi uma grande piada, do princípio ao fim.

— O senhor contribuiu muito para a humanidade, para o leitor judeu.

— Insignificâncias, tolices, coisas sem valor. O senhor conheceu a srta. Seligman-Braude pessoalmente?

— Sim... não. Só ouvi falar dela.

— Não gostei daquele Geiger: um palhaço. Que escreve nos jornais iídiches? Que existe para se escrever? Estamos retornando à selva. O *Homo sapiens* está falido. Todos os valores desapareceram: literatura, ciência, religião. Bem, quanto a mim, desisti de tudo.

O dr. Walden tirou uma carta do bolso. Estava manchada de café e de cinzas. Examinou-a, fechando um olho, afastando o corpo, rindo desdenhoso:

— Estou começando a desconfiar que essa srta. Seligman-Braude nunca existiu.

5

Tarde, certa noite, quando me encontrava deitado na cama inteiramente vestido, refletindo sobre a minha preguiça, a negligência no trabalho e a falta de força de vontade, fui avisado de que me chamavam ao telefone no andar térreo. Desci correndo os três lances de escadas, apanhei o fone que balançava na ponta do fio e ouvi uma voz desconhecida dizer o meu nome. A voz disse:

– Sou o dr. Linder. O senhor é amigo do dr. Alexander Walden?

– Eu o conheço.

– O dr. Walden sofreu um ataque cardíaco e está no Hospital Beth Aaron. Ele me deu o seu nome e número de telefone. O senhor é parente dele?

– Não.

– Ele não tem família aqui?

– Parece que não.

– Ele me pediu para chamar o professor Albert Einstein, mas ninguém responde. Não posso perder tempo com esses recados. Venha amanhã ao hospital. Ele está na enfermaria. Foi só o que pudemos lhe arranjar por ora. Sinto muito.

– Qual é a situação dele?

– Nada boa. Tem um rol de complicações. Pode visitá-lo entre o meio-dia e as duas horas e entre as seis e as oito. Até logo.

Procurei um níquel para telefonar para Friedel, mas só encontrei uma moeda de cinqüenta centavos e duas notas de um dólar. Fui à Broadway arranjar troco. Até conseguir, e encontrar uma drogaria com uma cabine telefônica livre, passou-se mais de meia hora. Disquei o número de Friedel, mas a linha estava ocupada. Continuei discando o mesmo número mais uns quinze minutos e dava sempre ocupado. Uma mulher entrou na cabine do lado e enfileirou as moedinhas. Voltou a cabeça para olhar para mim com uma expressão presunçosa que parecia dizer: "Você está esperando à toa". Ao falar, gesticulava com o cigarro. De quando em quando torcia um cacho do cabelo descolorido. As unhas vermelhas e afiadas sugeriam uma ganância tão profunda quanto a tragédia humana.

Encontrei uma moedinha de um centavo e me pesei. Pelo marcador, perdera dois quilos. Um cartão caiu da balança.

Dizia: "Você é uma pessoa de muitos talentos, mas desperdiça-os totalmente".

Vou tentar mais uma vez, e, se o telefone continuar ocupado, volto na mesma hora para casa, prometi a mim mesmo. Essa balança disse a dura verdade.

A linha desocupou e ouvi a voz masculina de Friedel. Naquele exato momento, a mulher de cabelos descoloridos e unhas vermelhas saiu apressada da cabine. Piscou para mim com as pestanas postiças.

– Sra. Bendel – comecei –, sinto incomodá-la, mas o dr. Walden sofreu um ataque cardíaco. Levaram-no para o hospital Beth Aaron. Está na enfermaria.

– Oh, meu Deus! Eu sabia que essa brincadeira não ia resultar em boa coisa. Preveni Liebkind. Foi um crime, não resta dúvida. É assim que Liebkind é: inventa uma brincadeira e não sabe quando parar. Que posso fazer? Nem mesmo sei onde encontrá-lo agora. Disse que ia fazer escala em Cuba. Onde é que o senhor está?

– Numa drogaria da Broadway.

– Talvez pudesse dar uma chegada aqui. Isso não é uma brincadeira. Sinto-me culpada. Devia ter-me recusado a escrever aquela primeira carta. Venha, ainda é cedo. Nunca durmo antes das duas horas da manhã.

– E o que faz até essa hora?

– Ah, leio, penso, me preocupo.

– Bom, essa noite já está perdida – pensei ou resmunguei. Tinha que caminhar apenas alguns blocos para chegar ao apartamento de Liebkind Bendel em Riverside Drive. O porteiro me conhecia. Subi ao 14º andar e no momento em que pus o dedo na campainha Friedel abriu a porta.

Friedel era baixa, de quadris largos e pernas pesadas. Tinha o nariz recurvado e olhos castanhos sob sobrancelhas masculinas. Via de regra, vestia roupas escuras e nunca percebi vestígio algum de maquilagem nela. Na maioria das vezes que visitava Liebkind Bendel, me trazia imediatamente meio copo de chá, dizia umas poucas palavras e voltava aos seus livros e manuscritos. Liebkind Bendel costumava brincar:

– Que se pode esperar de uma esposa editora? É um milagre que saiba preparar um copo de chá.

Desta vez Friedel usava um vestido branco sem mangas e sapatos brancos. E batom. Convidou-me a entrar na sala, e na mesinha diante do sofá havia uma fruteira, uma jarra com alguma coisa para beber e um prato de biscoitos. Friedel falava inglês com um forte sotaque alemão. Indicou-me o sofá e se sentou numa cadeira. Disse:

– Sabia que isso ia acabar mal. Desde o começo pareceu uma brincadeira do próprio diabo. Se o dr. Walden morrer, Liebkind será responsável pela morte dele. Os homens velhos são românticos. Esquecem a idade e a capacidade. Aquela imbecil de *Frau* Schuldiener escrevia de tal maneira que lhe dava total razão para se iludir. Pode-se enganar qualquer um, até um sábio. (Friedel usou a palavra iídiche, "*cho-chom*".)

Pode-se até enganar Liebkind Bendel, alguma coisa sussurrou na minha cabeça – um *dibbuk* ou um diabrete. Disse em voz alta:

– A senhora não devia ter permitido que as coisas fossem tão longe, madame Bendel.

Friedel franziu as sobrancelhas espessas.

– Liebkind faz o que quer. Não pede a minha opinião. Ele viaja e na realidade não sei aonde vai ou para quê. Devia ir ao México. Na última hora anunciou que queria parar em Havana. Ele não tem negócios nem em Havana nem na cidade do México. O senhor provavelmente sabe mais da vida dele do que eu. Tenho certeza de que se gaba de suas conquistas para o senhor.

– De modo algum. Não tenho a menor idéia por que viajou nem a quem foi ver.

– Eu tenho idéia. Mas para que falar disso? Conheço todos os seus truques galicianos...

Ficamos calados durante algum tempo. Friedel nunca falara assim comigo. As poucas conversas que tivéramos giravam em torno de literatura alemã, a tradução shakesperiana de Schlegel e certas expressões iídiches ainda em uso em determinados dialetos alemães, que Friedel descobrira derivarem do antigo alemão. Ia responder que havia gente decente entre os galicianos quando o telefone tocou. O aparelho ficava numa mesinha próxima à porta. Friedel caminhou lentamente e se sentou para atendê-lo. Falava baixinho, mas deu para perceber que conversava com Liebkind Bendel. Ele estava ligando de Havana. Esperava que Friedel lhe contasse imediatamente que o dr. Walden estava doente e que eu a visitava. Mas não mencionou qualquer dos dois fatos. Falava ironicamente: negócios? Claro. Uma semana? O tempo que precisar. Uma pechincha? Compre-a, por que não? Eu? Estou trabalhando como sempre: que mais há para fazer?

Enquanto falava, me lançava olhares de esguelha. Sorriu com conhecimento de causa. Imaginei que piscava para mim. Que espécie de noite maluca era essa?, pensei. Levantei-me e andei hesitante até a porta na direção do banheiro. De repente fiz uma coisa que espantou até a mim mesmo. Curvei-me e beijei o pescoço de Friedel. A mão esquerda dela segurou a minha e a apertou com força. Seu rosto se tornou jovem e desdenhoso. Ao mesmo tempo, perguntava:

– Liebkind, quanto tempo vai ficar em Havana?

Levantou-se e, brincando, levou o fone ao meu ouvido. Ouvi a voz anasalada de Liebkind. Falava das antigüidades que estavam à venda em Havana e explicava a diferença de câmbio. Friedel se curvou para mim e nossas orelhas se tocaram. Seu cabelo fazia cócegas no meu rosto. A orelha quase queimava a minha. Eu estava envergonhado como um garotinho. Imediatamente, minha necessidade de ir ao banheiro se tornou embaraçosamente urgente.

Na manhã seguinte Friedel foi ao hospital e lhe informaram que o dr. Walden estava morto. Morrera durante a noite. Friedel comentou:

– Não é uma crueldade? Minha consciência vai me torturar até a hora da morte.

No dia seguinte os jornais iídiches publicaram a notícia.

Os mesmos editores que, segundo Liebkind, tinham se recusado a noticiar a chegada do dr. Walden em Nova York agora escreviam longos artigos sobre as realizações dele na literatura hebraica. Apareceram também obituários na imprensa de língua inglesa. As fotografias tinham no mínimo trinta anos; nelas o dr. Walden parecia jovem, alegre, com uma basta cabeleira. Segundo os jornais, os hebraístas de Nova York, inimigos do dr. Walden, estavam providenciando o funeral. O serviço telegráfico judaico deve ter transmitido a notícia para o mundo inteiro. Liebkind Bendel ligou para Friedel de Havana para dizer que estava voltando para casa de avião.

Já em Nova York falou comigo ao telefone quase uma hora. Repetia sem parar que a morte do dr. Walden não fora sua culpa. Poderia ter morrido em Londres também. Que diferença faz onde a pessoa termina? Liebkind Bendel estava particularmente ansioso para saber se o dr. Walden tinha trazido algum manuscrito. Estava pensando em publicar um número especial de *Das Wort* dedicado a ele. Liebkind Bendel trouxera de Havana um quadro de Chagall que comprara de um refugiado. Admitiu para mim que devia ter sido roubado de uma galeria de arte. Liebkind Bendel me disse:

– Bom, teria sido melhor se fosse roubado pelos nazistas? A Linha Maginot não vale um caracol. Hitler entrará em Paris! Lembre-se das minhas palavras.

A capela onde se realizaria o funeral distava apenas alguns quarteirões do apartamento de Liebkind Bendel e ele, Friedel e eu combinamos de nos encontrar à entrada. Estavam todos lá: os hebraístas, os iídichistas, os escritores anglo-judeus. Os táxis não paravam de chegar. De algum lugar surgiu uma mulher miúda, levando uma menina que parecia emaciada, perturbada. Parava a cada segundo e batia o pé na calçada: a mulher a instava a prosseguir e a encorajava. Era Sarah, a amante de Liebkind. Mãe e filha tentaram entrar na capela, mas já estava cheia.

Passado algum tempo, Liebkind Bendel e Friedel chegaram num carro vermelho. Ele usava um terno areia e uma gravata espalhafatosa de Havana. Parecia descansado e queimado de sol. Friedel vestia-se de preto com um chapéu de abas largas. Disse a Liebkind que o salão estava lotado e ele respondeu:

– Não seja ingênuo. Você vai ver como se fazem as coisas nos Estados Unidos.

Ele sussurrou algumas palavrinhas no ouvido do porteiro, e este nos conduziu ao interior da capela e abriu espaço para nós nos bancos da frente. As velas artificiais do *Menorah** projetavam uma luz branda. A urna se encontrava junto ao tablado. Um jovem rabino de bigodinho e solidéu minúsculo que se confundia com o cabelo reluzente de brilhantina fez o elogio fúnebre em inglês. Parecia conhecer muito pouco o dr. Walden. Confundiu datas e fatos. Errou os títulos das obras do dr. Walden. Então um velho *rabinner* de cavanhaque branco, um refugiado da Alemanha, usando um chapéu preto que parecia uma caçarola, falou em alemão. Enfatizou as metafonias e citou longas passagens em hebraico. Chamou o dr. Walden de pilar do judaísmo. Sustentou que o dr. Walden viera para os Estados Unidos a fim de continuar a publicação da enciclopédia a que devotara os melhores anos de sua vida. "Os nazistas afirmam que os canhões são mais importantes do que a manteiga", discursou o *rabinner* solenemente, "mas nós, judeus, o povo do livro sagrado, ainda acreditamos no poder da palavra." Fez um apelo para que se doassem fundos para publicar os últimos volumes da enciclopédia pela qual o dr. Walden sacrificara a vida, embarcando para os Estados Unidos apesar de enfermo. Tirou um lenço e com o cantinho enxugou uma lágrima solitária por trás dos óculos embaçados. Chamou atenção para o fato de que entre os presentes ali na capela encontrava-se o universalmente estimado professor Albert Einstein, amigo íntimo do falecido. Irromperam cochichos e olhares que se generalizaram entre os circunstantes. Alguns chegaram a se levantar para dar uma olhada no cientista mundialmente famoso.

---

* Candelabro de sete velas. (N. do T.)

Ao sermão do *rabinner* alemão seguiu-se o elogio fúnebre feito pelo editor de uma revista hebraica em Nova York. Depois, um cantor de chapéu de seis pontas com cara de buldogue recitou "Deus cheio de misericórdia". Cantava em tom alto e lúgubre.

Ao meu lado estava sentada uma mulher vestida de preto. Tinha cabelos louros e faces coradas. Reparei num anel com um enorme diamante que trazia no dedo. Quando o jovem rabino discursava em inglês, ela ergueu o véu e assoou o nariz num lencinho de renda. Quando o velho *rabbiner* falou em alemão, apertou as mãos e chorou. Quando o cantor exclamou "O paraíso será seu descanso!", a mulher soluçou com um abandono semelhante ao das mulheres no velho mundo. Dobrou-se para a frente como se fosse desmaiar, o rosto lavado de lágrimas. Quem será ela?, me perguntei. Que soubesse, o dr. Walden não tinha parentes aqui. Lembrei-me das palavras de Liebkind Bendel de que em algum lugar de Nova York talvez se encontrasse uma admiradora sincera do dr. Walden que realmente o amasse. Percebera há muito tempo que tudo que uma pessoa é capaz de inventar já existe em algum lugar.

No fim da cerimônia, todos se levantaram e desfilaram diante da urna. Vi à minha frente o professor Albert Einstein com a mesma aparência que tinha nas fotografias, ligeiramente curvado, os cabelos longos. Deteve-se um instante, murmurando suas despedidas. Então dei uma olhada no dr. Walden. Os agentes funerários tinham-lhe aplicado cosméticos. A cabeça repousava numa almofada de cetim, o rosto escanhoado tinha a imobilidade da cera, o bigode torcido, e nos cantos dos olhos um ar de riso que parecia dizer: "Bem, *ja*, minha vida foi uma grande piada – do começo ao fim".

Traduzido pelo autor e por Dorothea Straus.

A vaidosa

Por que uma moça rica continuava solteira? Isso, crianças, ninguém sabe explicar.

Sugeriam-se pretendentes. As duas irmãs e os três irmãos se casaram no devido tempo, mas ela, Adele – seu nome verdadeiro era Hodel – continuou solteira. Morávamos na casa deles e apesar de ser no mínimo vinte anos mais velha que eu, nos tornamos amigas. Os casamenteiros continuavam a persegui-la, embora nessa época já tivesse passado dos quarenta. O pai, Reb Samson Zuckerberg, era um homem rico, sócio de uma refinaria de açúcar. A mãe vinha de uma família culta.

Na juventude, Adele não fora nada feia, embora sempre muito magra: pequena, sem busto, morena como a mãe. Tinha olhos e cabelos pretos que mais tarde se tornaram mechados de cinzento. Na nossa cidade chamavam esse tipo de cabelo de grama de cemitério. Contudo, mulheres mais feias que ela arranjavam maridos. Velhas solteironas eram uma raridade naquele tempo mesmo entre as famílias de alfaiates e sapateiros. Não existem conventos judeus.

Há moças que não conseguem encontrar marido devido à natureza mordaz, ou porque são difíceis de contentar. Adele não tinha tempo para ser cáustica. Todos os seus problemas eram causados pela loucura por roupas. Simplesmente não conseguia pensar em mais nada. Não acreditam? Veio um pregador à nossa cidade e ele disse que tudo podia se transformar – como se chama? – numa paixão, até mesmo comer sementes de girassol.

A cabeça de Adele girava em torno de roupas. Mesmo quando era apresentada a um homem, seu primeiro comentário, quando mais tarde falava comigo, era sobre a maneira de se vestir. Comentava que o colarinho da camisa estava aberto, que o casaco estava desabotoado, ou que as botas não estavam engraxadas. Reparava em coisas que outros não prestavam atenção. Uma vez mencionou um homem que tinha tufos de pêlos nas narinas e que isso lhe dava nojo. Que mulher se preocupa com essas tolices? Uma vez se queixou que um pretendente cheirava mal. Lembro de a ouvir dizer: "Todos os homens fedem". É horrível dizer uma coisa dessas. Será que nós mulheres somos feitas de pétalas de rosas? Tinha o estranho hábito de se lavar o tempo todo. Era freqüente carregar um frasco de sais de cheiro. Sempre que lhe servia chá ou purê de maçã, ela encontrava grãozinhos de poeira ou fuligem no prato. Naquele tempo, quando se fazia um vestido ou um terno, a pessoa os usava durante anos, mas se Adele usava alguma coisa três vezes, já era muito. Quando o pai morreu, herdou a casa e as lojas instaladas no prédio. O velho também separara um dote para ela, mas toda essa fortuna foi gasta nas coisas que a cobriam.

Embora fosse uma velha solteirona, era convidada para festas de casamento, circuncisão e noivado. Tinha muitos parentes tanto em Lublin quanto em Varsóvia. Sempre lhes levava presentes e fazia um grande alvoroço com cada peça. Cada bugiganga tinha que ser perfeita para a ocasião.

Sua frase favorita desde a primeira vez que a vi era: "Tenho que provar uma roupa". Um dia era uma capa, outro, uma saia, na vez seguinte uma túnica ou uma blusa. Sempre tinha compromissos com sapateiros, chapeleiros, peleteiros e costureiras. Tudo tinha que combinar. Se o vestido era verde precisava de sapatos verdes e chapéu verde. O chapéu precisava de uma pena verde e a sombrinha tinha que ser verde. Quem em Lublin se preocupava com essas tolices? Talvez as senhoras da casa senhorial ou a esposa do governador.

E pensa que uma prova de roupa era suficiente? Aqui ela descobria uma ruga, ali o saiote estava torto. Fazia assinaturas de revistas de moda parisienses em que se lançavam todos os estilos novos. Via de regra, a moda chegava primeiro a Varsóvia e quase um ano depois a Lublin. Mas, uma vez que Adele recebia as revistas diretamente dos produtores de modas, tudo se tornava confuso nela. Começava-se a usar vestidos mais curtos quando já estava encomendando mais longos. Os alfaiates se atrapalhavam. Quando ela saía pela avenida Lewertow, os transeuntes paravam para olhá-la e pensavam que estava maluca.

Enquanto o pai e a mãe estavam vivos, os casamenteiros nunca perderam as esperanças. Arranjavam apresentações para homens e cada vez que marcava para conhecer um deles, vestia-se como uma noiva. Nunca dava em nada. Quando os pais morreram, os casamenteiros começaram a esquecê-la. Quanto tempo iriam correr atrás de alguém assim? Quando uma pessoa não quer ninguém, mais cedo ou mais tarde deixam-na de lado.

Casei-me com dezessete anos. Quando ela andava pelos cinqüenta, eu já tinha filhos crescidos. Aos 36 me tornei avó. Tínhamos um armarinho. Vendíamos retalhos, forros, saco de aniagem, enfeites e botões. Nossa loja era no prédio em que ela morava e estava sempre procurando alguma coisa: um botão, uma fita, uma renda, contas. Passava horas mexendo, procurando aqui e ali. Meu marido, que ele descanse em paz, era por natureza um homem colérico. Não tinha paciência com ela. "Que é que ela está procurando?", perguntava. "A neve do ano passado? Para quem está se enfeitando, para o Anjo da Morte?" Ele mesmo não sabia como estava certo. Ela vinha me consultar como se eu fosse uma autoridade. "Pode-se usar um xale verde por cima de uma capa marrom? O que é que se usa numa festa para comemorar o nascimento do primeiro filho homem?"

Vocês jovens não sabem, mas naquela época a moda era diferente: saias-balão, saias-funil e outras de que nem lembro. Podem pensar que antigamente as pessoas andavam mal-vestidas. Muito ao contrário. Aqueles que tinham posses vestiam-se com capricho. Mas isso de Adele era, Deus nos livre, uma loucura. Tinha talvez umas cinqüenta saias-balão. Seus guarda-roupas estavam atulhados. Também gostava de mobílias e antigüidades. Os pais lhe deixaram quinquilharias suficientes, mas quase não se passava uma semana que não comprasse mais alguma coisa: um espelho de um tipo, depois, de outro; uma cadeira de pernas retas e uma com pernas curvas.

Não se desfazia das coisas antigas. Ao invés, procurava a quem vendê-las. Quando se compra alguma coisa, o comerciante espera ser bem pago. Quando se vende, o comprador tenta comprá-la por uma ninharia. Ela era enganada e roubada. Conforme já disse, estava seca – era só pele e ossos. Simplesmente não dispunha de tempo de comer. Tinha uma cozinha e pratos que eram dignos de um rei, mas raramente cozinhava alguma coisa. No passado contava com uma empregada. Mas deixou a empregada ir embora porque gastava todo o dinheiro em enfeites. Naquela época gordura era beleza. Até as mulheres pesadas usavam postiços e anquinhas para parecerem mais redondas. Espartilho só se usava quando se viajava para o exterior. Adele vestia o espartilho toda manhã sem falhar, como um judeu piedoso poria a camisa franjada. Murcha e emaciada como estava, precisava tanto de um espartilho quanto precisava de uma bala na cabeça, mas ela não se atrevia a cruzar a soleira da porta sem ele, como se as pessoas fossem notar a diferença. Ninguém se importava nem um pouco. Poderia ter saído pelada. As irmãs já eram avós e até bisavós. A própria Adele poderia ser avó. Assim mesmo, minha porta se abria e Adele entrava, preta como carvão, as faces encovadas e bolsas sob os olhos, dizendo: "Leah Gittel, vou a uma estação de águas e não tenho nada para usar".

As pessoas ricas que sofriam da vesícula ou do fígado costumavam ir todo verão a Carlsbad, Marienbad ou no mínimo a Nalenczow. Os muito gordos iam a Franzenbad para perder peso. Alguns viajavam a Piszczany para tomar banhos de lama. Os ricos têm com que se ocupar? Outra razão para ir a esses lugares era arranjar marido. Levavam as filhas e passeavam segurando-as pela mão como se fossem vacas na praça do mercado. Não havia falta de casamenteiros e rapazes à procura de moças ricas. Acorriam às estações como a uma feira. As moças deviam supostamente beber água mineral enquanto as mães mantinham o olho aberto para os noivos potenciais.

Quando se tem filhas, o que se pode fazer? Mas o que queria Adele nas estações? Só queria se exibir e ver o que as mulheres estavam usando. Todos a conheciam e faziam caçoada dela. Ela passeava sozinha ou se apegava a uma amiga de Lublin e a seguia por toda parte. Evitava os homens e eles sem dúvida não corriam atrás dela. Ao invés de melhorar com a estação de águas, voltava mais desgastada do que fora. Via tudo, ouvia tudo, sabia de todos os mexericos. Mesmo naquele tempo, nem todo mundo era santo. Filhas de casas ricas conheciam oficiais, charlatões e o diabo sabe quem mais. Uma moça deixava cair um lenço e logo aparecia um caça-dotes que o apanhava e se curvava como se ela fosse uma condessa. Ele a seguia e procurava marcar um encontro. A mãe ia atrás, quase explodindo de raiva, mas não ousava dizer nada. Já começavam os tempos modernos. Quando começaram os tempos modernos? Quando os ovos se tornaram mais espertos do que as galinhas. Ainda assim, as moças precisavam ter, como dizem, uma reputação imaculada, e se se comportassem mal caíam na boca do povo. De um jeito ou de outro, sempre havia confusão. E, como agora, as moças ficavam noivas. O que mais?

Mas Adele gastava o dinheiro à toa. Comprava pilhas de sedas, veludos, rendas e tudo o mais. Na fronteira tinha que pagar direitos e todas as pechinchas se tornavam caras.

Sim, para *o Rosh Hashana* e o *Yom Kippur* ela comprou um lugar na sinagoga, mas a maneira como se vestia para essas festas religiosas era inacreditável. Preparava um guarda-roupa como se fosse casar. Na verdade, nunca foi piedosa. Na sinagoga ela não rezava, reparava na roupa de outras mulheres. Às vezes seu lugar era junto ao meu. O cantor entoava a liturgia, as mulheres se banhavam em lágrimas, mas Adele continuava a cochichar no meu ouvido sobre as roupas, as jóias, o que essa estava usando, como aquela outra se vestira. Já tinha sessenta e tantos anos, então. A verdade é que nunca parecia bem-vestida, apesar dos seus esforços. Havia nela uma certa deselegância que as roupas não conseguiam disfarçar. Por alguma razão parecia sempre desalinhada e desfigurada, como se andasse dormindo vestida. No entanto, ninguém poderia imaginar que fosse capaz de fazer o que veio a fazer!

2.

Há uma idéia de que as solteironas não vivem muito. Pura tolice. Essa Adele sobreviveu às duas irmãs e aos três irmãos. Perdeu os dentes e ficou de boca vazia. A maior parte do cabelo caiu e teve que usar peruca. Com o tempo, perdi meu marido, mas continuei no mesmo prédio, que lentamente se transformou numa ruína. Tive que passar a loja.

Por que estou contando tudo isso? Ah, sim, Adele. Ela continuava a se enfeitar, a correr aos alfaiates, a procurar pechinchas tal como fazia quando jovem. Um dia, quando entrei em seu apartamento, começou a me falar sobre as pessoas a quem ia deixar seus bens. Fizera um testamento com legados para todos os parentes – as mulheres, não os homens. Essa sobrinha vai ganhar esse casaco de peles, a outra, um outro casaco de peles; uma vai herdar o tapete persa, outra, o tapete chinês. Ninguém recusa uma herança, mas quem quer roupas de quarenta anos? Tinha vestidos do tempo do rei Sobieski. Tinha peças íntimas que nunca foram usadas e se alguém as tocava, desintegravam como uma teia de aranha. Todo verão ela guardava as roupas em naftalina, mas as traças atacavam do mesmo jeito. Tinha talvez uma dúzia de baús e abriu-os todos para mim. Aquelas coisas tinham lhe custado o resgate de um rei, mas de que valiam? Até mesmo as jóias tinham caído de moda. Antigamente se gostava de correntes pesadas, grandes broches, longos brincos, pulseiras que pesavam meio quilo. Agora as moças gostam de tudo leve. Bem, ouvi-a e concordava com a cabeça.

De repente ela exclamou:

– Estou preparada para o outro mundo também!

Pensei que ia deixar alguma coisa para as noivas pobres e para os órfãos, mas abriu um baú e me mostrou suas mortalhas.

Meus caros, já vi muita coisa na vida, mas quando vi aquelas mortalhas, não sabia se ria ou se chorava; os mais preciosos linhos e resmas de rendas; um capuz que serviria para o papa. Disse-lhe:

– Adele, os judeus não podem usar roupas luxuosas no enterro. Não sou uma estudiosa, mas sei disso. Os cristãos vestem os seus mortos de acordo com as posses, mas os judeus têm que ser enterrados com roupas iguais. E para que um cadáver precisa estar bem-vestido? Para agradar aos vermes?

E Adele respondeu:

– Mesmo assim, eu gosto de coisas bonitas.

Percebi que estava doida e disse:

– Quanto a mim, não me oponho, mas a sociedade funerária não vai aceitar isso.

Acho que foi perguntar ao rabino e ele confirmou que as mortalhas tinham que ser feitas de linho sem enfeites. Nem se podia usar tesoura, o linho tinha que ser rasgado. As mulheres não as costuravam, apenas alinhavavam. Para que se ocupar com um corpo depois que deixou de viver?

De acordo com a lei, quando alguém morria no primeiro dia de um feriado religioso o enterro se realizava no segundo dia. Isto era permitido. Mas, e as mortalhas? Não é permitido coser mortalhas num feriado religioso. Havia velhas que preparavam as mortalhas antecipadamente e, se havia necessidade, davam-nas para serem usadas por outros, e a família ou a comunidade as substituía. Mesmo que não o fizessem, quanto custa uns poucos metros de linho? Existia a crença de que dar uma mortalha trazia vida longa, e todos querem viver, mesmo aqueles que estão com um pé na cova.

Naquele mês de *Elul* houve uma verdadeira epidemia. Na véspera do *Rosh Hashana* e no dia seguinte, morreu uma dezena de pessoas. As mulheres da sociedade funerária souberam que Adele tinha mortalhas prontas e foram pedir. Quem recusaria uma coisa dessas? Mas Adele respondeu:

– Não vou me desfazer das minhas mortalhas.

Abriu o baú para mostrar seu tesouro às mulheres. As

mulheres deram uma olhada e cuspiram. Saíram sem lhe desejar um bom feriado. Eu não estava presente, mas Adele entrou em minha casa chorando. Como poderia ajudá-la? Meu coração estava pesado com as minhas próprias aflições. Quando meu marido era vivo, *Rosh Hashana* era *Rosh Hashana*. Ele costumava soprar o chifre de carneiro na sinagoga. Recitava a bênção não de uvas, como os outros, mas de um abacaxi que custava cinco rublos. Quando uma mulher está sozinha e os filhos se casaram e se espalharam, o que lhe resta? E ali vinha ela chorar no meu ombro. Tinha medo que o cadáver se vingasse. Eu a consolei. Se os mortos interferissem nos assuntos dos vivos, o mundo não poderia existir. Quando se parte da Terra, todas as dívidas são esquecidas.

Não sei se foi por causa das mortalhas ou porque me sentia deprimida, mas parei de visitá-la. Ela tampouco me procurou. Na verdade, o que havia para se conversar? Não tinha filhos nem netos. Mais cedo ou mais tarde começaria a tagarelar sobre roupas. Ela se tornou curvada e enrugada. Até me parecia suja. Seu rosto se encheu de verrugas. Tínhamos entradas separadas e quase me esquecera dela.

Um dia, uma mulher, nossa vizinha, me procurou e disse:

– Leah Gittel, quero que me diga uma coisa, mas não se choque. Na nossa idade não devemos nos deixar aborrecer demais.

– Que aconteceu? – perguntei. – O céu desabou ou os ladrões de Piask ficaram honestos?

– Quando você ouvir, vai pensar que estou doida, mas ainda assim é verdade.

– *Nu*. Pare de rodeios e vá direto ao assunto.

Minha vizinha me deu um olhar assustado e disse:

– Adele vai se converter.

– Receio que realmente tenha ficado doida.

– Sabia que ia dizer isso. Um padre a visita todos os dias. Ela arrancou o *mezuzá** do portal.

---

* Fragmento de pergaminho que traz na face anterior textos do Deuteronômio e na face posterior o nome de Deus *(Shoddai)* e é guardado em um estojo afixado ao portal da casa. (N. do T.)

— Os sonhos que tive na noite passada e na noite retrasada deviam recair sobre as cabeças dos nossos inimigos. Posso compreender que um jovem se torne apóstata porque pensa que isso talvez melhore sua situação. Há quem venda a vida eterna por alguns anos proveitosos na terra. Mas por que uma velha se converteria?

— Isto é o que eu gostaria de saber. Bati na porta de Adele mas ela não abriu. Por favor, vá lá e veja se descobre o que aconteceu. O padre vem todos os dias e passa horas seguidas lá. Alguém a viu entrando num convento.

Eu estava estupefata.

— Bom, vou descobrir.

Estava certa que a coisa toda não passava de um engano ou de uma mentira. Mesmo os insensatos têm algum juízo. Ainda assim, quando quis me levantar, minhas pernas pareciam de chumbo. Conhecia minha vizinha, não era o tipo de pessoa que inventa coisas.

Acerquei-me da porta de Adele e não havia *mezuzá* no portal. No lugar do *mezuzá,* a tinta estava desbotada. Bati na porta, mas ninguém respondeu. Deve ser um sonho, disse a mim mesma. Belisquei a bochecha e doeu. Continuei a bater até que ouvi passos. A porta de Adele tinha um pequeno visor coberto do lado de dentro por uma aba. Quando se vive sozinha, sempre se tem medo de ladrões, especialmente com aqueles armários abarrotados. Ela me espiou com um olho e isso me fez sentir calafrios. Abriu apenas uma fresta e perguntou aborrecida:

— Que quer?

— Adele, não está me reconhecendo?

Ela resmungou enquanto abria a porta para me deixar entrar. Olhou-me desconfiada e seu rosto estava pálido como a morte.

Disse-lhe:

— Adele, fomos amigas todos esses anos. Fiz-lhe algum mal? E por que retirou o *mezuzá*? Existe, Deus nos livre, alguma verdade no que ouvi dizer?

– É verdade, não sou mais judia.

Vi tudo escurecer e tive que me sentar, embora ela não me tivesse convidado a fazê-lo. Simplesmente caí numa cadeira. Ia quase desmaiando, mas agüentei. Por que fez isso?

E ela respondeu:

– Não tenho que dar satisfações a ninguém, mas fiz isso porque os judeus envergonham os mortos. Os cristãos vestem um corpo com o que possui de melhor. Colocam-no numa urna e o cobrem de flores. Os judeus enrolam seus mortos em trapos e os atiram num buraco enlameado.

Para encurtar a história, ela se convertera porque queria ir para a sepultura enfeitada. Disse-me simples e francamente. Tudo começou com as rendas nas mortalhas. Refletiu longamente e ficou doente de preocupação até procurar o padre...

Se quisesse lhes contar tudo que falamos naquele dia, teria que ficar aqui sentada até amanhã de manhã. Naquele dia ela parecia uma bruxa e se comportou como uma bruxa. Supliquei que reconsiderasse, mas foi o mesmo que falar com uma pedra.

– Não posso suportar a idéia de ser atirada como lixo – me disse.

Odiava a idéia de ter cacos nos olhos e de levar uma vara entre os dedos. Detestava um enterro judeu com soluços de carpideiras e cavalos enfeitados de preto. Um carro fúnebre cristão é decorado com coroas e os acompanhantes levam lanternas e se vestem cerimoniosamente como cavalheiros antigos. Abriu o armário e me mostrou sua nova roupa de enterro. Ai de mim, ela se munira de um verdadeiro enxoval. Já comprara uma sepultura no cemitério cristão e encomendara a pedra tumular. Louca? Sem dúvida era louca, mas tudo se prendia à vaidade. Mudar de casa não é uma tarefa fácil para uma pessoa mais velha, mas me mudei imediatamente e o mesmo fizeram os outros vizinhos. Até os lojistas foram embora. Os valentões da rua queriam bater nela, mas os mais velhos avisaram que não ousassem tocá-la. Os poloneses teriam matado todos nós. Depois que nos mudamos, soube que comprara uma urna de chumbo forrada de seda e que a guardou em casa até o dia da morte. Viveu só nove meses depois que se converteu. A maior parte do tempo esteve acamada. Uma freira velha lhe levava comida e remédios. Ela não deixava mais ninguém entrar.

Legou seus bens à Igreja, mas os ladrões chegaram primeiro. Os irmãos e irmãs estavam mortos. Chovera dias seguidos quando morreu e sua sepultura se encheu de água e lama.

É uma paixão. Uma pessoa começa a desejar uma coisa e logo esse desejo se apossa do cérebro. Só mais tarde uma sobrinha de Adele me contou que a tia nunca consultava um médico quando adoecia porque tinha um sinal de nascença no busto. Pela mesma razão evitara casar, porque teria que ir ao banho ritual e mostrar o defeito. Ela cheirava exageradamente a perfume.

Sempre digo que não podemos nos envolver demasiadamente com nada, nem mesmo com a Torá. Em Rovna havia um jovem estudante que se concentrou tanto em estudar Maimônides que se tornou descrente. Apelidaram-no de Moshka Maimônides. Conhecia Maimônides de cor. Aos sábados sentava-se à janela com um cigarro na boca e recitava Maimônides. Quando o rabino o repreendeu, entraram numa discussão e Moshka tentou provar que, de acordo com Maimônides, não existia proibição de fumar no Sabá. Num Sabá ele foi corrido da cidade, caiu no Vístula e se afogou. No seu elogio fúnebre o rabino disse:

– Maimônides intercederá por ele. Ninguém o conheceu melhor do que este louco.

Traduzido pelo autor e por Ruth Schachner Finkel.

Schloimele

Um dia, logo depois de minha chegada aos Estados Unidos, sentei-me no quarto mobiliado, desconhecido como só um escritor iídiche consegue ser, e tentei, com a ajuda do dicionário Harkavy, aprender inglês lendo a Bíblia. A porta se abriu e um rapaz de faces coradas e olhos negros-cereja entrou. Sorriu, fazendo covinhas, a boca pequena e vermelha como a de uma mocinha e perguntou.

– O senhor é o escritor de Varsóvia?

Ele passou os olhos por mim e pelo quarto e eu olhei para ele.

Havia algo familiar naquele rosto adolescente. Mas seu corpo parecia o de um homem de meia-idade, os ombros largos, o pescoço grosso e forte. As mãos eram muito grandes para o corpo de pequena estatura. De camisa vermelha, calças amarelas, uma gravata multicolorida, carregando uma gorda pasta, tinha a aparência de um comediante. Numa voz ligeiramente rouca e íntima disse:

– O sr. Bernard Hutchinson me recomendou.

– Hutchinson?

– Na verdade o nome dele é Holzman, mas mudou para Hutchinson aqui. Escreve roteiros para Hollywood. Sua história estava no – como é o nome do jornal iídiche? – e ele achou que daria uma boa peça. Estou produzindo uma peça fora da Broadway; ontem o *Village Journal* elogiou-a. Ah, esqueci de me apresentar: Sam Gilbert. Em iídiche o meu nome é Schloimele. É assim que minha mãe me chama. Vim para este país com cinco anos de uma vila na Polônia – esqueço o nome. Sempre me foge quando tento lembrar – bateu na testa como se estivesse matando uma mosca.

– É em algum lugar perto de Radom. Lembro-me da lama, lama profunda; as mulheres usavam botas altas como os homens. Ando escrevendo uma peça, mas no momento estou produzindo uma de minha amiga, Sylvia Katz, uma moça talentosa. Talentosa demais! Mas temperamental. Ela é a estrela. Ouça o que estou dizendo, ela vai longe. Vamos nos casar em breve. Hollywood está me querendo. Só preciso assinar um contrato: quinhentos dólares por semana, um escritório elegante – tudo de bom. Mas o meu coração está no teatro. Quero montar um espetáculo judeu, em inglês, é claro, com gosto de terra natal, como cebolas e arenque sentimental, para que os *goyim** saibam que não somos apenas um bando de avarentos. Temos uma cultura.

– Não sei a que história se refere. Publiquei várias.

– Espere. Anotei o título.

Schloimele abriu a pasta em cima da mesa desengonçada; caíram papéis e fotografias. Quando me abaixei para apanhá-las, escapuliram mais: atores, dançarinos, homens com expressões alucinadas, moças seminuas, brancas e negras. Depois de procurar muito tempo, Schloimele continuava incapaz de localizar o pedaço de papel. Aborrecido, acendeu um longo charuto que tirara do bolso do peito. O charuto parecia deslocado no rosto infantil, do qual se erguiam nuvens de fumaça.

– É sobre uma moça que se disfarça de seminarista judeu. Quando Sylvia ouviu falar nisso, ficou maluca. É exatamente o papel para ela. O que está interpretando agora não se ajusta muito bem, embora ela própria o tenha escrito. De qualquer forma os críticos estão entusiasmados. Mas o teatro é muito pequeno; o público não gosta de ir a teatros fora da Broadway. Tenho alguns "anjos" ricos – é como chamamos os que investem em peças. Estamos procurando um teatro. Além disso, o que usamos está condenado. Se não se solta um dinheirinho até o escalão mais alto, a pessoa se mete em apuros. Um bando de corruptos todos eles, desde o guarda do quarteirão até o chefão. Como se diz em iídiche: "Aquele

---

* Plural de *goy*, que significa não-judeu, gentio. (N. da T)

que engraxa bem, roda bem". Acha que pode dramatizar sua história? Assinaremos um contrato. Vamos fazer assim, venha jantar conosco. Não há espetáculo hoje à noite. Vou apresentá-lo a Sylvia. Ela nasceu nos Estados Unidos mas é *haimisch*.* Toda sexta-feira à noite a mãe dela acende as velas. O *gefilte fisch*** de Sylvia derrete na boca. Os *blintzes* são famosos. O iídiche dela é bom, como todo o *taam**** – como é que dizem? Uma verdadeira filha de Israel! – Schloimele sorriu carinhosamente, os olhos piscando.

– Nós dois não temos um tostão, mas vamos nos casar. Meu pai está furioso. A mãe dela quer um genro milionário, não faz por menos. Os homens são loucos por Sylvia. O diretor que queria me levar para Hollywood está apaixonado por ela. Mas Sylvia e eu nascemos um para o outro.

Schloimele falava uma mistura de iídiche e inglês.

– Este lugar não serve para o senhor – disse. – Um escritor precisa de inspiração. Quando tiver sucesso comprarão para o senhor uma casa em Woodstock ou outro lugar parecido e poderá contemplar as árvores, um rio, as montanhas. O amor é importante também. Minha mãe tem um ditado: "Um é pouco". Nova York está cheia de moças bonitas. Quando descobrirem o seu talento, não o deixarão em paz. Aqui está o meu endereço.

2

Depois de muito procurar, encontrei a casa em que Schloimele e Sylvia moravam em Greenwich Village. Entrei numa sala em que ardiam velas vermelhas em castiçais de vidro numa mesa comprida, forrada de verde. Havia rapazes e moças sentados por toda parte, num banco, no chão, fumando, tentando se fazer ouvir em meio à algazarra. A sala cheirava a

---

* Gente nossa. (N. do T.)
** Peixe recheado. (N. do T.)
*** Gosto. (N. do T.)

carne assada, uísque, perfume e alho. Eles se abanavam enquanto bebiam, as moças com as bolsas, os homens com revistas ou jornais dobrados. Schloimele correu para me receber; Sylvia soltou exclamações e me abraçou. Muito mais alta do que Schloimele, loura e esguia, tinha as pálpebras azuis, os cílios pesados de rímel. Beijando-me como se fôssemos parentes, anunciou:

– Esse é o autor da nossa próxima peça.

Fui apresentado a moças – louras, morenas, ruivas –, a rapazes cabeludos de camisas abertas de todas as cores, de shorts e sandálias nos pés. Havia também alguns negros. O jantar se atrasara por minha causa; sentei-me à cabeceira da mesa. Sylvia insistiu que tirasse o paletó. Avaliou o peso do casaco na mão.

– Nossa! O que está carregando? Uma coletânea de suas obras?

– Os europeus ainda não conhecem os ternos tropicais – explicou Schloimele.

– O senhor vai derreter numa roupa dessas – comentou Sylvia.

Ela não precisava dizer isso. Minha camisa estava molhada. Eu usava um colarinho duro, punhos engomados e abotoaduras. Começou uma discussão ao mesmo tempo que o jantar e todos gritavam em altas vozes. Falavam do teatro moderno; não sei o que os excitava tanto. Ouvi-os mencionar Stanislavsky, Reinhardt e Piscator repetidas vezes. Um rapaz de peito peludo chamou outro de fascista. Uma moça com as costas nuas até a cintura fazia um brinde ao novo teatro com um suco de tomate. Todas as moças não paravam de chamar de "querido" e de beijar um enorme cachorro que viera com um dos convidados. Meu bife estava quase cru, o molho, sangrento. De sobremesa comi um bolo feito todo de creme; minha xicrinha continha um café que parecia tinta e era forte como uma bebida alcoólica. Embora todos se ocupassem de mim no início, eu agora estava abandonado. Disse a Schloimele que precisava ir.

— Mas a noite mal começou! – protestou Sylvia, enquanto as unhas carmesim me ofereciam o paletó. Antes de partir me deu um beijo prolongado e prometeu que me procuraria em breve.

As ruelas de Village me confundiram e levei algum tempo para chegar ao metrô. Os passageiros mascavam chicletes e liam os jornais da manhã. Ajoelhado entre jornais espalhados e cascas de amendoim, um crioulinho engraxava sapatos. Um mendigo tocava uma música numa trompa e em seguida estendia um copo de papel onde as moedinhas tilintavam. Um bêbado fazia um discurso. Predisse que Hitler salvaria os Estados Unidos e depois vomitou. No assento ao lado do meu, o tablóide que alguém deixara noticiava que uma noiva fora morta pelo noivo ciumento à porta da igreja. A fotografia a mostrava de vestido de noiva e véu, esparramada na escadaria. O assassino, ladeado por dois guardas, posava para a câmera. Mussolini se chamava de gênio. Hitler ameaçava atacar a Polônia. Em Moscou mais alguns velhos bolchevistas tinham sido presos.

Obviamente, a noite fora uma perda total. Minha história não tinha nenhum dos elementos que aqueles jovens queriam transportar para o teatro. Incapaz de comer tanto a carne como o bolo, ficara com fome. Saí do metrô e caminhei três quarteirões até a minha pensão e mal consegui me espremer no elevador minúsculo onde um enorme negro estava sentado numa pilha de lençóis sujos. O corredor do quinto andar era estreito e mal iluminado, o banheiro constantemente ocupado, o meu quarto quente como um forno. Deitando inteiramente vestido na cama, esperei tenso que a porta do banheiro abrisse. Senti o rosto inchado e dolorido onde Sylvia me beijara. Devia ter os lábios de um vampiro.

3

Durante um ano não soube de Schloimele. Um dia, quando estava sentado numa cafeteria da Broadway, ele veio ter à minha mesa. Mal o reconheci. Engordara. Sorridente, me cumprimentando, pediu licença para sentar e trouxe uma bandeja cheia de *blintzes,* creme azedo, pãezinhos de cebola e leite, dizendo:

– Engraçado. Pretendia ir ao Childs, mas alguma coisa me fez vir aqui. Como vai? Quais são as novidades? Terminou tudo entre mim e Sylvia. Casou-se com um *goy* e já está pronta para divorciá-lo. Ele lhe prometeu o sol e a lua, um teatro próprio, um papel em Hollywood. Que blefe! Quase matou a mãe dela. Mas estamos nos Estados Unidos. Quem se importa com os pais? Éramos praticamente casados, morávamos juntos, tínhamos uma cama só. De repente ela se apaixona, e logo por um impostor! Eu poderia ter conseguido um teatro na Broadway, mas agora o negócio está desfeito, é claro. Estou ligado a um novo grupo e ainda quero produzir sua história. Tentei telefonar. Temos uma nova atriz maravilhosa. Sylvia não ficaria bem disfarçada de seminarista judeu. É muito grande, muito espalhafatosa. No minuto em que pisa no palco, começa a gritar. Na realidade ela é sempre assim, espanta os "anjos" com sua agressividade. O analista dela me explicou que o pai é um *schlemiel,* por isso ela precisa compensar. Bonnie é o oposto. No momento estamos só vivendo juntos, mas pretendemos casar. A mãe faleceu, o pai é motorista de táxi em Cleveland, tornou a casar e tem outros filhos. Meu escritório é na altura da rua 48 com a Sexta Avenida. Apareça um dia desses! Somos uma sociedade anônima ensaiando uma peça, mas planejamos estrear em Nova York. Hutchinson está de novo conosco. Ele não se entendia bem com Sylvia, mas Bonnie tem bom gênio. Os 25 mil dólares que precisamos estão praticamente no bolso.

– Vinte e cinco mil dólares!

– E daí? Na Broadway isso não é nada. O céu é o limite quando se é um sucesso. Pode-se fazer milhões. É só escrever do seu jeito. Já mexi numa quantidade de peças. O principal é manter o pique. Prender o interesse da platéia. Amanhã à tarde esteja no meu escritório ao meio-dia e meia. Bonnie estará lá também. Anda doida para conhecê-lo, sabe tudo a seu respeito. Ela e Sylvia eram amigas. Naturalmente agora esfriaram um pouco uma com a outra. Mas ainda nos encontramos. Cheguei até a lhe oferecer um papel na peça. Mas Sylvia tem sempre que ser a estrela. Ela é *meshugga*.

Schloimele mastigava enquanto falava. Quando terminou, foi buscar café e torta de queijo para si e para mim.

– Estou engordando muito, mas na minha profissão preciso comer com todo o mundo: almoço, jantar, às vezes entre as refeições. Preciso perder no mínimo dez quilos. Como se faz isso? Que é a vida sem comida e sem amor? Posso fumar?

– Claro, vá em frente.

Acendeu um cigarro, soprou fumaça no meu rosto e disse:

– Eu queria representar, mas estou melhor como produtor. Sou um irmão, um pai para eles, que mais poderia ser? Uma moça grávida precisa de um aborto. É uma exploração, ilegal, mas o que se pode fazer? Esteja amanhã no meu escritório ao meio-dia e meia em ponto.

No dia seguinte subi três lances estreitos de escadas numa casa na esquina da Sexta Avenida. As portas abertas das salas revelavam moças semivestidas que cantavam canções lentas e tristes de insatisfação que descobri serem "os *blues*". Rádios berravam, vitrolas bradavam. Abri a porta de uma saleta minúscula cujas paredes estavam cobertas de fotografias, cartazes e jornais desbotados, e me deparei com uma moça miúda de nariz curvo, olhos de coruja e cabelo cortado como o de um rapaz. Schloimele, ao telefone, assentia e piscava. A moça rapidamente tirou as revistas de uma cadeira e me fez sinal para sentar. Schloimele dizia:

– O senhor não pode fazer isso conosco. Somos uma companhia solvente. Nós vamos pagar, não vamos fugir da cidade. Afinal, somos um grupo jovem, merecemos uma chance. Se a peça for um sucesso...

Aparentemente a pessoa na linha tinha desligado.

— Alô, alô! – chamava Schloimele.

Então, dirigindo-se à moça, a mim, a ninguém em particular, anunciou:

— O sujeito é doido, pura e simplesmente doido.

4

Os nossos encontros, por mais casuais que fossem, começaram a me constranger. Eu não tinha peça; Schloimele não tinha teatro. Ele e Bonnie se separaram. Arranjou outra moça, uma cabeça mais alta do que ele, com nariz comprido, cabelos negros e lanzudos e um bigode. Tinha uma voz grave e admitia abertamente ser membro do Partido Comunista. Sua ambição era organizar um grupo de teatro esquerdista para encenar Brecht, Toller, *Os lobos* de Romain Rolland e os teatrólogos soviéticos.

— O iídiche não faz mal – disse –, serve às massas. Mas uma peça sobre uma moça que se disfarça de seminarista judeu não é para nós. O freqüentador de teatro progressista quer um teatro que reflita a sua época, suas lutas, seu papel na sociedade.

A moça, Beatrice, tinha uma maneira própria de fazer as coisas. Acendia um cigarro, tragava duas vezes e o apagava na xícara de café. As unhas eram roídas até o sabugo, os dedos manchados de fumo. Apesar de viver com Schloimele e tentar abrir um teatro com ele, ridicularizava-o. Na cafeteria estava sempre lhe dando ordens. Uma hora queria mostarda, outra, raiz-forte. Queria porque queria uma salsicha com chucrute, depois, um sanduíche de carne-seca com picles de pepino. Os bolsos do seu casaco eram fundos como os de um homem e estufados com jornais e revistas. Tinha até uma tosse masculina. Quando ia ao toalete Schloimele dizia:

— Não a leve a sério. O papel do seminarista é perfeito para ela. Vai ser um sucesso.

Eu decidira pôr um ponto final nos nossos encontros e conversas inúteis, mas estávamos sempre esbarrando um no outro. Por mais que garantisse a Schloimele que não tinha ambições teatrais, ele continuava a falar sobre a minha peça inexistente. No momento em que passava pela borboleta da cafeteria, ele pulava da cadeira e corria em direção a mim com suas pernas curtas – talheres, guardanapo e prato na mão. Só queria me fazer favores. Será que gostaria de ir à ópera? Estava interessado em música? Sua bolsa estava cheia de bilhetes. Uma gueixa que conhecera podia se tornar minha amante. Ou talvez gostasse de experimentar maconha? Podia comprar qualquer coisa no atacadista – casacos, ternos, camisas, relógio, máquina de escrever, bebidas. Médicos, farmacêuticos, massagistas, editores e donos de fábricas de guarda-chuvas estavam entre os seus amigos íntimos. Era penoso para mim estar sempre recusando, e uma vez aceitei dois bilhetes para uma nova comédia. Quando cheguei ao teatro com uma moça, encontrei-o fechado. Os críticos tinham massacrado a peça e ela saíra de cartaz na segunda noite.

À medida que os anos passavam, Schloimele veio a simbolizar para mim o tempo perdido e o meu próprio fracasso. Eu nunca conseguia um editor, nem ele um teatro. Enquanto se tornava mais corpulento, eu me tornava mais descarnado. Muitas vezes estivemos a ponto de nos casar, mas continuávamos solteiros. Os dois planejavam viagens à Europa, à Palestina, mas os anos corriam e nunca saíamos de Nova York. Embora sempre se vangloriasse de seus empreendimentos, eu não conseguia compreender como ganhava a vida, nem ele sabia realmente o que eu fazia. Publicava ocasionalmente um artigo na imprensa iídiche, fazia umas traduções, preparava edições, revisões e até escrevia para outros autores. Schloimele parecia ter se tornado um pequeno empresário. Em dez, quinze anos, nunca perdeu a animação. Seu corpo ficou imenso e sofria de asma, mas seus olhos brilhavam com uma energia jovial e uma bondade que nenhum percalço conseguia diminuir. Quanto a mim, tinha um livro de anotações cheio de projetos de romances, contos, ensaios. Curiosamente, nenhum dos dois tinha o endereço ou o telefone do outro. Às vezes transcorriam semanas, meses, sem que nos encontrássemos. Então nos encontrávamos todo dia, e até duas vezes em um dia. Éramos estranhos e amigos íntimos. Ele discutia seus problemas; eu, os meus. Não havia mais nada que conversar. Embora não existisse muita coisa nele que eu gostasse, tinha que admitir que possuíamos algo em comum. Nenhum dos dois conseguia ver os projetos frutificarem. Os dois fôramos desapontados pelas mulheres; ou talvez fosse o contrário. Elas sempre começavam idealistas, mas acabavam casando com vendedores de seguros, contadores, açougueiros e garçons.

Em torno da minha calva o cabelo se tornara grisalho. A cabeleira basta de Schloimele raleava e se pintava de branco. Ele já não me apresentava a moças, mas a mulheres de meia-idade. Envolvi-me com uma viúva muito mais velha do que eu; já tinha netos. Não conseguíamos viver juntos nem nos separar. Ela receava sempre que o filho, a nora, as filhas, os genros descobrissem. À noite falava uma linguagem apaixonada e mordia meu ombro; pela manhã me dizia que comprara um lote no cemitério ao lado do marido. De repente parou de pintar o cabelo e em poucas semanas estava branco. Entregou o apartamento no Brooklyn e foi viver com a filha em Long Island. Disse-me ao telefone: "Tudo precisa ter fim".

Tentei encontrar minhas namoradas antigas, mas naquele verão não havia ninguém na cidade. As casadas estavam ocupadas com as famílias, as solteiras estavam na Europa ou na Califórnia. Algumas tinham se mudado ou o telefone não constava na lista. Tentei fazer novas amizades, mas não tive sorte. Perdi toda a vontade de escrever. Meus dedos se tornaram preguiçosos. As canetas me sabotavam, ora vazando, ora entupindo. Não conseguia ler o que escrevia. Saltava letras, palavras, fazia erros ridículos, escrevia frases longas e pomposas. Muitas vezes dizia o contrário do que pretendia, como se um *dibbuk* literário tivesse se apossado de mim. Meus cadernos de anotações e até meus manuscritos desapareciam. Minhas noites eram insones. Parei de receber cartas, não me chamavam ao telefone. No instante em que vestia uma camisa ela se empapava de suor. Meus sapatos machucavam os pés. Cortava-me quando me barbeava. A comida manchava minhas gravatas. Meu nariz entupia; mal conseguia respirar. Minhas costas comichavam e me apareceram hemorróidas.

Economizara algum dinheiro para as férias mas não sabia aonde ir. Na cafeteria, encontrei Schloimele comendo talharim com ricota. Redondo como uma barrica, o rosto inchado, olheiras escuras sob os olhos e um colarinho sujo, ainda assim tinha uma expressão animada ao me chamar para sentar em sua mesa. Reuni-me a ele levando uma xícara de café.

– Que fim levou? – Schloimele perguntou. – Procurei-o o tempo todo, mas...

– Suponho que por essa altura tenha encontrado um teatro? – perguntei, sentindo que a minha ironia era cruel.

– Hum? Haverá um. Afinal, o que é um teatro? Um salão com cadeiras. Há milhões de dólares para se ganhar na Broadway. Se ao menos se souber como pôr a mão neles.

Schloimele empurrou uma colher cheia de talharim na boca, engoliu, se engasgou, bebeu leite para fazê-la descer. Ergueu um talharim que lhe caíra na lapela e o comeu.

– Está gostando do tempo? – perguntou. – Um homem tem que ser doido para continuar na cidade nesse calor sufocante. Por que não vai para fora? Ah, sei, não é tão fácil assim. A pessoa tem compromissos. Uma atriz iemenense está aqui vinda de Israel, muito talentosa. Imagine só, o marido dela é um Litvak de Vilna.

– Verdade?

Schloimele me lançou um olhar de esguelha, sorrindo.

– Por que não vamos para fora juntos?

– Dois homens?

– E daí? Não somos bichas. Arranjaremos mulheres.

– Aonde iríamos? – perguntei, surpreendido comigo mesmo.

– Um amigo meu tem um hotel em Monticello. Não vai nos cobrar quase nada. É um lugar agradável, o ar é bom, a comida, caseira: creme azedo, ricota, mirtilos, *blintzes,* qualquer coisa com que sonhe o seu coração. Ele tem um cassino, precisa de artistas. Vamos organizar alguma coisa. Você poderia fazer palestras.

– Nunca.

– Não é não. Mas que mal fará? Leia umas páginas para eles, vão adorar. Depois de se estufar o dia inteiro com carne recheada e panquecas, precisam de divertimento. Tem alguma pecinha humorística?

Àquela noite não consegui dormir. Meu quarto parecia estar em chamas. Não vinha uma brisa da janela aberta, só mosquitos de Nova Jersey que zumbiam lascivos e me mordiam. Esmaguei alguns, mas isso não serviu de lição para os outros. Vapores venenosos partiam de uma lavanderia para o nosso prédio. O fedor fazia minha cabeça andar à roda. Por um momento imaginei que alguém estava descendo pelas escadas de incêndio. Senti-me tenso. Era verdade que não possuía nada valioso que um ladrão pudesse querer, mas Nova York estava cheia de maníacos. Gatos miavam; um caminhão incapaz de pegar na avenida gemia, estremecia e sacudia as entranhas de metal. Acima dos telhados uma faixa vermelha de céu incandescia. Sentia sede, mas a água da torneira era morna e ferruginosa. Embora quisesse urinar, não tinha forças para vestir o roupão e atravessar o corredor estreito até o banheiro que provavelmente estaria ocupado. Nu, parado entre a cama e a mesa capenga na qual se encontrava o meu romance nunca terminado, eu me coçava.

Alguns dias mais tarde, entreguei meu quarto, arrumei meus pertences em duas malas e tomei o metrô para o terminal rodoviário. Estava adiantado, mas Schloimele chegara antes de mim, com um baú antiquado e três malas. Usava um chapéu de palha, uma camisa rosa e uma gravata-borboleta. Embora o tivesse visto dois dias antes, mal o reconheci. Não era o Schloimele que conhecia, mas um homem idoso, grisalho, curvado, com a tez pálida, uma papada enrugada, e olhos tristes sob as sobrancelhas cerradas. Por alguns instantes arregalou os olhos para mim espantado, como se ele, também, não conseguisse acreditar no que via. Então estremeceu, um sorriso lhe iluminou o rosto e em fração de segundos voltou a ser Schloimele. Acenou para mim, abriu os braços curtos e fez menção de me abraçar. Gritou:

– Bem-vindo, *shalom*!* Falei com a atriz iemenense sobre a sua peça. É um papel perfeito para ela. Está delirante!

Traduzido por Alma Singer e Elaine Gottlieb.

---

* Saudação costumeira entre judeus: Paz! (N. do T.)

A colônia

Tudo parecia um longo sonho: a viagem de dezoito dias em um navio rumo à Argentina, o encontro com os meus conterrâneos poloneses em Montevidéu e Buenos Aires, meu discurso no Teatro Soleil e a seguir a viagem de carro até a velha colônia iídiche em Entre Rios, onde estava programada uma palestra. Fui em companhia da poetisa iídiche, Sonya Lopata, que deveria ler seus poemas. O Sabá de primavera estava quente. Passamos por cidadezinhas sonolentas banhadas de sol, e por toda parte encontramos as venezianas fechadas. A estrada poeirenta estendia-se entre imensos trigais e ranchos em que milhares de bois pastavam descuidados. Sonya conversava o tempo todo em espanhol com o motorista – uma língua que não conheço. Ao mesmo tempo acariciava, beliscava e puxava minha mão; chegou até a enterrar a unha do dedo indicador na minha mão. A perna dela comprimia a minha. Era tudo ao mesmo tempo estranho e familiar: o céu azul sem uma única nuvem, o horizonte largo, o calor do meio-dia, o cheiro de laranjeiras que vinha Deus sabe de onde. Às vezes me parecia que já passara por isso tudo numa vida anterior.

Por volta de duas horas o carro parou diante de uma casa que supostamente era um hotel ou uma estalagem. O motorista bateu na porta, mas ninguém veio abri-la. Depois de esmurrá-la e xingar por muito tempo, o dono apareceu, um homenzinho sonolento. Nós o acordáramos de sua *siesta*. Ele tentou se livrar de nós com todo tipo de desculpas, mas o motorista se recusava a ser privado do almoço. Discutiu com ele profusamente. Depois de muito regateio e muita reclamação, o homem nos deixou entrar. Atravessamos um pátio calçado de lajes coloridas e decorado com cactos plantados em grandes tinas. Entramos num salão meio escuro onde havia mesas sem um único hóspede. Lembrou-me a história de Reb Nachman Bratslaver sobre um palácio no deserto onde estava preparada uma festa para os demônios.

Finalmente o dono assumiu e foi chamar o cozinheiro. Novamente ouvimos falatórios e reclamações. Então o cozinheiro acordou o ajudante. Passaram-se três horas antes que terminássemos a refeição. Sonya me disse:

– Isto é a Argentina.

Fizemos uma longa viagem numa balsa para atravessar um rio largo como um lago. O carro se aproximava da colônia judaica. Os trigais ondulavam sob o calor como um mar verde. A estrada se tornou ainda mais poeirenta. Um caubói espanhol a cavalo levava uma manada para o matadouro. Tocava os animais com gritos alucinados e os chicoteava para fazê-los correr. Eram todos magros, cobertos de escamas de sujeira e se podia ver o medo da morte em suas pupilas dilatadas. Passamos pela carcaça de um boi em que nada restara exceto o couro e os ossos. Corvos ainda tentavam extrair um último bocado de alimento dela. Num pasto um touro copulava com uma vaca. Ele a montava empinado, os olhos injetados e os longos chifres apontando para o alto.

Durante todo o dia não me dei conta do Sabá, mas, quando o sol começou a desaparecer, senti de repente o encerramento do dia e me lembrei de meu pai cantando *Filhos da mansão* e minha mãe recitando "Deus de Abraão". Fui invadido pela tristeza e pela saudade. Fiquei cansado das carícias de Sonya e me afastei. Passamos por uma sinagoga com o nome de Beth Israel. Não se via uma vela nem se ouvia uma voz. Sonya me confidenciou:

– Estão todos aculturados.

Chegamos à hospedaria onde devíamos ficar. No pátio havia uma mesa de bilhar e barris cheios de livros rasgados. Uma mulher de feições espanholas passava uma camisa. Ao longo do pátio, dos dois lados, abriam-se portas para quartos sem janelas. Deram-me um quarto e outro a Sonya próximo ao meu. Esperava que alguém viesse nos receber, mas não apareceu ninguém. Sonya foi trocar de roupa. Saí do quarto e me detive junto a um dos barris. Deus do céu! Estava cheio de livros em iídiche com carimbos de biblioteca. Na obscuridade li os títulos dos livros que tinham encantado a minha juventude: Shalom Aleichem, Peretz, L. Shapiro e traduções de Hamsum, Strindberg, Maupassant, Dostoievski. Lembrei-me das encadernações, do papel, da impressão. Embora não fosse saudável ler com pouca luz, esforcei os olhos e li. Reconhecia cada descrição, cada frase, até os erros de impressão e a transposição de linhas. Sonya saiu e me explicou tudo. A velha geração de colonos falara iídiche. Havia uma biblioteca ali; organizavam palestras, convidavam atores iídiches. A nova geração era educada em espanhol. Porém, de tempos em tempos, ainda traziam um escritor iídiche, um declamador, um ator. Reuniam um fundo especial com essa finalidade. Faziam isso principalmente para evitar as críticas da imprensa iídiche de Buenos Aires. Ainda existiam dois ou três velhos que talvez gostassem dessas atividades.

Passado algum tempo, um membro da comissão organizadora apareceu. Era baixo, corpulento, o cabelo tão preto que chegava a ser azul, e os olhos negros brilhantes de um espanhol ou um italiano. Falou-nos num iídiche de pé quebrado. Piscou para os donos do hotel e brincou com eles. Seu rosto tinha o corado de uma manga. A noite caiu escura e opressiva, com uma escuridão que nenhuma lâmpada conseguia penetrar. Os grilos pareciam produzir um som diferente do da Europa e dos Estados Unidos, onde agora eu morava. Os sapos coaxavam de maneira diferente. As estrelas formavam configurações diferentes. O céu austral oprimia com as suas constelações desconhecidas. Imaginei ouvir o uivo de chacais.

Duas horas mais tarde fiz a minha palestra. Falei sobre a história judaica, a literatura iídiche, mas os homens rústicos e as mulheres gordas na platéia pareciam não compreender o que eu dizia. Nem ao menos escutavam. Comiam amendoins, conversavam, gritavam com as crianças. Besouros, borboletas, todo tipo de inseto entrava pelas vidraças partidas e lançava sombras esvoaçantes nas paredes. A luz apagou e reacendeu. Um cachorro entrou no salão e começou a latir. Terminada a minha palestra, Sonya leu seus poemas. Então nos serviram um jantar com pratos extremamente gordurosos e temperados. Mais tarde alguém nos levou de volta à hospedaria. A colônia era mal iluminada, o chão cheio de valas e calombos. O homem que nos mostrava o caminho contou que nos últimos anos os colonos tinham se tornado ricos. Não cultivavam mais o solo, contratavam espanhóis ou índios para fazerem o trabalho. Iam com freqüência a Buenos Aires. Muitos tinham esposas cristãs. Sua principal diversão era jogar cartas. As colônias que o barão de Hirsch construíra para afastar os judeus do comércio precário e transformá-los em fazendeiros úteis estavam se desmoronando. Enquanto o homem falava acorreram-me à mente passagens da Bíblia. Pensei no Egito, no bezerro de ouro e nos dois bezerros que Jeroboão, filho de Nebat, entronizara nas cidades de Beth-el e Dan, dizendo: "Eis aqui os seus deuses, ó Israel". Havia alguma coisa bíblica no abandono das origens de um povo, no esquecimento dos esforços de seus pais. A essa geração odienta deveria ter acorrido um profeta e não um escritor do meu gênero. Quando o homem nos deixou, Sonya foi ao quarto se refrescar para dormir e eu voltei aos barris de livros. Não conseguia lê-los agora, mas passava a mão pelas capas e páginas. Respirava seu cheiro mofado. Retirei um livro do fundo da pilha e tentei ler o título à luz das estrelas. Sonya saiu de roupão e chinelos, o cabelo solto.

– Que está fazendo? – perguntou.

E eu respondi:

– Estou visitando minha própria sepultura.

2

A noite foi escura e longa. Brisas mornas passavam pela porta aberta. De vez em quando, ouvia o que me pareciam ser os passos de um animal selvagem espreitando na treva, pronto a nos devorar pelos nossos pecados. Todos os carinhos, todos os jogos e as seqüências de amor tinham terminado, mas eu não conseguia adormecer. Sonya fumava e fora tomada de uma tagarelice que, às vezes suspeito, é a paixão número um das mulheres. Falava num tom de censura.

– Que sabe uma menina de dezoito anos? Ele me beijou e me apaixonei. Imediatamente começou a discutir os detalhes práticos: casamento, crianças, apartamento. Meu pai já não era vivo. Minha mãe fora morar com uma irmã viúva, em Rosário. Era na realidade empregada da irmã. Os homens me perseguiam, mas eram todos casados. Eu trabalhava numa fábrica têxtil. Produzíamos suéteres, paletós, todo tipo de malhas. Éramos pagas com tostões. As operárias eram todas espanholas e o que ocorria lá eu não posso nem descrever. Estavam sempre grávidas e raramente sabiam quem era o responsável. Algumas sustentavam os amantes. O clima deste país enlouquece. Aqui o sexo não é um capricho ou um luxo. Ataca a pessoa como a fome ou a sede. Naquela época, os caftens ainda desempenhavam um papel importante na nossa comunidade. Eram os chefões do teatro iídiche. Quando não gostavam de uma peça, ela era imediatamente tirada de cartaz. A luta contra eles já começara. Os outros os isolavam completamente. Aqui os anciões da sociedade funerária são os verdadeiros líderes. Recusaram-se lhes vender lotes no cemitério. Não os deixavam entrar na sinagoga no Ano Novo e no *Yom Kippur*. Tiveram que construir o próprio cemitério e a própria sinagoga. Muitos deles já eram velhos, caftens decadentes, as mulheres eram antigas prostitutas.

– O que estava dizendo? Ali, sim, eles ainda desempenhavam um papel importante e tentavam aliciar toda mulher sozinha. Tinham homens especiais que se encarregavam da sedução. O fato é que o meu chefe estava atrás de mim. Comecei a escrever, mas quem é que precisa de poesia aqui? Quem precisa de literatura? Os jornais, sim. Até os caftens liam os jornais iídiches todos os dias. Quando um deles morria, apareciam páginas inteiras de obituários. Você veio na melhor época do ano, primavera. Mas o ano todo o clima é péssimo. No verão o calor é insuportável. Os ricos vão para Mar del Plata ou para as montanhas, mas os pobres ficam em Buenos Aires. No inverno faz muitas vezes um frio cortante, e o aquecimento moderno não existia naquele tempo, nem mesmo o tipo de fornos que costumava haver na Polônia. A pessoa simplesmente congelava. Hoje existe aquecimento a vapor nos prédios modernos, mas as casas antigas ainda têm fogões que desprendem fumaça, mas não aquecem. Raramente neva, mas às vezes chove dias seguidos e o frio penetra nos ossos. Não faltam doenças aqui e as mulheres sofrem ainda mais do que os homens: do fígado, dos rins, de tudo. Essa é a razão da sociedade funerária ser tão forte.

– Um escritor não escreve só para os seus arquivos. Procurei ser reconhecida pelos jornais e revistas, mas quando vêem uma moça, e além disso nem um pouco feia, sentem-se atraídos por ela como moscas por mel. O chefão que liderava a guerra contra os caftens se interessou por mim. Era casado, mas a esposa tinha um amante. Por que consentia com tal procedimento nunca vou saber. Devia amá-la muito. Aqui não há muita religião. Só vão à sinagoga nos Dias de Temor. Os gentios têm muitas igrejas, mas somente as mulheres as freqüentam. Quase todo espanhol aqui tem mulher e amante.

– Para encurtar, procurei um editor e ele me disse quase abertamente: "Se dormir comigo, publicarei o seu trabalho". Os críticos disfarçavam suas intenções. Porém, queriam a mesma coisa. Eu não era tão santinha, mas um homem tem que me agradar. Ir para a cama com alguém sem sentir nada, isso eu não consigo fazer.

– E havia Leibele, meu atual marido. Ele também escrevia poemas e publicara alguns deles. Chegara a lançar um livreto. Naquele tempo, quando o nome de alguém era impresso em preto e branco, ele se me afigurava um gênio. Leibele me mostrou a resenha de um crítico de Nova York. Tinha um emprego na sociedade funerária. Até hoje não sei o que fazia lá. Mais provavelmente era assistente de alguém. Procuramos o rabino e nos casamos. Mudamos para o bairro judeu em Corrientes. Logo ficou claro que seu emprego não valia nada. Ganhava pouco e o que ganhava, gastava. Tinha um bando de amigos, pequenos escritores, principiantes, amadores que se apegavam à cultura iídiche. Eu nem sabia que tais criaturas existiam. Ele nunca estava só, sempre em companhia deles. Comiam juntos, bebiam juntos e, se eu tivesse deixado, dormiriam juntos também. Não que fosse homossexual. Longe disso: era assexuado de todo. Era uma dessas pessoas que não conseguem estar sozinhas nem um minuto. Toda as noites eu praticamente tinha que mandar seus companheiros embora, e toda as noites meu marido me pedia para deixá-los ficar mais um pouquinho. Nunca saíam antes das duas da manhã. Sempre que me levava ao teatro, a um restaurante, a uma conferência, até a um passeio, seu bando de *schlemiels* nos acompanhava. Eram capazes de tagarelar e discutir sobre qualquer tolice para sempre. Alguns homens são ciumentos, mas ele nem sabia que o ciúme existia. Quando um de seus colegas me beijava, ele exultava. Não teria se importado se tivessem ido mais além. Era assim que ele era e ainda é. Quando soube que eu ia acompanhá-lo nesta conferência, se sentiu no sétimo céu. Você é um Deus para ele, e ninguém pode ter ciúmes de um deus.

– Não tivemos filhos e as coisas poderiam ter terminado, mas um divórcio só tem sentido se estamos apaixonados por mais alguém. Contudo, os anos se passaram e não me apaixonei por ninguém. Os poucos casos que tive foram com homens casados. No começo tinha os escritos de meu marido em alta conta, mas depois ele me desapontou nisso também. Cresci como poetisa – pelo menos os críticos me elogiavam –, mas meu marido estagnou. Começou a demonstrar cada vez mais entusiasmo pelos meus poemas. Todos querem ser admirados, mas sua admiração me irritava. Ele contagiava os outros também. Minha casa se tornou uma espécie de templo e eu um ídolo. Uma coisa ele esquecia: tínhamos que comer e pagar o aluguel. Eu continuava a trabalhar e voltava para casa à noite morta de cansaço. Era uma segunda George Sand. Mesmo assim, tinha que preparar o jantar para ele e seus parasitas. Eu cuidava das panelas e eles analisavam os meus versos e se maravilhavam com cada palavra. É engraçado, não é?

– Ultimamente as coisas estão um pouco mais fáceis. Parei de trabalhar fora. De vez em quando recebo um subsídio da comunidade: agora temos alguns patronos das artes. De tempos em tempos publico alguma coisa num jornal, mas basicamente tudo continua na mesma. Ocasionalmente ele ganha um dinheirinho, não o suficiente!

– Por que não tem filhos?

– Para quê? Nem sei se ele é capaz de gerar filhos. Suspeito que somos os dois estéreis. – Sonya riu. – Se fosse continuar aqui, teria um filho com você.

– Para quê?

– É, para quê? As mulheres têm essa necessidade. Uma árvore quer dar frutos. Mas eu preciso de um homem de quem possa me orgulhar e não alguém de quem tenha sempre que me desculpar. Recentemente até paramos de dormir juntos. É tudo platônico.

– E ele consente?

– Ele não precisa disso. Só o que quer é discutir poesia. Não é estranho?

– Tudo é estranho.

– Eu o castrei espiritualmente, essa é a verdade.

3

Ao alvorecer, Sonya voltou para o quarto dela. Eu me cobri e adormeci. Fui acordado por sons que nunca ouvira antes. Imaginei ouvir vozes de papagaios, macacos e pássaros cujos bicos têm o feitio de bananas. Pela porta aberta entrava a fragrância de laranjas que se confundia com o cheiro de frutas e plantas que eu não conseguia identificar. A brisa que soprava era aquecida pelo sol e temperada com ervas exóticas.

Respirei profundamente. Então me lavei na torneira e saí para o pátio. O barril de livros continuava lá, esperando por uma redenção iídiche. Deixei o pátio e vi mulheres e crianças vestidas com roupas domingueiras: as mães com mantilhas na cabeça e renda nas mangas, livros de orações na mão, seguindo para a igreja a cavalo. Ouvia o repicar dos sinos da igreja. À toda a volta estendiam-se trigais e pastagens. A relva estava coberta de flores: amarelas, brancas, de todas as cores e formas, e o gado que pastava mastigava alegremente todas essas maravilhas.

Um som retinia no ar, uma fusão de cantos de passarinhos e sussurros de brisa ao passar por entre as árvores. Lembrava-me a história do Talmude sobre o vento norte tangendo a lira do rei Davi e acordando-o para os estudos da meia-noite. Sonya surgiu de vestido branco bordado de vermelho e azul. Tinha a aparência fresca e estava bem-humorada. Parecia-me que só agora a via pela primeira vez como realmente era: pequena e forte, malares altos e os olhos puxados de um tártaro. Tinha os seios altos, os quadris arredondados e as pernas musculosas como as das ajudantes de mágicos que costumavam se apresentar nos nossos pátios rolando barris com as solas dos pés e engolindo fogo.

Quem sabe de onde teria vindo, pensei. Talvez dos *khazars*. O que não vivencia um povo em dois mil anos de exílio? Mas a natureza tem memória.

Sonya me lançou um olhar enviesado. Sorriu interrogativamente, intencionalmente, com uma piscadela. Lembrei de uma passagem em Provérbios: "Tal é a maneira de uma mulher adúltera: ela come, limpa a boca e diz 'Não fiz nada de mau'". É, o século das luzes, que os nossos poetas louvaram com frases tão sublimes e chamaram "A filha do céu", nos transformou a todos em devassos e prostitutas. Ninguém se preocupou de nos servir o café-da-manhã e saímos para procurar um bar. Caminhamos como um casal em lua-de-mel. O motorista que nos trouxera devia vir nos apanhar a uma hora. Disseram-nos que tinha uma amante entre os trabalhadores da colônia. Muito provavelmente chegaria com horas de atraso. Depois de alguns minutos de caminhada nos deparamos com uma casa. No alpendre estava sentado um velho de paletó e boné cinzentos, do tipo que se costumava usar em Varsóvia. A cor de seu rosto me fazia recordar os carregadores de Varsóvia: avermelhado, azulado, a barba grisalha por fazer. A garganta peluda com um pomo-de-adão saliente tinha muitas veias aparentes. Embora estivesse sem o xale de oração e sem os filactérios, ele se balançava para diante e para trás lendo um livro de orações. Quando nos aproximamos, ergueu os olhos, que um dia talvez tivessem sido azuis, mas agora eram amarelados, manchados e injetados.

Dirigi-me a ele:

– O senhor está rezando, não está?

O velho hesitou e respondeu com a voz rouca (imaginei ter reconhecido uma voz de Varsóvia):

– Será que tenho alguma coisa melhor para fazer? O senhor é o orador, acertei? Estive na sua palestra ontem à noite. Os patifes o deixaram falar? Eles precisam tanto de um orador quanto eu de um furúnculo. Só precisam se encher de comida e jogar cartas. Que suas entranhas apodreçam no inferno! E você, jovem, como é o seu nome? Escutei seus poemas, é, eu os escutei. Não consegui entender todos. Sou um sujeito simples, mas...

Fechou o livro de orações e se levantou.

– Vocês vão comer comigo.

Tentamos recusar; o velho morava sozinho. Mas ele disse:

– Quando terei uma oportunidade como essa? Já completei 81 anos. Quando voltarem a nos visitar, estarei deitado lá – e apontou para um maciço de árvores que devia ocultar o cemitério.

A casa do velho era cheia de móveis decrépitos. Os pratos pareciam não ser usados há muito tempo. Numa mesa sem toalha, na sala de visitas, havia ovos frescos, ainda incrustados de sujeira do galinheiro. Ele preparou uma omelete para nós. Cortou grossas fatias de pão integral, cheio de farelos e grãos. Andava para lá e para cá nas pernas semiparalisadas, trazendo mais coisas para comermos: geléia de groselha, biscoitos dormidos, queijo seco. Enquanto nos servia, falava:

– É, eu tive uma esposa. Cinqüenta e quatro anos vivemos juntos como pombinhos. Nunca me disse uma má palavra. Um dia se deitou e estava tudo acabado. As crianças foram embora. Que havia para eles aqui? Um filho é médico em Mendonza. Uma filha se casou no Brasil e mora em São Paulo. Um filho morreu e deixou três órfãos. Sempre pensei que seria o primeiro a partir. Mas que se há de fazer? Se a pessoa está destinada a viver, tem que viver. Uma mulher não fica tão desamparada quando é sozinha. Sabe, sou um dos primeiros colonos. Quando cheguei, era tudo terra inculta. Não se podia nem comprar um pedaço de pão. Quando estávamos no navio todos cantávamos o hino de Zunser, *A benção do Senhor está no arado*. Disseram-nos que os camponeses eram saudáveis porque viviam no seio da natureza, e toda essa conversa fiada. Mas assim que chegamos irrompeu uma epidemia. As crianças adoeceram e morreram. Os velhos também adoeceram. Falou-se que a água estava envenenada ou sabe-se lá o quê. O barão nos mandou representantes que supostamente eram agrônomos, mas que não sabiam dizer a diferença entre trigo e centeio. Davam conselhos sem fim; nada resolvia. Todos queríamos ir embora, mas não tínhamos passagens. Assináramos contratos e éramos devedores. Estávamos com as mãos e os pés atados; ainda assim eles eram – como se diz – filantropos. Um grande homem veio de Paris e só falava francês. Não entendíamos uma palavra do que dizia. Do iídiche eles tinham vergonha, esses senhores caridosos.

– O povo espanhol das vizinhanças nos odiava. Gritavam sempre "Voltem para a Palestina!". Um dia começou a chover e choveu sem parar durante oito dias. Os rios transbordaram. Houve uma inundação. Em pleno dia ficou escuro como a noite. Os trovões e raios eram tantos que pensamos que o mundo ia acabar. Caiu granizo também. As pedras eram grandes como ovos de ganso. Um pedaço de gelo fez um furo no telhado e destruiu a casa. Como é que o gelo vem do céu? Havia entre nós alguns velhos e eles começaram a fazer suas confissões. Acreditavam que o Messias estava prestes a chegar e que isso era a guerra entre Gog e Magog. Os que sabiam escrever mandaram longas cartas ao barão, mas ele nunca as respondeu. As mulheres só faziam uma coisa: choravam. Veio se reunir a nós um rapaz, Hershelle Moskver. Chamavam-no – como se diz? – idealista. Tinha cabelos compridos e usava uma túnica preta com uma faixa. Já tinha estado na Terra Santa e a abandonara. "Lá", contou-nos, "é um deserto. Aqui a terra é fértil". Trouxe com ele uma moça. Seu nome era Bella. Era linda, morena como uma cigana, a boca cheia de dentes muito brancos. Todos os homens se apaixonaram por ela. Quando entrava numa sala, parecia iluminá-la. Consolava e ajudava a todos. Quando uma mulher dava à luz, servia de parteira. Mas as mulheres começaram a se queixar que viera para seduzir seus maridos. Havia muitos mexericos e brigas. Em meio a tudo isso, Bella contraiu febre tifóide e não houve salvação. Seus inimigos a amaldiçoaram. Hershelle Moskver postou-se junto ao túmulo dela e se recusou a recitar o *Kaddish*. Três dias depois encontraram-no enforcado. Quer mais uma xícara de café? Bebam, meus bons amigos, bebam. Quando voltarei a ter essa honra? Se quiserem, venham comigo ao cemitério. É logo ali. Vou lhes mostrar tudo. A colônia inteira está enterrada lá.

Terminamos o café-da-manhã, o velho tomou da bengala e caminhamos até o cemitério. A cerca estava arrebentada. Algumas lápides estavam tortas, outras tinham tombado. Estavam cobertas de mato e flores silvestres, os dizeres verdes de musgo e meio apagados. Aqui e ali aparecia uma tabuihha de madeira podre. O homem apontou para um morro.

– Ali está enterrada Bella e, ao lado dela, Hershelle Moskver. Viveram juntos e... como diz a Bíblia?

Ajudei-o. "Belos e agradáveis em vida, e na morte continuaram juntos."

– É, você lembra. Minha memória está fraca. Os acontecimentos de setenta anos atrás estão claros como se tivessem ocorrido ontem. O que aconteceu ontem parece muito distante. É a idade, a idade. Poderia me sentar com vocês sete dias e sete noites e não conseguiria contar nem um décimo do que sofremos. E pensa que as gerações mais jovens sabem? Não querem ouvir nada. Tudo estava mastigado para elas. Todo o trabalho agora é feito por máquinas. Entram no carro e vão para Buenos Aires. Vocês dois são marido e mulher?

– Não, somos amigos.

– Por que não se casam?

– Ele já tem esposa – Sonya apontou para mim.

– Bom, vou me sentar aqui.

O velho se sentou em um banco. Sonya e eu caminhamos entre as sepulturas e lemos os epitáfios nas lajes. O ar tinha um cheiro doce, como o mel. As abelhas zumbiam voando de flor em flor. Grandes borboletas adejavam sobre as sepulturas. As asas de uma borboleta tinham as listras pretas e brancas de um xale de oração. Sonya e eu chegamos ao alto do morro e vimos uma lápide com dois nomes, os de Bella e Hershelle Moskver.

Sonya tomou minha mão e começou a beliscá-la e puxá-la. Meteu as unhas na minha carne. Estávamos parados junto à laje tumular e não conseguíamos nos afastar. De quando em quando um outro tipo de pássaro piava. Um perfume forte impregnava o ar. No cabelo de Sonya juntava-se todo tipo de insetos. Uma joaninha pousou na minha lapela. Uma lagarta caiu na dobra das minhas calças. O velho cemitério pululava de vida, morte, amor, vegetação. Sonya disse:

– Se ao menos pudéssemos continuar aqui assim.

Decorrido algum tempo voltamos ao banco onde o velho colono aguardava. Adormecera. A boca desdentada se abrira e ele parecia rígido como um cadáver. Mas seus olhos, sob as sobrancelhas peludas, pareciam sorrir. Uma borboleta descansava na pala de seu boné. Continuou parada, imersa em pensamentos tão velhos quanto a sua espécie. Então bateu as asas e alçou vôo em direção ao morro onde Bella e Hershelle descansavam – o Romeu e a Julieta do sonho grandioso do barão Hirsh de transformar judeus russos em camponeses argentinos.

Traduzido pelo autor e por Evelyn Torton Beck.

O blasfemador

A descrença também pode levar à loucura. Em Malopol, nossa aldeia, foi isso que aconteceu a Chazkele. Eu o conhecia bem; até freqüentei com ele o *cheder* certo inverno. O pai, Bendit, era cocheiro. Vivia no morro entre os pobres. Tinha um casebre em ruínas, uma cocheira desconjuntada e um cavalinho chamado Shyva, que era esquálido como um esqueleto e velhíssimo. Este cavalo viveu mais de quarenta anos. Havia quem acreditasse que tinha mais de cinqüenta. Por que este animal sobreviveu tanto tempo, ninguém conseguia entender, pois Bendit o conduzia seis dias por semana, fazia-o transportar cargas pesadas e o alimentava com uma mistura de palha e um pouco de aveia. Diziam que Shyva era a reencarnação de um homem que falira e voltara como cavalo para pagar as dívidas com trabalhos pesados. Bendit era baixo, de ombros largos, cabelo e barba amarelos e o rosto cheio de sardas. Falava com o cavalo como se ele fosse humano. Tinha seis filhos e uma mulher, Tsloveh, que era famosa por suas pragas. Amaldiçoava não só as pessoas, mas o gato, as galinhas, e até a tina de lavar roupa. Além dos filhos vivos, Tsloveh tinha uma verdadeira ninhada no cemitério. Começava a amaldiçoar os filhos quando ainda estavam no ventre. Se o bebê a chutava, Tsloveh gritava: "Que você não viva para ver a luz".

Seus filhos, cinco meninas e um único menino – Chazkele, que era o terceiro – sempre brigavam entre si. Quando meu pai tinha que ir a Lublin, me mandava buscar Bendit e por isso eu conhecia bem a casa deles. A mulher andava seminua e descalça. Chazkele, porque era bom no *cheder,* usava um gabardo e botas. Alguém me disse que aprendera a escrever o alfabeto e a ler, e até estudara o livro do Gênesis no espaço de um ano. Chazkele tinha o cabelo tão louro que quase cegava. Sua cara era igual à do pai: branca e coberta de sardas. Acho que os olhos eram verdes. Embora Tsloveh fosse uma mulher fiel e nunca nem olhasse para outro homem, Bendit chamava o filho de Chazkele, o Bastardo. As meninas também tinham apelidos: Tsipa, a Cobra; Zelda, a Desleixada; Alteh, Nariz de Pingadeira; Keila Lixo e Rickel, a Coça-coça. A própria Tsloveh era chamada na cidade de Tsloveh, a Boquirrota. Uma vez, quando Bendit adoeceu e Tsloveh foi à sinagoga rezar à Arca Sagrada, ela se dirigiu ao Todo-Poderoso dizendo: "Será que não conseguiu encontrar mais ninguém para atingir a não ser Bendit? Ele precisa alimentar uma mulher e seis vermes. Pai do céu, é melhor que atormente os ricos".

E começou a citar nominalmente todos os líderes da comunidade de Malopol. Aconselhou Deus a quem dar um furúnculo do lado, uma inflamação no traseiro, uma queimação nas entranhas. Fulcha, o bedel, teve que arrastá-la para longe dos pergaminhos sagrados.

Tanto o pai quanto a mãe amavam Chazkele. Não era pouca coisa ser filho único e ainda por cima um estudioso da tradição. Mas o nome de Bastardo pegou. À menor provocação, Bendit tirava o cinto das calças e o açoitava. Tsloveh costumava beliscá-lo. Havia um tipo de beliscão em Malopol que era chamado de "rabequinha". Era um beliscão tão esticado e miudinho que fazia ver estrelas. As irmãs de Chazkele tinham orgulho dele e o gabavam para os outros, mas em casa implicavam e o chamavam de carola, traça de livro e outros apelidos do gênero. Quando a irmã mais velha, Tsipa, a Cobra, lhe dava de comer, dizia:

"Coma até se engasgar". Ou: "Beba até arrebentar". Duas ou três das meninas dormiam juntas numa enxerga, mas Chazkele tinha uma cama com estrado só para ele. Qualquer delas que fizesse a cama, dizia para ele: "Vá dormir e não acorde nunca mais".

Ainda no *cheder*, Chazkele começou a fazer perguntas sobre Deus. Se Deus é misericordioso, por que as criancinhas morrem? Se Ele ama os judeus, por que os gentios batem neles? Se Ele é o Pai de todas as criaturas, por que deixa o gato matar o rato? Nosso professor, Fishele, foi o primeiro a predizer que Chazkele cresceria descrente. Mais tarde, quando Chazkele começou a freqüentar a casa de estudos, atormentava o diretor do nosso seminário, Reb Ephraim Gabriel, com suas perguntas. Encontrava todo o tipo de contradições na Bíblia e no Talmude. Por exemplo, em um lugar está escrito que Deus não pode ser visto e, em outro, que os anciãos comeram e beberam e O viram. Ali dizia que o Senhor não castiga as crianças pelos pecados de seus pais e, mais adiante, que ele se vinga na terceira e na quarta gerações. Reb Ephraim Gabriel procurava explicar o melhor que podia, mas Chazkele não se deixava dissuadir tão facilmente. Os esclarecidos de Malopol ficavam satisfeitos com as heresias de Chazkele, mas mesmo eles o aconselhavam a não exagerar se não quisesse ser perseguido pelos fanáticos. Mas Chazkele respondia: "Estou pouco ligando. Quero a verdade".

Ele foi esbofeteado e expulso da casa de estudos. Quando Bendit soube do acontecido, deu uma boa surra em Chazkele. Tsloveh se lastimava que, ao invés de alegria, ele só trazia vergonha. E foi chorar na sepultura da mãe e rezar para que Chazkele pudesse seguir o bom caminho. Mas Chazkele continuou inflexível. Fez amizade com os músicos da cidade, com Lippa, o Parasita, com Lemmel, o relojoeiro, tudo gente de pouca fé. No Sabá, já não orava na sinagoga com a comunidade, mas permanecia na antecâmara com os rapazes valentões. Por algum tempo, chegou a tentar aprender russo com a filha do farmacêutico, Stefania. Quando atingiu a idade do *bar-mitzvá** o pai lhe trouxe um par de filactérios de Lublin, mas Chazkele se recusou a usá-los. Disse ao pai: "Afinal, o que é isso, nada mais que couro de vaca".

Levou uma surra violenta, mas pancadas não mais o incomodavam. Era de constituição franzina como o pai, mas

---

* Cerimônia religiosa que se realiza no 13º aniversário dos meninos e pela qual ele se torna membro da congregação dos homens. (N. do T.)

era forte e ágil como um macaco. No 33º dia de *Omer*,* quando é costume os meninos irem à floresta, ele subiu na árvore mais alta. Quando estava disposto, ajudava o pai a carregar pesados sacos de cereais e barris de querosene. Metia-se em brigas com os rapazes gentios. Certa vez lutou contra um bando deles sozinho e levou uma boa sova. Quando qualquer das pessoas da cidade o repreendia, respondia com insolência. Dizia a um ancião: "O senhor é um cossaco de Deus, não é? Por que então não pára de roubar no peso e nas medidas em sua loja?".

Quando Bendit se convenceu que o filho não seria rabino quando crescesse, colocou-o como aprendiz de Zalman, o ferreiro; mas Chazkele não tinha paciência para abanar foles o dia inteiro. Não sei por que fez isso, mas roubou livros da casa de estudos e foi lê-los na seção reservada às mulheres na sinagoga, que ficava vazia a semana toda. Quando alguma coisa num livro não o agradava, ele riscava as palavras com um lápis ou arrancava a página. Uma vez foi apanhado arrancando páginas de um livro e dali em diante não lhe permitiram entrar na casa de estudos. Meu pai não me deixava falar com ele. Tampouco os pais dos outros rapazes permitiam que os filhos convivessem com ele. Chazkele estava praticamente excomungado. Libertou-se por completo do jugo do judaísmo. Comentava-se que fumava no Sabá. Ia com Sander, o barbeiro, à taverna e bebia vodca e comia carne de porco. Tirou o gabardo e conseguiu arranjar um paletó curto e um boné de gentio em algum lugar. Mesmo antes de ter barba, pediu a Sander que o barbeasse. Só procurava o pecado. Bendit se cansou de bater nele e deixou de tratá-lo como filho, mas a mãe e as irmãs ainda o apoiavam. Uma vez, na Festa dos Tabernáculos, Chazkele espiou para dentro da tenda de Reb Shimon, o administrador, e fez um comentário desagradável. Reb Shimon e os filhos saíram e o espancaram, mesmo sendo um feriado religioso. Ele foi para casa escorrendo sangue.

---

* Mês do calendário judaico. (N. do T.)

Tarde da noite, três das irmãs de Chazkele, Keila, Rickel e Alteh, entraram às escondidas na tenda de Reb Shimon e defecaram lá. De manhã, quando a mulher de Reb Shimon, Baila Itta, entrou na tenda e viu a sujeira, desmaiou. O rabino mandou chamar Bendit e o avisou que se o filho não parasse com esse comportamento escandaloso, proibiria as pessoas da cidade de viajar na carroça e de despachar mercadoria por ele.

Naquele dia de festa, embora fosse proibido, Bendit bateu em Chazkele com um pesado bastão durante tanto tempo que Chazkele perdeu os sentidos. Nos meses que se seguiram, Chazkele andou quase tímido. Contaram-me que até voltou a estudar, embora eu nunca o encontrasse na casa de estudos. Então, alguns dias depois da Páscoa, o cavalinho de Bendit morreu. Caiu diante da cocheira com as costelas espetadas para fora, molhado de suor, salivando, urinando, arquejando. Corvos sobrevoaram o telhado de palha, prontos para arrancar os olhos da carcaça. Tsloveh e as filhas olhavam o cavalo moribundo, torcendo as mãos e se lamentando. Bendit chorava como se fosse *Yom Kippur*. Eu estava lá. Todos foram ver. No dia seguinte, bem cedinho, quando uma das pessoas que rezava na casa de estudos abriu a arca para retirar o pergaminho sagrado, encontrou esterco de cavalo e um rato morto dentro dela. Um mendigo que dormia na casa de estudos prestou testemunho que Chazkele fora lá tarde da noite e mexera na arca. Houve um clamor em Malopol. Açougueiros e barriqueiros foram ao casebre de Bendit, dispostos a agarrar Chazkele e a puni-lo pelo sacrilégio. Tsloveh foi recebê-los à porta com um balde de despejos. As irmãs tentaram arrancar-lhes os olhos. Chazkele escondeu-se debaixo da cama. A multidão o puxou para fora e lhe deu o que merecia. Tentou se defender, mas eles o arrastaram até o rabino e ali confessou tudo. O rabino perguntou: "Qual foi o sentido disso?".

E Chazkele respondeu: "Um Deus que é capaz de torturar dessa maneira um cavalinho inocente é um criminoso e não um Deus". Cuspiu e gritou. Disse tais palavras que a mulher do rabino teve que tampar os ouvidos.

Bendit veio correndo e o rabino declarou: "O seu filho é o que a Bíblia chama de 'obstinado e rebelde'. Antigamente, uma pessoa assim era levada aos portões da cidade e apedrejada. Hoje em dia, os quatro castigos capitais do tribunal – apedrejamento, fogueira, estrangulamento e decapitação – foram abolidos. Mas Malopol não vai mais tolerar esse meliante". Ali mesmo os anciãos decidiram comprar outro cavalo para Bendit, sob a condição de que Chazkele deixasse a cidade. E assim foi. Na manhã seguinte, viram Chazkele caminhando pela estrada de Lublin, carregando uma caixa de madeira como um recruta. Tsloveh corria em seu encalço, chorando-o como se fosse um defunto.

Havia em Malopol um bode que pertencia à comunidade, primeiro de uma ninhada que, de acordo com a lei, não podia ser abatido. Comia a palha dos telhados dos casebres, descascava os troncos e, quando não havia nada melhor para comer, roía um velho livro de orações no pátio da sinagoga. Tinha dois chifres enroscados e barbicha branca. Depois que Chazkele partiu, o povo descobriu que o bode estava usando filactérios. Antes de ir embora, Chazkele amarrou o filactério da cabeça entre os chifres do bode e o filactério do braço em uma das pernas. Chegou a formar a letra *shin* – inicial do nome sagrado de Shaddai – com os cordões do filactério.

Podem bem imaginar o tumulto em Malopol. Àquela altura, eu próprio começara a me desviar, por assim dizer, do bom caminho. Contrariando os desejos de meu pai, comecei a aprender encadernação. Diversos amigos e eu planejávamos emigrar para os Estados Unidos ou para a Palestina. Primeiro, eu não queria servir o czar ou ter que me aleijar para escapar ao serviço militar. Segundo, tínhamos nos tornado esclarecidos e já não acreditávamos em morar na casa dos sogros e deixar que as esposas nos sustentassem. Nunca emigrei para os Estados Unidos ou para a Palestina, mas pelo menos me mudei para Varsóvia. Depois que Chazkele partiu de Malopol, transformou-se num ídolo por algum tempo.

2

Os vendedores que iam a Lublin comprar mercadorias traziam na volta notícias de Chazkele. Os ladrões de Piask tentaram fazê-lo se associar aos seus negócios escusos, mas Chazkele se recusou. Não ia roubar os bens de outros, disse. A pessoa devia viver honestamente. Em Lublin, havia grevistas que queriam depor o czar. Um deles chegou a atirar uma bomba no quartel. A bomba não explodiu, mas o homem que a atirou foi feito em pedacinhos pelas lanças dos cossacos. Quando esses rebeldes ouviram falar de Chazkele, queriam que fosse um deles. Mas Chazkele disse: "É culpa do czar ter nascido czar? Os ricos são culpados por terem sorte? Vocês jogariam dinheiro fora se o tivessem?" Chazkele era assim. Tinha resposta para tudo. Levava a pensar que estivesse pronto a trabalhar e a ganhar a vida, mas tampouco tinha algum desejo de trabalhar. Fez-se aprendiz de um carpinteiro; mas quando a mulher do patrão lhe pediu que ninasse o bebê, Chazkele respondeu: "Não sou sua babá". Foi posto na rua na mesma hora. Havia missionários em Lublin que tentaram convertê-lo e Chazkele perguntou: "Se Jesus é o Messias, então por que o mundo está dominado pelo mal? E se Deus pode ter um filho, por que não pode ter uma filha?". Os pescadores de almas perceberam que ele seria difícil de convencer e o deixaram de lado. Recusava-se a aceitar esmolas. Dormia na rua e quase morreu de fome. Passado algum tempo, deixou Varsóvia.

Eu também me mudara para Varsóvia. Casei e me estabeleci como encadernador. Encontrei Chazkele e propus ensinar-lhe o ofício, mas ele disse:

– Não vou encadernar Bíblias e livros sacros.
– Por que não? – perguntei.
– Porque estão cheios de mentiras.

Ele perambulava pelas ruas judias – Krochmalna, Gnoyna, Smocha – com a roupa em frangalhos. Parava na praça da rua Krochmalna e travava discussões com qualquer um. Blasfemava contra Deus e contra o Ungido. Eu nunca soubera que era tão versado nas Escrituras e no Talmude. Despejava citações. Detinha uns vagabundos que não conheciam o alfabeto e os informava que a Terra era redonda e que o Sol era uma estrela, ou outra coisa qualquer. Achavam que era doido. Esmurravam-no no nariz e ele reagia. Por mais forte que fosse, eles eram mais. Algumas vezes foi preso. Então sentava-se na prisão e esclarecia os prisioneiros. Tinha muita lábia e estava sempre disposto a discutir. Segundo ele, ninguém conhecia a verdade: todos se iludiam. Perguntei-lhe certa vez o que se deveria fazer então e ele respondeu:

– Não há nada a fazer. Sábios são os que põem um fim a tudo.

– Se é assim, por que fica perambulando por esse mundo caótico?

– Qual é a pressa? A sepultura não vai fugir.

Parecia que não havia lugar no mundo para Chazkele, mas ele finalmente encontrou um. Do outro lado da praça havia um bordel. As prostitutas costumavam ficar paradas à porta do prédio todas as noites e às vezes durante o dia. Os outros inquilinos faziam tudo que podiam para se livrar delas, mas os cáftens subornavam as autoridades. Ficavam bem diante da janela do meu apartamento e eu via tudo. Na hora em que anoitecia, os homens de roupas enxovalhadas, soldados e até estudantes começavam a aparecer. A tarifa era, se não me engano, dez copeques. Uma vez vi um velho com um longo gabardo e barbas brancas entrar lá. Eu o conhecia bem, um viúvo. Provavelmente pensou que ninguém o via. Que pode um velho fazer se não tem esposa?

Encontrei Chazkele na rua. Pela primeira vez, estava decentemente vestido e carregava um embrulho. Perguntei-lhe o que levava e ele me disse que eram meias.

– Você agora é mascate? – repliquei.

– As mulheres precisam de meias.

Dali a pouco, eu o vi entrar no bordel. Até parou para falar com uma das prostitutas. Para encurtar, Chazkele vendia meias, mas só em bordéis. Isto se tornara o seu meio de vida. Ouvi dizer que as mundanas adoravam ouvi-lo falar e por isso compravam dele. Ia procurá-las durante o dia, quando não tinham clientes. Muitas vezes eu o via passar e cada vez o embrulho era maior. Quem poderia oferecer melhor companhia a Chazkele? As meretrizes ficavam encantadas com a conversa dele. Alimentavam-no e o aceitavam como um dos seus. Que estranho; os ladrões de Varsóvia tinham um líder, Berelle Spiegelglas, e agora essas mulheres tinham Chazkele. Spiegelglas se portava com serenidade. Os ladrões tinham esposas e filhos. Não cuspiam em tudo. As mundanas achincalhavam todos. Chazkele convivia com essas criaturas e lhes falava dos pecados do rei Davi, do rei Salomão, Betsabé, Abigail. Tornaram-se importantes e poderosos. Se esses santos podiam pecar, por que eles não poderiam? Todos precisam de justificativas.

Uma vez apareceu uma mulher que era diferente das outras. A maioria vinha de aldeiazinhas; muitas eram doentes. Só queriam ganhar alguns *groschen*. Essa era atrevida, saudável, de faces coradas e olhos de abutre. Ainda me lembro de seu nome, Basha. Em pleno verão usava botas. Via de regra, o cáften ficava parado a uma pequena distância ou do outro lado da rua para manter um olho em sua propriedade, de modo que ela não pudesse esconder dinheiro nas meias ou perder tempo com moleques que só vinham tagarelar. De vez em quando, esses mercadores de carne costumavam surrar uma das mulheres e a gritaria podia ser ouvida na rua inteira. O guarda era comprado e se fingia de surdo. Mas essa Basha fazia o que queria. Dizia tais palavrões e se portava de tal maneira que os vizinhos tinham que fechar as janelas para não ouvir suas obscenidades. Imitava todo mundo, mexia com os transeuntes. Havia sempre um círculo de rufiões à sua volta para o qual ela se exibia. Conhecem sua maneira de pensar: todas as mulheres são podres; todos têm seu preço; o mundo inteiro é um bordel. Minha Minam voltou para casa um dia e disse:

– Chaim, é uma provação sair na rua. É um perigo criar filhos aqui.

Assim que economizei alguns rublos, me mudei para a rua Panska. Mas continuava a visitar a rua Krochmalna de tempos em tempos. Trabalhava lá para os *cheders* e as casas de estudo. Todos sabiam que Chazkele vinha da minha cidade e me davam notícias dele. Tornara-se professor das mulheres devassas. Escrevia cartas para elas. Não só negociava com meias, mas também com lenços e roupa íntima. Conheceu Basha e os dois se apaixonaram. Alguém me disse que ela vinha de uma casa decente e que abraçara essa profissão não devido à pobreza, mas porque gostava de chafurdar na lama. Quando os caftens descobriram que amava Chazkele, enciumaram-se e queriam partir o pescoço dele. As moças o defenderam. Para encurtar, Basha deixou o bordel e foi viver com Chazkele. É de se pensar que alguém como Basha não fizesse questão de respeitabilidade, mas ela queria levar Chazkele ao rabino e se casar segundo a lei de Moisés e Israel. Todas as mulheres sonham com o casamento. Porém, Chazkele se recusou. "Que é um rabino? Um vadio de chapéu de peles. E que é um dossel? Alguns metros de veludo. E que é uma *ketubah*?* Um pedaço de papel." Basha insistiu. Para mulheres desse tipo o casamento é uma verdadeira realização. Mas Chazkele se obstinou. Os malfeitores tomaram o partido de Basha e agora queriam esfaqueá-lo. O casal teve que se mudar para Praga, na margem oposta do Vístula. Lá, ninguém os conhecia. Chazkele já não podia vender meias nos bordéis, porque o submundo o acusava de humilhar um dos seus. Ele apareceu com uma carrocinha de ambulante no bazar de Praga, mas não era o único. Além disso, estragava o próprio negócio. Uma matrona se acercava para comprar um par de ligas ou um carretel de linha e ele dizia: "Por que usa peruca? Não está escrito em lugar algum da Torá que a pessoa tem que cortar o próprio

---

* O documento que especifica as obrigações do noivo para com a noiva, o que na lei rabínica é pré-requisito de casamento. (N. do T.)

cabelo e usar o de outra. Isso foi invenção dos rabinos". No Sabá, o mercado estava deserto – mas Chazkele trazia suas mercadorias. Os homens fortes da Sociedade para observância do Sabá souberam, foram lá e atiraram toda a mercadoria na sarjeta. Chazkele levou uma surra. Mesmo enquanto o faziam em pedaços, ele argumentava: "Vender um lenço é pecado, mas quebrar o nariz de um homem é uma ação piedosa?". E citava a Bíblia para esses ignorantes. Suspeitaram que fosse missionário e o baniram do mercado.

Nesse meio tempo, Basha deu à luz um menino. Quando nasce um menino, tem-se que circuncidá-lo, mas Chazkele disse: "Não vou participar desse ritual antiquado. Os judeus o aprenderam com os beduínos. Se Deus detesta prepúcios, por que as crianças nascem com eles?". Basha suplicou-lhe que acedesse. Praga não é Moscou. Está cheia de judeus piedosos. Quem já ouviu falar de um pai que se recusa a deixar o filho ser circuncidado? As vidraças deles foram quebradas. No oitavo dia, um *quorum* de carregadores e açougueiros invadiram a casa trazendo um *mohel** e circuncidaram o bebê. Dois homens agarraram e imobilizaram Chazkele. O pai tem que recitar as bênçãos. Nada conseguiu forçar Chazkele a dizer as palavras sacramentais. Basha, deitada numa cama atrás do biombo, despejava maldições mortais sobre ele. No começo, gostara de sua linguagem desabrida; mas quando uma mulher vai viver com um homem e se torna mãe, quer ser como as outras. Daí em diante, a vida dos dois se tornou uma briga constante. Ela costumava dar nele e expulsá-lo de casa. Os amigos de Basha tiveram que fazer uma coleta para ela. Decorrido algum tempo, ela apanhou a criança e voltou para o bordel. E tinha outra escolha? A madame cuidava da criança. Conheci a madame e também o marido, Joel Bontz. Costumava rezar na pequena sinagoga no número doze da rua. Em 1905, quando os revolucionários combateram os cáftens, um bando de comunistas arrombou o bordel e espancou as mulheres.

---

* Homem encarregado de fazer a circuncisão. (N. do T.)

Era de manhã. A madame correu para a pequena sinagoga e gritou: "Você fica aqui rezando, enquanto lá eles estão arruinando a nossa mercadoria".

Depois que Basha o deixou, Chazkele se desintegrou. Voltou a perambular em farrapos. Não conseguia vender mais nada e passou a mendigar. Mas mesmo como mendigo era um fracasso. Punha-se diante da sinagoga, estendia a mão e procurava dissuadir os fiéis de rezar. "A quem estão orando?", dizia. "Deus é um surdo. Além do mais, odeia judeus. Socorreu seu povo quando Chmielnizki queimou crianças vivas, salvou-o em Kishinev?". Ninguém queria dar um *groschen* a um herege desses. Não havia um dia em que não fosse esbofeteado. Apanhava um toco de cigarro no Sabá e ia fumá-lo na rua Twarda onde moravam os *hasidim*. Ganhava uns copeques em algum lugar e comia salsichas de porco no *Yom Kippur* diante da sinagoga de Aaron Sardiner. Havia um grupo de livres-pensadores em Varsóvia que se ofereceu para ajudá-lo. Mas Chazkele também os hostilizou. Contaram que costumava ir à casa da madame para tentar ver o filho, mas ela não o deixava entrar. Ia também ao bordel, mas Basha também corria com ele. No verão dormia num pátio. No inverno, ia para o "circo". Era assim que chamavam o abrigo de indigentes. Encontrei-o várias vezes na rua. Parecia velho e descuidado. Usava uma bota e um chinelo. Não tinha nem dinheiro para raspar a barba. Perguntei-lhe:

– Chazkele, onde vai parar?

– É tudo culpa de Deus.

– Mas se você não acredita em Deus, contra quem é a sua guerra?

– Contra aqueles que falam em Seu nome.

– E quem criou o mundo?

– E quem criou Deus?

Ele adoeceu e foi levado para o hospital da avenida Chysta. Ali fez tantas e criou tal balbúrdia que queriam expulsá-lo. Um doente estava cantando salmos e Chazkele lhe disse que o rei Davi, autor dos salmos, era um assassino e um devasso. Contava piadas tão hilariantes que os outros pacientes tinham que apertar a barriga para não rir. Um homem tinha um tumor que precisava ser aberto. Riu tanto das piadas de Chazkele que o tumor arrebentou. Até hoje, não sei o que havia de errado com Chazkele. Antes de morrer, pediu para ser cortado em pedaços e atirado aos cães.

Quem dá ouvidos a um louco? Foi levado para a sala de assepsia e colocaram velas à sua cabeceira. Foi vestido com uma mortalha e um xale de oração, e a comunidade lhe deu uma sepultura num cemitério do subúrbio. Basha, sua antiga amante, e seus companheiros acompanharam o enterro em *droshkies**. Seu filho estava com cinco ou seis anos e recitou o *Kaddish* à beira da sepultura. Se Deus existe e Chazkele tem que prestar conta dos seus atos a Ele, o céu vai ser um lugar muito alegre.

Traduzido pelo autor e por Rosanna Gerber.

---

* Carruagem. (N. do T.)

A aposta

A refeição da sexta-feira à noite terminara, mas as velas ainda ardiam nos castiçais de prata. Um grilo cricrilava atrás do fogão, e o pavio do candeeiro produzia um ruído leve de sucção à medida que puxava o querosene. Na mesa forrada havia uma garrafa de cristal com vinho e um cálice de prata para a bênção e uma gravura do Muro das Lamentações; ao lado deles uma faca de pão com cabo de madrepérola e um guardanapo de *challá,* bordado com fio de ouro.

O dono da casa, ainda jovem, tinha olhos azuis e uma barbinha loura. Seu cafetã de Sabá não era feito de cetim, segundo o costume entre os *hasidim,* mas de seda. Também usava um colarinho engomado ao pescoço e uma fita que servia de gravata. A dona da casa trazia um vestido de arabescos e uma peruca loura adornada com travessas. Tinha um rosto de mocinha: redondo, sem uma única ruga, o nariz pequeno e olhos claros.

Do lado de fora, a neve se acumulava em grandes flocos, cintilando sob a lua cheia. O gelo não desistia de pintar uma árvore, uma flor, uma palma, ou uma planta nas vidraças, mas com o calor da sala os desenhos rapidamente se dissolviam.

Numa cadeira sentava-se a gata da família, satisfeita com a refeição de bocadinhos atirados da mesa, a barriga estufada de gatinhos. Seus olhos, verdes como groselhas, observavam o convidado. Era um homem desempenado, vestido com um cafetã semanal ajustado com um cordão e uma barba que parecia ser feita de tufos sujos de algodão. O nariz estava vermelho pois já entornara no mínimo meia garrafa de vodca. Sob as sobrancelhas cerradas um par de olhos argutos espiava. A mão, que estava pousada na toalha branca, tinha unhas calosas, uma rede de veias e era coberta de pêlos.

Disse:

– É uma longa história. Mas hoje não. Provavelmente querem ir dormir agora.

– Dormir? – a dona da casa exclamou. – São só 6h15. Olhe ali! E apontou para um relógio com um comprido pêndulo em que as horas eram indicadas com caracteres hebraicos.

O marido disse:

– Qual é a pressa? De qualquer jeito não se consegue dormir a longa noite de inverno toda. Ainda vamos tomar chá com bolos mais tarde.

– Ah, quando era moço, era capaz de roncar doze horas a fio. Mas quando se envelhece, não se consegue dormir. Eu cochilo e logo em seguida acordo. Deitado no estrado duro ocorrem-me todo tipo de pensamentos ociosos.

– Esta noite vai dormir numa cama macia.

– Que adianta? Depois disso o estrado vai parecer ainda mais duro... Ao me verem agora, devem pensar que minha família pertencia à ralé, que nasci num abrigo de indigentes. Absurdo! Meu pai era comerciante. Do lado materno, descendo de magarefes rituais e negociantes de madeiras. Sou de Hrubieshov. Meu avô era líder na comunidade. Meu pai possuía uma loja – panelas e ferragens. Não éramos ricos, mas vivíamos bastante bem. Minha mãe teve oito filhos, mas apenas dois sobreviveram: eu e meu irmão Bendit. Meu nome é Avrom Wolf.

Continuou:

– Quando a um casal só restam dois filhos, tornam-se apreensivos e esperam se orgulhar e se alegrar com eles. Mas nenhum de nós dois gostava de estudar. Fomos mandados para os melhores *cheders,* mas a nossa mente permaneceu alheia à Torá. Meu irmão Bendit era mais velho que eu dois anos, gostava de pombos. Construiu um pombal no nosso telhado e os pombos acorriam de toda a parte. Alimentava-os com canhamaça, ervilhas, painço e tudo que conseguia arranjar. Também gostava de um copo de vodka. Nisso ele é como eu, ha, ha... mas possuía mãos de ouro.

– Nosso pai queria que fosse professor, mas ele só

tinha jeito para marcenaria. Sempre que uma mesa, uma cadeira ou um estrado se quebrava, Bendit os consertava num piscar de olhos. Uma vez soltou a cornija de um guarda-roupa. Precisava-se de um entalhador para encaixar a peça partida, mas Bendit a talhou, a repôs e a lustrou de tal maneira que não dava para notar a diferença. Ele queria trabalhar como aprendiz: de Faivel, o marceneiro, mas nossa mãe nem queria ouvir falar nisso. Exclamou que preferia morrer a ver o seu Bendit se tornar trabalhador braçal. No fim, nós dois ficamos por ali sem fazer nada.

– Havia muitos desocupados em Hrubieshov e passamos a fazer parte do grupo. Passávamos os dias nas tavernas. Aos sábados, íamos para a estrada Yanev, onde as costureiras costumavam passear e nos divertíamos com elas. Nunca tínhamos que nos preocupar de onde vinha a refeição seguinte e quando a barriga está cheia o diabo nunca está longe. Fugíamos das orações e violávamos as regras do Sabá.

– Naquela época vivia em Shebreshin um ateu: um tal de Yekl Reifman. Zamosc estava cheia de – como os chamam agora? – *maskilim,* homens que pregavam o "esclarecimento". Diziam que Deus não criara o mundo e outras coisas do gênero. A semana toda a taverna de Leibush ficava vazia, porque os camponeses só vinham beber nos dias de feira – às quintas-feiras. Nosso bando se sentava lá, se enchendo de vodka e discutindo uma coisa e outra. Estávamos sempre fazendo apostas: quantos ovos duros um homem era capaz de comer, quantos canecos de cerveja podia beber.

– Alguns anos antes, uma dessas apostas tinha acabado mal. Um carroceiro, Yoineh Khlop, apostara que conseguiria comer uma omelete de trinta ovos. Devorou tudo com a ajuda de uma jarra de cerveja. Então a barriga estourou e ele morreu. É de se pensar que depois de um incidente desses os sujeitos se aquietassem, mas não! Continuaram a tagarelar e a se gabar. Realizávamos concursos de queda-de-braço e nisso eu era campeão. Tinha muita força. Se não fosse tão forte, estaria apodrecendo na terra a essa hora.

— Em todo caso, certo inverno um rapaz amalucado apareceu em nossa cidade vindo de Zamosc, Yosele Baran era seu nome. Não me lembro exatamente por que viera ou a quem procurava. Talvez não tivesse nenhuma razão particular, ou talvez quisesse comprar trigo. O pai era corretor de cereais e Yosele o ajudava um pouco. No dia seguinte, fomos todos para a taverna e nos divertimos muito. Yosele tirou um pedaço de carne de porco do bolso e começou a comê-lo. Tínhamos pedido a Leibush uma porção de salsicha *kosher**, mas Yosele queria mostrar que era importante. Começou uma discussão e Yosele afirmou que Deus não existia. Um homem morto, disse, não valia mais do que um peixe morto. Moisés não subira aos céus. E assim por diante.

— Havia entre nós um tal de Tovele Kashtan, um ruivo maroto, que disse: "Assim mesmo, se lhe dissessem para passar a noite com um cadáver no necrotério, você se borraria nas calças".

Yosele imediatamente se enfureceu: "Não tenho medo nem dos vivos nem dos mortos. Se você é covarde, não julgue os outros por si".

— Os dois eram impetuosos, Yosele e Tovele. Um desaforo levou a outro e fizeram uma aposta. Yosele Baran apostou 25 rublos que passaria a noite com um cadáver no barracão onde os corpos eram purificados. Tovele Kashtan cobriu a aposta com outros 25 rublos. Naquela época isso era uma fortuna, principalmente para nós, mas os dois estavam excitados com o desafio. Yosele tinha que ir a algum lugar e todos combinamos nos encontrar mais tarde.

— Só depois que Yosele se foi é que nos demos conta de que não havia cadáveres na cidade. Primeiro, ninguém morrera em Hrubieshov. Segundo, nenhum morto era deixado no barracão durante a noite, a não ser que se tratasse de um estranho ou de um pobre do abrigo de indigentes. Discutimos

---

* Puro ou próprio para consumo segundo os preceitos religiosos judaicos. (N. do T.)

um pouco a questão, até que alguém pensou em um artifício: um de nós faria o papel de cadáver. Deitaria na mesa, com velas à cabeceira, e Yosele pensaria que era um morto. Pregaríamos uma peça em Yosele que ele não esqueceria tão cedo.

– Tudo isso se passou há quase cinqüenta anos, mas quando falo, me parece que foi apenas ontem. Aconteceu que nossos pais tinham ido a Izhbitza para um casamento. Meu irmão Bendit tentou me persuadir a fazer o papel do morto. Os outros o ajudaram. Prometeram me dar metade da aposta.

– Para dizer a verdade, não estava nem um pouco satisfeito com aquela história, mas eles me dobraram, me empurrando uma bebida atrás da outra. Disseram que se fizesse algumas proezas coberto por um lençol para assustar Yosele, ele certamente fugiria e nos deixaria o dinheiro. Deixei-me convencer. A vida era boa demais para nós; tínhamos que arranjar encrencas.

– Meu irmão Bendit e eu voltamos para casa. Vesti umas ceroulas e uma camisa de meu pai, para parecer que estava envolto numa mortalha. Nosso pai era um gigante, uma cabeça mais alto que eu. O caminho para o cemitério estava coberto de neve, como hoje. Fizemos uma volta mais longa para evitar que nos vissem. Havia um coveiro na cidade, Reb Zaimon Ber, porém morava longe do cemitério. Era também aguadeiro. Mas, uma vez que não havia cadáver no barracão, não tinha nada que fazer no cemitério.

– Preparamos as duas velas e esperamos. Assim que Tovele, Yosele e os demais aparecessem, eu devia me fingir de morto. Entrementes, partíamos sementes de girassol, metendo as cascas nos bolsos. A coisa toda parecia uma brincadeira. Quem poderia imaginar que levaria a tanta desgraça?

– Decorrido algum tempo nós os vimos se aproximarem. A noite caíra, mas o céu ainda estava avermelhado com o pôr-do-sol. Nós os observamos caminhar com esforço pela neve. Tirei as botas e o paletó e me estirei no estrado. Meu irmão me cobriu com um lençol. Escondeu minhas roupas sob o estrado, acendeu as duas velas e saiu.

– Por que negar? Eu me sentia inquieto, mas sabia que o pessoal logo entraria e a brincadeira começaria. Doze rublos e meio não era coisa de se encontrar embaixo de arbustos.

– Não demorou muito para a rapaziada chegar. Ouvi a voz de meu irmão entre as dos outros. Falavam baixinho como se deve fazer em presença dos mortos. Yosele Baran perguntou quem era o defunto e lhe disseram que era um aprendiz de alfaiate, um órfão solitário que morrera no abrigo de indigentes.

– De repente, Yosele se aproximou e descobriu o meu rosto. Pensei que a brincadeira terminara, mas devia estar branco como um cadáver, porque ele tornou a puxar o lençol na mesma hora. Fiquei ali amortecido. Prendi a respiração e tentei não me mexer. Tínhamos que ganhar a aposta. Logo os outros se foram. Não havia fechadura na porta, mas os ouvi amontoar neve do lado de fora e pisá-la para que Yosele não pudesse abrir a porta, caso se apavorasse. Na mesma rua, defronte ao barracão do cemitério, havia um prédio em ruínas, e o bando de gozadores ia passar a noite lá jogando cartas. Combinou-se que, se Yosele se amedrontasse, deveria gritar e viriam buscá-lo. Mas Yosele Baran não era nenhum covarde. Através do lençol eu o vi acender um cigarro. Sentou-se corajosamente num balde virado e puxou um baralho.

– Pode ser apenas uma brincadeira, mas quando se está deitado no barracão do cemitério no estrado onde os cadáveres são lavados, com duas velas a arder à cabeceira, tem-se uma sensação estranha. Meu coração batia tão forte que receei que Yosele o ouvisse.

– Meu caro, não conte mais nada – pediu a dona da casa. – É uma história terrível... Terei medo de dormir hoje à noite...

– Tolinha, não era um cadáver de verdade – o marido a tranqüilizou.

– Mesmo assim estou assustada.

– Se está assustada, diga uma oração para afastar os maus espíritos.

– Não é uma história para o dia do Sabá.

– Se não quiserem, não conto mais – disse o convidado.
– Os senhores são jovens... Estão apenas começando a viver...

– Francamente, Reizele, você me envergonha diante do nosso convidado – disse o marido. Não devia ser tão covarde. Afinal de contas, todos morrem. Um dia também morreremos.

– Ah, pare com isso!

– Perdoem-me, vou dormir – disse o convidado.

– Não, não, meu caro. Sou o dono da casa e não ela. Se não quer ouvir, pode se levantar da mesa...

– Sinceramente, não quero causar problemas entre marido e mulher – disse o convidado. – Os senhores farão as pazes e a irritação se voltará contra mim...

– Não, continue sua história. Se o meu marido deseja, então a ouvirei também.

– Terá maus sonhos.

– Vamos, continue. Também estou curiosa.

– Onde parei? Ah, sim, estava deitado e espreitava Yosele Baran através do lençol. Ele jogava cartas, mas de vez em quando lançava um olhar na minha direção. Sabia muito bem que ele estava nervoso, e eu ansioso para que a peça terminasse. Quando a pessoa está deitada sem se mexer, sente de repente uma comichão no ombro, na cabeça, nas costas. A saliva se acumula na boca e a pessoa precisa cuspi-la. Quanto tempo um homem pode ficar deitado como uma pedra?

– Mexi-me um pouco e a sala estava tão silenciosa que o estrado rangeu. Yosele virou a cabeça e as cartas caíram de seu colo. Ele arregalou os olhos para mim e percebi que seus dentes começavam a bater. Eu queria espirrar, mas fiz o possível para me conter. Já estava pensando em me sentar e dizer: "Yosele, eles estão lhe gozando", mas não queria enfurecê-lo. Para encurtar a história, espirrei.

– O que aconteceu depois disso não pode nem ser descrito. Ele deu um salto e emitiu um som gargarejante como o de um boi abatido. Sentei-me e queria lhe dizer que era tudo uma brincadeira, mas me enredei no lençol e acidentalmente apaguei as velas. Ouvi alguma coisa cair e em seguida fez-se silêncio. Pensei que Yosele tivesse desmaiado e quis reanimá-lo, mas não conseguia enxergar nada no escuro. Nem ao menos tivera o bom senso de trazer fósforos comigo. Comecei a gritar como um louco. Então caí e bati em Yosele. No momento em que toquei nele, percebi que estava morto. Essas coisas se sabe.

– Deus do céu, que desgraças podem acontecer neste mundo! – exclamou a mulher.

– Lembro-me de correr para a porta e tentar abri-la. Mas a neve amontoada pelos rapazes devia ter se transformado em gelo. Agora estava sozinho com um cadáver, na maior escuridão. Meus caros amigos, desmaiei com o choque. Até hoje não sei como sobrevivi.

– E agora começa a verdadeira confusão. O pessoal no prédio em ruínas se entusiasmou tanto com o jogo de cartas que se esqueceu completamente da aposta. De repente alguém se lembrou e foram até o barracão dar uma espiada. Soube disso quarenta anos depois. Chegaram no barracão e viram que estava escuro lá dentro. Havia frestas nas paredes, mas não havia janelas. Começaram a chamar: "Yosele! Avrom Wolf!" Mas ninguém respondeu. Rapidamente retiraram o monte de neve, arrombaram a porta e viram dois cadáveres à luz das estrelas. Não tinham trazido lanterna e a lua estava escondida.

– Eram três: meu irmão Bendit, Tovele Kashtan e um certo Berish Kirzhner, metido a valentão. Mas rapazes são rapazes. Todos têm medo da morte, até os mais fanfarrões. Correram como loucos. Berish caiu e partiu a perna. Tovele Kashtan apressou-se a bater na janela do rabino. O rabino ficava acordado até tarde estudando a Torá. Tovele entrou, meio enregelado e começou a gaguejar e a tremer.

– Até o rabino chamar o bedel, e o bedel acordar o pessoal da casa, e todos se vestirem e acenderem as lanternas já estava quase amanhecendo. Foram ao cemitério e no caminho encontraram Berish Kirzhner já duro. Não conseguira se levantar e morrera enregelado.

– Deus do céu!...

– Eu voltara a mim nesse meio tempo e conseguira me arrastar até minha casa. Esperava encontrar Bendit lá, mas a casa estava vazia. Bendit pensou que eu morrera de susto e fugira da cidade. Não tinha coragem de encarar meu pai e minha mãe. Mas eu só sabia de uma coisa: Bendit não estava lá.

– A cidade estava alvoroçada. O rabino mandou o bedel me chamar, mas quando o vi à porta, me escondi no sótão. A família de Berish Kirzhner – eram todos açougueiros – tinha dado uma surra em Tovele Kashtan. Deixaram seus pulmões uma pasta de tanta pancada. Escondi-me durante dois dias, na esperança que Bendit voltasse. Mas no terceiro dia, quando meus pais deviam regressar de Izhbitza, fiz minha mala e parti da cidade. Não podia olhar de frente para meus pais e ouvir seus lamentos e gritos. Já se sabia por toda a cidade que eu me fingira de morto e me culpavam de tudo que acontecera. Yosele Baran tinha uma família numerosa, com muitos homens musculosos; teriam feito picadinho de mim.

– Fui para Lublin e me empreguei como aprendiz de um padeiro.

– Mas sovar grandes baldes de massa me provocou uma hérnia, que Deus os livre de tais coisas. Além disso, os outros aprendizes não gostavam de mim porque era um desconhecido e não queria participar de suas brincadeiras. Os casamenteiros me procuravam com ofertas, mas eu não gostava das moças. E ainda havia a curiosidade de todos sobre mim: de onde vinha, quem era meu pai. Fingia-me de tolo e as pessoas pensavam que eu era bastardo.

– Todo esse tempo eu esperava descobrir o paradeiro de meu irmão. Procurava-o por toda a parte: nas sinagogas, nas tavernas, nas hospedarias. Havia um músico cego em Lublin, Dudie era seu nome. Dudie tocava em todos os casamentos. Quando Dudie dava os primeiros acordes da marcha nupcial ou da dança das boas-vindas, as moças choravam e riam. Os outros músicos se enciumavam e faziam tudo para mortificá-lo. Não tinha esposa, por isso vivia pelas estradas. Conheci-o tomando cerveja e me tornei seu guia. A princípio viajávamos apenas pelas cidades vizinhas. Mais tarde perambulávamos por toda a Polônia.

– Em todo lugar eu procurava meu irmão. Perguntava a quem encontrava se teriam visto um homem assim e assim e o descrevia o melhor que podia. Mas ninguém o vira. Enquanto Dudie viveu, tudo ia muito bem. Os casamentos são ocasiões felizes. Vêm parentes e convidados de toda parte. Quando as pessoas dançam e cantam, se esquecem dos problemas. Ouvira tantos bufões em casamentos que comecei a falar em rimas também. Sempre que chegávamos a uma cidadezinha que não tinha bufão, eu me encarregava da diversão. Mas Dudie estava enfraquecendo de dia para dia. As mãos começaram a tremer. Em um dos casamentos ele caiu, e deixou de existir.

– Se fosse lhes contar tudo por que passei, teria que ficar aqui um ano. Também me casaram, mas não deu certo. Empurraram-me uma solteirona e ela se agarrou a mim como uma pessoa faminta se agarra a um assado. Envergonho-me de falar disso. Era tuberculosa e as pessoas que sofrem de tuberculose não sabem quando parar.

– Tornei-me cordoeiro. O tio dela me ensinou o ofício. Não era preciso muita habilidade, mas só se podia trabalhar do lado de fora, quando estava quente. Eu ficava ali, estendendo a corda e a cada cinco minutos ela aparecia e dizia: "Avrom Wolf, entre". Ora era uma desculpa, ora outra. Os pulmões doentes provocam febre e a febre a deixava alucinada. As pessoas paravam para olhar e riam à socapa. As crianças caçoavam dela: "Avrom Wolf, entre..." Quando eu a censurava, tinha um acesso de tosse e cuspia sangue. Quis me divorciar, mas ela não queria ouvir falar nisso. A cidade não estava na proximidade de nenhum rio e teria que ir a outro lugar para conseguir um divórcio.

– Sofri cinco anos. No último ano ela passou mais tempo na cama do que de pé. Mas assim que a doença melhorava um pouquinho, recomeçava a velha cantilena. Como contar essas coisas? No último dia sentiu-se inesperadamente melhor. Sentou-se como uma mulher saudável e falou em ir a outra cidade para consultar um médico. Trouxe-lhe um copo de leite e ela o bebeu. O rosto estava corado e parecia mais bonita e mais jovem do que no dia do nosso casamento. Saí para cuidar das minhas cordas. Quando tornei a entrar, ela parecia dormir. Olhei com mais atenção e não consegui ouvir sua respiração. Morrera.

– Depois de sua morte recebi constantes ofertas de casamento, mas não queria mais ouvir falar nisso. Não podia mais continuar naquela cidade. Vendi a casa por um preço irrisório, com tudo dentro, com a roda de fiar e um pouco de cânhamo e saí perambulando pelo país. Quando o coração está pesado é difícil ficar parado num só lugar. Os pés nos levam para onde querem. De quanto precisa um homem quando está só? Um pedaço de pão e um lugar para descansar à noite. As pessoas não o esquecem. Em toda cidade há um abrigo de indigentes. Gente boa como os senhores o aceitam como convidado. Eu continuava a procurar meu irmão, mas perdera toda a esperança de encontrá-lo.

– Há um livro que diz que o Messias virá quando o povo perder a esperança. E assim foi comigo. Cheguei a uma cidadezinha, Zychlin. Minhas botas estavam se desfazendo. Já que tinha uns poucos *groschen,* perguntei por um sapateiro remendão que fosse bom e barateiro. Mandaram-me que subisse uma rua numa colina. Subo essa ladeira e o sapateiro está sentado em um banquinho do lado de fora raspando uma sola gasta. Aproximo-me e ele ergue a cabeça. Olho: é o meu irmão Bendit.

– Não consigo evitar. Toda vez que falo desse encontro, choro; foi como José e seus irmãos. Eu o reconheci, mas ele não. Ia dizer-lhe que era Avrom Wolf, mas queria me certificar de que não me enganara.

Perguntei-lhe: "De onde é o senhor?"

E ele respondeu bruscamente: "Para que veio aqui, para tagarelar ou para mandar consertar as botas?"

– Na hora que falou, eu sabia que era Bendit. Disse-lhe: "O senhor é da região de Lublin?"

E ele respondeu: "Sou."

"De Hrubieshov?"

Ele pareceu um tanto espantado e perguntou: "Quem é o senhor?" Eu disse: "Trago lembranças de seu irmão".

O sapato caiu de suas mãos.

"Que irmão?"

"Seu irmão Avrom Wolf."

"Avrom Wolf está vivo?"

"Eu sou Avrom Wolf."

Ele deu um pulo e soltou um grito de dor como se fosse *Yom Kippur*. A mulher acorreu, descalça e esfarrapada. Trazia um balde de água suja e derramou-o nos pés. Perguntei: "Que aconteceu com nossa mãe e nosso pai?"

E ele começou a chorar.

"Há muito se foram para um mundo melhor. O pai morreu no mesmo ano. A mãe sofreu um pouco mais."

– Meu irmão soube disso anos depois.

– Seu irmão ainda vive? – perguntou o dono da casa.

– Não sei. Talvez. Passei uma semana com ele. Depois disso arrumei minha trouxa de novo. Ele não tinha pão suficiente para si mesmo.

– Por que não procuraram avisar seu pai e sua mãe de que estavam vivos?

– Tive medo. Tive vergonha. Eu mesmo não sei por quê. Eles perderam os dois filhos de uma só vez.

– Mas por que não lhes escreveu?

– Quem sabe? Não escrevi.

– Onde está o sentido disso? – perguntou o dono da casa.

O convidado não respondeu.

A dona da casa tirou um lenço e levou-o aos olhos.

– Por que as pessoas são tão doidas?

– Reizele, vamos tomar chá.

O convidado ergueu a cabeça.

– Talvez pudessem me servir outro copo de vodka, ao invés?

– Pode beber tudo que sobrou.

– Não sou um bêbado, mas quando o coração fica amargurado, a pessoa quer esquecer a tristeza.

O convidado estendeu o copo. Fez uma careta e estremeceu. Então empurrou a garrafa e disse:

– Nunca mais contarei essa história a ninguém...

Traduzido por Mirra Ginsburg.

O Filho

O navio de Israel era esperado ao meio-dia, mas estava atrasado. Já era noite quando aportou em Nova York, e assim mesmo tive que esperar um bocado até que deixassem os passageiros saírem. Do lado de fora estava quente e chuvoso. Uma multidão viera esperar a chegada do navio. Parecia que todos os judeus estavam lá: aculturados, rabinos de longas barbas e trancinhas; moças com números nos braços gravados nos campos de Hitler; funcionários de organizações sionistas com pastas estufadas; seminaristas judeus com chapéus de veludo e barbas que cresciam em desalinho; e mulheres de ruge nas faces e unhas dos pés pintadas. Percebi que presenciava uma nova época na história judaica. Quando é que os judeus tiveram navios? – e se tiveram, os navios iam a Tiro e a Sídon e não a Nova York. Mesmo que as teorias malucas de Nietzsche sobre o eterno retorno fossem verdadeiras, quatrilhões e quintilhões de anos teriam que transcorrer antes que a mínima parte do que acontecia presentemente tornasse a se repetir. Mas essa espera era tediosa. Avaliei as pessoas com os olhos e todas as vezes me perguntava a mesma coisa: o que faz dele meu irmão? O que faz dela minha irmã? As nova-iorquinas se abanavam, falavam todas ao mesmo tempo com vozes roucas, refrescavam-se com chocolates e coca-colas. Uma determinação não-judia espiava dos seus olhos. Era difícil acreditar que poucos anos antes seus irmãos e irmãs na Europa caminhavam como carneiros para o matadouro. Rapazes adeptos da moderna ortodoxia com minúsculos solidéus ocultos como um emplastro na espessa cabeleira falavam alto em inglês e faziam piadas com as moças, cujo comportamento e indumentária não indicavam nenhum sinal de religião. Até os rabinos aqui eram diferentes, não eram como meu pai e meu avô. A mim todas essas pessoas pareciam mundanas e inteligentes. Quase todas, exceto eu, tinham obtido permissões para irem a bordo. E faziam conhecimento anormalmente rápido, trocavam informações, sacudiam a cabeça sabidamente. Os oficiais do navio começaram a descer, mas pareciam empertigados nos uniformes, que tinham dragonas e botões dourados. Falavam hebraico, mas seu sotaque era de gentios.

Continuei à espera do filho que não via há vinte anos. Tinha cinco anos quando me separei da mãe. Fui para os Estados Unidos e ela, para a Rússia. Mas aparentemente uma revolução não bastava para ela. Queria a "revolução permanente". E a teriam liquidado em Moscou se não houvesse alguém com acesso aos ouvidos de um alto funcionário. Suas velhas tias bolchevistas, que foram mandadas para prisões polonesas por atividades comunistas, tinham intercedido e eles a deportaram para a Turquia com a criança. Dali, conseguira alcançar a Palestina, onde criara nosso filho num *kibbutz*. Agora ele vinha me visitar.

Mandaram-me uma fotografia tirada quando servia o exército e lutava contra os árabes. Mas a fotografia estava borrada e além disso usava farda. Somente agora, quando os primeiros passageiros começavam a descer, é que me ocorreu que não tinha uma idéia muito clara da aparência de meu filho. Era alto? Era baixo? O cabelo louro escurecera com o tempo? A chegada desse filho nos Estados Unidos me impelia de volta a uma época que pensara já pertencer à eternidade. Ele surgia do passado como um fantasma. Não fazia parte da minha casa atual, nem se encaixaria em qualquer das minhas relações fora de casa. Eu não tinha espaço para ele, nem cama, nem dinheiro, nem tempo. Como aquele navio que desfraldava a bandeira azul e branca com a estrela de Davi, ele constituía uma estranha combinação do passado e do presente. Escrevera-me que, de todas as línguas que falara na infância – iídiche, polonês, russo, turco –, agora só falava hebraico. Então já sabia de antemão que, com o pouco hebraico que aprendera no Pentateuco e no Talmude, não seria capaz de conversar com ele. Ao invés de falar com meu filho, ia gaguejar e ter que procurar palavras em dicionários.

Os empurrões e o ruído aumentaram. O cais estava um tumulto. Todos gritavam e se empurravam para a frente com a alegria exagerada das pessoas que perderam o padrão para medir as realizações neste mundo. Mulheres soluçavam histéricas; homens choravam roufenhos. Fotógrafos batiam instantâneos e repórteres corriam de um para outro, conduzindo entrevistas apressadas. Então ocorreu o mesmo que sempre ocorre quando faço parte de uma multidão. Todos se tornam uma grande família, enquanto eu permaneço de fora. Ninguém falava comigo e eu não falava com ninguém. A força secreta que os unia me mantinha à parte. Olhos me avaliavam distraídos como se perguntassem: que *ele* está fazendo aqui? Após alguma hesitação, tentei fazer uma pergunta a alguém, mas a pessoa não me ouviu, ou pelo menos se afastou no meio da minha indagação. Era como se eu fosse uma alma penada. Passado algum tempo, decidi fazer o que sempre decido fazer em tais casos, fazer as pazes com o destino. Encostei-me a um canto, fora de caminho, observando as pessoas desembarcarem, separando-as mentalmente. Meu filho não poderia estar entre os velhos e os de meia-idade. Não poderia ter cabelos cor de azeviche, ombros largos e olhos chamejantes: alguém assim não poderia ter saído das minhas entranhas. Mas de repente surgiu um rapaz estranhamente parecido com o soldado da foto: alto, esbelto, um pouco curvado, com um nariz meio comprido e um queixo estreito. É ele, gritou alguma coisa em mim. Precipitei-me do canto para ir ao seu encontro. Ele procurava alguém. Um amor paternal despertou em mim. Suas faces estavam encovadas e uma palidez doentia cobria-lhe o rosto. Está doente, tuberculoso, pensei ansioso. Já tinha aberto a boca para chamar "Gigi" (como a mãe e eu o tratávamos quando menino), quando inesperadamente uma mulher gorda se adiantou e o prendeu nos braços. Seu grito se transformou numa espécie de latido; não demorou e um bando de parentes se acercou. Tinham arrancado de mim um filho que não era meu! Havia um quê de seqüestro espiritual naquilo tudo. Meus sentimentos paternais se envergonharam e voltaram correndo para aquele esconderijo onde as emoções podem passar anos sem emitir um som. Senti que corara de humilhação, como se tivesse sido esbofeteado. Decidi esperar pacientemente dali em diante e não deixar meus sentimentos irromperem prematuramente. Então por algum tempo não saíram mais passageiros. Pensei: afinal, o que é um filho? O que torna o meu sêmen mais meu do que o de outra pessoa? Qual é o valor de uma ligação de carne e sangue? Somos todos espuma do mesmo caldeirão. Retroceda algumas gerações e toda essa multidão de estranhos provavelmente teve um avô comum. E daqui a duas ou três gerações, os descendentes desses que são parentes agora serão estranhos. É tudo temporário e passageiro: somos bolhas do mesmo oceano, turfa do mesmo pântano. Se não se pode amar todo o mundo, não se deve amar ninguém.

Mais passageiros saíram. Três rapazes apareceram juntos e eu os examinei. Nenhum deles era Gigi, e se um fosse, ninguém o roubaria de mim afinal. Foi um alívio quando cada um dos três partiu com uma pessoa diferente. Nenhum deles me agradara. Pertenciam à ralé. O último chegara a se virar e me lançar um olhar belicoso, como se de alguma forma misteriosa tivesse captado meus pensamentos depreciativos sobre ele e outros como ele.

Se for meu filho vai sair por último, ocorreu-me de repente, e embora isso fosse uma suposição, por alguma razão tive certeza de que ia acontecer assim. Armara-me de paciência e daquela resignação que sempre existe dentro de mim pronta para me imunizar contra os fracassos e reprimir qualquer desejo de me libertar das minhas limitações. Observei cada passageiro com atenção, adivinhando seu caráter e sua personalidade pela aparência e maneira de se vestir. Talvez apenas imaginasse, mas cada rosto me revelou seus segredos e achei que sabia exatamente como seu cérebro funcionava. Todos os passageiros tinham algo em comum: a fadiga de uma longa viagem oceânica, a preocupação e incerteza de gente que chega a um novo país. Os olhos de cada um indagavam desapontados: isso é que é os Estados Unidos? A moça com números no braço sacudiu a cabeça raivosa. O mundo inteiro era um Auschwitz. Um rabino lituano, com uma barba redonda e grisalha e olhos saltados, carregava um pesado livro. Um grupo de seminaristas esperava por ele e, no momento que os encontrou, o rabino começou a pregar com o zelo indignado de alguém que aprendeu a verdade e está tentando divulgá-la rapidamente. Ouvi-o dizer: Torá... Torá... Quis perguntar-lhe por que o Torá não defendera aqueles milhões de judeus e não os livrara dos crematórios de Hitler. Mas por que perguntar se eu já conhecia a resposta? "Meus pensamentos não são os seus pensamentos." Sofrer o martírio em nome de Deus é o mais alto privilégio. Um passageiro falava uma espécie de dialeto que não era alemão nem iídiche, mas uma algaravia que parecia extraída de romances antiquados. E como era estranho que os que o aguardavam conversassem na mesma língua.

Raciocinei que no caos existem leis precisas. Os mortos continuam mortos. Os vivos têm suas recordações, cálculos e projetos. Em alguma vala da Polônia se encontram as cinzas dos que foram queimados. Na Alemanha, os antigos nazistas estão deitados em suas camas, cada qual com a sua lista de assassinatos, torturas, estupros. Em algum lugar deve existir um Onisciente que conhece os pensamentos de cada ser humano, que conhece as dores de cada mosca, que conhece cada cometa e meteoro, cada molécula da mais distante galáxia. Dirigi-me a ele. Bom, Todo-Poderoso Onisciente, para o senhor tudo é justo. Conhece o todo e possui todas as informações... e é por isso que é tão esperto. Mas o que vou fazer com os meus farelos de fatos?... E, tenho que esperar meu filho. Mais uma vez parou de sair passageiros e me pareceu que todos já tinham desembarcado. Fiquei tenso. Será que meu filho não viera naquele navio? Será que não me apercebera dele? Será que se atirara ao mar? Quase todas as pessoas tinham deixado o cais e senti que os funcionários estavam prestes a apagar as luzes. Que ia fazer agora? Tivera a premonição que alguma coisa ia dar errado com aquele filho que durante vinte anos fora para mim uma palavra, um nome, uma culpa na consciência.

De repente eu o vi. Saiu devagar, hesitante, com uma expressão que dizia não alimentar esperanças de que alguém estivesse esperando por ele. Parecia-se com o instantâneo, mas mais velho. Tinha rugas juvenis no rosto e as roupas amarrotadas. Mostrava o desalinho e o desleixo de um rapaz sem lar que passara anos em lugares estranhos, que sofrera muitas vicissitudes e se tornara velho antes do tempo. O cabelo estava embaraçado e empastado e me pareceu que havia restos de palha e de feno nele – como no cabelo daqueles que dormem em celeiros. Os olhos claros, apertados sob as sobrancelhas esbranquiçadas, tinham o sorriso meio cego de um albino. Carregava uma mochila como um recruta do exército carrega um embrulho de papel pardo. Ao invés de correr imediatamente para ele, fiquei parado admirando. Suas costas já estavam um pouco curvadas, mas não como as dos seminaristas, mais como as de alguém que está acostumado a levar cargas pesadas. Saíra a mim, mas eu reconhecia traços de sua mãe – a outra metade que nunca poderia se unir à minha. Mesmo nele, o produto, nossos traços contrários não se harmonizavam. Os lábios da mãe não combinavam com o queixo do pai. Os malares salientes não condiziam com a testa alta. Ele olhou atentamente para os lados, e seu rosto disse bem-humorado: naturalmente, ele não veio me receber.

Aproximei-me e perguntei incerto:

– *Atah* Gigi?

Ele riu.

– Sou, sou Gigi.

Beijamo-nos e seu rosto barbado arranhou meu rosto como um ralador de batatas. Ele era desconhecido, mas, ao mesmo tempo, eu o sentia tão próximo quanto qualquer outro pai ao filho. Permanecemos calados com aquela sensação de intimidade que dispensa palavras. Em um segundo já sabia como tratá-lo. Ele passara três anos no exército, vivera uma guerra implacável. Devia ter tido Deus sabe quantas namoradas, mas continuava tímido como só um homem consegue ser. Falei-lhe em hebraico, bastante surpreso com o meu próprio conhecimento. Imediatamente me investi da autoridade de um pai e todas as minhas inibições se evaporaram. Tentei lhe tomar a mochila, mas ele não deixou. Ficamos parados do lado de fora à procura de um táxi, mas todos os táxis já tinham ido embora. A chuva parara. A avenida ao longo das docas se estendia interminável – molhada, escura, mal-pavimentada, o asfalto cheio de buracos e poças de água que refletiam nesgas do céu esbraseado, baixo e vermelho como uma tampa de metal. O ar sufocava. Havia relâmpagos sem trovões. Gotas solitárias de água caíam do alto, mas era difícil saber se eram restos da chuva anterior ou de uma nova rajada que começava. Feria a minha dignidade que Nova York se mostrasse ao meu filho tão sombria e encardida. Tive a ambição fútil de lhe mostrar imediatamente os trechos bonitos da cidade. Mas esperamos quinze minutos e não apareceu nenhum táxi. Já ouvira os primeiros sinais da trovoada. Não restava nada a fazer exceto caminhar. Os dois tínhamos o mesmo jeito de falar: curto e brusco. Como velhos amigos que conhecem os pensamentos um do outro, não precisávamos de longas explicações. Ele me disse quase sem palavras: compreendo que não pudesse viver com minha mãe. Não tenho queixas. Sou feito do mesmo estofo...

Perguntei:

– Que tipo de moça ela é? A moça sobre quem me escreveu?

– Uma moça ótima. Fui seu conselheiro no *kibbutz*. Mais tarde entramos para o exército juntos.

– Que é que ela faz no *kibbutz?*

– Trabalha nos estábulos.

– Ao menos tem instrução?

– Freqüentamos juntos o segundo grau.

– Quando vão casar?

– Quando eu voltar. Os pais dela exigem um casamento oficial.

Ele disse isso de um jeito que significava: naturalmente, nós dois – não precisamos dessas cerimônias, mas os pais que têm filhas pensam diferente.

Fiz sinal para um táxi e ele ensaiou um protesto.

– Para que táxi? Podíamos andar. Sou capaz de andar quilômetros.

Disse ao motorista para nos levar à rua 42, subir o trecho iluminado da Broadway e depois virar para a Quinta Avenida. Gigi ficou quieto olhando pela janela. Nunca tive tanto orgulho dos arranha-céus e das luzes da Broadway quanto naquela noite. Ele observava calado. De alguma maneira percebi que pensava agora na guerra contra os árabes e em todos os perigos a que sobrevivera no campo de batalha. Mas os poderes que regem o mundo tinham previsto que deveria vir a Nova York e ver o pai. Era como se eu ouvisse seus pensamentos. Tinha certeza que, como eu, ele também refletia sobre as eternas indagações.

Como se quisesse testar os meus poderes telepáticos, disse:

– Não existem acasos. Se está predestinado a viver, tem que permanecer vivo. Está escrito.

Surpreso, ele virou a cabeça para mim.

– Ei, você lê pensamentos!

E sorriu, surpreso, curioso, cético, como se eu tivesse pregado uma peça de pai nele.

Traduzido pelo autor e por Elizabeth Pollet.

O destino

Eu costumava visitar um parente que morava na avenida Park. Era advogado, especialista em investimentos. Havia muitas viúvas e solteironas ricas entre suas clientes. De tempos em tempos ele dava uma festa e as convidava.

Foi numa dessas festas que conheci Bessie Gold. Era cinqüentona, miúda, magra, as faces encovadas e muito pintadas de ruge. Os olhos dourados eram maquilados com sombra azul e rímel preto, como se fosse se apresentar no palco. Usava um batom laranja e unhas do mesmo tom. Nos pulsos peludos e raiados de veias levava pesadas pulseiras de onde pendia uma coleção de berloques. O seu retinir e tilintar me faziam pensar nas correntes de um prisioneiro. Ela era macilenta como um tuberculoso e as pernas nas meias de rede pareciam palitos. Sentamos um ao lado do outro, cada qual segurando uma taça de champanhe.

Bessie alternava um gole de champanhe com uma tragada no cigarro. Reparei que seu pescoço era fino e azulado como o de uma galinha depenada. O peito, liso e sardento. Um par de orelhas masculinas adornadas com brincos de brilhantes emergia do cabelo recém-pintado de louro. Ela se voltou para mim e perguntou:

– O senhor é mesmo escritor?

– Tento ser.

– Por que não conta a minha vida? Não pense que sempre fui uma senhora que bebe champanhe. Não nasci neste país. Nasci na Europa. Meus pais falavam iídiche. Também costumava falar iídiche, mas esqueci quase tudo. Vivíamos no East Side e minha mãe mantinha pensionistas e fazia todo o trabalho que isso exige. Não preciso lhe contar como os imigrantes viviam naquela época. Tínhamos três quartos escuros e um banheiro no corredor. Meu pai trabalhava quinze horas por dia numa oficina. Durante a época de maior movimento ele costumava dormir no emprego, porque até que conseguisse chegar em casa já estava amanhecendo e era hora de recomeçar a trabalhar. Havia algumas oficinas sindicalizadas naquele tempo, mas ele era um principiante tímido e o exploravam a torto e a direito. Trabalhava tantas horas que começou a cuspir sangue.

– Eu tinha um irmão e duas irmãs que saíram cedo de casa: egoístas que se recusavam a ajudar a carregar o pesado fardo. Sempre tive senso de responsabilidade. Foi a causa de minha infelicidade. Mourejava com minha mãe. Cozinhava, assava, procurava pechinchas na rua Orchard, lavava a roupa dos pensionistas e conseguia arranjar tempo para ler um livro. Nunca terminei a escola, mas aprendi inglês suficientemente bem para dar aulas a estrangeiros. Que é que eu não fazia? Meu pai morreu depois de muito sofrimento e minha mãe ficou física e espiritualmente arrasada. Mal compreendia o que lhe diziam. Ia constantemente ao cemitério para chorar sua tristeza no túmulo de papai. Não havia mais sentido em manter hóspedes, por isso fui trabalhar numa fancaria. Sabe o que é isso? Põem um vestido num manequim e a pessoa dá a prova. Em geral se estuda para poder fazer isso, mas eu tinha muito jeito. Era capaz de entrar em qualquer loja e em três dias sabia tudo que precisava saber. Naturalmente fiz inimizades.

– Desde a infância sempre me comportei como se fosse mais velha. Minha mãe costumava me chamar de "criança velha". Ela veio da Polônia, mas papai era um *litvak*. Preocupava-me muito, sempre à procura da segurança. Tornei-me um marido para minha mãe. Toda sexta-feira lhe trazia meu envelope de pagamento. Sem faltar um tostão. Outras moças, inclusive as minhas irmãs, saíam com rapazes; aproveitavam a juventude. Mas eu tinha um objetivo: casar com um rapaz decente, ter uma casa e uma família. Tinha instintos de mãe. Já amava meus filhos futuros. Por que não bebe? Um pouco de champanhe não lhe fará mal.

– Se fosse lhe contar tudo o que vivi, daria três grossos volumes. Vou resumir. Conheci um rapaz. Nos apaixonamos e casamos. Ele era alto, bem apessoado, alegre. Parecia ter todas as virtudes. Minha família mal podia acreditar que tivesse arranjado um homem desses. Vinha da Romênia. Porém, não demorei a encontrar a mosca na sopa. Ele não gostava de trabalhar. Um dia tinha emprego, no outro, não. Eu economizara algumas centenas de dólares e alugamos um apartamento num bairro residencial. Paguei pela mobília, por tudo, até pelas contas de nossa lua-de-mel em Ellenville. Esse foi o meu destino desde o começo.

– Contudo, logo percebi que estava escondendo coisas de mim. O vizinho vivia a chamá-lo ao telefone. Não tínhamos telefone. Ele começou a receber cartas em envelopes cor-de-rosa. Metia-as no bolso e nunca as abria na minha presença. Suspeitei que estava tendo um caso com outra mulher, mas a minha natureza é tal que não me importava muito. Desde que voltasse para mim à noite. Nasci humilde. Que tinha para lhe oferecer? Antes de me casar, quando brigava com minha mãe, ela me chamava de tábua. Essas palavras grudam no cérebro e envenenam o sangue. Quando meu marido me beijava, me vinham lágrimas aos olhos como se ele estivesse me fazendo o maior dos favores. Um dia sumiu com todas as nossas economias. Levou até as minhas poucas jóias. Nunca voltei a vê-lo.

– E nunca mais soube dele?

– Não, nunca. Falaram-me no departamento de pessoas desaparecidas, mas pensei, se ele não me quer, para que procurá-lo? Não se pode obrigar uma pessoa a amar. E não queria que o pusessem atrás das grades. Era o pai da criança que eu estava esperando.

– Prometi que não lhe contaria uma história longa, mas esses são os fatos essenciais. Dei à luz uma menina. As palavras não podem descrever a alegria que senti quando me tornei mãe. É verdade que fora abandonada, mas experimentei alguns meses de felicidade. A vida toda sempre estive cercada de solteironas e *schlemiels* e, por comparação, eu parecia ter sorte. Jurei que minha filha nunca conheceria privações. Teria tudo que me faltara: uma casa confortável, instrução, roupas bonitas, tudo que se pode desejar. Como consegui isso?

— Encontrei uma mulher de bom coração, uma divorciada, que dividia comigo o apartamento e cuidava da criança. Minha mãe morrera e eu começara a trabalhar numa loja de departamentos, vendendo vestidos. Fui tão bem-sucedida que logo me promoveram a compradora-assistente. Uma compradora-assistente raramente consegue chegar a compradora, mas, de alguma forma, a menina boba do East Side se tornou compradora de uma grande loja. Não ria. Foi uma vitória e tanto.

— Os outros compradores saíam e se divertiam. Alguns não eram imunes a um suborno dos fornecedores. Eu, tola que era, trabalhava como uma escrava para a loja. Ainda assim, ganhei o suficiente para mandar a minha Nancy a uma escola particular. Ela sempre teve o melhor.

Uma coisa eu não podia lhe dar: um pai. Poderia ter tornado a casar. Era legalmente divorciada. Mas aqueles que me queriam, eu não queria. Um homem tinha que me agradar. Se ele se provasse um tolo ou um chato, me desgostava. Havia alguns que estavam interessados nos meus poucos dólares: meio gigolôs, parasitas. Eu sentia que cada tostão meu pertencia a Nancy. Ela cresceu, alta e bonita. Puxou ao pai. A casa parecia se iluminar quando ela entrava. Era loura de olhos azuis, como uma *shiksa*. Algum dia lhe mostro um retrato. Tenho três álbuns cheios de fotografias dela. É tudo o que tenho.

— Aconteceu alguma coisa a ela?

— Não, Deus livre. Não o que o senhor pensa. Está viva e saudável. Que ela possa, como se diz em iídiche, sobreviver aos meus ossos. Fez a mesma coisa que o pai. Abandonou-me. Enquanto precisou de mim, eu era *mãezinha*, e *mamãe*, e *mãe querida*. Mas assim que se formou no Smith e encontrou um rapaz rico, começou a ver defeitos em mim. Previ tudo, sabia exatamente como iria acabar, com a mesma certeza com que sei que vamos jantar, tomar café e ir para casa. Como podia saber é algo que nunca ficou muito claro para mim. Há quem diga que sou sensitiva. Penso em alguém a quem não vejo há dez anos e de repente a porta se abre e lá está ele. Em suma, cumprira a minha sentença e já não era necessária.

– Devo mencionar que com o tempo me tornei muito bem-sucedida. Minhas viagens de compras eram noticiadas nas colunas de moda. Viajava para Paris, Londres, Roma, e tudo que comprava, as mulheres queriam. Se tivesse iniciado um negócio próprio teria ficado famosa, mas ganhei o suficiente para ter um belo apartamento e estragar a minha filha.

– Porém ela se transformou numa moça sem coração. Só conhecia uma coisa: eu, eu, eu. Tratava-me como se fosse sua escrava. O noivo rico me considerava uma *Yenteh** vulgar do East Side e isso era suficiente para fazer minha própria filha me desprezar. Ela nem procurava esconder o que sentia. Disse-lhe uma vez: "Não sei qual de nós duas é mais vulgar".

– Quando ela ouviu isso, ficou furiosa e cuspiu em mim – cuspiu, literalmente, no meu rosto e gritou: "Meu pai tinha razão em se livrar de você. Eu o amo mesmo que nunca o tenha conhecido e você é uma peixeira da rua Orchard".

– Chegou até a tentar me bater. Vi que o meu papel terminara e disse: "Basta".

– Ela na mesma hora fez as malas. E também ela levou minhas jóias, exatamente como o pai fizera. Bateu a porta e desapareceu. Ainda assim, tive esperanças que sua raiva passasse. Afinal, o que fizera? Mas uma voz interior me disse: você nunca mais a verá. Quando ela se foi, meu coração pesou como uma pedra e meu sangue congelou nas veias. Estava certa que o meu fim chegara e rezei a Deus para morrer depressa.

– Há momentos em que a vida não tem valor algum. Por que outra razão as pessoas cometeriam suicídio? Caí de cama e não me levantei por uma semana. Era a época de Natal e ali estava eu com os nervos em frangalhos, incapaz de manter

---

* Pobre coitado. (N. do T.)

no estômago até uma colher de água. Já descobrira que não havia limite para o sofrimento que sou capaz de suportar. Alguém uma vez me chamou de masoquista. Eu nem sabia então o que a palavra significava. Mas essas pessoas se deixam torturar por prazer. Não era um prazer para mim. Permaneci ali deitada como um cachorro espancado e lambi minhas feridas até que o meu senso de responsabilidade levou a melhor.

— Agora direi uma coisa que vai custar a acreditar. Se dispuser de mais alguns minutos, ouça isso.

— É claro que vou escutar.

— Dizem que não existem milagres, mas o que aconteceu comigo foi um milagre. Um dia entrou um homem no meu escritório. Não era jovem nem velho, cinqüentão, alto, bonito, com as têmporas grisalhas. Era industrial e viera a negócios. Conversamos ligeiramente sobre preços, modelos e fraquezas da clientela.

"Quem sabe do que uma mulher irá gostar?", disse ele.

"E os homens serão mais previsíveis?", respondi.

— Isso foi na época em que o Rockfeller se casou com a filha de um camponês lituano e os jornais não noticiavam outra coisa.

"São", respondeu o visitante. "Um homem sabe exatamente do que gosta. E do que gosta? Eu, por exemplo, gosto de você."

— No nosso negócio estamos acostumados com esse tipo de brincadeira, mas, por que negar, não sou uma mulher que atraia os homens. De vez em quando um homem fazia uma tentativa, mas nunca passava disso. Acostumei-me a viver sozinha. Tornou-se para mim uma segunda natureza.

"Muito obrigada pelo elogio", respondi.

"Não é um elogio. Você é o tipo de mulher que me agrada."

"Como sabe que não sou casada?"

"Não está usando aliança."

— Para que prolongar a história? Ele falava sério. Esqueceu os negócios. Ali mesmo me propôs casamento. Pensei que estivesse brincando. Um homem tão bem apessoado e ainda por cima rico. Era viúvo e sem filhos. O que viu em mim? Naquela época eu andava sempre morta de cansaço. Vestia-me bem, mas que significavam roupas para um homem como aquele? Jantamos juntos naquela noite. Sentamos num restaurante e ele me contou que fora o próprio Deus que me enviara. Agora, escute só. Ele puxou o talão de cheques e disse:

"Aqui está um cheque de 25 mil dólares. Será que isso prova a minha seriedade?"

– Subitamente me assustei.

"Você nem me conhece", disse eu, e comecei a lhe contar toda a minha história. Ele também desabafou. Fora casado com uma moça rica, com mil caprichos, que andava com outros homens. Chegou a hora de fechar e éramos os últimos clientes no restaurante. Os garçons nos olharam e gradualmente começaram a apagar as luzes. O dia alvorecia quando saímos.

– Sim, foi amor à primeira vista. Não entendo o que viu em mim. Isto sempre será um enigma. Ele me explicou assim: sempre tivera um certo tipo de mulher em mente e andava à procura dela. Eu era o seu ideal. Tenho que rir, me desculpe.

A mulher começou a rir. As lágrimas escorriam de seus olhos e ela assoou o nariz. As pulseiras que trazia retiniam produzindo um som cavo. Quando afastou o lenço de renda, seu rosto mudara. Tinha a expressão de uma mulher piedosa que fora interrompida em suas orações. As bolsas sob os olhos tinham saltado. Eu disse:

– Vocês se casaram e ele morreu.

– Foi. Também é sensitivo? Seu primo deve ter lhe contado. Os poucos anos que vivemos juntos foram os mais felizes que posso imaginar. Era bom demais para durar. Ele era forte e saudável, um gigante. Jantáramos e estávamos prontos para ir ao teatro.

"Use seu casaco de marta, está frio lá fora", recomendou.

– Era novembro. Se fosse mencionar tudo que comprou para mim, as viagens que fizemos e os maravilhosos hotéis em que ficamos, levaria um tempo enorme. Parecia que o céu decidira que Bessie teria quatro anos de felicidade. Ele foi até o armário, tirou meu casaco e caiu no chão como uma pedra. Nem ao menos suspirou. Comecei a gritar com todas as forças. Os vizinhos acorreram. Estava morto.

– Preciso dizer o quanto o amava? Uma palavra amável ou mesmo um sorriso e eu me desmancho. Basta que a pessoa não me insulte. Se Deus fosse bom para mim, teria me levado naquela hora. Meu único desejo era morrer. Porém, a coragem de apanhar uma corda e me enforcar, ou pular de uma janela, eu não tenho. Só os que não estão habituados à dor são capazes disso. Sofri desde a infância e mesmo durante os anos de felicidade tive a premonição de que as coisas iam acabar mal. De certa forma, naqueles anos sofri mais do que nunca.

– Agora me deixe contar o que aconteceu com o nosso cachorro. Era tarde demais para termos filhos. Meu marido tinha um cachorro maravilhoso, um dinamarquês. Era grande como um bezerro e inteligente, pelo menos eu pensava assim. Quando o levava a passear, todos paravam para olhar. Meu marido tinha loucura por ele. Costumava mexer com ele dizendo que amava mais o cachorro que a mulher.

– Depois que meu marido morreu, só me restou o cachorro. Não estou me referindo a dinheiro. Meu marido me deixou uma fortuna. Eu sabia que era seu sagrado desejo que fosse boa para o cachorro; e quem mais me restava? Que se pode fazer por um cachorro? O que se podia fazer eu fiz. Ele vivia luxuosamente. Bife todos os dias. Duas vezes por dia eu o levava para passear e às vezes me parecia que era ele que estava me levando pela coleira. Arrastava-me quando queria. Os transeuntes riam. Eu sabia que estava exagerando, mas também sabia que nunca haveria mais nada para encher o vazio de minha vida.

– O cachorro tinha os olhos de um ser humano. Eu conversava e ele parecia escutar e compreender cada palavra. Talvez realmente compreendesse. Recentemente li um artigo sobre animais. Dizia que são capazes de ler os nossos pensamentos e que são clarividentes. Acreditei que o cachorro fosse igualmente apegado a mim. Comia das minhas mãos. Eu o lavava e escovava. Encomendei um casaco de marta para ele usar no frio. Dormia na minha cama à noite. Tentei muitas vezes afugentá-lo porque era enorme e pesado. Parecia um leão deitado aos meus pés. Mas não era o tipo de animal que podia ser afastado.

– Meu marido tivera muitos amigos e parentes, porém, depois que morreu, eles me deixaram praticamente sozinha. Não me pergunte por quê. É o meu destino. Não tinham sido realmente simpáticos comigo mesmo quando ele era vivo. Que mal lhes fizera? Mas, por outro lado, que mal fizera à minha própria filha?

– Não vai acreditar, mas de repente reparei que o cachorro estava se tornando hostil. Começou a ficar rabugento e por vezes até mau. Parou de pôr as patas no meu colo e de lamber o meu rosto. De vez em quando rosnava como um lobo. Está querendo me dizer que você também tem algo contra mim, pensei. Consolei-me dizendo que era apenas a minha imaginação, o meu complexo de inferioridade. Logo já não dava para ignorar seu mau-humor e seu olhar hostil. Felizmente, um cachorro não pode fazer as malas e ir embora. Eu não conseguia realmente entender. Se a pessoa é bondosa para um animal, ele em geral é fiel. Não havia ninguém com quem pudesse conversar sobre isso e teria sentido vergonha de fazê-lo. A princípio ele apenas se comportava mal e fazia pirraça. Então começou a latir assim que me via e a mostrar os dentes. Parecia possesso. Fiquei com medo de deixá-lo continuar a dormir na minha cama e passei a trancá-lo na cozinha à noite. Queria dá-lo a alguém, mas quando pensava no meu marido e no amor que tinha pelo cachorro, não conseguia fazer isso. Quem sabe o que se passa na cabeça de um animal? Eles também têm seus humores, e minha esperança era que o cachorro voltasse a agir normalmente.

– Uma noite, voltava de um restaurante onde jantara – sozinha, é claro. Coloquei a coleira no cachorro para levá-lo a passear. De repente ele se pôs de pé nas patas traseiras e começou a me lamber afetuosamente como costumava fazer.

"Então, quer fazer as pazes? *Mazel tov*."

– Abaixei-me para beijá-lo e então, meu caro amigo, aconteceu uma coisa terrível. O cachorro abocanhou meu nariz e quase o arrancou. É por isso que uso tanta maquilagem: para esconder a cicatriz.

– Naquela noite pensei que ficaria desfigurada para o resto da vida ou que iria sangrar até morrer. Estava sozinha em casa e me arrastei até o telefone e pedi ajuda. O sangue esguichava e o cachorro correu atrás de mim e rasgou minha saia. Eles o mataram depois. Que se pode fazer com um monstro desses? No instante em que consegui falar com a telefonista, desmaiei. Acordei no hospital. Tinham me operado porque eu não conseguia respirar. Quando me recuperei, fiz uma operação plástica.

Contei-lhe que nunca mais vi manha filha. Não é bem verdade. Ela me visitou no hospital. Foi logo depois da operação e eu ainda estava sob o efeito da anestesia. Via-a através de uma névoa. Ela falou comigo, mas até hoje não sei o que disse. Parecia mudada. O rosto se tornara duro. Não era a minha filha. Estava bem vestida. Poderia ter pensado que era uma alucinação, exceto porque a enfermeira me confirmou mais tarde que ela me visitara. Foi a última vez que a vi.

– Passei três semanas no hospital e depois mais duas na clínica particular do cirurgião plástico. Custou-me uma fortuna, mas, considerando as circunstâncias, a operação foi um sucesso. Meu caso foi descrito nos periódicos médicos. Mas o dano mental que o acidente me causou nenhum médico, nenhum analista pode curar. Quando o marido a abandona, a única filha foge e o cachorro que está alimentando e tratando com bondade tenta destruí-la, deve haver alguma coisa errada. Que será? Serei tão má, tão feia, tão importuna? Não espero que responda. Já não espero nada de pessoas ou de animais, essa é a verdade.

– Desde essa desgraça, vivo inteiramente só. Uma conhecida se ofereceu para me dar um papagaio ou um canário, mas eu disse: "O cachorro que eu amava me mordeu. O passarinho provavelmente vai me arrancar os olhos".

– As pessoas como eu são leprosas.

Por um instante nenhum de nós disse nada. Então ela me perguntou:

– Que significa tudo isso?

– A senhora chamou a isso de destino.

– Que é o destino?

– A nossa própria armadilha.

– Apanhei outros na armadilha, também. Bom, vamos acabar de beber o nosso champanhe. Saúde, *lechayim**.

Batemos as taças. Ela tomou um gole, fez uma careta e lambeu os lábios. Olhava para mim inquisitiva e com um sorriso triste. As cicatrizes e rugas em torno do nariz transpareciam por sob a maquilagem.

– Não estou me enganando – disse. – Percebo que a culpa foi toda minha. Até o que aconteceu com o cachorro.

– Que a leva a dizer isso?

A mulher não respondeu. Alguma coisa esquiva e rancorosa apareceu em seu olhar. É difícil defini-la exatamente: pena de si mesma, orgulho, a satisfação oculta daqueles que sabem que são perigosos para si e para os outros. Subitamente percebi que, embora parecesse sincera, havia muito mais em sua história do que queria revelar. Senti o estranho poder dessa mulher frágil com a sua conversa volúvel e seus movimentos felinos. Fui assaltado por um desejo de me afastar dela ou seria envolvido por suas misteriosas complexidades. Ela pareceu adivinhar que me assustara. Seus olhos dourados me avaliaram com uma censura irônica.

– Vá, é melhor se reunir aos outros convidados – disse. – Um destino como o meu é contagioso.

Traduzido pelo autor e por Elizabeth Shub.

---

* Brinde tradicional entre judeus: "À vida". (N. do T.)

Poderes

Em geral, aqueles que procuram conselhos no jornal em que trabalho não perguntam por ninguém em particular. Temos um repórter que escreve regularmente uma coluna de conselhos aos leitores e qualquer pessoa que apareça usualmente é encaminhada a ele. Mas esse homem perguntou por mim. Indicaram-lhe minha sala: era alto – teve que baixar a cabeça para passar pela porta –, sem chapéu, com uma cabeleira negra rajada de fios brancos. Os olhos negros, sob sobrancelhas peludas, tinham uma expressão alucinada que chegou a me assustar. Trazia uma capa de chuva leve, embora nevasse do lado de fora. O rosto quadrado estava corado de frio. Não usava gravata e a camisa estava aberta, deixando entrever um peito coberto de pêlos tão espessos que pareciam a pelagem de um animal. Tinha o nariz largo e os lábios grossos. Quando falava, revelava dentes grandes e separados que pareciam anormalmente fortes.

Disse:

– O senhor é o escritor?

– Sou.

Pareceu surpreso.

– Esse homenzinho que se senta a essa mesa? Imaginei-o um tanto diferente. Bem, as coisas não precisam ser exatamente como as imaginamos. Leio cada palavra que escreve: tanto em iídiche quanto em inglês. Quando ouço dizer que publicou alguma coisa em uma revista, corro a comprá-la.

– Muito obrigado. Por favor, sente-se.

– Prefiro ficar de pé... mas... está bem... vou sentar. Posso fumar?

– Claro.

– Devo esclarecer que não sou americano. Vim para cá depois da Segunda Guerra Mundial. Sobrevivi ao inferno de

Hitler, ao inferno de Stalin e a mais uns dois infernos. Mas não é por isso que vim procurá-lo. Dispõe de algum tempo para me ouvir?

– Sem dúvida.

– Bom, todo mundo nos Estados Unidos é ocupado. Como é que tem tempo para escrever todos aqueles artigos e ainda receber as pessoas?

– Há tempo para tudo.

– Talvez. Aqui nos Estados Unidos o tempo se evapora: uma semana não é nada e um mês não é nada, transcorre um ano entre o sim e o não. Em contraste, naqueles infernos um dia parecia mais longo do que um ano aqui. Estou neste país desde 1950, e os anos voaram como um sonho. Ora é verão, ora é inverno, os anos simplesmente se escoam. Que idade acha que tenho?

– Quarenta... talvez cinqüenta.

– Acrescente mais treze anos. Em abril vou completar 63.

– Parece jovem... isole na madeira.

– É o que todos dizem. Na nossa família não ficamos grisalhos. Meu avô morreu aos 93 e quase não tinha cabelos brancos. Era ferreiro. Do lado de minha mãe, eram homens de estudos. Estudei num seminário – fui seminarista em Gur e durante algum tempo também na Lituânia. Só até os dezessete anos, mas tenho boa memória. Quando aprendo alguma coisa, ela fica gravada no meu cérebro. Não esqueço nada, por assim dizer, e essa é a minha tragédia. Uma vez que me convenci que estudar o Talmude seria inútil, passei a me dedicar aos livros mundanos. Por essa altura, os russos tinham partido e os alemães tomaram o seu lugar. Depois a Polônia se tornou independente e fui convocado pelo exército. Ajudei a expulsar os bolchevistas para Kiev. Então eles nos empurraram de volta para o Vístula. Os poloneses não gostam muito dos judeus, mas eu progredi. Promoveram-me a sargento – *chorázy* –, o posto mais alto que se pode alcançar sem ter freqüentado a escola militar, e depois da guerra ofereceram me mandar para uma academia militar. Talvez tivesse me tornado coronel ou coisa parecida, mas a caserna não era a minha ambição. Lia muito, pintava e tentei ser escultor. Comecei a esculpir todo tipo de figuras em madeira. Acabei fabricando mobília. Marcenaria: me especializei na restauração de mobília, principalmente antigüidades. O senhor sabe como é... os entalhes caem, a peça lasca. É preciso habilidade para fazer um reparo invisível. Até hoje não sei por que me lancei a isso com tanto entusiasmo. Procurar o veio certo, a cor certa e encaixar a peça de tal forma que o próprio dono não consiga descobri-la: para isso é preciso uma paciência infinita e instinto também.

– Agora vou lhe dizer por que vim procurá-lo. É porque escreve sobre poderes misteriosos: telepatia, espiritismo, hipnotismo, fatalismo, e assim por diante – leio tudo. Leio porque possuo os poderes que o senhor descreve. Não vim me gabar, e não pense que quero me tornar jornalista. Aqui nos Estados Unidos trabalho no meu ofício e ganho o suficiente. Sou solteiro: não tenho mulher nem filhos. Mataram minha família. Bebo um gole de uísque, mas não sou beberrão. Tenho um apartamento aqui em Nova York e um chalé em Woodstock. Não preciso da ajuda de ninguém.

– Mas voltando aos poderes. O senhor tem razão quando diz que a pessoa nasce com eles. Nascemos com tudo. Eu era uma criança de seis anos quando comecei a esculpir. Mais tarde descuidei disso, mas o talento não se perdeu. E dá-se o mesmo com os poderes. Eu os possuía, mas não sabia o que eram. Levantei-me uma manhã e me veio à cabeça que alguém no nosso prédio ia cair da janela naquele dia. Morávamos em Varsóvia na rua Twarda. Não gostei desse pensamento: me assustou. Saí para ir ao *cheder* e quando voltei para casa, o pátio estava duro de gente. A ambulância vinha chegando. Um vidraceiro estava substituindo uma vidraça numa janela do segundo andar e caíra. Se essas coisas acontecem uma, duas, até cinco vezes, pode-se chamá-las de coincidência, mas aconteciam com tanta freqüência que não podia ser coincidência. É curioso, mas comecei a compreender que devia esconder isso, como se fosse uma marca feia de nascença. E estava certo, porque poderes como esses são uma desgraça. É preferível nascer surdo ou manco do que possuí-los.

– Mas, por mais cuidadoso que se seja, não se pode esconder tudo. Uma vez, estava sentado na cozinha. Minha mãe – que a paz esteja com ela – estava cerzindo uma meia. Meu pai ganhava um bom dinheiro, embora fosse operário. Nosso apartamento era confortável e limpo como a casa de um homem rico. Tínhamos muitos pratos de cobre, que minha mãe costumava polir toda semana até deixá-los brilhando. Eu estava sentado num banquinho. Não tinha mais de sete anos à época. De repente, disse: "Mamãe, tem dinheiro debaixo do chão! Tem dinheiro!"

Mamãe parou de cerzir e olhou para mim espantada.

"Que tipo de dinheiro? De que está falando?"

"Dinheiro. Moedas de ouro."

"Você está doido? Como sabe o que existe debaixo do chão?"

"Sei."

– Percebi logo que não devia ter dito aquilo, mas era tarde demais. Quando meu pai voltou a casa para almoçar, minha mãe lhe contou o que dissera. Eu não estava presente, mas meu pai ficou tão surpreso que confessou que escondera algumas moedas de ouro debaixo do chão. Eu tinha uma irmã mais velha e meu pai estava juntando um dote para ela: pôr dinheiro no banco não era costume entre as pessoas simples. Quando voltei do *cheder,* meu pai começou a me interrogar.

"Anda me espionando?"

– Na realidade, meu pai escondera o dinheiro quando eu estava no *cheder* e minha mãe andava fora fazendo compras. Minha irmã fora visitar uma amiga. Ele passara a chave e a tranca na porta e nós morávamos no terceiro andar. Tivera até o cuidado de vedar o buraco da fechadura com algodão. Levei uma surra, mas por mais que tentasse não conseguia explicar como sabia da existência das moedas.

"Esse menino é um diabo!", disse meu pai e me deu mais um tapa no ouvido. Foi uma lição para aprender a ficar calado.

– Poderia contar uma centena de casos iguais ocorridos na minha infância, mas só vou contar mais um. Do lado oposto da nossa casa havia uma loja que vendia laticínios. Naquela época, ia-se à loja para comprar leite fervido. Ferviam-no num fogão a gás. Uma manhã minha mãe me entregou uma panela e disse: "Vá à Zelda do outro lado da rua e me compre um litro de leite fervido".

– Fui à loja e só havia um freguês lá: uma menina que estava comprando manteiga. Em Varsóvia, costumava-se cortar fatias de manteiga de um grande pedaço enfeitado com um laço, como o que as crianças usavam na festa de *Omer*, quando iam fazer piqueniques na floresta de Praga. Ergui os olhos e vi uma coisa estranha: havia uma luz sobre a cabeça de Zelda, como se fosse uma lâmpada de *Hanukkah* na peruca. Parei admirado: como era possível? Perto de mim, ao balcão, a moça falava com Zelda como se nada estivesse acontecendo. Depois que Zelda pesou a manteiga e a menina saiu, disse: "Entre, entre. Por que está parado aí na porta?"

– Eu queria perguntar por que trazia uma luz ardendo em cima da cabeça, mas tinha um palpite que era a única pessoa que a via.

No dia seguinte, quando voltei do *cheder*, minha mãe me disse:

"Soube o que aconteceu? A Zelda da loja de laticínios caiu morta.

– Pode imaginar o meu susto. Eu só tinha uns oito anos. Desde então vi o mesmo tipo de luz, muitas vezes, sobre as cabeças daqueles que estavam prestes a morrer. Graças a Deus, não a tenho visto nos últimos vinte anos. Na minha idade, e entre aqueles com quem passo os dias, estaria vendo luzes o tempo todo.

2

– Há pouco tempo o senhor escreveu que em todo grande amor há um elemento de telepatia. Fiquei impressionado com isso e decidi que precisava vê-lo. Na minha vida isso não aconteceu uma vez, nem dez vezes, mas repetidamente. Na minha juventude eu era romântico. Via uma mulher e me apaixonava por ela à primeira vista. Naquele tempo não se podia simplesmente abordar uma mulher e dizer que a amava. As moças eram criaturas delicadas. Uma mera palavra era considerada um insulto. Além disso, a meu modo, eu era tímido. E orgulhoso, também. Não é da minha natureza correr atrás de mulheres. Para encurtar, ao invés de falar com uma moça, pensava nela – dia e noite. Imaginava todo tipo de encontros e aventuras impossíveis. Então comecei a reparar que meus pensamentos produziam efeito. A moça sobre quem pensava com tanta concentração na verdade vinha ao meu encontro. Uma vez, esperei deliberadamente por uma mulher numa rua movimentada de Varsóvia até ela aparecer. Não sou matemático, mas sei que a probabilidade de uma mulher atravessar aquela rua naquela hora exata era de um em vinte milhões. Mas veio como se fosse atraída por um ímã invisível.

– Não sou crédulo; até hoje tenho minhas dúvidas. Queremos acreditar que tudo acontece de uma maneira racional e segundo uma ordem. Receamos os mistérios: se existem poderes benévolos, é provável que também existam poderes malignos, e quem sabe o que poderiam fazer! Mas tantas coisas irracionais aconteceram comigo que eu teria que ser imbecil para não reparar nelas.

– Talvez porque tivesse essa espécie de magnetismo, nunca me casei. Em todo caso não sou do tipo de homem que se satisfaz com uma só mulher. Possuía outros poderes, também, mas não vou me gabar deles. Eu vivia, como se diz, num paraíso turco – às vezes com cinco ou seis amantes ao mesmo tempo. Nas salas de visitas onde eu costumava restaurar mobília, muitas vezes travava conhecimento com belas mulheres – na sua maioria gentias. E sempre ouvia a mesma cantilena: eu era diferente dos outros judeus e toda essa conversa fiada. Eu tinha um quarto com entrada independente e é só isso que um solteirão precisa. Tinha um estoque de conhaque e bebidas alcoólicas e uma boa quantidade de petiscos na despensa. Se lhe contasse o que acontecia nesse quarto, no meu sofá, poderia fazer um livro, mas quem se importa? Quanto mais velho ficava, mais claro se tornava que para o homem moderno o casamento era pura loucura. Sem a religião, essa instituição é absurda. Naturalmente, sua mãe e minha mãe eram mulheres fiéis. Para elas havia um só Deus e um só marido.

– Agora chegamos à questão principal. Apesar de todas as mulheres que tive durante aqueles anos, houve uma que me acompanhou quase trinta anos, na verdade, até o dia em que os nazistas bombardearam Varsóvia. Naquele dia milhares de homens cruzaram a ponte para Praga. Queria levar Manya comigo – Manya era o nome dela –, mas estava gripada e eu não podia esperar. Eu tinha muitas relações na Polônia, mas numa catástrofe como aquela não valiam um caracol. Mais tarde me contaram que a casa onde eu morava foi atingida por uma bomba e reduzida a um monte de escombros. Nunca mais ouvi falar de Manya.

– Essa Manya poderia ser considerada uma moça comum. Vinha de uma pequena aldeia na Polônia. Quando nos conhecemos, éramos ambos virgens. Mas nenhuma força e nenhuma traição de minha parte conseguia destruir o amor que havia entre nós. De alguma forma ela sabia de todas as minhas abominações e vivia me avisando que um dia ia me deixar, se casar e coisas desse teor. Mas me procurava regularmente toda semana – e até mais vezes. As outras mulheres nunca passavam a noite no meu quarto, mas quando Manya vinha, dormia lá. Não era particularmente bonita: morena, baixa, olhos negros. Tinha cabelos crespos. Em sua aldeia era chamada de Manya, a Cigana. Possuía todas as artes de uma cigana. Tirava a sorte com cartas e lia mãos. Acreditava em toda a espécie de feitiçaria e superstições. Chegava até a se vestir como uma cigana, com saias floridas e xales, usava grandes argolas nas orelhas e contas vermelhas ao pescoço. Trazia sempre um cigarro entre os lábios. Ganhava a vida como vendedora numa loja de *lingerie.* Os donos eram um casal de velhos sem filhos e Manya tornou-se quase uma filha para eles. Era uma excelente vendedora. Sabia coser, bordar e até aprendeu a fazer espartilhos. Cuidava de tudo na loja. Se quisesse roubar, poderia ter feito uma fortuna, mas era cem por cento honesta. Em todo caso, os velhos iam deixar-lhe a loja em testamento. Nos últimos anos, o velho teve um problema no fígado e eles viajavam para Carlsbad, Marienbad e Piszczany. E entregavam tudo a Manya. Para que precisava se casar? Só precisava de um homem e eu era esse homem. Essa moça, que mal sabia ler e escrever, era, à sua maneira, muito requintada: principalmente em sexo. Em minha vida tive Deus sabe quantas mulheres, mas nunca houve nenhuma igual a Manya. Tinha seus caprichos e peculiaridades, e quando penso neles não sei se rio ou choro. Sadismo é sadismo e masoquismo é masoquismo: será que há nome para todas essas bobagens? Toda vez que brigávamos ficávamos horrivelmente infelizes e fazíamos as pazes com grande cerimônia. Ela era capaz de cozinhar para um rei. Quando os patrões iam para as estações de águas, cozinhava para mim no apartamento deles. Eu costumava dizer que a sua comida tinha um encanto sexual e havia alguma verdade nisso. Era o lado bom dela. O lado mau era que Manya nunca conseguia fazer as pazes com a idéia de que eu tinha outras mulheres. Fazia tudo que podia para estragar o meu prazer. Por natureza não sou mentiroso, mas me tornei mentiroso por causa dela. Automaticamente. Não precisava inventar mentiras: a minha língua as inventava sozinha, e muitas vezes eu me assombrava com a inteligência e previdência da minha língua. Previa acontecimentos e situações: coisa que percebi somente mais tarde. Porém, não se pode enganar alguém por trinta anos. Manya conhecia meus hábitos e nunca parava de me espionar; meu telefone costumava tocar no meio da noite. Ao mesmo tempo, minhas relações com outras mulheres lhe davam um prazer perverso. De vez em quando eu as confessava e ela me pedia detalhes, me chamava dos piores nomes, chorava, ria e se tornava violenta. Muitas vezes eu me senti como um treinador de animais: como alguém que põe a cabeça na boca do leão. Sempre soube que os meus sucessos com outras mulheres só possuíam sentido enquanto Manya estivesse no fundo da cena. Se tinha Manya, a condessa Potocka era uma pechincha. Sem Manya, nenhuma conquista valia um *groschen*.

– Às vezes me ocorria retornar de uma de minhas aventuras, talvez numa hospedaria ou na propriedade de um nobre e estar com Manya na mesma noite. Ela me refrescava e eu recomeçava tudo como se nada tivesse acontecido. Mas à medida que fui amadurecendo comecei a me preocupar que amor em excesso talvez me prejudicasse. Sou um tanto hipocondríaco. Leio livros médicos e artigos em jornais. Preocupei-me que talvez estivesse destruindo minha saúde. Uma vez, quando voltava completamente exausto e combinara me encontrar com Manya, me ocorreu um pensamento: como seria bom se Manya ficasse menstruada e não tivesse que passar a noite com ela. Telefonei-lhe e ela disse: "Aconteceu uma coisa engraçada, chegou o meu feriado", é assim que ela se referia à menstruação, "no meio do mês".

– Então você se transformou num fazedor de milagres, disse a mim mesmo. Mas continuei cético quanto à possibilidade de isto ter qualquer ligação com o meu desejo. Somente depois que essas coisas se repetiram muitas vezes é que percebi que tinha o poder de dar ordens ao corpo de Manya. Tudo o que estou lhe dizendo é a pura verdade. Algumas vezes desejei que caísse doente – é claro que só um pouquinho, porque a amava muito – e ela imediatamente tinha febre alta. Tornou-se óbvio que eu governava seu corpo inteiramente. Se tivesse desejado que morresse, teria morrido. Eu lera os livros e panfletos sobre mesmerismo, magnetismo animal e temas afins, mas nunca me ocorrera que possuísse esse poder e nesse grau.

– Além de ser capaz de fazer qualquer coisa que quisesse com ela, também conhecia seus pensamentos. Era literalmente capaz de ler seus pensamentos. Uma vez, depois de uma briga feia, Manya foi embora batendo a porta com tanta força que as vidraças vibraram. Assim que partiu, me ocorreu que estava indo se atirar no Vístula para se afogar. Passei a mão no casaco e saí atrás dela silenciosamente. Ela andou de uma rua para outra e eu a segui como um detetive. Não olhou nem uma vez para trás. Finalmente chegou ao Vístula e começou a caminhar diretamente para a água. Corri em seu encalço e a agarrei pelo ombro. Ela gritou e lutou. Salvei-a da morte. Depois disso, mentalmente dei-lhe ordem que nunca mais pensasse em suicídio. Mais tarde ela comentou: "Que estranho, costumava pensar sempre em pôr fim à vida. Ultimamente esses pensamentos cessaram por completo. Será que pode me explicar a razão?"

– Poderia ter explicado tudo. Uma vez, quando veio me ver, eu disse: "Você perdeu dinheiro hoje".

– Ela empalideceu. Era verdade. Voltara de um banco de poupança e perdera seiscentos zlotis.

3

– Vou lhe contar a história do cachorro e mais uma e será o bastante. Um verão – deve ter sido em 1928 ou 1929 – comecei a sentir um cansaço terrível. Hipocondria, também. Estava enredado em tantos casos e complicações que quase me arrebentei. Meu telefone tocava constantemente. Havia brigas amargas entre Manya e eu que começavam a assumir um caráter estranho. No lugar onde ela trabalhava, a mulher do velho morrera e Manya vivia me ameaçando de se casar com ele. Tinha um primo na África do Sul que lhe escrevia cartas de amor e oferecia mandar uma carta de fiança para que pudesse emigrar. Seu grande amor transformou-se subitamente num ódio terrível. Ela falava em se envenenar e em me envenenar. Propôs um duplo suicídio. Ardia um fogo em seus olhos negros que a faziam parecer um tártaro. Somos todos descendentes de Deus sabe quantos assassinos. Foi o senhor ou um outro que escreveu em seu jornal que todo homem é um nazista potencial? À noite eu normalmente dormia como um morto, mas agora começava a sofrer de insônia. Quando finalmente adormecia, tinha pesadelos. Uma manhã senti que meu fim chegara. Minhas pernas tremiam, tudo girava diante de meus olhos, havia um zumbido nos meus ouvidos. Percebi que se não fizesse algumas mudanças, estaria acabado. Decidi abandonar tudo e ir embora. Enquanto fazia as malas, o telefone tocou alucinado, mas não o atendi. Desci a rua e tomei uma *droshky* para a estação de Viena. Havia um trem de partida para Krakow e comprei uma passagem. Sentei-me num banco da segunda classe, e estava tão cansado que dormi a viagem inteira. O condutor me acordou em Krakow. Em Krakow tornei a tomar uma *droshky* e disse ao cocheiro que me levasse a um hotel. No instante em que entrei no quarto do hotel, caí na cama vestido e dormitei até o amanhecer. Digo dormitei, porque meu sono foi inquieto – dormia mas não dormia. Fui ao banheiro e vozes berravam nos meus ouvidos e campainhas tocavam. Literalmente ouvia Manya me chamar de volta. Eu estava à beira de um colapso. Mas com as últimas forças que me restavam me controlei. Jejuara um dia e uma noite e quando acordei, por volta de onze horas da manhã, estava mais morto do que vivo. Não existem banheiros nos quartos do hotel de Krakow – quando se quer um banho tem-se que pedir à camareira. Havia um lavatório e um jarro de água no quarto. Seja como for, consegui me barbear, tomar o café-da-manhã e chegar à estação ferroviária. O trem percorreu algumas estações, mas logo os trilhos terminaram. Naturalmente eu queria ir para as montanhas, mas aquela não era a linha de Zakopane, era um ramal sem tráfego regular. Cheguei a uma aldeia perto de Babia Góra. É uma montanha isolada das outras – uma montanha individualista – e poucos turistas a procuram. Não havia hotel nem pensão, e arranjei um quarto com um velho casal de camponeses: *gazdas*. Creio que conhece a região e não preciso dizer como é bonita. Mas essa aldeia era particularmente bela e selvagem, talvez pelo seu isolamento. O velho casal tinha um cachorro – um bicho enorme –, não sei de que raça. Preveniram-me de que ele mordia e que era preciso ter cuidado. Acariciei-lhe a cabeça, fiz-lhe cócegas no pescoço e ele logo se tornou meu amigo. Isto é dizer pouco: o cachorro se apaixonou loucamente por mim e foi quase instantâneo. Não me deixava um só minuto. O velho casal alugava o quarto todo verão, mas o cachorro nunca se afeiçoara a nenhum inquilino. Para encurtar, fugi do amor humano e me deparei com o amor canino. Burek tinha todos os caprichos de uma mulher, embora fosse macho. Fazia cenas de ciúmes que eram piores que as de Manya. Eu dava longos passeios e ele me seguia por toda a parte. Havia grande número de cães na aldeia e se eu sequer olhasse para outro cachorro, Burek se tornava violento. Mordia-os e mordia a mim também. À noite insistia em dormir na minha cama. Nesses lugares, os cachorros têm pulgas. Tentei impedi-lo de entrar no meu quarto, mas ele uivava e chorava tanto que acordava metade da aldeia. Tive que deixá-lo entrar e ele imediatamente pulou na minha cama. Chorava com uma voz humana. Começaram a dizer na aldeia que eu era feiticeiro. Não demorei muito tempo na aldeia porque uma pessoa era capaz de morrer de tédio ali. Levara alguns livros comigo, mas não tardei a ler todos. Descansara e estava pronto para novas complicações. Mas me despedir de Burek não foi fácil. Ele pressentiu, Deus sabe com que instinto, que eu ia partir. Telefonara a Manya dos correios e recebera telegramas e cartas registradas naquele fim de mundo. O cachorro não parava de latir e uivar. No último dia, teve uma espécie de espasmo; espumava pela boca. Os camponeses recearam que estivesse raivoso. Até então ele nunca fora nem amarrado, mas o dono comprou uma corrente e o prendeu a uma estaca. Sua gritaria e puxões na corrente me arrebentavam os nervos.

– Voltei a Varsóvia queimado de sol, mas não descansado de todo. O que o cachorro me fizera na aldeia, Manya e meia dúzia de mulheres me faziam em Varsóvia. Todas se agarravam a mim e me mordiam. Tinha encomendas para restaurar mobílias e os donos não paravam de me telefonar. Passaram-se alguns dias – ou talvez algumas semanas. Não me lembro com exatidão. Depois de um dia difícil, fui para a cama cedo. Apaguei a luz. Estava tão exausto que adormeci imediatamente. De repente acordei. Acordar no meio da noite não era excepcional, mas dessa vez acordei com a sensação de que havia alguém no quarto. Costumava acordar com um peso no peito, mas desta vez senti um peso concreto nos meus pés. Ergui os olhos e havia um cachorro deitado no meu cobertor. A luz estava apagada, mas não estava inteiramente escuro porque entrava luz da rua pela janela. Reconheci Burek.

– A princípio me ocorreu que o cachorro tivesse corrido atrás do trem até Varsóvia. Mas isso era absurdo. Em primeiro lugar, estava preso; e depois, nenhum cachorro podia correr tanto tempo atrás de um trem expresso. Mesmo que o cachorro tivesse chegado sozinho a Varsóvia – e encontrado minha casa –, não poderia ter subido três lances de escadas. Além do mais, minha porta estava sempre trancada. Percebi que aquele não era um cachorro real, de carne e osso – era um fantasma. Via seus olhos, sentia o peso sobre meus pés, mas não me atrevia a tocá-lo. Continuei ali sentado, cheio de terror, e ele me olhou nos olhos com uma expressão da mais completa tristeza – e algo mais que não tenho palavras para descrever. Queria empurrá-lo para fora da cama e livrar meus pés, mas me senti tolhido. Aquilo não era um cachorro, era um fantasma. Tornei a me deitar e procurei dormir. Consegui, passado algum tempo. Um pesadelo? Chame-o de pesadelo. Mas era Burek do mesmo jeito. Reconheci seus olhos, orelhas, expressão, pêlo. No dia seguinte quis escrever ao camponês para perguntar pelo cachorro. Mas sabia que não era capaz de ler, e além disso eu estava ocupado demais para escrever cartas. Não teria recebido resposta de qualquer forma. Estava absolutamente convicto de que o cachorro morrera – aquilo que me visitara não pertencia a este mundo.

– E essa não foi a única vez que ele apareceu: durante alguns anos continuou a voltar, de modo que tive bastante tempo para observá-lo, embora nunca se apresentasse à luz do dia. O cachorro era velho quando deixei a aldeia e, pela sua aparência no último dia, eu sabia que não iria durar muito. Corpo astral, espírito, alma – chame-o do que quiser –, no que me diz respeito, não tenho dúvida de que o fantasma de um cachorro me apareceu e se deitou sobre minhas pernas, não uma, mas dúzias de vezes. Quase toda noite, a princípio, depois mais raramente. Um sonho? Não, eu não estava sonhando – a não ser que a vida em si seja um sonho.

4

— Vou contar um último incidente. Já mencionei que conheci muitas mulheres com quem tive casos nas salas de visitas onde ia restaurar móveis. Este homem simples aqui sentado fez amor com condessas polonesas. Que é uma condessa? Somos todos feitos da mesma substância. Mas uma vez conheci uma moça que realmente me perturbou. Fui contratado para ir à casa de uma nobre em Vilanov, para consertar um piano decorado com festões de ouro. Enquanto estava trabalhando, passou uma moça pela sala de visitas. Ela se deteve por um segundo, viu o que estava fazendo e nossos olhos se encontraram. Como posso lhe descrever a aparência dela? Ao mesmo tempo aristocrática e estranhamente judia – como se, por artes mágicas, um manso seminarista judeu tivesse se transformado em um *panienka* polonês. Tinha o rosto estreito e os olhos negros, tão profundos que me senti confuso. Eles na realidade me queimavam. Tudo nessa mulher estava impregnado de espiritualidade. Nunca vira uma beleza assim antes. Ela desapareceu em um instante e me deixou esmagado. Mais tarde perguntei à dona da casa quem era aquela beleza e ela informou que era uma sobrinha de visita. Mencionou o nome de alguma propriedade ou cidade de onde vinha. Mas no meu atordoamento não fui capaz de gravar. Poderia ter descoberto sem dificuldades seu nome e endereço se não estivesse tão aturdido. Terminei meu trabalho; ela não voltou a aparecer. Mas sua imagem estava diante dos meus olhos. Comecei a pensar na moça dia e noite sem parar. Meus pensamentos me consumiam e resolvi pôr termo neles, a qualquer custo. Manya percebeu que eu não estava normal e isso foi motivo para novas cenas. Estava tão confuso que, embora conhecesse Varsóvia na palma da mão, me perdia nas ruas e cometia enganos tolos. Isso durou meses. Gradualmente minha obsessão enfraqueceu – ou talvez tenha apenas se entranhado mais profundamente; era capaz de pensar em outra pessoa e ao mesmo tempo me fixar nela. Assim se passou o verão, sobreveio o inverno e retornou a primavera. No fim de uma certa tarde – quase ao anoitecer –, não me lembro se foi em abril ou maio, meu telefone tocou. Eu disse alô, mas ninguém respondeu. No entanto, alguém estava segurando o fone no outro extremo da linha. Repeti "alô, alô, alô" e ouvi um ruído e uma voz que gaguejava. Falei: "Quem quer que seja, por favor, diga alguma coisa".

– Passado algum tempo ouvi uma voz que era a de uma mulher, mas, ao mesmo tempo, a de um menino. Ela disse:

"Uma vez trabalhou em tal e tal casa. Lembra-se de alguém que passou pela sala de visitas?"

– Senti um aperto na garganta e quase perdi a capacidade de articular.

"Lembro, sim. Será que alguém poderia esquecer seu rosto?"

– Ela ficou tão quieta que pensei que tivesse desligado. Mas recomeçou a falar – a murmurar seria mais preciso. Disse:

"Preciso lhe falar. Onde podemos nos encontrar?"

"Onde quiser. Gostaria de vir à minha casa?"

"Não, isto está fora de questão. Talvez num café..."

"Não, não num café. Diga-me onde pode me encontrar e estarei lá."

– Ela se calou; então mencionou uma ruazinha próxima à biblioteca da cidade, nos arrabaldes, perto de Mokotow.

"Quando quer me ver?", perguntei.

– E ela respondeu:

"O mais breve possível".

"Agora, talvez?"

"Se puder."

– Eu sabia que não havia café, nem restaurante, nem mesmo um banco para sentar naquela ruazinha, mas disse-lhe que já estava saindo. Houve um tempo em que pensava que se esse milagre acontecesse eu pularia de alegria. Mas por alguma razão tudo estava silencioso em mim. Não me sentia feliz nem infeliz – apenas aturdido.

– Quando cheguei ao lugar de encontro, já era noite. A rua tinha árvores dos dois lados e algumas lâmpadas. Podia vê-la na semi-obscuridade. Parecia mais magra e trazia o cabelo penteado num coque. Estava de pé junto a uma árvore, envolta em sombras. Exceto por ela, a rua estava deserta. Assustou-se quando me aproximei. As árvores floriam e a sarjeta se cobria de flores. Disse a ela:

"Aqui estou. Aonde podemos ir?"

"O que quero lhe dizer pode ser dito aqui mesmo."

"Que quer me dizer?"

– Ela hesitou: "Quero lhe pedir para me deixar em paz".

– Surpreso, repliquei: "Não sei o que quer dizer com isso".

"Sabe muito bem. Não me deixa em paz. Tenho marido e sou feliz com ele. Quero ser uma esposa fiel."

– Não falava, gaguejava. Parava depois de cada palavra. Continuou: "Não foi fácil descobrir quem era e qual era seu telefone. Tive que inventar uma história sobre uma cômoda quebrada para obter a informação de minha tia. Não sou mentirosa; minha tia não me acreditou. Ainda assim me deu seu nome e endereço."

– Então se calou. Perguntei: "Por que não podemos ir a algum lugar conversar?"

"Não posso ir a parte alguma. Poderia ter-lhe dito isso ao telefone: é tudo tão estranho, totalmente louco, mas agora sabe a verdade."

"Não sei realmente o que está pensando", disse, apenas para prolongar a conversa.

"Eu lhe suplico, pelo que considera mais sagrado, que

pare de me atormentar. O que quer não posso fazer, prefiro morrer." E seu rosto se tornou branco como cera.

– Continuei me fazendo de desentendido:

"Não quero nada. É verdade que quando a vi na sala de visitas de sua tia me causou uma forte impressão, mas não fiz nada que pudesse incomodá-la".

"Fez sim. Se não estivéssemos vivendo no século 20, pensaria que era feiticeiro. Acredite-me. Não foi sem esforço que decidi lhe telefonar. Até receei que talvez desconhecesse quem eu era, mas soube imediatamente."

"Não podemos ficar parados aqui na rua conversando. Temos que ir a algum lugar."

"Onde? Se algum conhecido me ver, estou perdida."

"Acompanhe-me."

– Ela hesitou um instante e me seguiu. Parecia ter dificuldade em caminhar com sapatos altos e segurou o meu braço. Reparei, embora usasse luvas, que tinha mãos lindíssimas. Sua mão se agitava no meu braço e toda vez um arrepio percorria o meu corpo. Passado algum tempo a moça se acalmou e disse:

"Que tipo de poderes possui? Ouvi sua voz diversas vezes. Vi-o também. Acordava no meio da noite e estava postado aos pés da minha cama. Ao invés de olhos, dois raios verdes projetavam-se de suas órbitas. Acordava meu marido, mas num segundo você desaparecia".

"É uma alucinação."

"Não, você vaga pela noite..."

"Se faço isso, faço-o sem saber."

– Chegamos à margem do Vístula e nos sentamos em uma tora. É sossegado ali. Não é completamente seguro porque está sempre cheio de bêbados e vagabundos. Mas ela se sentou comigo. Disse: "Minha tia não saberá por onde andei. Disse-lhe que ia dar um passeio. Ela até se ofereceu para me acompanhar. Dê-me a sua palavra solene que me deixará em paz. Talvez tenha mulher e não iria querer que alguém a molestasse."

"Não tenho mulher, mas prometo que, no que dependa de mim, não a incomodarei. É só isso que posso prometer."

"Serei grata até o dia de minha morte."

– Essa é a história. Nunca mais vi a moça. Nem sei seu nome. Não sei por que, mas de todas as coisas estranhas que me aconteceram, essa foi a que me causou maior impressão. Terminei. Não vou mais importuná-lo.

– O senhor não me importuna – disse. É bom conhecer uma pessoa com tais poderes. Fortalece a minha fé. Mas como aconteceu de Manya apanhar a gripe quando partiu de Varsóvia? Por que não lhe deu ordem para ficar boa?

– Quê? Faço essa pergunta a mim mesmo constantemente. Parece que o meu poder é apenas negativo. Para curar os enfermos é preciso ser santo e, como vê, estou longe de ser santo. Ou talvez – quem sabe – levar uma mulher conosco naqueles dias fosse perigoso.

O estranho deixou pender a cabeça. Começou a tamborilar na mesa e a cantarolar baixinho. Então se ergueu. Pareceu-me que seu rosto mudara; tornara-se cinzento e enrugado. De repente parecia ter a idade que dizia. Até dava a impressão de ser menos alto do que antes. Reparei que sua capa estava cheia de manchas. Ele me estendeu a mão para se despedir e o acompanhei ao elevador.

– Ainda pensa em mulheres? – perguntei.

Ele refletiu como se não tivesse compreendido a pergunta. Olhou-me tristemente, com suspeitas.

– Somente em mulheres mortas.

Traduzido pelo autor e por Dorothea Straus.

Há alguma coisa lá

Via de regra, o rabino Nechemia de Bechev conhecia a astúcia do Maligno e a maneira de vencê-lo, mas nos últimos meses fora atormentado por algo novo e aterrorizante: cólera contra o Criador. Uma parte do cérebro do rabino brigava com o Senhor do universo, argumentando revoltado: "Sim, tu és grande, eterno, todo-poderoso, sábio, e até misericordioso. Mas com quem brincas de esconde-esconde – com as moscas? De que adianta a tua grandeza à mosca quando ela cai na teia da aranha que lhe tira a vida? De que servem todos os teus atributos ao camundongo quando o gato o agarra nas patas? Recompensas no paraíso? Os animais não precisam delas. Tu, Pai do céu, tens tempo para esperar o fim dos dias, mas eles não podem esperar. Quando provocas um incêndio no casebre de Feitl, o aguadeiro, e ele tem que dormir com a família no abrigo de indigentes numa noite fria de inverno, isto é uma injustiça irreparável. O ofuscamento de tua luz, o livre-arbítrio, a redenção podem servir para explicar-Te, mas Feitl, o aguadeiro, precisa descansar depois de um dia de labuta e não se debater numa cama de palha podre".

O rabino sabia muito bem que era Satanás quem estava falando com ele. Experimentava todos os meios para silenciá-lo. Mergulhava na água gelada do banho ritual, jejuava e estudava a Torá até os olhos se fecharem de cansaço. Mas o diabo se recusava a se deixar frustrar. Sua insolência crescia. Gritava da manhã à noite. Ultimamente, começara a conspurcar os sonhos do rabino. O rabino sonhava com judeus sendo queimados na fogueira, seminaristas levados à forca, virgens estupradas, crianças torturadas. Presenciava as crueldades dos soldados de Chmielnitzki e de Gonta e as dos selvagens que consomem os membros de animais antes que estes expirem. Cossacos empalavam crianças com suas espadas e as enterravam ainda vivas. Um *haydamak* de longos bigodes e olhos assassinos rasgava o ventre de uma mulher e costurava um gato dentro dela. No sonho, o rabino erguia os punhos contra os céus e bradava: "Tudo isso é para sua glória, assassino celestial?"

Todo o séquito do rabino em Bechev estava à beira de um colapso. O velho rabino, Reb Eliezer Tzvi, pai do rabino Nechemia, morrera há três anos. Sofria de câncer no estômago. A mãe do rabino Nechemia contraíra a mesma doença no seio. Além do rabino, viviam ainda uma filha e um filho. O irmão mais novo do rabino, Simcha David, tornara-se "esclarecido" quando os pais ainda eram vivos. Abandonara a casa e a mulher, filha do rabino de Zhilkovka, e fora para Varsóvia estudar pintura. A irmã do rabino, Hinde Shevach, casara com o filho do rabino de Neustater, Chaim Mattos, que logo depois do casamento mergulhou em depressão e voltou para a casa dos pais. Hinde Shevach se tornou uma esposa abandonada. Uma vez que não era considerado mentalmente são, não permitiam que Chaim desse início ao processo de divórcio. A mulher do rabino Nechemia, descendente do rabino de Kotzk, morrera com o bebê que carregava, durante o parto. Os casamenteiros propuseram diversas esposas para o rabino, mas ele deu a todos a mesma resposta: "Vou pensar".

Na realidade, não lhe ofereceram nenhum casamento adequado. A maioria dos *hasidim* de Bechev tinha desertado de Reb Nechemia. Nos paços rabínicos prevaleciam as mesmas leis que vigoravam entre os peixes do mar: os grandes devoravam os pequenos. Os primeiros a deixá-lo foram os ricos. Que poderia prendê-los em Bechev? A casa de estudos estava quase em ruínas. O telhado do banho ritual tinha afundado. O mato crescia por toda parte. Restou a Reb Nechemia somente um bedel: Reb Sander. A casa do rabino tinha muitos cômodos, que raramente eram limpos, e uma camada de poeira recobria tudo. O papel de parede estava descascando. As vidraças se quebravam e não eram substituídas. O prédio todo assentara de tal maneira que o assoalho estava inclinado.

Bella Elke, a criada, sofria de reumatismo; suas juntas se tornaram nodosas. A irmã de Reb Nechemia, Hinde Shevach, não tinha paciência para o trabalho doméstico. Sentava-se no sofá o dia todo lendo livros. Quando o rabino perdia um botão do casaco, não havia ninguém para pregar outro.

O rabino mal completara 27 anos, mas parecia mais velho. Sua figura alta era curva. Tinha a barba loura, as sobrancelhas louras, as trancinhas louras. Era quase careca. Tinha a testa alta, olhos azuis, um nariz afilado, um pescoço comprido com o pomo-de-adão saliente e a palidez dos tuberculosos. No escritório, Reb Nechemia, usando um roupão desbotado, um solidéu amassado e chinelos gastos, caminhava de um lado para outro. Sobre a mesa havia um longo cachimbo e uma bolsa de fumo. O rabino o acendia, tirava uma baforada e tornava a colocá-lo na mesa. Apanhava um livro, abria-o e fechava-o sem ler. Chegava a comer com impaciência. Dava uma dentada no pão e o mastigava enquanto andava. Tomava um gole de café e continuava a andar. Era verão, entre Pentecostes e os Dias de Temor, quando nenhum *hasidim* sai em peregrinação, e nos longos dias de verão o rabino tinha muito tempo para refletir. Todos os problemas se fundiam em um só: por que se sofria? Não conseguia encontrar resposta para essa pergunta, fosse no Pentateuco, nos livros dos profetas, no Talmude, no *Zohar,* fosse na *Árvore da Vida.* Se o Senhor era onipotente, Ele podia se revelar sem auxílios das legiões malignas. Se não era tão onipotente, então não era de fato Deus. A única solução para o enigma era a dos hereges: não há juiz nem julgamento. Toda a criação é um cego acaso: um tinteiro caiu numa folha de papel e a tinta escreveu sozinha uma letra, cada palavra uma mentira, as frases um caos. Nesse caso, por que ele, o rabino Nechemia, fazia papel de tolo? Que espécie de rabino era? Para quem orava? A quem se queixava? Por outro lado, como a tinta derramada podia compor sequer uma linha? E de onde vinham a tinta e o papel? *Nu,* e de onde vinha Deus?

O rabino Nechemia parou diante da janela aberta. Lá fora havia um céu azul-pálido; em torno de um sol dourado, enroscavam-se nuvenzinhas lembrando o linho que se usa para proteger o *ethrog** no estojo. No galho nu de uma árvore seca havia um passarinho. Uma andorinha? Um pardal? A mãe dele era um passarinho e a avó também: geração após geração, por milhares de anos. Se Aristóteles estava certo quanto ao universo sempre ter existido, então a cadeia de gerações não tinha começo. Mas como podia ser isso?

O rabino fez uma careta como se sentisse dor. Fechou a mão. "Quer ocultar teu rosto", disse a Deus. "Então seja. Tu ocultas o teu rosto e ocultarei o meu. Já chega." Resolveu pôr em ação o que vinha cogitando há muito tempo.

2

Naquela noite de sexta-feira, o rabino dormiu pouco. Cochilava e acordava intermitentemente. Cada vez que adormecia, o horror se apoderava dele. Corria sangue. Cadáveres juncavam as sarjetas. Mulheres corriam entre chamas, os cabelos chamuscados e os seios queimados. Sinos ressoavam. Animais em debandada com chifres de carneiro, focinhos de porco, pêlos de porcos-espinhos e úberes de gatas emergiam da floresta em chamas. Erguia-se um clamor da terra: um lamento de homens, mulheres, serpentes, demônios. Na confusão do sonho, o rabino imaginava que *Simchat Torá*** e *Purim* tinham caído no mesmo dia. O calendário teria sido alterado, perguntava-se o rabino, ou teria o Maligno assumido o controle? Ao amanhecer, um velho de barba enviesada, usando uma roupa rasgada, arengava com ele sacudindo os punhos. O rabino tentou soprar o chifre de carneiro para excomungá-lo, mas ao invés de uma trompetada saiu um chiado que poderia ter sido produzido por um pulmão murcho.

---

* Limão doce de uso ritual. (N. do T.)
** Festa religiosa judaica comemorando a entrega das Leis a Moisés. (N. do T

O rabino tremia e a cama sacudia. O travesseiro estava molhado e revirado como se tivesse acabado de ser tirado da tina e torcido. As pálpebras do rabino estavam quase grudadas. "Abominações", murmurou o rabino. "Refugo do cérebro." Pela primeira vez desde que se lembrava, o rabino não fez suas abluções. "O poder do mal? Vamos ver o que o mal pode fazer! O sagrado só sabe silenciar." Caminhou até a janela. O sol nascente girava entre as nuvens como uma cabeça decepada. Numa pilha de lixo, o bode da comunidade tentava mastigar as palmas do ano anterior. "Você ainda está vivo?", dirigiu-se o rabino a ele. E lembrou-se do carneiro cujos chifres se prenderam na moita e que Abraão sacrificara em lugar de Isaac. Ele sempre sentia necessidade de oferendas de fogo, pensou o rabino de Deus. O sangue de suas criaturas tinha um sabor doce para Ele.

– Vou fazer, vou fazer – disse o rabino em voz alta.

Em Bechev rezavam tarde. Nos Sabás de verão mal havia *quorum,* mesmo contando os poucos velhos, que eram sustentados pelo paço. Na noite anterior, o rabino resolvera não pôr a camisa franjada, mas o fez de qualquer modo, por hábito. Planejara ir de cabeça nua, mas relutantemente pôs o solidéu na cabeça. Um pecado de cada vez é suficiente, decidiu. Sentou-se na cadeira e cochilou. Passado algum tempo acordou assustado e se levantou. Até ontem o Bom Espírito tentara repreender o rabino e ameaçá-lo com *a Gueena* ou com uma humilhante transmigração da alma. Mas agora a voz do monte Horeb se calara. Todos os receios desapareceram. Só restava a raiva. "Se ele não precisa dos judeus, os judeus não precisam dEle." O rabino já não falava diretamente com o Todo-Poderoso mas com uma outra divindade – talvez com uma daquelas mencionadas no Salmo 82: "Deus está na congregação dos poderosos, Ele julga entre os Deuses". Agora o rabino concordava com qualquer heresia: com as que o negavam inteiramente e com as que acreditavam em dois senhores; com os idólatras que serviam às estrelas e constelações e aqueles que veneravam a Trindade; com os karaaitas, que renunciaram ao Talmude; com os samaritanos, que abandonaram o monte Sinai pelo monte Gerizim. Sim, conheci o Senhor e pretendo ofendê-lo, disse o rabino. Muitas questões subitamente se esclarecem: a serpente primitiva, Caim, a geração do Dilúvio, os sodomitas, Ismael, Esaú, Korach e Jeroboão, filho de Nebat. A um torturador silencioso não se fala, e a um perseguidor não se ora.

O rabino tinha esperanças que, de alguma forma, no último instante, ocorresse um milagre: Deus se revelasse ou algum poder o contivesse. Mas nada aconteceu. Abriu a gaveta e tirou o cachimbo, um objeto proibido no Sabá. Antes de riscar o fósforo, o rabino hesitou. Advertiu a si mesmo: "Nechemia, filho de Eliezer Tzvi, essa é uma das 39 atividades proibidas no Sabá! Por essa, é-se apedrejado". Olhou à sua volta. Não ouviu bater de asas; não ouviu nenhuma voz. Retirou o fósforo e acendeu o cachimbo. Seu cérebro chocalhava dentro do crânio como uma avelã na casca. Estava se lançando no abismo.

Em geral o rabino sentia prazer em fumar, mas agora a fumaça tinha um gosto acre. Arranhava a garganta. Alguém poderia bater à porta! Ele despejou algumas gotas de água de ablução no cachimbo – outra grande violação, apagar o fogo. Ansiava por novas transgressões, mas quais? Quis cuspir no *mezuzá*, mas se conteve. Por algum tempo o rabino escutou o tumulto que rugia dentro dele. Então saiu para o corredor e se dirigiu ao quarto de Hinde Shevach. Mexeu no trinco e tentou abrir a porta.

– Quem está aí? – perguntou Hinde Shevach.

– Sou eu.

O rabino ouviu-a farfalhar, murmurar. Então abriu a porta. Devia ter acabado de acordar. Usava um robe de arabescos, chinelos e, na cabeça raspada, um lenço de seda. Nechemia era alto, mas Hinde Shevach era baixa. Embora tivesse apenas 25 anos, parecia mais velha, com olheiras escuras sob os olhos e a expressão mortificada de uma esposa abandonada. O rabino raramente ia a seu quarto, e nunca tão cedo nem num Sabá.

Ela perguntou:

— Aconteceu alguma coisa?

Os olhos do rabino se inundaram de riso.

— O Messias chegou. A lua caiu.

— Que conversa é essa?

— Hinde Shevach, está tudo acabado – disse o rabino, assombrado com as próprias palavras.

— Que quer dizer?

— Não sou mais rabino. Não há mais paço, a não ser que queira assumi-lo e se tornar a segunda virgem de Ludmir.

Os olhos amarelados de Hinde Shevach o mediram enviesado.

— Que aconteceu?

— Estou farto.

— Que vai ser do paço, de mim?

— Venda tudo, se divorcie daquele *schlemiel* ou parta para os Estados Unidos.

Hinde Shevach ficou parada.

— Sente-se, você me assusta.

— Estou cansado de todas essas mentiras – disse o rabino. – Dessas tolices todas. Não sou rabino e eles não são *hasidim*. Estou de partida para Varsóvia.

— E o que vai fazer em Varsóvia? Quer seguir o caminho de Simcha David?

— É, o caminho dele.

Os lábios pálidos de Hinde Shevach tremeram. Procurou um lenço entre as roupas sobre uma cadeira. Levou-o à boca.

— E eu?

— Você ainda é moça. Não é aleijada – respondeu o rabino atordoado com o que dizia. – O mundo é seu.

— Meu? Chaim Mattos não pode se divorciar de mim.

— Pode, pode.

O rabino queria acrescentar: "Você pode passar sem divórcio", mas receou que Hinde Shevach desmaiasse. Sentiu uma onda de desafio, a coragem e o alívio de alguém que se libertara de todos os jugos. Pela primeira vez percebeu o que significava ser descrente. Disse:

– A instituição *hasid* é pura pobreza. Ninguém precisa de nós. A coisa toda é uma desonestidade, uma falsidade.

3

Tudo se passou com tranqüilidade. Hinde Shevach se trancou no quarto, aparentemente chorando. Sander, o bedel, embriagou-se depois do *Havdalá,* o encerramento do Sabá, e foi dormir. Os velhos continuaram sentados na casa de estudos. Um recitava as orações de despedida, outro lia o *Princípio da sabedoria,* um terceiro limpava o cachimbo com um arame, um quarto remendava um livro sagrado. Algumas velas ardiam. O rabino lançou um último olhar à casa de estudos. "Uma ruína", murmurou. Ele mesmo pusera os pertences na sacola. Desde a morte da esposa se acostumara a apanhar a roupa na cômoda onde a criada a colocava. Tirou algumas camisas, umas roupas interiores e longas meias brancas. Nem mesmo guardou na sacola o xale de oração e os filactérios. Para quê?

O rabino saiu furtivamente da aldeia. Como era conveniente que não houvesse luar! Não tomou a estrada principal, mas caminhou pelas estradas secundárias, com que se familiarizara em criança. Não usava o chapéu de veludo. Encontrara um boné e um gabardo do tempo em que era solteiro.

Na realidade, o rabino já não era o mesmo homem. Sentia-se possuído por um demônio que pensava e tagarelava à sua maneira peculiar. Agora atravessava os campos e uma floresta. Mesmo sendo uma noite de sábado em que os espíritos malignos corriam soltos, o rabino se sentia mais corajoso e mais forte. Já não temia cães nem assaltantes. Chegou à estação só para descobrir que teria que esperar por um trem até o amanhecer. Sentou-se em um banco, próximo a um camponês deitado que roncava. O rabino não recitara nem a Oração Noturna nem o *Shema.* Rasparei a barba também, decidiu. Tinha consciência que sua fuga não poderia permanecer em segredo e que seus *hasidim* talvez o procurassem até encontrar. Considerou brevemente deixar a Polônia.

Adormeceu e foi acordado pelo toque de um sino. O trem chegara. Mais cedo, comprara um bilhete de quarta classe, porque nessas carruagens nunca há iluminação; os passageiros se sentam e permanecem de pé no escuro. Sentia-se apreensivo com a possibilidade de encontrar cidadãos de Bechev, mas o carro estava cheio de gentios. Um deles acendeu um fósforo e o rabino viu camponeses usando chapéus de quatro pontas, cafetãs pardos, calças de linho – a maioria descalça ou com trapos nos pés. Não havia janela no carro, apenas uma abertura circular. Quando o sol nasceu, lançou uma luz arroxeada no grupo enlameado de homens que fumavam fumo ordinário, comiam pão rústico com toucinho, fazendo-o descer com goles de vodka. As mulheres se recostavam na bagagem e dormitavam.

O rabino ouvira falar nos *pogroms* na Rússia. Campônios como esses matavam homens, estupravam mulheres, saqueavam, e torturavam crianças. O rabino se encolheu a um canto. Tentou tampar o nariz para fugir do fedor. "Deus, esse é o teu mundo? Tentaste lhes dar o Torá no monte Seir e no monte Paran? Foi entre eles que dispersaste o teu povo eleito?" As rodas retiniam nos trilhos. A fumaça da locomotiva se filtrava pela abertura circular. Fedia a carvão, óleo e a combustão de uma outra substância indefinível. "Serei capaz de me tornar um deles?", o rabino se perguntou. "Se Deus não existe, tampouco Jesus existiu."

O rabino sentiu uma necessidade premente de urinar, mas não havia sanitários. Esses passageiros pareciam infestados de pulgas e piolhos. Sentiu uma comichão por baixo da camisa. Começou a se arrepender de ter partido de Bechev. "Quem me impedia de ser infiel lá?", se perguntou. "Ao menos tinha minha própria cama. E o que farei em Varsóvia? Fui impetuoso. Esqueci que um herege também precisa de comida e de um travesseiro sob a cabeça. Meus poucos rublos não durarão muito. Simcha David é ele próprio um indigente." O rabino fora informado de que Simcha David estava passando fome, usava roupas rotas, e, além disso, era teimoso e pouco prático. "Bom, e o que esperava? Não faltam charlatões em Varsóvia."

As pernas do rabino doíam e ele se abaixou até o chão. Puxou a pala do boné para encobrir a testa. Judeus embarcavam no trem nas diversas estações; alguém poderia reconhecê-lo. De repente ouviu palavras familiares. "Oh, meu Deus, a alma que Tu me destes é pura; Tu a criastes, Tu a moldastes, Tu soprastes a vida em mim; Tu a conservastes em mim; e Tu a tirarás de mim mas a devolverás a mim na outra vida..."

"Uma mentira, uma mentira deslavada", exclamou alguma coisa dentro do rabino. "Todos têm o mesmo espírito: um homem, um animal. O Eclesiastes admitiu isso; por isso, os sábios queriam censurá-lo. Bem, mas o que é um espírito? Quem formou o espírito? O que dizem os livros mundanos sobre isso?"

O rabino dormiu e sonhou que era *Yom Kippur*. Estava parado no pátio da sinagoga com um grupo de judeus que usava vestes brancas e xales de oração. Alguém trancara a sinagoga, mas por quê? O rabino ergueu os olhos para o céu e ao invés de uma lua viu duas, três, cinco. Que era isso? As luas pareciam se precipitar umas em direção às outras. Tornavam-se maiores e mais radiosas. Raios caíam, o trovão ribombava e o céu estava em chamas. Os judeus emitiram um longo lamento: Ai de nós, o mal está dominando!

Abalado, o rabino acordou. O trem chegara a Varsóvia. Não estivera em Varsóvia desde que o pai – que a sua memória seja abençoada – adoecera e fora consultar o doutor Frankel poucos meses antes de desaparecer. Pai e filho tinham então viajado num carro especial. Sacristãos e seguidores os tinham acompanhado. Um grupo de *hasidim* os esperava na estação. Seu pai fora levado para a casa de um rico seguidor na rua Twarda. Na sala de visitas o pai interpretara a Torá. Agora Nechemia caminhava pela plataforma carregando a própria valise. Uns passageiros corriam, outros arrastavam a bagagem. Carregadores gritavam. Um policial apareceu com uma espada de um lado e um revólver do outro, o peito coberto de medalhas, o rosto quadrado, vermelho e gordo. Seus olhos sebosos mediram o rabino cheios de suspeita, ódio e mais alguma coisa que lembrava ao rabino um animal predatório.

O rabino entrou na cidade. Bondes tocavam sinetas, *droshkies* convergiam, cocheiros agitavam os chicotes, cavalos galopavam nas pedras do calçamento. Havia um fedor de piche, lixo e fumaça. "Isso é o mundo?", se perguntou o rabino. "É para aqui que o Messias supostamente virá?". Procurou no bolso o pedaço de papel com o endereço de Simcha David, mas desaparecera. "Os demônios já estão brincando comigo?". O rabino tornou a meter a mão no bolso e retirou o papel que estivera procurando. Sim, um demônio estava caçoando dele. Mas, se Deus não existe, como pode existir uma Legião de espíritos malignos? Deteve um transeunte e pediu informações para chegar à rua de Simcha David.

O homem deu. "Que distância!", comentou.

4

Toda vez que o rabino perguntava como chegar à rua Smotcha, onde Simcha David morava, aconselhavam-no a tomar um bonde ou uma *droshky,* mas o bonde parecia demasiado temível e a *droshky* era demasiado caro. Além disso, o cocheiro podia ser gentio. O rabino não falava polonês. Ele parava para descansar a intervalos de minutos. Não tomara café-da-manhã; ainda assim não sabia se sentia fome ou não. A boca aguava e sentia uma secura na garganta. O cheiro de pão fresco, *bagels**, leite fervido e arenque defumado flutuava no ar vindo dos pátios.

Passou por lojas que vendiam couro, ferragens, miudezas e roupas prontas. Os vendedores disputavam a freguesia, puxavam as pessoas pelas mangas, piscando e misturando o iídiche com o polonês. Vendedoras anunciavam com vozes cantadas, "Maçãs, peras, ameixas, *kugel* de batatas, ervilhas

---

* Espécie de pão ou biscoito. (N. do T.)

e feijões quentes". Uma carroça carregada de gravetos tentava passar por um portão estreito. Uma carreta cheia de sacos de farinha abria caminho por outro portão. Um louco – descalço, usando um cafetã em que faltava uma manga, e um boné rasgado – era perseguido por um bando de garotos. Gritavam provocações e atiravam pedrinhas nele.

"Mamãe cozinhou um gatinho", cantava um menino numa voz esganiçada. Trancinhas louras pendiam de seu boné octogonal.

O rabino se dispôs a atravessar a rua e quase foi atropelado por um vagão expresso puxado por uma parelha de cavalos belgas. As mulheres torceram as mãos aflitas e o repreenderam. Um homem com a barba grisalha suja que levava um saco aos ombros disse: "Terá que recitar uma ação de graças este sábado".

"Ação de graças." O rabino murmurou de si para si. "E o que é que ele carrega no saco – seu pedaço do paraíso?"

Finalmente chegou à rua Smotcha. Alguém lhe indicou um número num portão. Ao portão uma menina vendia pães de cebola. Ele entrou num pátio onde crianças brincavam de pegar em volta de um enorme latão de lixo recém-alcatroado. Ali perto, um tintureiro mergulhava uma saia vermelha num caldeirão cheio de corante preto. Numa janela aberta uma moça arejava um colchão de penas, batendo-lhe com uma vara. As primeiras pessoas a quem indagou nada sabiam de Simcha David. Então uma mulher disse: "Ele deve morar no sótão".

O rabino não estava acostumado com tantas escadas. Teve que parar para recuperar o fôlego. Detritos juncavam os degraus. Portas de apartamentos estavam entreabertas. Um alfaiate cosia à máquina. Um apartamento continha uma série de teares onde moças com fiapos de algodão nos cabelos fiavam com destreza. Nos andares mais altos, escancaravam-se buracos no reboco das paredes e o cheiro era sufocante. De repente o rabino viu Simcha David. Ele emergiu de um corredor escuro, sem boné, com um paletó curto manchado de tinta e argila. Tinha sobrancelhas e cabelos louro-claros. Carregava um embrulho. O rabino ficou surpreso de ter reconhecido o irmão; parecia-se tanto com um gentio. "Simcha David!", chamou.

Simcha David olhou com atenção. "Um rosto familiar, mas ..."

– Olhe bem.

Simcha David deu de ombros.

– Quem é você?

– Seu irmão. Nechemia.

Simcha David nem piscou. Seus olhos azuis-claros pareciam inexpressivos, tristonhos, preparados para todas as coisas bizarras que o tempo poderia trazer. Duas rugas profundas tinham se formado nos cantos de sua boca. Não era mais o prodígio de Bechev, apenas um operário andrajoso. Passado algum tempo, disse:

– É, é você. Que aconteceu?

– Decidi acompanhá-lo.

– Bom, não posso parar agora. Tenho que me encontrar com alguém. Estão à minha espera. Já estou atrasado. Levarei você ao meu quarto para que possa descansar. Falaremos depois.

– Assim seja.

– Não pensei em ver teu rosto – disse Simcha David citando o Gênesis.

– *Nu,* pensei que já esquecera de tudo – disse o rabino. Sentia-se mais embaraçado com o irmão citando a Bíblia do que com a sua frieza.

Simcha David abriu a porta de um quarto tão exíguo que lembrou ao rabino uma gaiola. O teto pendia torto. Ao longo das paredes enfileiravam-se rolos de papel, telas, molduras. Cheirava a tinta e a terebintina. Não havia cama, apenas um divã arrebentado.

Simcha David perguntou:

– Que quer fazer em Varsóvia? Os tempos estão difíceis.

E saiu sem esperar resposta.

Por que está com tanta pressa?, perguntou-se o rabino. Sentou-se no divã e olhou à sua volta. Quase todos os quadros eram de mulheres: algumas nuas, outras seminuas. Numa mesinha havia pincéis e uma paleta. Deve ser assim que ele ganha a vida, pensou o rabino. Parecia-lhe claro que agira insensatamente. Não deveria ter vindo até ali. Pode-se sofrer em qualquer lugar.

O rabino esperou uma hora, duas, mas Simcha David não voltou. A fome o atormentava. "Hoje é dia de jejum para mim – jejum de herege", disse a si mesmo. Uma voz dentro dele zombava: "Você merece o que está passando". "Não me arrependo", retorquiu o rabino. Estava pronto a pelejar com o Anjo de Deus como uma vez lutara com o Senhor do Mal.

O rabino apanhou um livro do chão. Era em iídiche. Leu uma história de um santo que, ao invés de ir à Oração Noturna, foi juntar gravetos para uma viúva. Que é isso – moralidade ou zombaria? O rabino esperara ler uma contestação de Deus e do Messias. Pegou um panfleto cujas páginas estavam caindo e leu sobre colonos na Palestina. Judeus jovens aravam, semeavam, secavam pântanos, plantavam eucaliptos, combatiam os beduínos. Um desses pioneiros tinha morrido e o escritor o chamava de mártir. O rabino estava perplexo. Se não há Criador, por que ir à Terra Santa? E que querem dizer com mártir?

O rabino se sentiu cansado e se deitou. "Esse judaísmo não é para mim", disse. "Prefiro me converter!" Mas onde a pessoa se convertia? Além disso, para se converter a pessoa tinha que fingir acreditar no Nazareno. Parecia que o mundo estava impregnado de fé. Se não se acreditava em um Deus, tinha-se que acreditar em outro. Os cossacos se sacrificavam pelo czar. Aqueles que queriam destronar o czar se sacrificavam pela revolução. Mas onde estavam os verdadeiros hereges, que não acreditavam em nada? Não viera a Varsóvia para trocar uma fé por outra.

5

O rabino aguardou durante horas, mas Simcha David não voltou. Assim são os modernos, refletiu. A promessa deles não é uma promessa; não têm senso de família ou de amizade. Na verdade o que cultuam é o ego. Esses pensamentos o perturbaram – não era um deles agora? Mas como é que se impede o cérebro de pensar? Correu os olhos pelo quarto. Que coisa de valor os ladrões poderiam encontrar ali? As mulheres nuas? Saiu, fechou a porta e desceu as escadas. Levou a valise com ele. Sentia-se tonto e andava vacilante. Na rua, passou por um restaurante mas teve vergonha de entrar. Nem sabia como pedir uma refeição. Será que os fregueses sentavam todos à mesma mesa? Será que os homens comiam com as mulheres? As pessoas podiam caçoar de sua aparência. Voltou ao portão da casa onde Simcha David morava e comprou dois pães. Mas onde poderia comê-los? Lembrou-se do provérbio: "Aquele que come na rua se iguala aos cães". Parou no portão e mordeu o pão.

Já cometera pecados puníveis com a morte, mas comer sem lavar as mãos e sem recitar a bênção o perturbou. Achou difícil engolir. Bem, é uma questão de hábito, consolou-se o rabino. A pessoa precisa se acostumar até a transgredir. Comeu um pão e meteu o outro no bolso. Caminhou sem destino. Em uma rua, passaram por ele três cortejos fúnebres. O primeiro carro fúnebre era acompanhado por muitos homens. Algumas *droshkies* seguiam o segundo. Ninguém acompanhava o terceiro. "Bem, não faz diferença alguma para eles", disse o rabino a si mesmo. "Pois os mortos nada sabem, e tampouco se comprazem com coisa alguma", citou do Eclesiastes.

Virou à direita e passou por lojas compridas e estreitas com o interior iluminado por candeeiros a gás, embora fosse meio-dia. De carretas quase tão grandes quanto casas, homens descarregavam rolos de lã, alpaca, algodão e estampados. Um carregador andava com uma cesta aos ombros, as costas curvadas sob o peso. Escolares de uniformes com botões dourados e insígnias nos bonés levavam livros afivelados às costas. O rabino parou. Se não se acreditava em Deus, por que criar filhos, por que sustentar esposas? De acordo com a lógica, um descrente só devia cuidar do próprio corpo e de mais ninguém.

Prosseguiu. No quarteirão seguinte uma livraria exibia livros em hebraico e iídiche: *As gerações e seus intérpretes, Os mistérios de Paris, O homenzinho, Masturbação, Como evitar a tuberculose.* Um livro se intitulava: *Como surgiu o universo.* Vou comprá-lo, decidiu o rabino. Havia alguns clientes na livraria. O livreiro, um homem com óculos de aros de ouro presos a uma fita, conversava com um homem que tinha cabelos compridos, um chapéu de aba larga e uma capa nos ombros. O rabino se deteve diante das prateleiras e leu alguns livros aqui e ali.

Uma vendedora se aproximou e perguntou:

– Que deseja? Um livro de orações, um livro de bênçãos?

O rabino corou.

– Reparei num livro da vitrine, mas já esqueci o nome.

– Venha até aqui fora e me mostre – disse a moça, piscando para o homem com óculos de aros dourados. Ela riu e formaram-se covinhas em seu rosto.

O rabino sentiu um impulso de fugir. Apontou para o livro.

– *Masturbação?* – perguntou a moça.

– Não.

– *Vichna Dvosha parte para a América?*

– Não, aquele do meio.

– *Como surgiu o universo?* Vamos entrar.

A moça cochichou para o dono da loja, que se postara agora atrás do balcão. Ele coçou a cabeça.

– É o último exemplar.

– Posso tirá-lo da vitrine? – perguntou a moça.

– Mas por que precisa desse livro em particular? – perguntou o dono da loja. – É antiquado. O universo não surgiu da maneira que o autor descreve. Ninguém estava presente para contar.

A moça caiu na gargalhada. O homem de capa perguntou:

– De onde vem o senhor, da província?

– É.

– Para que veio a Varsóvia? Para comprar mercadorias para sua loja?

– É, mercadorias.

– Que tipo de mercadoria?

O rabino teve vontade de responder que não era da conta dele, mas não era de sua natureza ser insolente. Disse:

– Quero saber o que os hereges andam dizendo.

A moça tornou a rir. O livreiro tirou os óculos. O homem de capa fixou nele os grandes olhos pretos.

– É só isso que precisa?

– Quero saber.

– Bom, ele quer saber. Vão deixá-lo ler isso? Se o apanharem com um livro desses, vão expulsá-lo da casa de estudos.

– Ninguém vai saber – retorquiu o rabino. Percebeu que estava falando como uma criança e não como um adulto.

– Bom, creio que o século das luzes ainda está vivo, tal como há cinqüenta anos – disse o homem da capa para o dono da loja. – Era assim que eles costumavam vir a Vilna e perguntar: "Como foi criado o mundo? Por que o sol brilha? O que nasceu primeiro, o ovo ou a galinha?" – Voltou-se para o rabino: – Não sabemos, meu caro senhor, não sabemos. Temos que viver sem fé e sem saber.

– Então por que são judeus? – perguntou o rabino.

– Temos que ser judeus. Um povo inteiro não pode ser assimilado. Além disso, os gentios não nos querem. Há muitas centenas de convertidos em Varsóvia e a imprensa polonesa está sempre a atacá-los. E o que a conversão consumaria? Temos que nos conservar como povo.

– Onde posso comprar o livro? – perguntou o rabino.

– Quem sabe? Está esgotado. De qualquer forma, ele só

afirma que o universo evoluiu. Mas de que maneira evoluiu, como surgiu a vida e todo o resto, ninguém tem a menor idéia.

– Então por que são descrentes?

– Meu caro senhor, não temos tempo para travar discussões com o senhor. Tenho um exemplar aqui e não quero levantar pó – disse o dono. – Volte dentro de algumas semanas quando refizermos a vitrine. O universo não vai azedar em tão pouco tempo.

– Peço que me perdoe.

– Meu caro senhor, não existem mais descrentes – disse o homem de capa. – Na minha época havia alguns, mas os velhos morreram e a nova geração é prática. Querem melhorar o mundo, mas não sabem como fazê-lo. O senhor ao menos ganha a vida com a sua loja?

– Mais ou menos – murmurou o rabino.

– Tem mulher e filhos?

O rabino não respondeu.

– Qual é o nome de sua aldeia?

O rabino permaneceu em silêncio. Sentia-se tímido como um menino de *cheder*. Disse "obrigado" e saiu.

6

O rabino continuou a caminhar pelas ruas. Descia o crepúsculo e ele se lembrou que era hora da Oração Noturna, mas não estava com disposição de adular o Todo-Poderoso, de chamá-lo de dador de conhecimento, ressuscitador dos mortos, curador dos enfermos, libertador dos prisioneiros, ou de implorar-Lhe que tornasse a Sua santa presença ao Sião e reconstruísse Jerusalém.

O rabino passou por uma cadeia. Um portão negro estava aberto e levavam um homem acorrentado para dentro. Um aleijado sem pernas deslocava-se sobre uma tábua com rodinhas. Um cego cantava uma canção sobre um navio que naufragara. Numa rua estreita, o rabino ouviu uma gritaria. Alguém fora esfaqueado – um rapaz alto com o sangue esguichando da garganta. Uma mulher lamentava: "Ele se recusou a ser assaltado, então eles o atacaram com facas. Que o fogo do inferno os consuma. Deus espera muito tempo mas castiga muito bem".

Por que espera tanto tempo, o rabino queria perguntar. E a quem castiga? Os agredidos e não os agressores. A polícia chegou e ouviu-se a sirene de uma ambulância. Rapazes de calças rasgadas, as abas dos bonés encobrindo os olhos e moças despenteadas, com chinelos gastos nos pés nus, saíram correndo dos portões. O rabino teve medo da multidão e do tumulto. Entrou num pátio. Uma moça com um xale nos ombros, as faces coradas como se tivessem sido pintadas com beterraba, disse ao rabino: "Entre, são vinte *groschen*".

– Aonde irei? – perguntou o rabino sem compreender.
– Venha direto para baixo.
– Estou procurando um lugar onde me hospedar.
– Vou recomendá-lo – disse a moça tomando-lhe o braço.

O rabino se assustou. Pela primeira vez, desde que crescera, uma mulher estranha o tocava. A moça o conduziu por uma escada escura. Atravessaram um corredor tão estreito que só dava passagem a uma pessoa de cada vez. A moça ia à frente, arrastando o rabino pela manga. Uma umidade subterrânea chegou-lhe às narinas. Que era isso – uma sepultura em vida, o portão de *Gueena?* Alguém tocava uma gaita de boca. Uma mulher discutia. Um gato ou uma ratazana pulou sobre seus pés. Uma porta se abriu e o rabino viu um quarto sem janela, iluminado por um pequeno candeeiro a querosene com a manga preta de fuligem. Ao lado de uma cama sem lençóis que tinha apenas um colchão de palha, havia uma bacia com água rosada. Os pés do rabino empacaram na soleira da porta como as patas de um boi entrando num matadouro.

– Que é isso? Aonde está me levando?
– Não se finja de tolo. Vamos nos divertir.
– Estou procurando uma estalagem.
– Passe para cá os vinte *groschen*.

Seria uma casa de má reputação? O rabino tremia e retirou uma mancheia de trocados do bolso.

– Sirva-se.

A moça apanhou uma moeda de dez *groschen,* uma de seis e uma de quatro. Hesitou um instante e acrescentou um copeque. Apontou para a cama. O rabino deixou cair as moedas restantes e correu de volta pelo corredor. O piso era irregular e cheio de buracos. Ele quase caiu. Esbarrou numa parede de tijolos aparentes. "Deus do céu, me salve!" Sua camisa estava encharcada. Quando alcançou o pátio já era noite. O lugar fedia a lixo, a sarjeta e a podridão. Agora o rabino deplorava que tivesse invocado o nome de Deus. Sua boca se encheu de bile. Um tremor percorreu sua espinha. São esses os prazeres do mundo? É isso que Satanás tem para vender? Puxou o lenço e enxugou o rosto. Aonde vou agora? "Onde me esconderei do Teu semblante?" Ergueu os olhos e acima dos muros aparecia o céu com uma lua nova e um punhado de estrelas. Ele contemplou admirado, como se o visse pela primeira vez. Nem 24 horas tinham-se passado desde que partira de Bechev, mas lhe parecia que estivera perambulando há semanas, meses, anos.

A moça do porão saiu outra vez.

– Por que fugiu, seu caipira bobo?

– Por favor, me perdoe – disse o rabino, e saiu para a rua. A aglomeração desaparecera. Fumaça subia das chaminés. Os lojistas estavam fechando as lojas com trancas e cadeados. Que acontecera ao rapaz esfaqueado, se perguntava o rabino. A terra o engolira? De repente percebeu que ainda estava carregando a mala. Como era possível? Parecia que sua mão a agarrava com uma força própria. Talvez fosse a mesma força que criara o mundo? Talvez essa força fosse Deus? O rabino sentia vontade de rir e de chorar. Nem mesmo sou bom de pecado – um desastre em tudo. Bem, é o meu fim, meu fim. Nesse caso só há uma saída, devolver os 630 membros e nervos. Mas como? Enforcando-me? Afogando-me? Será que o Vístula ficava próximo? O rabino deteve um transeunte.

– Com licença, como chego ao Vístula?

O homem tinha uma cara enfarruscada, como de um

limpador de chaminés. Olhou para o rabino por baixo das sobrancelhas espessas e cor de carvão.

– Para que precisa do Vístula? Quer pescar? – sua voz parecia um latido.

– Pescar, não.

– Que mais, nadar até Danzig?

Um humorista, pensou o rabino.

– Disseram-me que há uma hospedaria nas vizinhanças.

– Uma hospedaria perto do Vístula? De onde vem? Da província? Que está fazendo aqui, procurando um emprego de professor?

– Professor? É. Não.

– Moço, para caminhar pelas pedras de Varsóvia, precisa de forças. Tem algum dinheiro?

– Alguns rublos.

– Por um *gulden* a noite, pode dormir na minha casa. Moro logo aqui no número 14. Não tenho esposa. Cederei a cama dela.

– Bem, que assim seja. Muito obrigado.

– Já comeu?

– Já, de manhã.

– De manhã, hein? Venha comigo à taverna. Pediremos um copo de cerveja. Alguma coisa para comer, também. Sou o carvoeiro ali do outro lado da rua – o homem apontou com um dedo negro numa loja que tinha as portas trancadas. Disse: – Tenha cuidado, podem roubar o seu dinheiro. Um homem da província acabou de ser levado para o hospital numa ambulância. Feriram-no com uma faca.

7

O carvoeiro subiu os degraus da taverna. O rabino o seguiu aos tropeços. O carvoeiro abriu a porta de vidro e o rabino ficou paralisado com o cheiro de cerveja, vodka, alho, com o ruído das altas vozes dos homens e mulheres e da música para dançar. Seus olhos se enevoaram.

– Por que parou? – perguntou o carvoeiro. – Vamos. – E tomou o rabino pelo braço e o puxou.

Em meio a um vapor denso como o da casa de banhos de Bechev, o rabino viu rostos distorcidos, engradados de bebidas na parede, um barril de cerveja com a bomba em latão, um balcão onde havia travessas de ganso assado e pratos de petiscos. Rabecas tocavam, um tambor marcava o ritmo; todos pareciam gritar.

– Aconteceu alguma coisa? – perguntou o rabino.

O carvoeiro o levou para uma mesa e gritou no seu ouvido:

– Isso aqui não é a sua aldeiazinha. Isso é Varsóvia. Aqui é preciso conhecer as coisas.

– Não estou acostumado a tanto barulho.

– Vai se acostumar. Que tipo de professor quer ser? Aqui há mais professores do que alunos. Todo *schlemiel* se faz professor. Para que serve todo esse estudo? Acaba-se esquecendo. Eu mesmo freqüentei o *cheder*. Ensinaram-me o *rashi* e coisas do gênero. Ainda me lembro de algumas palavras: "E o Senhor disse a Moisés..."

– Umas poucas palavras da Torá também são a Torá – disse o rabino, consciente de que não tinha o direito de falar depois de ter violado tantos mandamentos.

– Quê? Nada disso vale um caracol. Esses meninos se sentam na casa de estudos, tremendo e fazendo caretas. Quando estão prestes a serem convocados, se desintegram. Casam-se e não são capazes de sustentar as esposas. Têm dúzias de filhos que andam pelo chão descalços e nus...

Talvez ele seja o verdadeiro descrente, pensou o rabino. Perguntou:

– Você acredita em Deus?

O carvoeiro pôs a mão fechada na mesa.

– Como posso saber? Nunca estive no céu. Há alguma coisa lá. Quem fez o mundo? No Sabá rezo com um grupo chamado "O Amor dos Amigos". Custa alguns rublos, mas, como se diz, faz de conta que é um *mitzvah*. Rezamos com um rabino que mal tem o que comer. A mulher dele vai à carvoaria comprar cinco quilos de carvão. Que são cinco quilos de carvão para um inverno? Acrescento mais alguns por boa medida. Se existe um Deus, então por que permite que os poloneses espanquem os judeus?

– Não sei. Gostaria de saber.

– Que diz a Torá? Você parece conhecer as filigranas.

– A Torá diz que os maus são punidos e os bons recompensados.

– Quando? Onde?

– No outro mundo.

– Na sepultura?

– No paraíso.

– Onde é o paraíso?

Um garçom se aproximou.

– Para mim, cerveja clara e fígados de galinha – pediu o carvoeiro.

– Você, o que quer?

O rabino não encontrava resposta. Perguntou:

– Pode-se lavar as mãos aqui?

O carvoeiro deu um risinho.

– Aqui se come sem se lavar, mas é *kosher*. Não vão lhe servir carne de porco.

– Talvez eu coma um biscoito – murmurou o rabino.

– Um biscoito? E o que mais? Aqui se tem que beber com a comida. Que tipo de cerveja quer? Clara? Escura?

– Que seja clara.

– Bem, dê a ele um caneco de cerveja de aveia e um biscoito de ovos. – Depois que o garçom se afastou, o carvoeiro começou a tamborilar na mesa com os dedos negros. – Se não comeu nada desde a manhã, isso não é suficiente. Aqui, se não comer vai morrer como uma mosca. Em Varsóvia é preciso ser glutão. Se quiser lavar as mãos para a bênção, vá ao lavatório. Há uma torneira lá, mas terá que enxugar as mãos no casaco.

"Por que estou tão infeliz?", o rabino se perguntou.

"Estou atolado em iniqüidade como todos os outros – até mais. Se não quero ser Jacó, tenho que ser Esaú." Para o carvoeiro disse:

– Não quero ser professor.
– Que quer ser, conde?
– Gostaria de aprender um ofício.
– Que ofício? Se quiser ser alfaiate, sapateiro ou peleteiro, tem que começar jovem. Eles o tomam como aprendiz e a mulher do patrão lhe diz para despejar a água servida e para ninar o bebê no berço. Eu sei disso. Fui aprendiz de marceneiro e meu mestre nunca me deixou pegar num serrote ou numa plaina. Sofri com ele quatro anos e quando saí não tinha aprendido nada. Antes que me desse conta, tive que ir servir ao czar. Durante três anos comi o pão preto dos soldados. Na caserna somos obrigados a comer carne de porco ou não temos forças para carregar o fuzil. Havia escolha? Quando recebi baixa fui trabalhar para um carvoeiro e esse tem sido o meu ofício desde então. Todos roubam. Trazem uma carreta de carvão que deveria pesar cem *pood**, mas pesa apenas noventa. Dez *pood* são desviados no caminho. Se fazemos muitas perguntas nos metem uma faca. Então, que se pode fazer? Despejo água no carvão para fazê-lo pesar mais. Se não fizesse isso, passaria fome. Você me compreende?

– Compreendo.
– Então por que falar de ofícios? Você provavelmente esquentou os bancos da casa de estudos esses anos todos, não foi?
– É, estudei.
– Então não serve para mais nada exceto para ensinar. Mas é preciso ter capacidade para isso também. Há um Talmude Torá no quarteirão onde tinham um professor molóide. Os rapazes que estudam lá são todos desordeiros. Fizeram tantas com o professor que ele fugiu. Quanto aos ricos, querem um professor moderno que use gravata e saiba escrever russo. Você tem esposa?

---

* Medida russa equivalente a cerca de dezesseis quilos. (N. do T.)

– Não.
– Divorciado?
– Viúvo.
– Toque aqui. Tive uma boa esposa. Era um pouco surda, mas cumpria os seus deveres. Preparava minha comida, tivemos cinco filhos, mas três morreram quando ainda eram bebês. Tenho um filho em Yekaterinslav. Minha filha trabalha numa casa de ferragens. Mora com os patrões. Não quer cozinhar para o pai. O patrão é um homem rico. Em todo caso, sou sozinho. Há quanto tempo está viúvo?
– Alguns anos.
– Que faz quando precisa de uma mulher?
O rabino corou e em seguida empalideceu.
– Que se pode fazer?
– Por dinheiro, consegue-se tudo em Varsóvia. Não nesta rua. Aqui todas são infectadas. Você procura uma moça e ela tem um bichinho no sangue. Você adoece e começa a apodrecer. Há um homem no bairro cujo nariz apodreceu todo. Nas ruas melhores as prostitutas se submetem à inspeção de um médico todos os meses. Custa um rublo andar com elas, mas pelo menos são limpas. Os casamenteiros andam atrás de mim, mas não consigo me decidir. Todas as mulheres querem os seus rublos. Eu estava sentado com uma aqui mesmo nesta taverna e ela me perguntou: "Quanto dinheiro você possui?". Era uma bruxa velha, feia como o pecado. Respondi que o dinheiro que poupara não era da conta dela. Se por um rublo posso arranjar uma moça jovem e bonita, por que preciso de uma megera dessas? Está me acompanhando? Aí vem a nossa cerveja. Que foi? Está pálido como a morte.

8

Passaram-se três semanas, mas o rabino continuava a perambular por Varsóvia. Dormia na casa do carvoeiro. O carvoeiro o levara ao teatro iídiche depois da refeição do Sabá. Também levara o rabino às corridas de Vilanov.

Todos os dias, exceto sábados, o rabino visitava a biblioteca de Bresler. Parava diante das estantes e folheava aqui e ali. Naquela época havia uma mesa onde se podia sentar e ler. O rabino chegava pela manhã e ficava até a hora de fechar. À tarde ele saía e comprava um pão, um *bagel,* ou um pedaço de *kugel* de batata de uma mercadora. Comia sem bênção. Lia livros em hebraico, em iídiche. Até tentava ler em alemão. Na biblioteca, encontrou o livro que vira pela primeira vez na vitrine da loja, *Como surgiu o universo.* "Sim, como foi criado sem haver um criador?", o rabino se perguntava. Desenvolvera o hábito de falar sozinho. Puxava a barba, estremecia e sacudia como costumava fazer na casa de estudos. Murmurava: "Sim, um nevoeiro, mas quem fez o nevoeiro? Como apareceu? Quando começou?"

A Terra se desprendeu do Sol, leu – mas quem formou o Sol? O homem descende do macaco – mas de onde veio o macaco? E uma vez que o autor não estava presente quando tudo isso ocorreu, como podia ter tanta certeza? A ciência explicava tudo à distância no tempo e no espaço. A primeira célula apareceu há centenas de milhões de anos, no limo à beira do oceano. O sol se extinguirá daqui a bilhões de anos. Milhões de estrelas, planetas, cometas, giram no espaço sem começo nem fim, sem plano nem objetivo. No futuro todas as pessoas serão iguais, haverá um reino de liberdade sem competições, crises, guerras, ciúmes ou ódios. Como diz o Talmude, quem quiser mentir falará de coisas distantes. Num velho exemplar da revista hebraica, *Haasif,* o rabino leu sobre Spinoza, Kant, Leibnitz, Schopenhauer. Chamavam Deus de substância, mônada, hipótese, vontade cega, natureza.

O rabino agarrou uma das trancinhas. Quem é essa natureza? Onde obteve tanta habilidade e poder? Cuidava da mais distante estrela, da pedra no fundo do oceano, do menor grão de poeira, do alimento no estômago de uma mosca. Nele, o rabino Nechemia de Bechev, a natureza fazia tudo ao mesmo tempo. Dava-lhe cólicas abdominais, entupia o nariz, fazia o crânio tinir, mordia o cérebro como o borrachudo que atormentava Tito. O rabino blasfemava contra Deus e pedia-lhe perdão. Num momento desejava morrer, no momento seguinte temia a doença. Precisava urinar, ia ao lavatório e não conseguia fazê-lo. Ao ler, via pontos verdes e dourados diante dos olhos e as linhas se fundiam, divergiam, se curvavam e se interceptavam. "Estarei ficando cego? Será o fim? Os demônios já terão se apoderado de mim? Não, Pai do universo, não farei a minha confissão. Estou preparado para todas as *Gueenas*. Se tu podes te manter silencioso por uma eternidade, eu posso ao menos me calar até entregar a minha alma. Tu não és o único guerreiro", dizia o rabino ao Todo-Poderoso. "Se sou teu filho, também sou capaz de lutar."

O rabino parou de ler de forma organizada. Tirava um livro, abria-o no meio, lia umas poucas linhas e o repunha na prateleira. Não importava onde o abrisse, encontrava uma mentira. Todos os livros tinham uma coisa em comum: evitavam o essencial, falavam de forma vaga, e davam diferentes nomes ao mesmo objeto. Não sabiam nem como o mato crescia nem o que era a luz, de que maneira a hereditariedade agia, o estômago digeria, o cérebro pensava, como as nações fracas se tornavam fortes, nem como os fortes pereciam. Embora esses estudiosos escrevessem grossos volumes sobre galáxias distantes, ainda não tinham descoberto o que acontecia a um quilômetro sob a crosta da Terra.

O rabino folheava as páginas e ficava boquiaberto. Descansava a cabeça na beirada da mesa e cochilava um instante. "Ai de mim, não tenho mais forças." Toda noite, o carvoeiro tentava persuadir o rabino a voltar para a aldeia. Dizia:

– Você vai cair morto e nem ao menos saberão o que escrever em sua lápide.

9

Tarde, certa noite em que Hinde Shevach dormia, ela acordou com passos no corredor. Quem se esgueirava no meio da noite?, perguntou-se Hinde Shevach. Desde que o irmão partira, a casa andava silenciosa como uma ruína. Hinde Shevach se levantou, pôs o roupão e os chinelos. Entreabriu a porta e viu luz no quarto do irmão. Foi até lá e deparou-se com o rabino. Tinha o gabardo rasgado, a camisa desabotoada, o solidéu amassado. A expressão do rosto estava completamente alterada. Parecia alquebrado como um velho. No meio do quarto havia uma sacola.

Hinde Shevach torcia as mãos.

– Será que meus olhos me enganam?

– Não.

– Pai do céu, estão lhe procurando por toda parte. Que os pensamentos que tive possam se dispersar pelos desertos. Já estão escrevendo sobre você nos jornais.

– E, então.

– Onde esteve? Por que partiu? Por que se escondeu?

O rabino não respondeu.

– Por que não disse que estava de partida? – perguntou Hinde Shevach, desanimada.

O rabino deixou pender a cabeça e não respondeu.

– Pensamos que estivesse morto, Deus nos livre. Telegrafei a Simcha David mas não recebi resposta. Queria sentar os sete dias de luto por você. Que o céu me guarde! A cidade toda está alvoroçada. Inventaram as coisas mais horrendas. Até informaram a polícia. Um policial veio me pedir a sua descrição e tudo o mais.

– Lamento.

– Você viu Simcha David? – perguntou Hinde Shevach após ligeira hesitação.

– Vi. Não.

– Como está se saindo?

– Ah.

Hinde Shevach engoliu em seco.

– Você está branco como cera, todo rasgado. Inventaram tais histórias que tive vergonha de mostrar meu rosto. Chegaram cartas e telegramas.

– Bom...

– Você não pode se livrar de mim assim. – Hinde Shevach mudou de tom. – Fale claramente. Por que fez isso? Você não é um moleque de rua, você é o rabino de Bechev.

– Não sou mais rabino.

– Deus tenha misericórdia. Haverá uma gritaria. Espere, vou lhe trazer um copo de leite.

Hinde Shevach se retirou. O rabino a ouviu descer as escadas. Agarrou a barba e se balançou. Uma grande sombra ondulou pela parede e pelo teto. Passados alguns instantes, Hinde Shevach voltou.

– Não temos leite.

– *Nu*.

– Não vou embora enquanto não me disser por que partiu.

– Eu queria saber o que dizem os hereges.

– Que dizem eles?

– Não existem hereges.

– Verdade?

– O mundo inteiro adora ídolos – murmurou o rabino. – Inventam deuses e servem a eles.

– Os judeus também?

– Todo o mundo.

– Bem, você perdeu a razão. – Hinde Shevach continuou algum tempo parada observando-o e depois voltou para seu quarto.

O rabino deitou-se na cama inteiramente vestido. Sentiu as forças se esvaírem – não devagarinho, mas de uma vez só. Uma luz que ele não sabia existir piscou em seu cérebro. As mãos e os pés se entorpeceram. A cabeça pesou no travesseiro. Passado algum tempo, o rabino ergueu uma pálpebra. A vela se extinguira. Uma lua de fim de noite, irregular e empanada pelo nevoeiro, aparecia à janela. No leste, o céu se avermelhava. "Há alguma coisa lá", murmurou o rabino.

A guerra entre o rabino de Bechev e Deus chegara ao fim.

Traduzido pelo autor e por Rosanna Gerber.

Sobre o Autor

ISAAC BASHEVIS SINGER nasceu em 1904, na cidade polonesa de Radzymin, perto de Varsóvia. Seu pai era um rabino, e sua mãe, Bathsheba, era filha de um rabino. Aos três anos, Singer mudou-se com a família para Varsóvia, onde seu pai supervisionava um *Beth din*, uma espécie de corte de rabinos, em que atuava como juiz e líder espiritual. A família Singer vivia nos superpopulosos bairros judeus da cidade, que tanto marcariam a produção literária do autor. Posteriormente, foram residir em Bilgoray, um vilarejo judeu. Singer recebeu uma educação judaica rígida, adquirindo conhecimento sobre as leis hebraicas e textos aramaicos. As obras de Espinosa, Gogol e Dostoiévski igualmente lhe foram marcantes. Contar histórias era um costume na sua família, e em uma idade muito tenra Singer também começou a inventar suas próprias fábulas. Em 1920, chegou a entrar em um seminário rabínico, mas desistiu e voltou a Bilgoray. Sustentou-se dando aulas de hebraico e, em 1923, mudou-se para Varsóvia, onde iniciou sua carreira jornalística trabalhando para periódicos literários, chancelado por seu irmão, o também escritor I. J. Singer.

Seu primeiro livro publicado foi o romance *Der Sotn in Goray* (*O satã em Goray*), lançado em 1932, na Polônia. O estilo do livro buscava imitar a prosa retórica de livros iídiches medievais. Em 1935, fugindo do anti-semitismo, Singer mudou-se para os Estados Unidos, separando-se assim da sua primeira mulher, Rachel, e de seu filho, Israel, que se mudaram para Moscou e então para a Palestina. Singer estabeleceu-se em Nova York, onde passou a trabalhar no jornal iídiche *Forverts*. Em 1940, casou-se pela segunda vez, com Alma Hainmann, uma imigrante alemã. Em 1943, Singer tornou-se um cidadão americano. Histórias publicadas em *Daily forward* foram posteriormente reunidas nos livros *In my father's court* (1966) e

More stories from my father's court (2000). Com sua eleição em 1964 para o National Institute of Arts and Letters, tornou-se o único membro americano da instituição a escrever em outra língua que não o inglês. "O iídiche é a linguagem sábia e humilde de todos nós, o idioma da assustada e esperançosa humanidade", disse o autor certa vez.

Singer publicou dezoito romances, quatorze livros infantis, além de ensaios e artigos, mas tornou-se mais conhecido por seus contos. Embora escrevesse originalmente em iídiche, mas traduziu, co-traduziu e/ou supervisionou a tradução de várias de suas obras para o inglês, admitindo que esse se tornara, com o passar dos anos, sua segunda língua.

Entre seus romances mais conhecidos estão: *The Family Moskat* (1950), seu primeiro título publicado em inglês, *The Manor* (1967) e *The Estate* (1969), *The magician of Lublin* (1961) e *Shosha* (1978). Suas reuniões de contos mais famosas são: *Um amigo de Kafka* (1970) e *The death of Methuselah and other stories* (1988). Entre seus livros autobiográficos estão *In my father's court* e *Amor e Exílio* (1984), que falam, entre outras coisas, da sua criação religiosa na Polônia e do gradual distanciamento dos preceitos e costumes da prática religiosa. Também os seus personagens ficcionais são pessoas com posicionamentos religiosos pouco rígidos ou ortodoxos.

Suas histórias poderiam ser consideradas realistas, mas subjaz aos seus enredos uma mágica das coisas cotidianas e comuns que distanciam a prosa de Singer do realismo tradicional. Igualmente, o autor sempre salientou em seus personagens as pulsões sexuais e amorosas, e seu texto é todo ele temperado por um sutil senso de humor melancólico. Além dos dramas pessoais de cada personagem e do tema específico de cada história, a obra de Singer retrata a vida dos agrupamentos judaicos no início do século, em meio à pobreza e à superstição, ou a vida dos imigrantes judeus no período entre-guerras ou pós-Segunda Guerra Mundial. Foi laureado pela Academia Sueca em 1978 com o Prêmio Nobel de Literatura, honraria máxima do mundo das letras, devido à "sua apaixonada arte narrativa, que tem raízes nas tradições culturais judaico-polonesas e que dá vida universal à condição humana".

Nos últimos quatorze anos da sua vida, Singer teve a companhia de Dvorah Telushkin, quem ele conheceu em 1975. Singer faleceu em 24 de julho de 1991.

Vários de seus livros foram transformados em filmes, entre os quais: *Yentl*, dirigido por Barbra Streisand em 1983, e *Inimigos, uma história de amor* (Coleção **L&PM** POCKET, vol. 145), de 1972, transformado em filme em 1989 com direção de Paul Mazursky.

Coleção **L&PM** POCKET (LANÇAMENTOS MAIS RECENTES)

489. Poemas de Alberto Caeiro – Fernando Pessoa
490. Ferragus – Honoré de Balzac
491. A duquesa de Langeais – Honoré de Balzac
492. A menina dos olhos de ouro – Honoré de Balzac
493. O lírio do vale – Honoré de Balzac
494. (17). A barcaça da morte – Simenon
495. (18). As testemunhas rebeldes – Simenon
496. (19). Um engano de Maigret – Simenon
497. (1). A noite das bruxas – Agatha Christie
498. (2). Um passe de mágica – Agatha Christie
499. (3). Nêmesis – Agatha Christie
500. Esboço para uma teoria das emoções – Sartre
501. Renda básica de cidadania – Eduardo Suplicy
502. (1). Pílulas para viver melhor – Dr. Lucchese
503. (2). Pílulas para prolongar a juventude – Dr. Lucchese
504. (3). Desembarcando o Diabetes – Dr. Lucchese
505. (4). Desembarcando o Sedentarismo – Dr. Fernando Lucchese e Cláudio Castro
506. (5). Desembarcando a Hipertensão – Dr. Lucchese
507. (6). Desembarcando o Colesterol – Dr. Fernando Lucchese e Fernanda Lucchese
508. Estudos de mulher – Balzac
509. O terceiro tira – Flann O'Brien
510. 100 receitas de aves e ovos – J. A. P. Machado
511. Garfield em toneladas de diversão (5) – Jim Davis
512. Trem-bala – Martha Medeiros
513. Os cães ladram – Truman Capote
514. O Kama Sutra de Vatsyayana
515. O crime do Padre Amaro – Eça de Queiroz
516. Odes de Ricardo Reis – Fernando Pessoa
517. O inverno da nossa desesperança – Steinbeck
518. Piratas do Tietê (1) – Laerte
519. Rê Bordosa: do começo ao fim – Angeli
520. O Harlem é escuro – Chester Himes
521. Café-da-manhã dos campeões – Kurt Vonnegut
522. Eugénie Grandet – Balzac
523. O último magnata – F. Scott Fitzgerald
524. Carol – Patricia Highsmith
525. 100 receitas de patisseria – Sílvio Lancellotti
526. O fator humano – Graham Greene
527. Tristessa – Jack Kerouac
528. O diamante do tamanho do Ritz – S. Fitzgerald
529. As melhores histórias de Sherlock Holmes – Arthur Conan Doyle
530. Cartas a um jovem poeta – Rilke
531. (20). Memórias de Maigret – Simenon
532. (4). O misterioso sr. Quin – Agatha Christie
533. Os analectos – Confúcio
534. (21). Maigret e os homens de bem – Simenon
535. (22). O medo de Maigret – Simenon
536. Ascensão e queda de César Birotteau – Balzac
537. Sexta-feira negra – David Goodis
538. Ora bolas – O humor de Mario Quintana – Juarez Fonseca
539. Longe daqui mesmo – Antonio Bivar
540. (5). É fácil matar – Agatha Christie
541. O pai Goriot – Balzac
542. Brasil, um país do futuro – Stefan Zweig
543. O processo – Kafka
544. O melhor de Hagar 4 – Dik Browne
545. (6). Por que não pediram a Evans? – Agatha Christie
546. Fanny Hill – John Cleland
547. O gato por dentro – William S. Burroughs
548. Sobre a brevidade da vida – Sêneca
549. Geraldão (1) – Glauco
550. Piratas do Tietê (2) – Laerte
551. Pagando o pato – Ciça
552. Garfield de bom humor (6) – Jim Davis
553. Conhece o Mário? – Santiago
554. Radicci 6 – Iotti
555. Os subterrâneos – Jack Kerouac
556. (1). Balzac – François Taillandier
557. (2). Modigliani – Christian Parisot
558. (3). Kafka – Gérard-Georges Lemaire
559. (4). Júlio César – Joël Schmidt
560. Receitas da família – J. A. Pinheiro Machado
561. Boas maneiras à mesa – Celia Ribeiro
562. (9). Filhos sadios, pais felizes – R. Pagnoncelli
563. (10). Fatos & mitos – Dr. Fernando Lucchese
564. Ménage à trois – Paula Taitelbaum
565. Mulheres! – David Coimbra
566. Poemas de Álvaro de Campos – Fernando Pessoa
567. Medo e outras histórias – Stefan Zweig
568. Snoopy e sua turma (1) – Schulz
569. Piadas para sempre (1) – Visconde da Casa Verde
570. O alvo móvel – Ross Macdonald
571. O melhor do Recruta Zero (2) – Mort Walker
572. Um sonho americano – Norman Mailer
573. Os broncos também amam – Angeli
574. Crônica de um amor louco – Bukowski
575. (5). Freud – René Major e Chantal Talagrand
576. (6). Picasso – Gilles Plazy
577. (7). Gandhi – Christine Jordis
578. A tumba – H. P. Lovecraft
579. O príncipe e o mendigo – Mark Twain
580. Garfield, um charme de gato (7) – Jim Davis
581. Ilusões perdidas – Balzac
582. Esplendores e misérias das cortesãs – Balzac
583. Walter Ego – Angeli
584. Striptiras (1) – Laerte
585. Fagundes: um puxa-saco de mão cheia – Laerte
586. Depois do último trem – Josué Guimarães
587. Ricardo III – Shakespeare
588. Dona Anja – Josué Guimarães
589. 24 horas na vida de uma mulher – Stefan Zweig
590. O terceiro homem – Graham Greene
591. Mulher no escuro – Dashiell Hammett
592. No que acredito – Bertrand Russell
593. Odisséia (1): Telemaquia – Homero
594. O cavalo cego – Josué Guimarães
595. Henrique V – Shakespeare
596. Fabulário geral do delírio cotidiano – Bukowski
597. Tiros na noite 1: A mulher do bandido – Dashiell Hammett
598. Snoopy em Feliz Dia dos Namorados! (2) – Schulz
599. Mas não se matam cavalos? – Horace McCoy
600. Crime e castigo – Dostoiévski
601. (7). Mistério no Caribe – Agatha Christie
602. Odisséia (2): Regresso – Homero
603. Piadas para sempre (2) – Visconde da Casa Verde
604. À sombra do vulcão – Malcolm Lowry

605. (8).Kerouac – Yves Buin
606. E agora são cinzas – Angeli
607. As mil e uma noites – Paulo Caruso
608. Um assassino entre nós – Ruth Rendell
609. Crack-up – F. Scott Fitzgerald
610. Do amor – Stendhal
611. Cartas do Yage – William Burroughs e Allen Ginsberg
612. Striptiras (2) – Laerte
613. Henry & June – Anaïs Nin
614. A piscina mortal – Ross Macdonald
615. Geraldão (2) – Glauco
616. Tempo de delicadeza – A. R. de Sant'Anna
617. Tiros na noite 2: Medo de tiro – Dashiell Hammett
618. Snoopy em Assim é a vida, Charlie Brown! (3) – Schulz
619. 1954 – Um tiro no coração – Hélio Silva
620. Sobre a inspiração poética (Íon) e ... – Platão
621. Garfield e seus amigos (8) – Jim Davis
622. Odisséia (3): Ítaca – Homero
623. A louca matança – Chester Himes
624. Factótum – Charles Bukowski
625. Guerra e Paz: volume 1 – Tolstói
626. Guerra e Paz: volume 2 – Tolstói
627. Guerra e Paz: volume 3 – Tolstói
628. Guerra e Paz: volume 4 – Tolstói
629. (9).Shakespeare – Claude Mourthé
630. Bem está o que bem acaba – Shakespeare
631. O contrato social – Rousseau
632. Geração Beat – Jack Kerouac
633. Snoopy: É Natal! (4) – Charles Schulz
634. (8).Testemunha da acusação – Agatha Christie
635. Um elefante no caos – Millôr Fernandes
636. Guia de leitura (100 autores que você precisa ler) – Organização de Léa Masina
637. Pistoleiros também mandam flores – David Coimbra
638. O prazer das palavras – vol. 1 – Cláudio Moreno
639. O prazer das palavras – vol. 2 – Cláudio Moreno
640. Novíssimo testamento: com Deus e o diabo, a dupla da criação – Iotti
641. Literatura Brasileira: modos de usar – Luis Augusto Fischer
642. Dicionário de Porto-Alegrês – Luís A. Fischer
643. Clô Dias & Noites – Sérgio Jockymann
644. Memorial de Isla Negra – Pablo Neruda
645. Um homem extraordinário e outras histórias – Tchekhov
646. Ana sem terra – Alcy Cheuiche
647. Adultérios – Woody Allen
648. Para sempre ou nunca mais – R. Chandler
649. Nosso homem em Havana – Graham Greene
650. Dicionário Caldas Aulete de Bolso
651. Snoopy: Posso fazer uma pergunta, professora? (5) – Charles Schulz
652. (10). Luís XVI – Bernard Vincent
653. O mercador de Veneza – Shakespeare
654. Cancioneiro – Fernando Pessoa
655. Non-Stop – Martha Medeiros
656. Carpinteiros, levantem bem alto a cumeeira & Seymour, uma apresentação – J.D.Salinger
657. Ensaios céticos – Bertrand Russell
658. O melhor de Hagar 5 – Dik Browne
659. Primeiro amor – Ivan Turguêniev
660. A trégua – Mario Benedetti
661. Um parque de diversões da cabeça – Lawrence Ferlinghetti
662. Aprendendo a viver – Sêneca
663. Garfield, um gato em apuros (9) – Jim Davis
664. Dilbert (1) – Scott Adams
665. Dicionário de dificuldades – Domingos Paschoal Cegalla
666. A imaginação – Jean-Paul Sartre
667. O ladrão e os cães – Naguib Mahfuz
668. Gramática do português contemporâneo – Celso Cunha
669. A volta do parafuso *seguido de* Daisy Miller – Henry James
670. Notas do subsolo – Dostoiévski
671. Abobrinhas da Brasilônia – Glauco
672. Geraldão (3) – Glauco
673. Piadas para sempre (3) – Visconde da Casa Verde
674. Duas viagens ao Brasil – Hans Staden
675. Bandeira de bolso – Manuel Bandeira
676. A arte da guerra – Maquiavel
677. Além do bem e do mal – Nietzsche
678. O coronel Chabert *seguido de* A mulher abandonada – Balzac
679. O sorriso de marfim – Ross Macdonald
680. 100 receitas de pescados – Silvio Lancellotti
681. O juiz e o seu carrasco – Friedrich Dürrenmatt
682. Noites brancas – Dostoiévski
683. Quadras ao gosto popular – Fernando Pessoa
684. Romanceiro da Inconfidência – Cecília Meireles
685. Kaos – Millôr Fernandes
686. A pele de onagro – Balzac
687. As ligações perigosas – Choderlos de Laclos
688. Dicionário de matemática – Luiz Fernandes Cardoso
689. Os Lusíadas – Luís Vaz de Camões
690. (11).Átila – Éric Deschodt
691. Um jeito tranqüilo de matar – Chester Himes
692. A felicidade conjugal *seguido de* O diabo – Tolstói
693. Viagem de um naturalista ao redor do mundo – vol. 1 – Charles Darwin
694. Viagem de um naturalista ao redor do mundo – vol. 2 – Charles Darwin
695. Memórias da casa dos mortos – Dostoiévski
696. A Celestina – Fernando de Rojas
697. Snoopy (6) – Charles Schulz
698. Dez (quase) amores – Claudia Tajes
699. Poirot sempre espera – Agatha Christie
700. Cecília de bolso – Cecília Meireles
701. Apologia de Sócrates *precedido de* Êutifron e *seguido de* Críton – Platão
702. Wood & Stock – Angeli
703. Striptiras (3) – Laerte
704. Discurso sobre a origem e os fundamentos da desigualdade entre os homens – Rousseau
705. Os duelistas – Joseph Conrad
706. Dilbert (2) – Scott Adams
707. Viver e escrever (vol.1) – Edla van Steen
708. Viver e escrever (vol.2) – Edla van Steen
709. Viver e escrever (vol.3) – Edla van Steen
710. A teia da aranha – Agatha Christie